KB273815

북한문학 연구의 현황과 과제

김중하 편

국학자료원

　북한문학에 대한 본격적인 연구는 1980년대 후반에 이루어진 납·월북문학에 대한 해금조치가 이루어지고 난 이후이다. 이를 기점으로 한다면, 남한에서의 북한문학 연구의 역사도 이제 제법 연구지층을 형성한 셈이다. 그 동안의 북한문학에 대한 연구업적들을 헤아려본다면, 두 가지 평가가 가능하다. 하나는 십년의 세월이 훨씬 지난 지금도 아직 연구 수준이 이 정도인가 라는 부정적 평가이며, 또 다른 하나는 그래도 이 정도의 연구 성과라도 얻을 수 있었다는 것이 다행이라고 하는 긍정적 평가이다.

　부정적 평가의 저변에는 여러 가지 원인이 있지만, 북한문학에 대한 1차 자료를 완전히 열린 상태에서 볼 수 없다는 연구의 가장 근본적인 문제가 도사리고 있다. 자료의 한계를 극복하지 못하면, 모든 연구는 제대로 이루어지기 힘들기 때문이다. 또 다른 이유의 하나는 북한문학 연구자의 저변을 지속적으로 확대해 오지 못했다는 점이다. 이는 달리 말하면 북한문학 연구자들이 많지 않다는 것이다. 필요에 의해 북한문학에 관심을 가진 연구자들도 이를 지속적으로, 전문적으로 연구를 계속하지 못했다는 말이다. 그래서 남북간의 정치적 변화기미가 보일 때마다 북한문학에 대한 관심 역시 유행처럼 되살아났던 연구사를 만나게 된다. 이는 북한문학 연구를 평생의 연구대상으로 삼아서 연구를 지속한 자들이 소수라는 의미이다. 우리의 학문 연구가 상당한 부분 유행성에 민감해지고 있다는 것은 어제 오늘의 이야기는 아니다. 그런데 연구의 유행성은 연구를 위해서는 결코 바람직한 현상이 아니라는 점에 문제가 있다.

　북한문학 연구가 유행성에서 벗어나 제 자리를 잡기 위해서는 두 가지의 작업이 병행되어야 한다. 첫째는 지금까지의 북한 문학 연구를 엄정하게 검토해보는 일이다. 새롭게 시작되는 연구는 언제나 그 새로움 때문에 일차적인 의미를 지닌다. 그러나 연구의 진정성을 확보하고, 연구의 내실을 위해서는 각각의 연구가 지닌 한계를 극복할 수 있는 후속연구가 진행되어야 한다. 이를 위해서는 지금까지의 연구를 객관적으로 살피는 작업이 선행되어야 한다. 이 점에서 북한문학 연구의 현황을 미세하게 검토하는 일은 시급한 과제의 하나이다. 그러나 연구의 문제점만 파악한다고 해서, 북한문학 연구가 새로운 단계로 당장 나아갈 수 있는 것은 아니다. 다양한 연구자들을 확보해야 한다. 이것이 북한문학 연구가 유행성에서 벗어나기 위해서 필요한 두 번째 작업이다. 이번에 이 책을 펴내게 된 것 연유도 여기에 있다.

　이 책은 3부로 구성되어 있는데, 1부에서는 북한시에 대한 논의를, 2부에서는 소설에 대한 논의를, 3부에서는 북한 예술장르와 영화에 대한 논의를 중심으로 엮었다. 1부에서, 남송우의 「북한문학 연구의 현황과 과제」는 남한에서의 북한시 연구에 대한 연구사이다. 북한시에 대한 연구가 어떻게 진행되어 왔는지를 방법론의 측면에서 검토한 것이다. 2000년 이전의 연구는 전반적으로 전체주의적 접근에서 내재적 접근으로 나아간 것으로 파악하고 있으며, 2000년 이후에는 내재적 접근에서 내재적 – 비판적 접근 그리고 비교사회주의적 접근법으로 진전해온 것으로 평가한다. 그러나 아직까지 내재적 연구가 많다는 점을 지적함으로써 소개되지 않은 북한시의 자료가 많음을 반증하고 있다. 그러므로 이 글을 통해 북한시 연구의 현지점을 확인할 수 있을 것이다.

고현철의 「조기천 <백두산> 연구의 선결문제」는 남한에서 <백두산> 연구가 이루어지긴 했지만, 이들 연구자들이 사용한 텍스트가 각각 다르다는 점에 초점을 맞추어 텍스트 확정이 선결되어야 함을 문제로 제기하고 있다. 지금까지 조기천의 <백두산> 연구는 텍스트에 대한 여러 판본들의 비교·검토 없이 시 연구 텍스트로서 활용되어왔다는 점을 환기시키고 있다. 조기천의 <백두산>은 각각의 텍스트들이 의미있는 차이를 지니고 있기 때문에 이 작업 없는 <백두산>의 연구는 여러 가지 문제를 야기할 수 있다는 입장에 서 있다. 모든 북한문학 연구가 이 원전 확정에서 시작된다는 점에서 간과해서는 안 되는 중요한 문제를 제기한 셈이다.

하상일의 「박세영의 시를 통해본 해방이후 북한시의 전개과정」은 해방이후부터 1980년대 말까지 박세영의 시를 개관한 글이다. 그의 시의 전개 양상을 북한문학사가 일반적으로 사용하고 있는 시기를 따라 4기로 구분하여, 박세영시의 흐름을 파악하고 있다. 이는 박세영의 시가 북한시의 전형적인 특성을 지니고 있다고 평가하여 북한시문학의 전체를 통시적으로 읽어내고 있는 것이다. 북한시사에서 중요하게 자리매김 되는 시인에 대한 시인론이란 점에서 의미가 있다.

2부 소설에서, 김강호의 「이기영의 문학적 행보」는 이기영의 대표적인 작품으로 알려진 「두만강」과 「력사의 새벽길」을 비교 분석하고 있다. 「두만강」이 고상한 리얼리즘이라는 창작방법론이 지속적으로 나타나는 작품이라면, 「력사의 새벽길」은 김형직이라는 일개인을 당대의 중심적 혁명지도자로 내세운 수령형상 소설이라는 점에서 변별되는 요소를 지닌다고 평가한다. 또한 「력사의 새벽길」에 나타난 서장과 종장이라는 구성방식은 개화기 역사전기 소설에 나타난 서론과 결론의 서술방식을 변형시킨 것으로 본다. 한 작가의 작품 속에 정치적 이데올로기가 어떻게 작용했는지를 가늠해볼 수 있는 고찰이다.

이재봉의 「월북 후 이태준 소설과 정치적 숨바꿈질」은 「첫전투」와 「고향길」두 작품의 분석을 통해 이태준이 표면적으로는 북한문학의 흐름에 편승하는 듯 했지만, 사실은 그와는 다른 개성적인 문학적 세계를 가지고 있었던 것으로 해석하고 있다. 이를 위해 두 작품에 나타난 문장묘사와 예술성의 문제에 초점을 맞추어 분석함으로써 그의 작품이 지닌 당과 수령형상성의 약화를 포착해 내고 있다. 이러한 문제 제기는 지금까지의 월북이후 이태준 연구를 작품 중심으로 다시 보게 하는 계기가 될 수 있을 것이다.

서은선의 「한국전쟁기 대학생 일상을 서술한 남북한 소설 비교연구」는 한국전쟁 중 경험한 남북 대학생들의 삶을 박완서의 「목마른 계절」과 허문길의 「대학시절」을 통해서 비교검토하고 있다. 주제적인 측면에서 이 두 소설은 공통적인 전쟁체험을 바탕으로 하고 있지만, 집필 목적에는 차이가 있음을 밝혀내고 있다. 즉 박완서의 「목마른 계절」은 전쟁을 통해 겪었던 개인적 고통의 기록에 중점을 두었다면, 허문길의 「대학시절」은 북한의 전후 국토개발을 위해 수령과 대학인들이 연대하여 이룬 이념적 삶에 대한 기록이라는 것이다. 이러한 주제적 변별성을 시점, 인물 등을 통해 종합적으로 해명하고 있는 이 글은 남북한 문학논의의 접점을 찾아가는 모색의 한 결과로 볼 수 있다.

조명기의 「1956년의 북한소설」은 도식주의 논쟁의 중요한 논쟁거리로 등장했던 전재경의 「나비」와 박태민의 「방임하지 말아야 한다」를 분석하여 1956년의 소설이 북한소설사에서 어떤 위치를 차지하고 있는지를 살피고 있다. 이 두 작품이 추구한 인물상은 이상적인 공산주의적 인간형이 아니라, 부정적 인물을 다루고 있으며, 인물의 부정성을 묘사한 후 이를 교정하는 것으로 파악한다. 당성 강조라는 표면적 주제에도 불구하고 두 작품은 사적 욕망의 비중을 무시할 수 없다는 것이다. 이러한 작품의 내용분석은 북한 소설의 한 흐름을 좀더 객관적으로 인식할 수 있는 창의 구실을 할 수 있을 것이다.

민병욱의 「북한예술의 장르체계」는 내재적 방법론으로, 주체문학예술이론에 한정해서 북한 문학예술의 장르체계를 살피고 있는 글이다. 북한의 문학예술의 분류는 종류와 형태로 나누는데, 이는 수령의 교시와 당의 문예정책에 의해서 발생, 발전한다는 특징을 가진다고 본다. 그래서 북한의 문학예술의 종류와 형태는 주체사실주의에 의해서 인위적으로 통제되고 변화되는 과정을 거친다는 것이다. 낡은 예술에서 혁명예술로 개조·변혁되어가는 과정에서 지켜야 할 원칙은 주체의 원칙, 당성·노동계급성·인민성의 원칙, 그리고 현대성의 원칙으로 파악한다. 그러므로 북한에서의 문학예술 장르의 변화는 장르와 형식의 상대적 자율성이 제거된 채 주체사실주의라는 특정 이데올로기에 제시된 혁명문학 예술에 이르는 역사적 과정으로 보고 있다. 이러한 북한 문학 예술 장르론의 파악은 개별 문학 작품 분석에 필요한 전제가 된다는 점에서 의미가 있다.

박훈하의 「북한의 대가정론과 여성의 주체위치」는 영화 「불가사리」를 다룬 글이다. 1985년에 제작된 이 영화는 북한의 도식적인 영화서사 위에 특이하게 형식적 잉여를 드러내는 영화로 평가한다. 즉 1980년 주체사상의 변화와 문예이론이 반영되어 나타난 숨은 영웅론과 개성론의 흐름이 반영되어 나타나는데, 그 정도와 방식을 대가정론과 관련지어 분석하고 있다. 「불가사리」는 대가정론이라는 이데올로기를 통해 가부장제의 불평등을 내용적으로 봉합하려 하고 있지만, 그것이 매우 불완전한 것임을 형식과의 불일치를 통해 노정하고 있다고 평가한다. 이러한 불일치를 통해 북한의 가부장제가 사회적 동의체계를 벗어나고 있다는 것과 이 경우 사회적 희생이 가부장제내 여성에게 매우 과중하게 전담되는 모순이 발생하고 있다는 것을 밝히고 있다. 이러한 북한 영화 분석은 내밀한 작품 분석의 토대 위에서만 가능하다는 점에서 북한문학예술 연구에 좋은 참조틀이 될 수 있을 것이다.

그 동안 북한문학 연구가 대학 단위에서 간헐적으로 이루어져 왔다. 그 연구물들이 지닌 긍정적인 측면이 없는 것은 아니지만, 한계도 많았

다. 연구방법론의 문제나 연구텍스트의 선정 등에서 아직은 극복해야
할 과제들이 많다. 이번 이 책 역시 이러한 한계가 그대로 남아 있다.
대부분의 필자들이 북한문학 텍스트를 대상으로 한 연구가 처음이기
때문이다. 그러나 이러한 한계는 계속적인 연구가 이어짐으로써 앞으
로 해결되어 가리라 본다. 이 책이 북한문학 연구를 또 다른 차원으로
이끌어 가는 계기가 되길 빌며, 책을 펴내기 위해 수고한 국학자료원
정찬용 사장과 관계자 여러분에게 고마움을 전한다.

2005, 3.

편 자

목 차

2부 북한 소설문학 들여다보기

3부 북한 예술장르와 영화 들여다보기

북한문학연구의 새로운 지평을 위하여

김중하

1. <우리의 소원은 통일>의 이중성

이산가족 상봉의 자리에서나 민간 차원의 남북한 인사들 만남의 자리를 마지막으로 장식하는 노래, "우리의 소원은 통일"은 무척 감동적이다. 콧날이 시큰해지고 남북분단의 아픔이 가슴저리게 절실한 것으로 체험되기도 하기 때문에, 또 하루 빨리 조국통일을 이루어야겠다는 다짐을 단단히 하게 만든다는 점에서 그러하다.

그러나 여기서 잠깐, 이 감동적인 장면을 연출하고 있는 사람들의 입지를 생각해 보지 않으면 안 된다. 같은 노랫말이라 하더라도 그들의 입지가 달라지면 내포가 달라지게 된다. 입지를 무시하고 그들이 바라는 「통일」이 꼭같은 것으로, 그들의 삶을 규제하는 국가적 정체성이나 정치체제나 이데올로기까지 무시한 꼭같은 「통일」이 가능하겠는가 하는 문제를 심각하게 생각해 보지 않으면 안 된다. 이것은 국가적 차원을 뛰어 넘어 민족적 통일이 가능하겠는가 하는 질문과 같은 성격의 것이다.

사실 이 「우리의 소원은 통일」이란 노래가 남북한의 합의 하에 만들어진 것이라 해도 그러하겠지만, 다분히 「반공통일」의 의미가 내재되어 있고, 소위 「북한」의 패퇴를 바라는 소망이 그 노랫말 밑에 깔려 있음을 알아야 한다. 「이 목숨 다 바쳐 통일, 통일을 이루자」는 표현이 「전쟁에서의 승리」를 염원하고 있음은 자명하다. 그런데 이 노래를 아무 거부감없이 "북한의 주민"이 부를 수 있는 것은 「전쟁에서의 승리」가 아니라 「미제국주의로부터의 독립」 내지는 「미제국주의 타도에의 승리」라는 함의로 내포가 바뀌어질 수 있기 때문이다. 노랫말이 같다고 해도, 함께 부른다고 해도, 꼭같은 의미를 지닐 수 없다는 것은 노래부르는 사람들의 입지, 그들이 얹혀 있는 숨겨진 거대담론이 같지 않기 때문에 그러하다.

「통일」이라는 낱말은 분단을 전제로 하고, 분단은 거대 이데올로기의 다름으로 발생된 다른 체제, 국가의 독자성을 전제로 하여야 그 의미가 발생할 수 있는 말이다. 그것은 달리 말하면 지금 상황은 하나가 아님을 전제로 한 것이되 그 다름을 극복함으로써, 다름을 같음으로 바꾸어 놓음으로써 이루어낼 수 있는 가치 창조다. 그러므로 통일은 쉽지 않다. 극복이나 바꿈이 관념상의 문제가 아니라 삶을 규정한 현실적 국가체제요 그것은 이데올로기의 선택이며 나아가 세계 질서 속의 자리매김이 되어야 한다는 점에서 더욱 그러하다. 「민족」이란 말로 이러한 것들을 쉽게 뛰어넘을 수 있다고 생각하는 것은 관념적 단정이다. 「민족」이 「국가」에 우선할 수 있는 세계질서가 아니기 때문에 「민족」의 통일이, 「민족」의 독립이 실현되기 어려운 것이고, 그래서 「통일」에 대한 열망은 더 깊은 상처를 남길 수도 있음을 세계의 현대사는 극명하게 보여주고 있는 것이다.

「우리의 소원은 통일」을 함께 부르는 자리에서 그 감동이 진정한 감동이 되기 위해서는 그 함의의 이중성이 깨어져야 하고 그러기 위해서는 정서적으로, 감정적으로 접근하는 태도가 아닌 냉정한 이성적 접근이 있어야 한다. 「우리의 소원은 통일」이 메타포적 표현에 머물지 않기 위해서는 세계질서 속에 민족이 어떻게 하나가 될 수 있는가를 생각해야만 할 것이다. 또 그러기 위해 지금 여기서 우리가 할 수 있는 일이 무엇이며, 무엇부터 해야 하는가를 진지하게 고민하고 조금씩 실천해 나가야 할 것이다.

2.문학의 진정성과 리얼리즘 정신

우리가 북한문학을 접하게 된 것은 그리 오래지 않다. 더구나 그것에 대한 연구는 일천하다. 그것도 일제 때부터 활동해 온 작가들, 프로문학에 몸담았던 작가에 거의 한정된 것에 지나지 않았고, 그들이 북한에서의 창작활동이나 생산된 작품에 대한 접근은 대체로 내재적 접근법에 의한 것에 불과했다. 더구나 해방 이후 북한에서 창작활동을 시작한 작가에 대한 정보는 극히 제한적이었고, 그 연구 또한 어려웠기 때문에 해방 이후 북한문학의 흐름이나 문학적 성과에 대해서는 아직도 많은 연구과제를 남겨놓고 있다.

그러나 지금 우리가 시작하려고 하는 통일문학에로의 접근은 한국문학의 성과에다 북한문학의 성과를 다만 나란히 덧대 놓자는 것이 아니라, 하나의 체계로 통일해 보려는 노력의 시작이다.

그러므로 우리나라의 문학과 북한문학을 각기 다른 체제 하에서 생산된 문학으로 보려는 것이 아니라, 우리 민족이 생산한 문학이라는 관점에서 동일 위상에 놓고 보자는 것이고, 그것은 또한 각기 다른 지배 이데올로기적 토대 위에서 생산된 작품이라는 특이성과 변별성으로 갈라 보기보다는 하나의 시각으로 보려 함이요, 그러기 위해 어떤 태도가 필요한가를 고민하는 것이다.

지배 이데올로기에 예속된 문학, 그 자체를 긍정할 수밖에 없는 입장을 벗어나게 하는 것은 문학에의 본질적 접근방법, 진정한 의미로 문학을 문학답게 하는 문학적 태도를 견지하는 것이요, 그것은 소박한 리얼리즘 정신이 아니면 안 되는 것이다.

전쟁 상황의 종식과 함께 1950년대 후반 한국문학은 실존주의와 전쟁체험에 대한 반성으로 점철된다. 그것은 문학이 시대상황에 종속되지 않고 문학의 독자적 진정성을 회복하려는 노력으로 평가할 수 있겠고 또한 문학이 인간의 구체적 삶의 바탕 위에 서 있음을 보여주는 증거다. 그러나 이것도 역설적으로는 문학이 상황논리로부터 자유로울 수 없음을, 사회적 조건과의 관계 속에서만 가능함을 증거한다 할 수 있겠다.

인간 존재양식이 사회적 조건에 의해 규정된다고 할 때 인간의 인간다움을 증거하고, 이를 위한 부단한 노력이 문학의 본질이 되어야 함은 두말할 나위도 없다. 그러므로 그것은 포괄적 의미의 리얼리즘 정신이 바로 문학의 본질이 되어야 함을 뜻한다.

리얼리즘 정신은 어떠한 상황 속에서도 인간다움을 위협하는 조건에 대한 부단한 고발과 투쟁으로 일관되어야 하고 그러므로 문학이 문학의 본령에 자리할 수 있음에 대한 일관된 신념이어야 한다.

1960년대 경제개발이 우리의 궁핍을 극복하기 위한 것이라 할지라도 그것으로 해서 발생하는 그늘과 부도덕성, 불합리성에 대한 문학적 대응이 리얼리즘의 부활이었고, 이 정신은 1970년대와 1980년대로 이어져 참여문학을 낳게 하였다. 그러나 1990년대 문민시대로 접어들면서 리얼리즘의 퇴조가 현저했던 것은 리얼리즘 정신의 쇠퇴였거나 리얼리즘이 독재에 저항하기 위한 반조건으로서의 도구적 구실에 더 힘을 싣고 있었기 때문은 아니었을까? 문민시대 이후, 그리고 오늘날에도 국가권력이 갖는 구속성이나 지배 이데올로기가 드리우는 그늘은 있게 마련이고, 그것이 인간적 삶을 규제하거나 불합리한 구석은 있게 마련이다. 그러므로 리얼리즘 정신은 어느 시대, 어느 상황 속에서도 싸울 적을 찾을 수 있게 마련이고, 그 싸움은 계속되어야 하는 것이다.

지금까지 1960년대 이후 지속되어 온 우리나라 리얼리즘이 때로는 지나치게 경직된 바가 없지 않았고, 그래서 그것은 또 다른 지배 이데올로기적 권력을 행사한 적도 있었지만, 이제 우리는 그 경직성에서 벗어나 문학 본래의 진정성을 위한 리얼리즘 정신으로 복귀하여야 하고 그러한 태도가 곧 통일문학 연구의 토대가 되어야 할 때가 된 것이다.

3.통일문학론의 전제

지금까지 우리는 민족과 민족의 동질성, 민족정서의 동류항을 통일문학의 단초로 생각해 왔고, 그것에 대해 조금의 회의도 갖지 않았다. 어쩌면 그 가능성이 전혀 없는 것도 아닌 것처럼 생각되기도 하는데, 이러한 논의가 전혀 허점이 없는 것인가에 대한 검정은 배제된 채로였다.

민족 통일에 대한 염원이, 민족통일 지상주의적 발상이 그 전제에 대한 검정을 소홀하게 하였고, 문학작품에 대한 직접적 평가나 구체적 접근없이 통일문학을 관념적 대상으로 삼았다. 아니면 그래도 우리가 쉽게 접할 수 있고, 접근에 걸림돌이 적은 일제하 프로문학가였거나, 월북 작가들의 작품을 대상으로 하였을 때의 가능성을, 해방 후 창작활동을 시작했던 북한작가에게까지 확대적용이 가능하리라는 가정 하에서 통일문학을 전개시켰다.

우리가 알고 있는 북한문학의 창작과 전개는 정치제도와 국가 정체성에서 결코 자유롭지 못했다. 오히려 국가 발전 방향과 운동성에 규제받고 종속되어 있음을 우리는 알고 있다. 그렇다면 1950년대 이후 북한

문학의 전개는 작가의 독창성이나 예술적 창의성에 의한 것이라기보다 국가의 요구에 따른 주체론적 지향성이 과대했음도 인정하지 않으면 안 된다. 이러한 과정에서 생산된 문학작품에서 민족 정서의 동류항을 기대하기는 어렵다.

우리가 1950년대 전시하의 문학작품이 지배 이데올로기의 재생산적 성격을 지니고 있음에 대해 안타까와 하고, 그 문학성을 낮추어 보는 것과 비슷한 현상이 북한문학에 오래도록 지속되어 왔다면, 그것은 적개심과 애국심이라는 이항대립적 이데올로기가 성할 수밖에 없고 그 적개심과 애국심은 곧 지배이데올로기의 재생산적 성격을 지니게 된다. 이것은 결코 통일문학이 지향하고자 하는 민족정서가 될 수 없다.

우리가 바라는 민족정서가 탈이데올로기적인 온정적 인간론의 기대치나 현실적으로 달성되기 어려운 정서에 국한되는 것이라면, 그것이 통일문학의 중심항이 될 수 없다. 오히려 그 민족정서를 확대하는 자리에 인간의 인간다움을 지키려는 소박한 정서, 이데올로기를 초극한 자리에도 의연히 설 수 있는 정신 곧 문학본질에로의 회귀를 중심항으로 삼아야 하고, 그것은 다시 리얼리즘 정신에의 복귀가 되지 않으면 안 된다.

소박한 리얼리즘 정신, 이데올로기로 무장하여 경직된 정신이 아니라, 인간의 기본적 욕구와 원초적 희구를 추구하는, 인간다움을 구속하거나 통제하는 수단으로부터 자유로워지기를 바라는 정신이 통일문학의 정신이어야 하고, 이의 실현에 충실한 문학을 높이 평가하는 눈으로 통일문학론은 시작되어야 한다.

그러나 이런 문학론도 관념적이거나 현실성이 부족할 수 있다. 그것은 통일문학이 문학만의 통일이 아니라 민족의 통일을 전제로 하기 때문이며 민족의 통일이 이데올로기를 배제한 자리에 실현되기란 극히 어렵고 또 나아가 국가적 통일 없이는 이데올로기의 초극은 현실적으로 불가능하기 때문이다.

만일, 바라건대 국가와 이데올로기를 초월한 자리에 민족문학을, 통일문학을 위치시키려 한다면, 그것은 문학의 본질에로의 희구로부터 출발하지 않으면 안 되고, 그것은 또한 모든 지배 이데올로기에 대한 비판적 태도, 지배 이데올로기의 허구성에 대한 비판과 고발이 자유로운 자리에서만 가능할 것이다.

4. 북한문학론에의 조심스런 접근

이미 있어온 북한문학 연구의 한계가 어느 정도 노정된 것이 오늘의 현실이라면 이 연구방법에의 반성으로부터 통일문학에로의 조심스런 접근은 시작되어야 한다. 우리가 북한문학을 연구하고자 하는 것은 또 연구하고 있음은 궁극적으로는 통일문학에로의 지향을 염두에 두고 있기 때문이며, 그 현실이 가까워지면 질수록 북한문학 연구가 섬세해지고 구체화되지 않으면 안 된다.

내재적 접근방법으로서의 북한문학 연구는 어찌 보면 우리가 해야 할 분야가 아닐지도 모른다. 그것의 더 집중적이고 구체적이며 다양한 연구는 이미 북한문학 내부에서 이루어지고 있는 것으로 만족하여야 하고, 우리가 해야 할 일은 그 내재적 접근법이 놓치고 있거나 소홀히 다루고 있는 문제점에 대한 지적 또는 다른 방법론에 의한 접근의 시도가 필요한 것이다.

지금 우리가 북한문학을 소개하는 차원을 넘어서려면, 진정 통일문학을 지향하는 북한문학 연구를 한 차원 높이려면 내재적 접근법에 대한 비판과 우리 문학에 적용하고 있는 것과 꼭같은 방법의 적용이 필요한 시기가 아닌가 생각한다. 이것이 앞서 밝힌 바처럼 소박한 리얼리즘 정신에 의한 민족정서의 발현, 또 그러한 정신의 고양이 문학의 본질이 되어 있음을 밝히는 작업이 필요한 까닭이다.

지배 이데올로기에 종속되었거나 주어진 창작 방법론에 따른 창작이 아닌, 독자적이고 창의적인 창작에 더 점수를 주는, 그러한 작품이 실질적으로 발견되기 어렵다면 비록 그러한 방법에 의한 작품의 행간을 읽어 가는 태도, 작으나마 그 씨앗을 배태하고 있는 흔적에 대한 배려를 아끼지 않는 태도로서의 접근방법을 개발하지 않으면 안 된다.

1960년 이후 한국에서 리얼리즘의 부활은 바로 이런 태도를 극대화한 문학활동이었다. 독재 이데올로기에 매몰되지 않으려는 몸부림, 경제개발 이데올로기가 드리우는 어두운 그늘에 대한 고발, 주변부로 밀려나고 최소한의 인권마저도 박탈당한 서민들의 삶에 애정어린 시선을 보내는 문학은, 문학의 진정성을 회복하고 이를 지켜나가려는 노력에 다름아니었다. 이러한 일관된 문학적 태도는 북한문학을 볼 때도 견지되어야 한다. 내재적 접근법은 일관된 문학적 태도를 무력화하거나 변질시키고 지배이데올로기를 긍정하고 그 종속성을 인정해 버리는 우를 범하게 된다. 이러한 태도로 북한문학에 접근한다면 결코 통일문학에 이르지 못하게 된다.

북한문학의 특수성과 그 성과를 그대로 인정하고, 그것이 갖는 체계를 공고히 해 주기만 한다면 우리의 문학사는 한국문학과 나란히 가는, 또는 병치되는 북한문학, 이 두 개의 흐름을 다만 따로 기술해 붙여 놓는 것이 되고 말 것이다. 그것은 발전도 통일문학도 아니다. 지금 현상 자체, 각기 별개의 책으로 출간된 두 권의 문학사를 한 권으로 붙여 놓는 것에 지나지 않는다.

통일문학사가 하나의 체계로 이루어지기 위해서는 하나의 시각에 의한 기술, 하나의 방법론에 의한 연구, 하나의 흐름으로서의 문학사로

기술되어야 하고 그러기 위해서는 북한문학, 한국문학을 따로 떼 놓고 볼 것이 아니라 동일선상에 놓고 연구하고 기술하는 태도가 필요한 것이다.

이러한 태도에서 통독 이후 독일 문학을 보는 시각이나 구 소련 체제의 붕괴 이후 소련문학을 평가하는 태도를 타산지석으로 삼을 필요가 있다.

이문열의『영웅시대』가 지배 이데올로기에 편승하거나 종속된 것이라 평가하려면 홍석중의『황진이』배면에 깔려 있는 지배 이데올로기의 작용을 함께 볼 수 있어야 한다.『황진이』속에 드러나는 양반 및 권력자들의 허위의식과 알량한 이중성의 폭로, 그리고 서민들 삶의 질박함을 높이 평가하는 눈은,『영웅시대』에서 지배 이데올로기의 허구성 폭로를 긍정적으로 읽어내는 안목으로도 작용할 수 있어야 한다.

이러한 비판적 태도는 현실적으로 위험부담이 없지 않다. 지배 이데올로기에 순종하는 동일화된 주체가 아니라 어떤 지배 이데올로기에도 저항하고 동일화를 거부하는 반동일화된 주체로서의 비판적 태도를 견지한다면, 어느 사회에서나 외로운 존재로 남을 가능성이 크다. 오늘날 현저한 간극을 갖고 있는 우리 대한민국과 북한의 정치 이데올로기, 체제를 유지하기 위한 지배 이데올로기, 그 어느 것에도 동일화되지 않는 주체로서의 비판적 태도를 지닌다는 것, 이는 비록 우리나라에서는 어느 정도 용납된다 하더라도 북한에서는 쉽게 용납되지 않는 태도에 해당하기 때문에 상당한 위험부담이 따른다. 그러나 이러한 위험부담에도 불구하고 지금 여기서 시작하지 않고는 진정한 의미의 통일문학 연구는 출발할 수 없다.

북한문학 연구는 내재적 접근법에서 한 걸음 나아가 문학의 진정성에 대한 인식과 반동일화된 주체적 비판태도로 조심스럽게 접근을 시도할 때가 바로 지금이라는 인식이 필요하다.

제1부 북한 시문학 들여다보기

북한문학 연구의 현황과 과제
-북한 시문학 연구를 중심으로-

남 송 우

1. 열면서

북한문학에 대한 연구가 지금 어느 시점에 와 있는가 하는 문제는 여러 가지 점에서 시사하는 바가 많다. 일차적으로 남북관계의 현단계를 가늠하는 자로서의 의미를 지니기도 하지만, 우리 문학 연구의 현 상태를 살펴볼 수 있는 하나의 창이 되기도 한다. 사실 북한문학에 대한 연구는 북한과의 정치적 관계개선을 보이는 사건이 있을 때마다 집중되는 모습을 보여 왔다.[1] 이는 연구의 본질적 측면을 고려할 때 그렇게 바람직한 현상은 못된다. 어떤 대상에 대한 연구는 현실상황의 변화와 무관하게 지속되어야 온당한 연구결과를 기대할 수 있기 때문이다. 북

---

[1] 박상천은 북한 문학 연구사의 흐름을 세 단계로 구분한다. 1988년의 7.7 특별선언 (월북문인의 대부분의 해금)을 계기로 해서 이전까지의 대립적 비판적 인식의 단계에서 객관적 실상 연구의 단계로 진전했다고 본다. 그리고 2000년 6.15 선언 전후에 이르러 남북한의 동질성 확보와 통일문학·민족문학 모색의 단계로 올라섰다는 입장을 보인다. 이러한 연구사적 시기구분은 정치적 사건이 북한 문학 연구에 대해 크게 영향을 미쳐왔음을 보여주는 증거이다. 많은 문예지들이 이러한 시기를 전후해서 북한문학에 대한 특집을 마련한 것도 이와 무관하지 않다. 박상천, 「북한문학 연구의 성과와 전망」, 『문화예술』(한국문화예술진흥원, 2000,11), pp.156 -165. 참조

한문학의 연구가 너무 현실변화에 민감하게 반응해온 연구의 유행성에서 얼마나 벗어나 있었는가 하는 점은 한번쯤 되짚고 가야 할 점이다. 본 연구는 이러한 문제의식에서 출발한다.

민족문학연구의 측면에서 남북한 문학을 아우르는 연구가 이제는 본격화되어야 한다는 점에서, 북한문학 연구는 단순한 이해의 차원을 넘어 객관적이고도 비판적인 시각으로 바라보아야 할 때이다. 이런 측면에서 지금까지 남한 연구자들에 의한 북한 문학연구의 현황을 점검하는 일은 북한 문학 연구에 있어서 반드시 거쳐가야 할 과정이다. 그래서 그 동안 연구결과들을 실증적으로 검토해보고자 한 것이 본고의 내용이다. 이는 북한 문학 연구를 새로운 차원으로 열어보기 위한 방법적 모색의 일환이다. 그러나 검토 대상을 한꺼번에 다 수용하기 힘들어 일차적으로 시문학 연구로 제한을 했다.

연구의 현황을 점검하는 일은 일종의 연구사이다. 연구사 점검에 있어서 가장 중요한 일은 연구대상을 어떻게 이해하고 바라보고 있느냐 하는 관점의 문제이다. 관점은 바로 연구방법을 의미한다. 그러므로 본 북한문학 연구사 점검에서 관심을 가지고 바라본 내용은 연구방법이다. 본고의 서술순서는 우선 북한 문학 연구의 전반적인 연구현황을 개관하고, 이를 바탕으로 북한 시문학 연구의 현황을 점검하고자 한다. 북한 문학 연구에 대한 중요한 저술을 통한 전반적인 개관은 북한 시문학 연구의 사적 흐름을 이해하는데도 일정 부분 긍정적으로 기능할 수 있으리라 생각되기 때문이다.

2. 북한문학 연구에 대한 전반적 개관

남한에서의 북한 문학에 대한 논의는 박남수의『적치 6년의 북한문학』(국민사상지도원, 1952, 보고사)에서 시작된다. 그러나 이는 실증적인 자료를 소개하는 차원이기에 이를 본격적인 연구로 보기는 힘들다. 그리고 1970년대 중반에 정부기관에서 나온 보고서 형태의 문건인『북괴문예정책 및 현황』(중앙정보부, 1974),『북한의 문학 연구』(국토통일원, 1978) 등이 있었다. 이들 역시 1972년 7.4 공동성명 이후에 나온 일회성 보고에 그치는 문건으로 본격적인 연구에 다가서지 못했다.

북한문학 연구가 본격화 된 것은 1988년 월북문인에 대한 해금조치가 이루어진 이후로 볼 수 있다. 해금조치가 이루어지자 연구자들뿐만 아니라, 대중독자들에게도 북한문학 작품이 소개되었기 때문이다. 그러나 이 당시에 나온 북한 문학 연구들은 소개차원과 함께 연구의 방법론에 있어 분명한 한계를 지니고 있었다. 성기조의『주체사상을 위한 혁명적 무기의 역할 - 시부문』(신원문화사, 1989),『북한 비평문학 40년』(신원문화사, 1990), 한국비평문학회편『혁명전통의 부산물』(신원문화사, 1989), 권영민편의『북한의 문학』(을유문화사, 1989), 이형기외『북한의 현대문학 1』(고려원, 1990), 윤재근・박상천의『북한의 현대문학 2』(고려원, 1990) 등이 이에 해당한다. 이 연구들은 북한 연구의 접근법 가운데 전체주의 접근법2)에 의한 북한 문학의 이해로서, 냉전

---

2) 북한 연구의 접근법 가운데 1980년대 중반 이전까지 사실상 독보적인 위치를 점하고 있었던 접근법은 바로 전체주의 접근법이다. 이는 프리드리히(Carl J. Friedrich)와 브레진스키(Z.K Brezezinski)에 의해서 본격적으로 제시된 것으로 사회주의・공산주의의 분석의 기본틀로서 2차 세계대전 이후 제일 먼저 등장하였다. 나치즘과 파시즘의 본질로 파악되었던 전체주의 개념을 사회주의 국가에로까지 확대시킨 이 관점은 기본적으로 냉전시대의 산물로서 자본주의 대 사회주의의 대결을 인류공동체의 절대선인 민주주의 대 절대악인 전체주의의 대결로 치환하는 극단적인 이분법적 발상에 기초하고 있다. 스탈린식 전체주의 특성이 사회주의 일반의 모든 국가들에서 지배・관철되는 것으로 파악하고 북한 사회를 전체주의적 독재체제로 규정함으로써 북한사회를 이해하고자 한다. 이 접근법은 특히 역대 남한 정치권력의 전략적 이념과 결부된 냉전주의에 경도되어 철저한 반공주의 시각에서 북한사회 전체를 특징지으려는 기조를 띤다. 노동일・김진향,「북한 연구방법론 고찰」, 경북대학교 평화문제 연구소,『평화연구』제23집, 1998, pp.91-92.

적 사고에서 완전히 자유롭지 못한 모습을 보인다. 그러나 권영민편 『북한의 문학』은 이 시대 다른 저술과는 달리 북한문학의 단순한 소개 차원을 넘어 북한 문학의 성격을 보다 총체적으로 밝혀주고 있다는 점에서, 그 의미가 있다. 그렇지만 남북한 문학의 동질성의 확인보다는 이질성을 강조하는 입장을 취하고 있다는 점에서 전체주의적 접근법에서 크게 벗어나지 못한다.

그러나 김윤식의 『한국현대 현실주의소설 연구』(문학과 지성사, 1990), 민족문학사 연구소 지음『북한의 우리문학사 인식』(창작과 비평사, 1991)과 김재용의『북한문학의 역사적 이해』(문학과지성사, 1994), 최동호의『남북한 현대문학사』(나남출판, 1995), 김윤식의『북한문학사론』(새미, 1996), 신형기의『북한소설의 이해』(실천문학사, 1996), 이명재편『북한문학의 이념과 실체』(국학자료원, 1998), 김종회편『북한문학의 이해』(청동거울, 1999)에 오면, 내재적 접근법3)에 기초한 논의

---

3) 북한사회에 대한 기존의 연구를 비판하면서 등장한 내재적 접근법은 송두율 교수가 1988년『사회와 사상』12월호「북한사회를 어떻게 볼 것인가」라는 논문에서 제기했다. 내재적 연구의 권위자는 E. H Carr이며, 내재적 접근이란 한 사회가 내적으로 지향하는 목표와 이념, 즉 내적 작동논리를 잣대로 삼아 그 사회와 사회현상을 이해하고 설명하거나 비판하는 접근법을 의미한다. 자본주의와 사회주의는 근본적으로 사회조직논리가 다르기 때문에 자본주의 논리로 당연시되는 잣대로 사회주의 사회의 여러 현상을 평가하고 가늠한다면 사회주의 사회의 역동성을 제대로 규명하지 못한다는 것이다. 즉 북한은 사회주의 사회이고 사회주의를 지향하고 있기 때문에 사회주의가 지향하는 목적과 이념에 입각하여 북한의 사회현상을 설명하거나 비판하는 것이 바로 내재적 접근이라는 것이다. 이 방법에 의하면 북한은 사회주의 국가이기 때문에 북한체제가 사회주의 국가로서의 자기발전논리를 갖고 있다는 것을 인정해야 한다. 그리고 그 바탕에서 북한사회의 특수한 상황과 조건, 고유한 경험을 통해서 일상화된 특수한 발전경로를 탐색하자는 것이다. 즉 북한체제에 대한 연구는 사회주의 발전의 일반적인 측면(보편성)과 특수한 측면(특수성)의 고려 속에서 이 두 가지 측면의 결합을 관찰해야 한다는 것이다. 노동일·김진향, 같은 논문, pp.97-98.

들이 이루어진다.

이 시기에 나타난 북한문학 연구 결과물의 특징은 개인적인 연구와 집단적인 연구로 양분된다는 점이다. 김윤식, 김재용, 신형기 등의 연구가 전자에 해당된다면, 민족문학 연구소편, 최동호, 이명재, 김종회편의 연구가 후자에 해당된다. 김윤식의『한국현대 현실주의 소설연구』는 작가론, 작품론, 북한의 현실주의 소설론, 현실주의와 유토피아 등 4부로 나뉘어져 있는데, 작가론이 중심에 놓인다. 이기영, 한설야, 최명익, 박태원, 황건을 다루고 있는데, 이기영론에서는『고향』과『두만강』을, 한설야론에서는『설봉산』을 중심으로, 최명익론에서는『서산대사』를, 박태원론에서는『갑오농민전쟁』을, 황건론에서는『개마고원』을 중심으로 그 의미를 분석하고 있다. 그런데 이들 작가들이 북한문학사에서 높이 평가된 1세대 작가들이라는 점에서, 그 논의 대상들을 넓혀가야 하는 과제를 안고 있다.

김재용의『북한문학의 역사적 이해』는 북한문학 연구에 대한 내재적 접근이 필요함을 철저하게 인식하고 쓴 북한문학에 대한 이해라는 점에서 이전의 연구와는 분명한 변별성을 지닌다. 1967년 유일사상체계 확립의 시기를 중심으로 북한문학의 성격을 1부와 2부로 나누어 논하고 있는 이 연구는 북한문학의 성격을 전체적으로 조망해 볼 수 있는 하나의 창을 제시하고 있다. 이러한 창을 어느 정도 마련할 수 있었던 바탕은 그가 북한문학 이해를 위한 나름의 시각을 가지고 있었기에 가능한 일이었다. 그는 첫째, 북한문학을 한국 근대 민족문학의 역사적 도정에서 검토해야 하며, 둘째, 탈냉전의 시각을 가져야 하며, 셋째, 리얼리즘의 본래적 의미에 입각하여 검토해야 하며, 넷째, 북한의 전반적인 문예정책 내에서의 개인들이 가질 수 있는 자율성을 고려해야 하며, 다섯째, 소련문학의 영향이 검토되어야 하며, 여섯째, 연구자는 역사주의적 시각을 가져야 하며, 일곱 번째, 텍스트 비판의 문제라는 시각을 제시하고 있다. 이러한 문제의식에서 정리된 북한문학의 이해 이기에 북한문학 연구에 새로운 면을 보여주었다. 그러나 연구내용 전체가 이러한 의도들을 무리없이 보여주고 있느냐 하는 점에서는 부분적인 문제도 지적된다.4)

신형기의 『북한소설의 이해』는 북한에서의 주체시대의 소설 중 1970년도 초에서 1990년대 초에 이르는 기간에 발표된 장편과 중편들을 분석한 것이다. 이 저술 역시 내재적 접근법에 기초해 있다는 점에서, 그리고 북한문학사에서 중요하게 논의되는 작품들을 공산주의 인간학의 관점에서 풀어내고 있다는 점에서 의미가 있다. 10장으로 구성된 이 저술은 1장과 9, 10장에서 주체소설의 배경과 성격, 주체소설의 형태학, 주체소설의 장래를 논하는 것 외는 구체적인 작품론이다. 『녀당원』, 『불멸의 역사』, 『피바다』, 『아침 해』, 『평양시간』, 『탐구자의 한 생』, 『봄은 아직 멀리에』, 『청춘의 시작과 끝은 언제』, 『푸른 이삭』 등의 작품을 분석해서 주체소설의 성격을 해명하고 있다. 1970년대에서 1990년대까지 펼쳐져 있는 중요작품들만을 평면적으로 나열하고 있는 선을 넘어서 입체적인 논의가 부가되었으면 하는 아쉬움이 있다.

김윤식의 『북한문학사론』은 해방이전부터 작품활동을 해온 재북 혹은 월복한 카프작가들에 대한 관심이 중심을 이룬다. 그는 주체문예이론 이전의 북한문학을 카프문학의 정통성에 기초한 것으로 규정하고, 주체문예이론의 등장이 카프문학 전통의 몰락과 직접 관련되어 있는 것으로 이해한다. 그래서 그의 연구의 중심은 카프작가들이 해방이후 북한에서 어떻게 활동했는가를 추적하는 일이 된다. 이러한 북한의 문

---

4) 김경숙은 김재용의 이 연구가 북한문학사를 양자의 역학관계 속에서 입체적으로 조망하지 못하고 평면적이고 도식적으로 서술되었다고 보고 있다, 김경숙, 『북한현대시사』, 태학사, 2004, p.17.

학사 정리는 카프외의 작가들 특히 신진작가들의 활동상에 관심을 갖지 않음으로써, 북한문학의 주체가 카프작가들로부터 어떠한 경로를 거쳐서 신진 작가들에게로 옮겨가고 있는지를 파악할 수 없는 한계를 보인다.5)

민족문학사연구소에서 펴낸『북한의 우리문학사 인식』은 북한의 문학사 가운데 남한에서 출판된『조선문학통사』상하,『조선문학사』중 1,2,3권,『조선문학사』중 1권,『조선문학 개관』I,II 등 4종류의 북한문학사를 정리한 책이다. 검토대상은 남북분단 이전 시기인 1945년까지로 잡아 총론과 원시·고대·중세 문학사 서술의 특징과 문제점, 그리고 근·현대 문학사 서술의 특징과 문제점을 제시하고 있다. 통일문학사를 지향해야 하는 입장에서 이러한 북한 문학사의 검토는 매우 의미있는 작업이다. 그런데 이 작업이 공동의 작임과 동시에 각자 개인의 시각에 의해 북한문학사의 특징을 서술해야 하는 한계를 지닌다. 그러나 북한의 문학사가 역사주의적이고, 목적의식적이며, 남한의 문학사는 맹목적인 객체의 문학사라는 특징을 확인할 수 있다6)는 것은 남북한 문학사의 시각차를 줄일 수 있는 바탕을 마련한다는 점에서 그 의의를 인정할 수 있다.

최동호편『남북한 현대문학사』역시 공동의 작업으로 1945년부터 1995년까지의 남북한 문학사를 시도해 보고 있다는 점에서 그 기획 자체가 지니는 의미는 크다. 그는 <남북한 현대문학사 서술을 위한 서설>에서 남북한 통일문학사를 구상하기 위해서는 첫째, 포괄의 논리, 둘째, 사실의 논리, 셋째, 근대성 극복의 논리, 넷째, 민족문학의 논리를 제시한다. 이러한 논리의 토대 위에서 모든 논의들이 정교하게

---

5) 김경숙,『북한현대시사』, 태학사, 2004, p.17.

6) 민족문학사연구소 지음,『북한의 우리문학사 인식』, 창작과 비평사, 1991, p.9.

그 모습을 드러내고 있는 것은 아니지만, 남북한 문학사의 방향성에 대한 모색의 의미는 지닌다. 현대문학사 시대구분을 <분단체제 성립>(1945- 1959), <분단체제의 심화>(1960-1979), <분단체제의 변화와 반성>(1990 -1995)으로 나눈 거시적 시기구분의 근거와 각 시기마다의 논의 내용을 좀더 체계화해야 하는 한계를 지니고 있다.

이명재편의『북한문학의 이념과 실체』역시 공동연구서로서 제1부 <문학사 연구와 그 주변>에서는 북한문학사 기술의 현황과 북한 문학사 서술의 변모양상, 그리고 북한의 문학론을 다루고 있으며, 2부에서는 <시문학과 소설작품론>을, 3부에서는 <인물형상화와 기법 및 담론>을 다루고 있다. 3부에서 <전후 북한 희곡의 특성 연구>나 <영화「꽃파는 처녀」의 기법과 그 의도> 등 논의 대상을 희곡과 영화로 확대하고 있는 점은 연구영역의 확대라는 점에서 의미가 있으나, 연구자들 간의 연구대상과 방법론의 일관성과 통일성이란 점에서, 공동연구가 지니는 한계를 벗어나지 못하고 있다.

김종회편『북한문학의 이해』는 1부에서 시, 소설, 비평, 연극, 아동문학 등 여러 장르를 대상으로 해방이후부터 1980년대까지의 북한문학을 정리하고 있다. 이렇게 다양한 장르를 대상으로 하고 있다는 것은 그만큼 연구영역이 확대되고 있다는 것을 말한다. 2부에서는 항일혁명문학과 대표적인 시인, 소설가를 대상으로 하고 있다. 이 책이 갖는 의의는 조기천, 백인준, 김철 등과 같은 시인들의 시세계를 소개함으로써 그 연구 대상을 넓혀가고 있다는 점이다. 그러나 이 책에서도 북한의 문학예술과 당의 문예정책을 일원론적으로 인식하는 연구관점이 그대로 드러나고 있다는 점이 문제로 지적된다.7)

2000년대로 넘어서면, 개인연구로는 신형기 · 오성호의『북한문학사

---

7) 김경숙, 앞의 책, p.20.

』(평민사, 2000), 김재용의『분단구조와 북한문학』(소명출판, 2000), 김성수의『통일문학 비평의 논리』(책세상, 2001), 김경숙의『북한현대시사』(태학사, 2004), 공동연구로는 김종회편『북한문학의 이해 2』(청동거울, 2002), 목원대학교 국어교육과엮음『북한문학의 이해』(국학자료원, 2002), 동국대학교 한국문학연구소 편『북한의 문학과 문예이론』(동국대학교 출판부, 2003) 등이 주요한 북한문학 연구물이다. 신형기·오성호의『북한문학사』는 남한에서 쓴 첫 북한문학사라는 점에서 그 시도가 돋보인다. 특히 북한문학의 실증적 정리에 충실하면서, 북한문학이 어떤 이야기를 만들어 왔으며, 그것이 어떻게 변화해 왔고, 또 굳어져갔는가를 밝히고 설명하려 했다. 즉 북한문학사를 이야기의 역사로 읽으려 한 것이다. 북한은 자기만의 이야기를 거듭해왔기에 이 이야기들의 역사를 정리함으로써 북한의 자기상을 들여다 볼 수 있다는 것이다. 북한에서의 문학은 인간학으로 간주되어 왔기에 인간에 대한 탐구가 중심에 놓인다고 보았다. 그래서 인간이 되는 이야기는 지도자에 의한 구원의 이야기가 되었고, 곧 구원자인 지도자의 이야기가 되었다[8]는 것이다. 이러한 바탕 위에서 민주건설기(191950), 조국해방전쟁기(1950-1953), 전후복구와 사회주의건설기(1953-1958), 천리마대 고조기(1958-1967), 주체시대(1967-)로 나누어 북한문학사를 서술하고 있다. 그러나 문학사 서술에서 가장 중요한 시대구분의 원칙이 나름대로 설정되었다기보다는 북한의 기존문학사의 시대구분을 그대로 준용하고 있는 입장이어서 독자적인 북한문학사 서술을 위해서는 반드시 해결해야 할 또 다른 과제를 남겨주고 있다.

　김재용의『분단구조와 북한문학』은 그의 이전의『북한문학의 이해』에 연속해 있으면서 진전된 논의구조를 보인다. 북한문학을 분단구조

---

8) 신형기·오성호,『북한문학사』, 평민사, 2000, p.5.

론의 시각에서 보려한 점이다. 분단구조를 해체하기 위해서는 자기중심적 통합주의를 넘어서야 한다는 것, 즉 평양중심주의나 서울중심주의로서는 해결의 실마리를 얻기 힘들다는 것이다. 그래서 그가 제안하는 방향이 통일로서의 분단극복에서 벗어나 통합으로서의 분단극복의 개념이다. 통일로서의 분단극복은 정치중심주의로서 다른 제반의 삶의 영역을 억압할 가능성이 높으며, 또한 장기적 전망보다는 급변에 기대를 두고 있기에 민중의 삶에 치명적 훼손을 줄 가능성이 높다는 것, 따라서 이러한 통일로서의 분단극복은 자기중심적 통합주의의 유혹에 강하게 노출되어 있다는 것이다. 반면에 통합으로서의 분단극복은 이러한 정치일원주의에서 벗어나 있을 뿐만 아니라 민중의 삶을 억압할 가능성이 높은 급변을 피해 민중의 자발성을 최대한 보장할 수 있다는 점에서 화해와 교류의 정신에 충실한 것이라 볼 수 있다. 그런 점에서 통합으로서의 분단 극복이란 새로운 사고틀을 갈고 닦아야 할 것9)이라고 주장한다. 그러나 이러한 방향성의 구체적 실천을 북한문학 연구에서 어떻게 실현해 갈 것인가는 여전히 과제로 남겨지고 있다. 그런 중에도 그의 연구가 북한의 서정시인 김순석론이나 북한의 여성문학을 다루는 선으로 구체화되고 있다는 점은 진전된 모습이다.

　김성수의 『통일의 문학 비평의 논리』는 남북한 문학사의 통합논리를 찾기 위한 모색을 보여주는 연구이다. 1장 <통일문학사를 위한 남북한 문학 통합논리>, 2장 <1920년대 신경향파 문학과 사회주의 리얼리즘의 발생>, 3장 <1920년대 카프의 목적의식론과 「낙동강」>, 4장 <1930년대초의 리얼리즘론과 프로문학>, 5장 <1950년대 북한문학과 사회주의 리얼리즘>, 6장 <1960년대 북한문학과 대작장편 창작방법 논쟁>, 7장 <1980년대 남한의 민족문학론과 사회변혁의 논리>, 8장 <1990년

---

9) 김재용, 『분단구조와 북한문학』,소명출판사, 2000, p.23.

대 북한 문학과 주체 사실주의>으로 구성되어 있는데, 1장의 내용이
이 연구서의 방향성을 분명히 보여주는 부분이다. 그가 여기에서 제시
하는 남북한 통합문학사 기술을 위해 내세우고 있는 공통분모는 민족
문학과 리얼리즘이다. 이를 문학사 통합의 한 기준으로 설정하되 남북
문학사에 저마다 정당한 몫을 부여하는 방식이 갈등해소론적 시각에서
하나의 대안으로 제시될 수 있다[10]고 본다. 그러나 이는 이미 여러 논자
들의 논의 속에서 부분적으로 제시된 바 있는 내용이기도 하고[11], 모형
이 구체적으로 제시되어야 할 과제를 안고 있다.

김경숙의 『북한현대시사』는 1945년 해방 직후부터 1960년대 중반
주체사상 성립 이전까지의 북한시 중 중요한 서사시와 서정시를 다룬
연구이다. 리얼리즘의 관점에서 북한시를 입체적으로 다룬 이 연구는
북한의 서사시와 서정시를 집중적으로 다루었다는 점에서 의미를 지닌
다. 북한의 시 양식이 다양하다는 점에서 서사시와 서정시만을 대상으
로 했다는 한계점 외는 북한시 연구의 중요한 업적으로 평가된다.

공동연구로서 김종회편 『북한문학의 이해 2』는 1부 <해방이후 북한
문학의 사적 탐색>, 2부 <최근북한문학의 경향과 방향성>, 3부 <북한
의 주요작가와 작품의 실상>로 구성되어 있는데, 이전의 공동연구와
변별되는 점은 통일지향의 의식을 바탕으로 한 연구방향들이 많이 보
인다는 점이다. 김종회의 「오늘의 북한문학, 어떻게 볼 것인가」, 홍용희
의 「해방 이후 북한 시의 역사적 고찰」, 문홍술의 「최근 북한 소설에

---

10) 김성수, 『통일의 문학 비평의 논리』, 책세상, 2001, p.41.

11) 김윤식은 이미 「북한의 현실주의 소설」을 논하면서, "민족적 형식이 고정된 것이
    아니라, 역사 전개의 단계적인 과정에서 사회주의적 내용 쪽과 변증법적 관계에
    있다는 점을 남북이 함께 진지하게 논의할 수 있다면, 통일문학론의 실마리도 조
    금은 가능할지도 모를 일이다"라고 밝혔다. 김윤식, 『한국현대 현실주의 소설연
    구』, 문지, 1990, p.404.

나타난 통일문제」, 박덕규의 「통일지향 의식과 1990년대 남북한 소설」, 고봉준의 「남북한 시문학의 접점과 근대문학」 등에서 이러한 모습을 읽어낼 수 있다. 그리고 3장에서는 북한의 주요 작가들의 작품론과 작가론이 제시되고 있는데, 이러한 연구 방향은 궁극적으로 통합문학사를 위한 토대작업이란 점에서 의미가 있다. 그러나 대상 작가나 작품선정이 시대별 혹은 성격별로 이루어지지 못하고, 개인 연구자에 의해 임의로 선정됨으로써 체계적인 연구 성과를 보여주지 못하고 있다.

목원대학교 국어교육과에서 엮어낸『북한문학의 이해』는 연수생들을 위한 교재 원고라는 점과 북한문학의 순수한 이해를 돕기 위한 글들의 모음이란 점에서 특별히 새로운 것은 없다. 그러나 탈북문인인 최진이의 「북한에서 문학예술분야에 대한 당적 영도」, 「북한의 아동문학」과 최동성의 「수령형상문학의 형성과정」, 「북한의 위대한 작가들에 대한 이야기」, 「북한의 불후의 고전적 명작들」은 북한문학에 대한 소개글이지만, 필자들이 북한에서 직접 작가 활동을 하던 자들이란 점에서 그 현장성과 비판성이 돋보인다.

동국대학교 한국문학연구소 편『북한의 문학과 문예이론』은 북한문학을 규정하는 문학제도와 문예이론을 중심으로, 장르론과 작품론 그리고 연구전망 등을 담아내고 있다. 그러나 새롭게 논의되는 장르론과 작품론의 대상이 분명한 방향성이나 체계성을 보여주지 못하고 개별연구자의 임의적인 선택에 맡겨져 있는 형국이라 아쉬움을 남긴다.

지금까지의 북한문학 연구의 개관에서 나타나듯이 북한문학 연구는 개별적인 연구와 공동연구의 두 방향에서 진행되어 왔는데, 그 궁극적인 방향은 남북한 통일문학사의 지향 혹은 통합문학사의 지향을 향해 왔다고 할 수 있다. 이를 실현하기 위해서는 각 장르별 개별 작가론이나 작품론의 토대 위에 통합문학사 서술의 방법론적 모색이 구체화 되어야 한다. 그러나 현재 북한문학 연구의 단계는 이제 개별 작가론이나 작품론 연구를 시작한 선으로 볼 수 있다. 그러므로 통합문학사를 서술하기까지는 감당해야 할 과제가 너무 많이 남아 있는 셈이다.

3. 북한 시문학 연구사

지금까지 남한에서의 북한 문학 연구에 대한 전반적인 사항을 중요 연구서를 중심으로, 연구사란 관점에서 개관해 보았다. 그런데 이러한 개관이 북한 문학 연구의 현황을 파악하는데, 일정 부분 도움은 주지만, 실질적이고 구체적인 북한 문학 연구의 현황과 문제를 파악하는 데는 한계가 있다. 좀더 구체적인 장르적인 차원의·파악이 필요하다. 그래서 이 장에서는 시 장르에 국한해서 그 동안의 북한시 연구가 어떻게 진행되어 왔는지를 살펴보고자 한다.

(1) 2000년 이전 연구 – 전체주의적 접근에서 내재적 접근으로

북한시 연구 분야에서 첫 저술은 김대행의 『북한의 시가문학』12)(이화여자대학교 한국문화연구원, 1985)이다. 이 책은 원래 통일원의 도움을 받아 기획된 것으로 <북한 시가문학의 몇 가지 특수성>, <북한의 문예정책과 시가>, <북한의 시가 창작> 등을 중심으로 구성되었는데, 이후 <북한의 시가문학 연구>를 첨가하여 1990년에 다시 발간되었다. 당시만 하더라도 상당히 이질적인 북한시를 제대로 이해하기 위한 기획으로 저술되었기에 북한시를 어떻게 하면 잘 이해할 수 있을지에 관심을 두고 있다. 북한의 문학창작은 당의 정책과 김일성의 교시에

---

12) 이 책은 1990년에 『북한의 시가문학』(문학과 비평사)이라는 동일한 제목으로 다시 발간되었다. 전반적인 내용은 큰 변화가 없고 후반부에 몇 편의 논문이 첨가되었다.

의해서 확실하게 규정되어 있으며, 그러한 규정에 따라 합목적적으로
행해진다는 것. 창작이 이러하므로 그를 뒷받침하는 문학이론이나 문
학연구도 같은 방향으로 진행되는 것임은 불문가지라는 입장에서 북한
시가문학을 살피는 순서를 북한의 문예정책과 시가에서 출발하고 있
다13). 그가 파악하고 있는 <북한의 문예정책과 시가>는 우선 김일성의
주체문예사상에 근거하고 있으며, 당성, 노동계급성, 인민성의 원칙을
확인하고 있다. 그리고 민족적 특성, 사회주의사실주의, 군중예술론,
작가의 혁명화·노동계급화, 작가·예술인에 대한 당의 영도원칙 등을
살피고 있다.

　　<북한의 시가 창작> 부분에서는 북한시의 장르별 유형을 송시, 가
사, 정론시, 풍자시, 서사시, 서정서사시, 담시, 동요, 동시 등으로 나누
어 설명하고 있으며, 표현방법론의 양상은 운율을 중시하는 것이 북한
시의 특징이며, 특히 북한시의 시어의 요건(고유한 우리말일 것, 인민
대중이 많이 쓰는 말일 것, 정확성과 명료성을 가질 것, 정치적 용어일
것 등)에 대해 논하고 있다. 그리고 시의 내용이 지향하는 주제를 찬양,
고무추동, 폭로로 나누어 시를 분류하고 있다. 마지막 <북한의 시가문
학 연구>에서는 문학연구의 동향, 원전연구, 언어미학 연구, 작가연구,
작품연구, 문학사 기술 등의 항목으로 나누어 연구현황을 개관하고 있
다.

　　이러한 북한시에 대한 논의는 북한시의 전반적인 성격을 이해하는
데는 많은 정보를 제공하는 논의들이나, 논의 대상들이 북한의 주체사
상 이후의 텍스트들이라 북한시의 전반적인 흐름을 이해하는 데는 한
계를 지닌다. 그리고 연구자가 "남북한의 문학을 한자리에 놓고 이야기
하는 목적이 어디에 있든지 간에, 실상이 갖고 있는 거리는 실상대로

---

13) 김대행, 『북한의 시가문학』, 문학과 비평사, 1990, p.14.

파악되는 것이 문제해결의 가장 바른 길이 될 것임은 물론이다. 그리고 북한의 시가문학을 이해하기 위해서는 이런 특수성이 있다는 정도의 전제를 가지고 작품을 대하거나 연구물을 대하는 것이 이해의 첩경을 찾는 태도일 것이14)"라는 연구입장을 밝힘으로써 적극적인 통일지향적인 의지를 내보이지는 못하고 있다.

여기에 비해 김재홍의 「북한시의 한 고찰」15)(『카프시인비평』, 서울대출판부, 1990)은 북한시의 탐색이 통일문학의 길을 열어가는 한 방법 찾기의 출발이라는 인식에서 비롯되고 있다. 북한시를 평화적 건설시기부터 80년대 시에 이르기까지 개관하고 있는데, 특히 80년대 북한시와 이 시기 남한에서 왕성하게 쓰여진 계급해방론에 입각한 노동문학을 비교하고 공통 원형질을 밝혀낸 점은 남·북문학의 한 합치점의 가능성을 제시했다16)는 점에서 긍정적 평가를 하고 있다. 같은 선상에서 발표된 김재홍의 「해방 40년 남북한 시의 한 변모」(『한국 현대시사의 쟁점』, 시와 시학, 1991)는 남북한 시단 형성과 시의 개념 논의를 바탕으로 해방 이후부터 80년대까지 전개된 남북한 시의 이질성과 동질성을 10년을 주기로 대응시켜 논의하고 있다. 이러한 남북한 시의 비교연구는 동질성의 탐색을 통한 통일문학론의 바탕이 된다는 측면에서 의미를 갖는다.

그리고 해방기 시의 리얼리즘적 요소와 경향의 연구를 통해 북한 시의 뿌리를 확인할 수 있는 작업이 신범순의 『해방기 시의 리얼리즘 연구』(서울대 대학원 박사학위 논문, 1990)이다. 이 연구는 본격적인

---

14) 김대행, 같은책, p.32.

15) 이 글은 『북한의 인식』시리즈로 간행된 『북한의 문학』(을유문화사, 1989)에 수록된 글이다. 발표연대로 보면 1989년이나 관점의 측면에서 보면, 2000년대 이후에 나오는 다른 통일지향적 문학연구와 맥을 같이 하고 있다.

16) 홍용희, 「1950년대 남·북한 시의 비교 연구」, 경희대 대학원, 1993, pp.11-12.

북한 시의 연구는 아니지만, 해방공간에서 북한 시들이 지니는 리얼리즘의 성격을 단순한 반영론의 차원을 넘어 리얼리즘의 실천적 미학의 요소를 통해 해명하고 있어 그 의미가 깊다. 이데올로기적 실천 개념이 안고 있는 결함을 비판하고 그것을 보완하기 위해 의미화 실천(signifying practice)과 과정적 주체의 개념17)을 가지고 이데올로기에 있어서의 주체를 새롭게 제기하고 있는 이 논문은 『햇불』, 『조국』, 『문학』에 실린 시들을 분석하여 당파성과 시적 개성 사이의 문제와 전위적인 이데올로기적 시계의 문제를 제시한다. 북한시들에 대한 이러한 리얼리즘 개념에 의한 비판적인 분석은 북한시 연구에서 적극적으로 고려해 볼 사안이란 점에서 의미를 지닌다. 그러나 이러한 방법론의 적용이 이후의 북한시 연구에서 어느 정도 현실적 적합성을 지닐 수 있는지에 대한 논의는 여전히 남겨진 과제이다.

그런데 1990년대 초반 북한 시 연구는 6.25 전쟁문학을 중심으로 비교연구가 활발하게 이루어진다. 이러한 논의의 결과가 오현주의 「남북한의 6.25문학 비교」(《한길문학》, 1990년 7월호), 서경석의 「6.25 전쟁문학 남과 북이 어떻게 다른가」(《역사비평》, 1990년 겨울호), 윤여탁의 「한국전쟁 후 남북한 시단의 형성과 시세계」(『한국현대시사의 쟁점』, 시와 시학사, 1991), 심원섭의 「1950년대 북한 시 개관」(『1950년대 남북한 문학』, 한국문학연구회편, 평민사, 1991), 한형구의 「1950년대의 한국시-전쟁시 혹은 전후시의 전개」(문학사와 비평연구회, 도서출판 예하,1991) 등이다. 이들 논의들이 6.25 전쟁 중 혹은 이후의 남북한 시들이 지니는 특징을 조망해볼 수 있는 시선을 제공하지만, 이 중 한형구의 「1950년대의 한국시-전쟁시 혹은 전후시의 전개」는 이후에 나타난 홍용희의 「1950년대 남·북한 시의 비교 연구」와 맥을 같이

---

17) 신범순, 「해방기 시의 리얼리즘 연구」, 서울대학교 대학원 박사학위 논문, 1990, p.5.

한다는 점에서 의의가 있다. 한 형구는 이 글에서 6.25 이후 남북 전쟁시를 다루고 있는데, 여기서 그는 1950-53 사이의 북한시의 모습을 정리하고 있다. 그는 북한의 전쟁시를 파악하기 위해 북한에서 간행된『해방후 10년간 조선문학』(조선작가 동맹출판사, 1995) 총서 중에서 엄호석이 집필한『조국해방전쟁 시기의 우리문학』을 텍스트로 삼고 있다. 이 책 중 제5장의「전투적 구령-시문학」부분을 텍스트로 해서 북한시의 유형과 특징 등을 제시하고 있다. 전쟁의 경과 순서에 따르면서, 서술되어 있는 엄호석의 서술순서에 따라 북한 전쟁시의 모습을 제시하고 있다. 특히 <전투시> <애국시> <영웅시> 등의 개념에 값하는 소위 전투적 구령의 시들이 말만 앞세운 후방시인들의 관념적 열정에 의하여 창작된 것이 아니라, 실제 전투현장에 참가한 시인, 그리고 원래 전사로서 전투현장에서의 경험을 직설적으로 표출한 민중시인 즉 이른바 전사시인이라고 하는 형태의 시인적 존재방식에 의거하여 제작된 것들이라 함이 남한 시단의 존립방식과 비교하여 우리에게는 유의미한 사실의 하나로 지적될만 하다고 평가한다.[18] 이러한 북한 전쟁시의 성격은 그야말로 인민성 개념에의 철저한 확립을 시사하는 것으로서 생과 문학의 비분리, 지식인과 민중의 비분리라는 사회주의 사회의 특유한 무차별 원칙을 극명하게 보여주는 실례라고 보고 있다.

그리고 시의 양식에 있어서는 단편서정시양식이 있는가 하면 한편 후방인들의 영웅적인 활약상을 그린 장편서사시 양식 또한 이 시기에도 사라지지 않고 유지 창작되고 있었으며 민병균의「어러리벌」, 김순석의「영웅의 땅」과 같은 작품들은 그러한 성과물의 대표적인 사례들로 지적한다. 이러한 장편 서사시의 문제성은 통일문학사의 궁극적 복원이라는 각도에서도 앞으로 이들 개별 작품에 대한 더욱 자세한 논의

<hr>

18) 한형구,「1950년대의 한국시-전쟁시 혹은 전후시의 전개」,『1950년대 문학연구』, 문학사와 비평연구회편, 도서출판 예하, p.68.

가 요구된다는 입장을 보임으로써 통일지향적인 북한시 연구의 단초를 내보인다. 그러나 그의 북한의 전쟁시 연구는 엄호석의 논리에서 크게 벗어나지 못하고 있다는 점에서 북한시 연구에 있어서 내재적 접근법의 시각에 머물고 있다. 1950년대 남북한 전쟁시에 대한 본격적인 논의는 홍용희의 「1950년대 남·북한 시의 비교 연구」(경희대학교 대학원 석사학위논문, 1993)에 와서야 그 모습이 나타난다.

홍용희는 먼저 이 연구의 필요성을 "분단극복의 의지와 통일문학 지향의 길에서 실질적인 의미의 구체적인 실천방안에 대한 실마리가 6.25 전쟁 시기 남·북한 문학의 성격을 통해 찾아낼 수 있다"19)는 판단에 근거하고 있다. 이러한 연구 필요성의 인식은 북한시를 단순히 소개하고 이해하고자 하는 선을 넘어서 있는 차원이다. 이러한 인식에 바탕한 연구의 필요성을 실현시키기 위해서는 남북한 시를 함께 논의할 수 있는 방법론의 모색이 필요한데, 그 방법론을 뱅쌍 데꽁브의 '타자의 동일자화'(identity of the others) 개념에서 찾는다. 우리의 역사는 '타자의 동일자화'가 두 개의 이데올로기 체제의 대립과 투쟁 속에서 수행되어 왔는데, 한국전쟁을 계기로 좌우의 이념적 지향을 확고히 한 남북한이 표방한 문학은 '타자의 동일자화' 작업을 수행하는 제도적 담론기제로서 복무하게 되었다는 것이다. 그래서 이 논문은 1950년대 전쟁시기 남·북한 시문학을 각각 '타자의 동일자화' 작업을 수행하는 제도적 담론기제의 의미를 지닌다는 인식을 토대로 하여 조망하고 있다. 연구대상은 남한의 시는 전쟁기간에 발표된 시와 1950년대 전후시를 포괄하고 있으며, 북한의 시는 조국해방전쟁시기로 명명되는 전쟁기간 내에 창작된 작품을 대상으로 하고 있다.

이들 작품을 대상으로 남북한 시의 언어 이데올로기적 유형을 고찰

---

19) 홍용희, 같은 논문, p.4.

하고 있는데, 남한시의 경우는 전쟁일반시, 반공의식의 고취시, 휴머니즘 계열의 시, 고전지향의 시, 모더니즘 계열의 시로 유형화 했다. 그리고 북한시의 경우는 반제반미시, 소·중공군에 대한 헌사시, 인민군 찬양시, 인민 영웅시, 김일성 우상화 시로 나누고 있다. 이러한 6. 25 전쟁시기 북한의 시는 전쟁이데올로기의 재생산을 통해 김일성 중심 체제의 북한식 사회주의가 규범적 사회임을 선동하고 주입하여 동일화 작업을 수행하는 공식담론기계라고 할 수 있다[20]고 평가한다. 북한시의 상투적이고 기계적인 한정된 지배담론의 구조는 사회체제가 이미 경직된 사물화의 길로 들어섰음을 의미한다는 것이다. 이에 반해 남한시는 북한시의 사회적 기능의 일방적 절대화에 따른 맹목적인 단원주의와는 달리 표면적으로는 방법적 다원주의의 면모를 보인다고 본다. 그러나 그것은 해방이후 추상적 무시간성의 공간에서 인간성 옹호와 생의 구경적 탐구를 강조했던 순수문학론의 인식틀 범주 안에서 확대 재생산된 것이라고 평가한다.[21] 즉 동존상잔의 전쟁이라는 상징적 언어체계를 통해 북한의 합목적적인 단계에 입각한 전쟁이데올로기를 무화시키고 반공냉전구도를 고착화 시켜나간 지배체제집단의 이데올로기적 책략과 그 성격은 '타자의 동일자화' 측면에서는 북한시의 경우와 동일선상에 놓인다는 것이다. 그래서 남한문학이 추상적 무시간성의 자리에서 벗어나지 못한 일종의 도피문학이었다면, 북한문학은 정치적 이념의 일방적 흐름만 있을 뿐 사회적 계기들과 개인적인 계기들이 엮어내는 유기적 연관 속의 삶의 목소리가 결핍되어 있는 왜곡된 문학으로 본다. 문학의 본령이 제도화된 권력의 지배담론에 응전하면서 살아있는 존재로서의 언어를 구현하여 삶의 진정성을 탐구하고 올

---

20) 홍용희, 같은 논문, p.78.

21) 홍용희, 같은 논문, p.78.

바로 반영하는 것임을 염두할 때, 1950년대 우리문학사에서 진정한 의미의 전쟁문학은 산출되지 못한 것[22]으로 판단한다.

문제는 이러한 남북한 시의 비교검토를 통해 확인하고자 한 분단문학의 원형성이 무엇이냐 하는 것이다. 연구자가 내린 결론은 지배이데올로기로 보인다. 그가 지향하는 통일지향의 문학이란 한 마디로 민족의 분단을 고착화 시켜 온 두 개의 지배이데올로기를 뛰어넘는 탈지배이데올로기적 지향의 문학으로 보고 있기 때문이다. 그러나 탈지배이데올로기적 지향의 문학담론이 어떻게 구체화되어 갈 수 있을지는 여전히 남겨진 과제이다. 그런데도 남북한 시의 비교 연구를 통해 통일지향문학의 담론을 창출한 점은 북한시 연구사에 남겨지는 하나의 의미이다.

1995년에 이르면 집단적인 연구로서 조해옥의 「유일사상의 확립과 시적 형상화 주체의 변모」(최동호편『남북한 현대문학사』, 나남출판, 1995)와 윤동재의 「도식성과 산문화 경향 극복을 위한 모색」(최동호편 『남북한 현대문학사』, 나남출판, 1995)이 있다. 전자는 북한의 1960-1970년대의 시문학을 다룬 것이며, 후자는 1980-1995까지의 북한시를 개관한 내용이다. 조해옥의 「유일사상의 확립과 시적 형상화 주체의 변모」는 1967년 이전과 이후로 나누어 시의 특징을 정리하고 있다. 1967년 이전의 시에서는 사회주의 건설의 원동력인 민중들의 형상화가 활발하게 이루어졌던 반면에 이후의 시는 김일성 찬양이라는 한 개인의 송가에 집중되고 있다고 분석하고 있다[23]. 또한 이 시기에는 항일혁명 투쟁의 문학적 반영 양상이 뚜렷하게 나타나는 시기며 미·일제국주의자들에 대한 극도의 적대감을 드러내는 작품과 남한의 4.19

---

22) 홍용희, 같은 논문, p.79.

23) 조해옥, 「유일사상의 확립과 시적 형상화 주체의 변모」,최동호편『남북한 현대문학사』,나남출판, 1995, p.299.

혁명을 소재로 한 시들도 소개하고 있다.

윤동재의 「도식성과 산문화 경향 극복을 위한 모색」은 1980년부터 1995년까지의 북한시문학사의 전개과정을 개관하고 있는데, 이 시기의 시에서 김일성에 대한 찬양, 혁명전통에 대한 계승, 당과 조국에 대한 충성과 의리를 노래하고 있는 점은 앞 시기를 그대로 이어나가고 있으나, 김정일에 대한 찬양이 본격화 되고 있는 점을 확인하고 있다[24]. 그리고 이 시기의 북한 시에서는 도식성, 모방성, 유사성이 많이 사라지고 개성적인 운율창조의 시들이 나타나고 있음을 보여주고 있다. 이들의 연구는 특정시기의 북한시의 특징과 변화를 개관해 주는 선을 크게 넘어서지 못하고 있다. 북한시 연구에 대한 방법론적 모색이 수반되지 못한 결과이다.

이인영의 「서정과 이념의 간극-해방후 안용만 시 연구」(한국문학연구회 편,『1950년대 남북한 시인 연구』, 국학자료원, 1996)는 안용만 한 시인의 개별 연구라는 점에서 의미가 있다. 해방전 <생활 서정과 노동체험의 형상화>를 노래하고 있는 부분과 해방후 <집단적 이념을 형상화>하고 있는 부분으로 나누어, 안용만 시작품의 성격을 해명하고 있다. 해방후 1950-60년대 북한에서의 그의 시작활동을 중심으로 살피고 있는데, 그는 당의 문예정책에 규율을 받아 공적 이념을 실현하고 있지만, 1956-1958년의 시기에는 개인적 서정의 단면도 드러내고 있음을 밝히고 있다[25]. 북한의 시인들이 당의 문예정책에 따라 그의 시세계가 변화하지만, 개별시인의 창작적 개성이 어떻게 작품 속에 내재할 수 있는지에 관심하고 있다는 점은 북한 시 연구에서 필요한 하나의 의미

---

24) 윤동재, 「도식성과 산문화 경향극복을 위한 모색」, 최동호편『남북한 현대문학사』, 나남출판, 1995, p.441.

25) 이인영, 「서정과 이념의 간극」, 『1950년대 남북한 시인 연구』, 국학자료원, 1996, p.359.

있는 시선으로 보인다. 그러나 시인 개인 연구가 북한 시문학사의 공식적인 틀에 너무 기계적으로 대입되고 있다.

이지엽의『한국전후시 연구』(태학사, 1997)는 전후 남북한의 시를 비교 검토하고 있다. 그가 연구방법으로 제시한 것은 분단문학을 바르게 보기와 열린 시각으로 보기이다. 바르게 보기와 열린 시각으로 보기란 구체적으로 말하면, 통일문학을 지향한다는 것이다. 미적 실현물로서의 작품을 객관 타당한 시각에서 바르게 바라봄으로써 공통된 문학적 자질을 이끌어내어 통일문학의 밑바탕을 밝혀보자는 것이다. 이러한 연구의 목적을 연구 방법론으로 치환해서 남북한 전후시의 특징을 분류하고 있다. 남한의 전후시는 크게 ①상황과 의지의 직서 ②저항과 휴머니즘의 회복 ③한의 정서와 전통성 계승 ④풍자와 역설 ⑤분단비극인식과 극복의 차원으로 분석하였으며26), 북한의 전후시는 ①전쟁의식 확산과 투쟁의식 ②경제복구와 노동력의 고취 ③찬가와 송가 ④조국통일과 분단의 형상화 ⑤민족 정서와 목가적 서정 ⑥비판과 풍자 등으로 분석하고 있다27).

이러한 비교분석의 결과로 ①전쟁이 발발되고 계속 중인 전쟁시기의 시들은 남과 북이 똑같이 전쟁발발에 대한 근본적인 질문을 제기하지 못하고 직서적으로 분출되고 있다는 점 ②휴전후 남북의 시문학 전개에서 그 특징적 면모가 조금씩 다르게 나타난다는 점 ③외래사조에 대한 해석과 수용노력에 대한 평가가 바르게 정립되어야 할 필요가 있다는 점 ④풍자와 비판의 시들인 경우 남한은 당대현실을 적나라하게 비판한 적극적 대응방식을 취하고 있고, 북한은 미국이 풍자시의 근간을 이루고 있다는 점 ⑤분단인식의 극복에 관해 남·북한의 전후

---

26) 이지엽,『한국전후시 연구』, 태학사, 1997, p.236.

27) 이지엽, 같은 책, p.237.

시는 통일의지를 보여주고 있다는 점에서 일단 민족동질성 회복의 가
능성을 열어주고 있다는 점 등을 제시한다[28]. 그러나 이 연구는 남북한
시의 비교기준을 무엇으로 설정하고 있는지가 모호하고, 방법론 역시
투명하지 못한 한계를 지닌다. 그리고 같은 주제를 논한 선행연구인
홍용희의 「1950년대 남·북한 시의 비교 연구」에 대한 검토가 없어
이 연구를 넘어서지 못하고 있다.

1998년에 또 다른 공동연구가 이루어진다. 정유화의 「60년대 북한
시문학의 특성과 전개양상」(이명재편『북한문학의 이념과 실체』국학
자료원, 1998), 염철의 「1970-80년대의 북한 서정시 고찰」(이명재편『북
한문학의 이념과 실체』국학자료원, 1998), 류찬열의 「90년대의 북한시」
(이명재편『북한문학의 이념과 실체』국학자료원, 1998) 등이 그것이다.
정유화의 「60년대 북한 시문학의 특성과 전개양상」은 60년대 북한시의
전개양상을 전환기란 입장에서 파악하고 있다. 그가 이 시기를 전환기
로 파악하고 있는 이유는 60년대를 주체문학이 형성되는 과정으로 보
기 때문이다. 이러한 정치적 이유와 함께 60년대 북한시는 새로운 형태
의 시가 출현한다는 점, 그리고 시문학에 있어서 신·구 세대의 교체가
이루어진다는 점을 들고 있다[29]. 이러한 변화 속에서 주체문학의 이념
을 중심으로 60년대에 전개되는 북한시의 특징을 비판적으로 점검하고
있다. 그 비판적 점검대상은 1)60년대 북한 시문학의 이념적 주제, 2)송
가시문학의 변모양상, 3)서정시에 드러난 개인적 상상력의 모습 등인
데, 이념적 주제로는 ①사회주의 건설의 이념성 추구 ②당과 수령의
은덕 형상화 ③항일혁명투쟁과 혁명전통의 강조 ④남한 혁명과 조국통
일에 대한 혁명의식을 드러내는 시작품을 각각 해명하고 있다. 그리고

---

28) 이지엽, 같은 책, pp.238-239.

29) 정유화, 「60년대 북한 시문학의 특성과 전개양상」, 『북한문학의 이념과 실체』, 국
　　학자료원, 1998, P.158.

송가시문학의 변모 양상에서는 집체작으로 창작되는 송가서사시와 혁명사적비 헌시 및 송가 장시의 성격을 논하고 있다. 마지막으로 서정시에 드러나는 개인적 상상력의 모습을 몇 편의 시에서 분석해 내고 있다. 이러한 60년대 북한 시문학의 특징은 그 시적 진실이 항일무장투쟁 공간을 벗어나지 못하고 갇혀있다는 점에서, 그리고 개인의 창조적 역량보다 집단적인 역량을 중요시한다는 점에서, 그것은 하나의 시적 허구로 보일 가능성이 크다30)고 비판한다. 그렇다고 북한의 시문학을 폄하하거나 전면적으로 부정해서는 안 된다는 입장이다. 적어도 반외세에 대한 자주성의 구현, 분단비극의 체험을 우리의 언어로 형상화 하고 있다는 점, 순수욕망에 기초한 개인적 상상력이 은밀하게 구사되고 있다는 점에서 남북한 시문학이 공유할 부분이 내재해 있다고 보기 때문이다. 그러나 이 공유점들이 어떻게 통일문학 논의의 토대를 마련할 수 있는지에 대한 방향성은 구체화하지 못하고 있다.

염철의 「1970-80년대의 북한서정시의 고찰」은 1970-80년대의 주체적 시 창작 이론을 정리한 글이다. 그런데 그가 내세우는 접근의 방법론적 인식이 분명하다. 그는 "북한문학을 그 자체 독립적인 것으로 이해하는 내재적 관점, 그것이 형성된 역사적 조건을 추적하는 역사주의적 관점과 함께 일정 정도 비판적 관점을 요구한다31)는 입장에서 논의를 시작하고 있다. 이러한 북한 시문학연구에 대한 내재적-비판적 접근법32)은 내재적 접근법이 지닐 수 있는 북한 편향적인 시각을 조금은

---

30) 정유화, 같은 논문, p.189.

31) 염철, 「1970-80년대의 북한의 서정시 고찰」, 이명재편 『북한문학의 이념과 실체』, 국학자료원, 1998, p.191.

32) 내재적-비판적 접근방법이란 이종석이 기존 내재적 접근법의 논리 위에 분명한 비판의 의미를 지우고자 붙인 이름이다. 내재적-비판적 접근이란 연구대상이 되는 사회나 집단의 내재적 작동논리(이념)를 이해하고 그것의 현실정합성과 이론·실천적 특질과 한계를 규명해 내려는 접근관점을 말한다. 이종석은 내재적

고쳐 세워갈 수 있다는 점에서 의미가 있다.

　그는 주체적 시창작 이론에 나타나는 특징을, 장용남의 『서정과 시창작』에서 제시하는 바를 중심으로 1)시의 서정성, 2)시의 진실성, 3)시의 독창성을 강조하고 있음을 밝히고 있으며, 유사성과 도식성을 극복하기 위한 방안은 김정일의 『주체문학론』에서 제안한 서정성의 고양과 시문학의 음악성의 강화를 강조하고 있음을 밝히고 있다. 그러나 김정일이 시문학에서 서정성의 고양을 강조하기는 했지만, 그것은 당성과 인민성의 원칙 내에서 이루어질 수밖에 없는 것이었고, 이에 따라 시문학의 서정성 고양 문제는 근본적으로 한계에 부딪힐 수밖에 없었다[33]고 비판한다. 이러한 비판적 시각이 어느 정도 내재적 정합성을 지니는지에 대한 고민이 좀더 필요한 것으로 보인다. 그가 북한시 연구를 위해 내세운 내재적-비판적 접근 시각이 온전하게 실현되고 있지는 못하기 때문이다.

　북한의 서정시에 나타난 개성의 문제를 한 시인을 통해 다룬 글이 김재용의 「북한 사회와 서정시의 운명」(《시안》, 창간호, 1998)이다. 이 글에서 김재용은 김순석론을 통해 북한 시의 한 특징을 짚어내고

　논리에 따라 안으로부터 이해하고 안으로부터 비판하고 분석하는 것을 매우 중요한 것으로 인정한다. 그러나 어떠한 현상이든 일단 안으로부터 이해한 뒤에는 그 검토는 안으로부터만이 아니라 바깥의 기준을 가지고 검토할 수도 있으며 한 사회 혹은 이론에 대한 내재적 이해가 충분히 전제된다면 그것에 대한 평가나 검토는 내재적 정합성만이 아니라 바깥의 다른 기준에 의한 평가도 가능한 것으로 이해하는데 이것이 바로 내재적-비판적 접근법이다. 한편 연구방법론으로서의 내재적-비판적 접근법에 대한 논의를 전개하면서 이종석은 내재적-비판적 접근의 실질적 무게와 의미를 인식론적 자세에 두고 있음을 밝힌다. 즉 내재적-비판적 접근은 북한 연구를 위해서 다양한 이론적 자원들을 동원하기 이전에 무엇보다도 과학적이고 객관적인 북한인식을 위해서 절실히 필요하다는 것이다. 노동일·김진향, 앞의 논문, pp.26-27.

33) 염철, 같은 논문, pp.211-212.

있다. 즉 북한의 문학사, 특히 서정시의 역사에서 보면, 개성과 개인취미 사이의 갈등은 퍽 오래된 것으로 양자가 서로 긴장을 유지한 채 북한시사가 전개되어 왔다는 것, 그런데 이런 긴장의 과정을 전형적으로 보여주는 것이 김순석의 서정시라는 것이다. 그래서 김재용은 우선 김순석의 시 「산향」을 통해 그의 서정시의 토대를 분석하고, 「마지막 오솔길」을 통해 그의 시가 지닌 서정시로서의 개성을 확인하고 있다. 그리고 「늦은 시월의 저무럼 한 때」, 「황소싸움」을 통해서는 시인이 관심한 북한 농촌사회의 근대의 과정을 읽어내고 있다. 북한 서정시에 나타나는 개성의 문제는 이미 다른 논자들에 의해 문제가 제기되었기에 새로운 점은 아니지만, 한 시인의 작품을 집중적으로 분석하여 개성의 문제를 논의한 것은 의미가 있다. 그러나 이런 서정시에 나타나는 개성이 구체적으로 어떻게 남북한 문학의 만남의 거점34)으로 작용할 수 있을지는 남겨진 과제이다.

　류찬열의 「90년대의 북한 시」는 연구방법론에 있어서는 뚜렷한 입장을 제시하고 있다. 북한문학을 바라보는 올바른 시각은 무엇인가 라는 근원적 질문에 대한 치열한 탐구가 우선 있어야 한다는 문제를 제시하고 있기 때문이다. 80년대 중반 이전의 관주도의 북한문학 연구가 갖는 부르조아 편향과 그 이후의 극좌 편향을 동시에 극복하는 것이 무엇보다 중요하다는 연구관점을 내보인다. 이런 연구입장을 토대로 그의 관심은 북한의 90년대 서정시에 초점을 맞추고 있다. 90년대 북한 시에서는 수령의 형상화에 있어서 그 대상이 김일성에서 김정일로 바뀌고 있으며, 수령의 형상화에 따른 도식성 비판이 제기되고 있다는 것이다. 그러나 수령에 대한 형상화라는 원칙이 지속적으로 관철됨으로써 쉽게 도식화에서 벗어나지 못하고 있다는 점을 지적한다35). 그리고 안정기

---

34) 김재용, 같은 책, p.221.

의 「락수물 소리」(《조선문학》, 93년 4월호), 문동식의 「바늘」(《조선문학》, 93년, 3월호) 등의 작품 분석을 통해 주제의 추상성을 일상적 서정을 통해 형상화함으로써 시적 감동에 이르고 있는 작품으로 평가하고 있다. 이런 작품이 90년대 북한시의 새로운 흐름을 잘 반영하고 있다는 것이다. 그런데 이러한 90년대 북한시의 특징 해명과 분석이 연구방법론에서 밝힌 편향성을 극복하고 있는 결과인지는 잘 드러나지 않는다. 연구방법론의 자각에 걸맞는 연구내용을 보여주지 못하고 있다는 것이다. 이는 그의 북한시 연구 접근방법론의 토대가 김재용이 「북한문학은 후퇴하는가」(《한겨레 21》, 1996, 2,14)에서 밝힌 민족문학과 국민문학의 행복한 일치를 구가하는 쪽으로 가야 한다는 전망에 심정적으로 동의하면서도 그 방법론적인 모색이 주체적으로 뒤따라주지 못했기 때문이다.

  주체문예이론과 관련하여 수령형상시를 분석한 연구가 송명희의 「북한의 문학과 주체문예이론」[36]이다. 수령형상시는 송가, 송시라는 형태를 취하면서, 김일성의 혁명과업에 대한 우상화를 내용으로 하고, 이를 주체문예이론을 통해 이론적으로 뒷받침한 시인데, 송명희는 이러한 수령형상화시가 지닌 특징을 다음 몇 가지로 해명하고 있다. ①항일무장투쟁의 찬양②혁명과업 찬양과 남조선해방의 사명 ③김일성 개인숭배의 전면화 등이다. ①항일무장투쟁의 찬양에서 논의되는 시편은 박세옥작 「보천보전투 승리기념탑」, 변홍영의 「백두산정에서」와 황명성의 「백두산의 눈보라」이다. 이 시편들을 김일성의 항일혁명 투쟁과정의 위업을 찬양하고 있는 시로 해석하고 있다. ②혁명과업 찬양과

---

35) 류찬열, 「90년대 북한 시」, 이명재편 『북한문학의 이념과 실체』, 국학자료원, 1998, p.228.

36) 송명희, 「북한의 문학과 주체문예이론」, 『한국문학이론과 비평』4호, 예림기획, 1999, p.287.

남조선해방의 사명을 구가하고 있는 시로는 김상오의 「나의 조국」, 정서촌의 「당을 따라 우리는 가리라」, 「어버이수령님께 드리는 헌시」, 김상훈의 「흙의 표제시」등을 통해 김일성은 위대한 사상가요 혁명가로 신격화될 뿐만 아니라, 제국주의적 억압하에 놓인 남녁땅을 해방시킬 존재로 그리고 있다[37]고 본다. ③김일성 개인숭배의 전면화를 노래하고 있는 시로는 김송남의「인민은 축원의 인사를 드립니다」, 권강일의 「빛나는 시간」, 김시권의 「나의 어머니당이여」, 리종섭의 「만경대여 길이 전하라」, 문동식의 「인민의 태양이 솟아오른 고향에서」, 동기춘의 「어머님께서는 오늘도 걷고 계십니다」, 최장수의 「약속」 등을 다루고 있는데, 김일성의 개인숭배뿐만 아니라, 가계 나아가 김정일까지도 수령이자 동지로 추앙되고 있음을 시에서 확인하고 있다.

이러한 수령형상시는 어버이 수령에 대한 인민의 효성과 충성이란 봉건적 담론을 기초로 한 김일성 특유의 카리스마와 성군 이미지를 형성하며, 사회정치적 생명체로서의 수령 당 인민의 혈연적 관계를 강조한다. 김일성 우상화 작업은 개인에 대한 숭배로부터 김일성 가계 전체의 혁명화와 우상화라는 방향으로 전면화되는데, 이는 김일성-김정일 세습체제 구축은 물론이며, 김정일의 권력승계를 용이하게 하기 위한 목적의식을 갖고 있었다[38]고 평가한다. 그러나 이러한 수령형상시의 해명은 좀더 폭넓은 원전확보와 함께 주체문예시기 이후 수령형상시가 어떻게 전개되어 왔는지에 대한 사적인 고찰이 과제로 남겨져 있다.

지금까지 살펴본 2000년 이전의 북한시에 대한 연구는 연구자에 따라 약간의 편차는 있지만, 북한시에 대한 접근이 전체주의적 접근에서

---

37) 송명희, 앞의 논문, p.304.

38) 송명희, 앞의 논문, p.315.

내재적 접근방법에 기초한 연구로 진전되어 왔다고 할 수 있다.

(2) 2000년 이후 연구 -내재적 접근에서 내재적-
비판적 접근법으로

2000년대로 넘어오면, 다양한 논자들에 의해 북한 시문학에 대한 논의들이 계속된다. 김재용의 「서정성과 산문화 사이에서」(『분단구조와 북한문학』,소명출판, 2000)는 8.15 이후부터 1989년까지의 북한시의 흐름의 특징을 비판적 시각으로 정리하고 있다. 그가 북한시의 흐름을 개관하기 위해 나눈 시기는 ①해방과 전쟁 그리고 시적 실험들(1945-1953) ②시의 비판성과 길항작용(1953-1958) ③시의 다양화와 서사성의 강화(1959-1967) ④절대적 과거와 새 세대(1967-1980) ⑤생활의 재발견과 서정의 강화(1980-1989) 등으로 나누고 있다. 시사의 시대구분의 잣대를 어디에 두고 있는지를 밝히지 않고 있어, 논란은 있지만, 그가 『북한문학의 역사적 이해』에서 보여주고 있는 북한문학의 사적 전개를 <해방부터 유일사상 체계 확립까지>(1945-1967)와 <유일사상체계 확립부터 현재까지>(1967-1993)로 이분화해서 논했던 것에 비하면 시사의 흐름은 1990년 이전까지를 다섯 시기로 상당히 세분화해서 다루고 있다. 북한시의 흐름을 정리하면서 그가 관심하고 있는 것은 각 시기마다에 나타나는 특징을 규명하는 것과 각 시기마다 등장하는 서사시의 성격을 해명하는 것이다.

<1945-1953> 시기에 나타나는 가장 두드러진 특징은 많은 신인들의 등장으로 보고 있다. 그리고 이 시기에 나타나는 서사시의 특징은 일제하 항일운동을 다룬 조기천의 『백두산』의 계열과 당대현실을 배경으로 외세에 맞서 통일을 이루려는 조기천의 『생의 노래』 계열로 분류하고 있다. <1953-1958> 시기에 나타나는 시의 특징은 문학의 비판성 강화

를 들고 있다. 그리고 이 시기의 서사시는 민병균의 『조선의 노래』,
신상호의 『연대의 기수』, 김학연의 『소년빨치산 서강렴』, 서만일의 『폭
풍을 뚫고』 등 전쟁을 다루는 작품이 주류를 이루고 있다는 점을 지적
한다. <1954-1967> 시기의 시의 특징은 현실주제를 다룬 작품들이 압
도적으로 많다는 점과 서사시에서도 전관진의 「흐르라 나의 강아」, 전
동우의 「인간의 노래」, 이맥의 「하나의 길 우에서」 등 당대현실을 다룬
서사시가 등장하고 있음을 밝히고 있다. <1967-1980> 시기의 시에 나
타나는 두드러진 특징은 수령형상 창조와 혁명전통을 다룬 시들이 나
타나며 과학기술의 문제를 다룬 시가 보인다는 점이다.

마지막으로 <1980-1989> 시기에 나타나는 시의 특징은 생활의 재발
견과 당대의 현실을 다루는 서사시가 등장하는 점에 주목하고 있다.
그런데 이 시기에 나타나는 당대현실을 다루는 시는 60년대 등장한
당대현실을 다루는 시와는 차이가 있다는 점을 밝히고 있다. 오영재의
『대동강』과 장건식의 『지평선』과 같이 이 시기의 서사시는 당대 현실
자체가 서사시의 배경이 되어버리는 특징을 가진다는 것이다. 이렇게
북한시의 흐름을 정리하면서, 김재용이 지닌 관심의 하나는 북한문학
이 지향해온 평양중심의 민주기지론을 비판적으로 해명하는 일39)이다.
그러나 이러한 의도는 1980년대 북한 시를 논하는 부분에서 약간 언급
될 뿐, 전체시사 정리의 흐름 속에 관통해 있지 못하다.

북한시사의 정리는 윤여탁의 「북한시사의 전개」(《시와 반시》,
2000년 겨울호)에서도 확인된다. 그러나 여기서 제시되는 북한시사는
1945년부터 1975년까지의 대체적인 윤곽을 제시하고40) 있기에 앞서

---

39) 김재용, 「서정성과 산문화 사이」,『분단구조와 북한문학』, 소명출판, 2000, p.203.

40) 윤여탁, 「북한 시사의 전개」, 《시와 반시》, 2000년 겨울호, p.145.

확인한 김재용의 「서정성과 산문화의 사이에서」에서 파악한 내용에
비하면 요약・정리하는 수준을 넘어서지 못하고 있다. 한 시대에 국한
해서 북한시의 특징을 해명하고 있는 글이 홍용희의 「김정일 시대와
북한 시의 동향」(《21세기문학》, 2000년 가을호)이다. 그는 김정일 시
대의 북한 시의 특징을 <김정일 동지에 대한 칭송>, <고난의 행군과
붉은 기 사상>, <강성대국을 향한 도정>, <통일 시대로 향한 모색>
등으로 파악하고, 강성대국론과 함께 진행되는 개방정책과 아울러
1990년대 이래 강조된 자주성의 시대논리가 새로운 변화를 가지고 올
수 있지 않을까[41] 하는 가능성을 밝히고 있다. 그런데 이 글은 김정일
시대의 북한 시의 특징을 소개하는 차원을 크게 넘어서지 못한 한계를
보인다.

　북한의 서정시를 다룬 박승희의 「남북 화해와 북한의 서정시」(《시
와 반시》, 2000년 겨울호)는 북한시의 전면을 장악하고 있는 서사적
성격, 서사시의 과다한 창작과 같은 북한 시창작의 현실 속에서 서정시
의 본령을 찾아보고자 하고 있는데[42], 그가 파악하고 있는 북한 서정시
의 성격논의는 앞서 논의한 염철의 「1970-80년대의 북한 서정시 고찰」
과 김재용의 「북한 사회의 서정시의 운명」에서 크게 벗어나지 못하고
있다. 그리고 김용락은 「북한시의 이론적 특성에 대하여」에서 박기훈
이 엮은 『사실주의 서정시 강좌』의 내용을 중심으로 1990년대 초까지
의 북한 서정시의 특징을 해명하고 있는데, 북한시에서 서정성은 시인
자신이 드러내고자 하는 내용(사상)과 불가분의 관계를 형성하고 있다
고 본다. 그래서 북한시에서 형식이나 시창작 기법은 최종적으로는 내
용우선주의로 환원된다[43]는 것이다. 논의의 텍스트가 되었던 박기훈이

---

41) 홍용희, 「김정일 시대와 북한 시의 동향」, 《 21세기 문학》, 2000년 가을호, p.91.

42) 박승희, 「남북 화해와 북한의 서정시」, 《시와 반시》, 2000년 겨울호, p.194.

엮은『사실주의 서정시 강좌』내용을 좀더 비판적 관점에서 체계적으로 분석하여 결론을 내렸으면 하는 아쉬움이 있다.

신범순의「해방기 북한의 시단과 시인들의 활동」은 해방기의 북한시의 특성을 3가지 측면에서 비판적으로 점검하고 있다. ①북조선문학예술총동맹의 당문학 노선과 개성에 대한 논의 ②당의 노선에 대한 시적 복무와 긍정적 전형의 탐색 ③1946년 이후 북한 시의 낙관주의와 주관주의이다. 이들 논의를 통해 북한시가 어떻게 획일화 되어 나갔으며 경직된 체제에 복무하게 되는지를 확인할 수 있다44). 그런데 이 논의는 그의 학위논문인『해방기 시의 리얼리즘』에서 논한 내용을 넘어서지 못하고 있다.

해방기 북한시 연구를 좀더 체계적으로 실현시킨 것이 우대식의「해방기 북한 시문학 연구」이다. 그는 역사비평적 관점에서 해방 후부터 <북조선 임시인민위원회>가 설치되기 전까지, 그리고 1946년 이른바 민주개혁이 단행되어 사회모순을 제거하는 1947년 초까지의 기간, 마지막으로 민주기지론의 완성태로서 모습을 드러내는 전쟁전까지의 시기로 구분하여 시문학론과 시적 현실 인식을 살피고 있다. 이런 시간의 순서에 따른 접근방법은 내재적 접근에 기초한 것으로 해방기 북한시의 특징을 객관적으로 들여다보고자한 결과이다. 그가 이 시기의 북한시를 검토한 결과 내린 결론은 대중의 진솔하고 건강한 감정을 표출하고 있는 점과 일제에 대한 투쟁의 양상을 왜곡하지 않고 보여주고 있다는 점을 긍정적으로 평가하고 있다. 그러나 김일성의 찬가와 대중성을 강조한 저급한 형식 그리고 무비판적인 소련에 대한 지향은 시문학의 양식 자체를 의심하게 만들었다는 부정적 평가를 내리고 있다45). 이러

---

43) 김용락,「북한시의 이론적 특성에 대하여」,《시와 반시》, 2000년 겨울호, p.178.

44) 신범순,「해방기 북한의 시단과 시인들의 활동」,《시와 반시》, 2000년 겨울호, p.192.

한 비판적 점검이 시가 지닌 미학적 접근에 의한 것이 아니라는 점에서 아쉬움을 보이고 있다.

　2000년대에 와서 집단적인 연구는 김종회편『북한문학의 이해 2』와 목원대 국어교육학과 편『북한문학의 이해』에서 이루어지는데, 여기서 북한 시에 대한 다양한 논의가 이루어진다. 홍용희의 「해방 이후 북한시의 역사적 고찰」, 박주택의 「북한 산수시의 전개양상 –1990년대 시를 중심으로」, 고봉준의 「남북한 시문학의 접점과 근대문학」, 이성천의 「박세영 시를 통해 본 북한 시의 변모과정」, 강정구의 「주체의 역사에 대한 충실한 기록 –정서촌의 시집『날이 밝는다』를 중심으로」, 김수이의 「주체조국 건설의 선봉에 선 계관시인 –오영재론」, 오성호의 「북한시의 형성과 전개」 등이 그것이다.

　홍용희의 「해방 이후 북한시의 역사적 고찰」은 북한에서 간행된 문예이론서와 문학사 그리고 《조선문학》, 《청년문학》을 토대로 해방 이후 북한시의 흐름을 개관하고 있다. 북한의 공식적인 문학에 대한 고찰은 남북한의 문학적 이질성의 배경과 현황을 진단하고, 그 극복의 방안에 대한 논의의 토대를 마련해 준다는 점에서 민족문학사적인 의미를 부여하고 있다[46]. 그러나 실제 이 글이 그러한 의미를 어느 정도 부여하고 있는지는 미지수다. 논자가 제시하고 있듯이 이를 위해서는 남북한 문학이 지닌 동질성을 찾고, 이를 바탕으로 통일문학논의의 단초를 마련해야 하기 때문이다, 그러나 아쉽게도 이 글은 북한시를 개관하는 선에서 기획된 결과로 보여 이를 충족시켜주지 못한다.

　북한 시의 흐름을 장르적인 측면에서 접근한 글이 오성호의 「북한시의 형성과 전개」이다. 이글은 북한 시의 뼈대를 이루고 있는 송가, 서사

---

45) 우대식, 「해방기 북한 시문학 연구」,아주대학 대학원 박사학위논문, 2001, p.140.

46) 홍용희, 「해방이후 북한 시의 역사적 고찰」, 김종회편『북한문학의 이해 2』, 청동 거울, 2002, p.27.

시, 서정시의 형성과 전개과정을 다루고 있다. 송가는 김일성이 해방과 새 역사의 주체임을 선언함으로써 민중들의 잠재의식 속에 간직되어 있던 민중적 메시야에 대한 꿈을 일깨우는 한편 김일성이 바로 메시야 임을 알리고 있다는 것이다. 그리고 서사시는 송가의 김일성이 어떻게 해방과 새 역사의 주체가 되었는지를 이야기한 것으로 보았다. 서정시 는 국가와 인민에 대한 의무의 자각과 이를 바탕으로 한 증산의 열의를 부추기기 위해 씌어졌다는 것이다. 그러므로 송가와 서사시와 서정시 들은 북한 시가 전개되어나갈 방향과 추구해야 할 목표를 제시한 것으 로 본다. 따라서 이후의 북한시는 초기의 송가, 서사시, 서정시가 말한 것을 각각의 시대가 제기하는 과제에 비추어 확대재생산함으로써 북한 체제의 형성, 유지, 강화에 기여했다고 평가한다[47]. 이러한 연구는 북한 시의 장르적 연구라는 점에서 시연구의 본격연구에 다가서 있는 긍정 적인 측면을 지닌다. 그러나 남한 시의 장르적 특성과의 비교고찰을 통한 통합접점의 모색은 과제로 남겨져 있다.

　박주택의 「북한 산수시의 전개양상 -1990년대 시를 중심으로」는 북 한시에서 그렇게 많지 않은 산수시를 분석해보고 있는 글이다. 북한의 산수시는 소박한 풍경묘사에 그칠 뿐 자연의 이치나 예지를 심도 있게 드러내지 못하고 있다[48]고 본다. 그것은 북한 문예관에서 비롯된 것이 기는 하지만 그것만으로도 의의를 지닌 것으로 평가한다. 남북한의 정 서적 유대가 가능한 부분이기 때문이다. 이런 특정 소재 중심의 논의는 의미를 지니나, 남한의 산수시와의 비교검토가 없다는 점이 아쉬움으 로 남는다.

---

47) 오성호, 「북한시의 형성과 전개」, 목원대학교 국어교육과 엮음,『북한문학의 이해』, 국학자료원, 2002, p.83.

48) 박주택, 「북한 산수시의 전개 양상」, 김종회편『북한문학의 이해 2』, 청동거울, 20 02, p.175.

고봉준의 「남북한 시문학의 접점과 근대문학」은 정지용과 백석의 시가 지닌 민족이라는 공통 관념에 의해 남과 북의 이념적 거리를 좁힐 수 있는 계기를 마련할 수 있는 논의라는 점에서 의미가 있다[49]. 이들 작품이 보여주는 민족적 정서와 형식이 남과 북의 이념적 대립을 넘어 민족적 동질성을 회복하는데 중요한 역할을 할 수 있기 때문이다. 그러나 이들이 지닌 민족적 동질성이 다른 시인에게는 어떻게 적용되며 확산될 수 있는지에 대한 논의의 과제를 남기고 있다.

이성천의 「박세영 시를 통해 본 북한 시의 변모과정」, 강정구의 「주체의 역사에 대한 충실한 기록 -정서촌의 시집 『날이 밝는다』를 중심으로」, 김수이의 「주체조국 건설의 선봉에 선 계관시인 -오영재론」은 박세영, 정서촌, 오영재를 각각 독립적으로 다룬 시인론이라는 점에서 북한 시 연구의 진전된 모습을 보인다. 그러나 이 연구들이 아직은 자료의 미비와 비판적 거리의 미확보로 북한시의 내재적 접근법에서 크게 벗어나지 못하고 있다.

자료를 좀은 쉽게 접할 수 있는 여건에 놓여 있는 조선족 연구가인 선우상열에 의해 이루어진 『광복후 북한현대문학 연구』(열락, 2002)는 수령형상문학에 대한 개관적인 접근이란 점에서 눈여겨 볼만한 자료가 보인다. <수령형상 창조문학 연구>라는 제1편 중에서 시문학부분에서 선우상열은 수령형상시의 전개 양상을 북한문학의 일반적인 시기구분에 의거해서 분석하고 있다. 그 시기를 ①1925-1945.8(항일무장투쟁시기) ②1945년 8월-1950년 6월(해방공간) ③1950.6-1953.7(6·25동란시기) ④1953. 8-1959년(전후복구건설 및 사회주의 개조시기) ⑤1960년대(주체사상확립준비시기) ⑥1970년대(주체사상확립시기) ⑦1980년대(주체사상고양시기) ⑧1990년대(우리식 사회주의시기)로 나누어 수

---

49) 고봉준, 「남북한 시문학의 접점과 근대문학」,김종회편 『북한문학의 이해 2』, 청동거울, 2002, p.188.

령형상시의 흐름을 정리하고 있다.

①1925 - 1945.8(항일무장투쟁시기)에서는 수령형상문학의 첫 송가인 김혁의 「조선의 별」(1928)을, ②1945년 8월 - 1950년 6월(해방공간)에서는 북조선예술총연맹에서 펴낸『우리의 태양』(1946)과 조기천의 장편서사시 「백두산」(1948)을 중심으로 논하면서, 해방후 「백두산」과 「김일성장군의 노래」가 김일성송가의 쌍벽을 이루었다고 평가한다. ③ 1950.6 - 1953.7(6 · 25동란시기)에는 전시송가작품이 대량생산된 시기로 전시송가는 헌시와 송가적 서정시라는 두 형식으로 창작되었다고 본다. 헌시는 백인준의 「크나큰 그 이름 불러」(1952)가 대표적인 작품이며, 송가적 서정시는 안룡만의 「수령님의 이름과 함께」(1951)처럼 현명한 리드쉽과 업적을 노래한 것과 이맥의 「장군님께서 오신 마을」 (1951)처럼 인간성을 노래한 것, 김북원의 「우리의 최고 사령관」(1950)처럼 흠모와 충성의 마음을 노래한 것으로 분류하고 있다.

그리고 ④1953.8-1959년(전후복구건설 및 사회주의 개조시기) 에는 원종소의 가사 「김일성원수께 드리는 노래」(1956)에 주목하고 있다. ⑤1960년대(주체사상확립준비시기)에는 서정시, 서사시 등이 꾸준히 창작되지만, 1960년대 후반에는 김일성을 칭송하는 일군의 장시들이 창작되며, 특히 송가가사가 대량 창작된 특징을 지적하고 있다. ⑥1970 년대(주체사상확립시기)에는 김일성송가작품들을 실은 서정시집, 서사시집 및 종합시집들이 대량출판 된 시기로 파악한다. 대표적인 서정시집으로『인민은 노래한다』(1970),『당의 기치따라』(1970) 등, 서사시집은『수령님은 우리의 어버이시다』(1971),『불멸의 자욱』(1973) 등, 종합시집으로는『만경대는 우리의 심장』(1971),『우리 인민은 행복합니다』(1972) 등이 논의대상이 되고 있으며, 1970년대에 들어 김정일에 대한 송가가 본격화되고 있음을 잔금옥의 가사 「이 세상 멀고먼 곳가면 갈수록」(1970)을 통해 논하고 있다. ⑦1980년대(주체사상고양시기)에는 수령송가 서정시, 서사시가 활발히 창작되는 가운데 처음으로 「새벽」을 필두로 서정서사시가 창작되었고, 김정일의 후계체제가 한층 확고해지면서 김일성과 대등한 위치에 오르게 됨을 김철의 「백두의 새날」(1982), 김경기의 「백두산에 오르시어」(1983) 등에서 확인하고 있다. ⑧1990년대(우리식 사회주의시기)에서는 김일성의 서기기념 시「불멸하라, 위대한 영생의 노래여」, 「영원하라 동지에의 역사여」 등에서 김일성을 노래하면서도 김정일의 김일성에 대한 충효 및 김일성 그대로인 동지애를 곁들여 노래함으로써50) 우리식 사회주의를 구가하고 있다고 본다.

이러한 선우상열의 수령형상시에 대한 정리는 북한 수령형상문학의 흐름을 객관적으로 이해하는 데는 도움을 주나, 비판적 거리를 지니지 못해 그 한계를 분명히 제시하지 못하고 있다.

그러나 김경숙의『북한현대시사』(태학사, 2004)는 북한시 연구에 있어서 새로운 전환점이 될 수 있는 연구결과물이다. 북한 시에 대한 새로운 연구방법으로 장르적 접근을 처음으로 시도하고 있기 때문이다. 북한시에 대한 장르적 접근이 전혀 없었던 것은 아니지만, 북한의 서사시와 서정시를 중심으로 체계적인 분석은 없었기 때문이다. 그가 다룬 북한의 시가 1945년부터 1960년대 중반까지라는 시기적인 한계가 분명하지만, 그가 지금까지의 북한 시 연구가 지닌 도식주의적인 측면을 극복해보려는 의도는 긍정적이다. 이러한 의도의 실천의 하나로 그는 기존의 북한문학사의 시대구분에 이의를 제기하고 새로운 시기구분을 제안한다. 그가 제시하는 시대구분은 ①제1시기 : 1945-1949년 ②제2시기 : 1949 -1953 ③제3시기 : 1953-1955년 ④제4시기 : 1956- 1958년

---

50) 선우상열,『광복 후 북한현대문학 연구』,열락, 2002, p.77.

⑤1958년 이후이다. 여기서 기존의 시대구분과 차이가 나는 부분은 제2시기와 제4시기이다. 보통 1950년을 기점으로 제2시기를 구분해 왔는데, 전쟁발발이라는 역사적 시기를 문학에 단선적으로 대입하지 않고 작가들이 직접 피부로 느끼는 현실감각을 드러내주는 부분으로 시기를 잡아야 한다는 것이다. 제4시기도 1953년과 1958년 사이에 1955년 혹은 1956년이라는 또 하나의 마디를 설정하고 있는데, 이는 기존의 문학사와는 근본적으로 다른 구분이다. 새로 설정된 이 시기는 사상성에 대한 강조와 작가들의 예술성에 대한 욕구가 갈등을 일으키면서 극도의 긴장관계를 형성한 시점이기에 따로 한 시기를 획정해야 된다는 것이다. 이러한 시기구분은 당의 문예정책과 작가들의 창작욕구를 일방통행적인 관계로 보지 않고 상호작용하는 관계로 봄으로써 북한문학사를 보다 역동적이고 입체적으로 조망해 볼 수 있다는 의미를 갖는다[51]. 이는 바로 북한시에 대한 접근을 내재적 접근에만 의존하지 않고 비판적 거리를 가짐으로써 가능한 결과로 보인다.

이런 관점에서 북한의 서사시를 분석한 틀은 ①서사시의 형태 ②화자와 서사적 주인공의 관계 ③인물의 행동 유형과 신분적 유형 ④서사구조의 전개양상 ⑤서사시의 주제 등이다. 이 틀을 가지고 앞에서 제시한 다섯 시기에 따라 북한의 서사시가 어떠한 차이를 보이며 변모해 나갔는지를 살피고 있다. 제1시기에는 조기천의 「백두산」을, 제2시기에는 단편서사시인 김학연의 「독로강 기슭에서」와 김북원의 「락동강」을, 제3시기에는 대하 장편서사시인 민병균의 「조선의 노래」를, 제4시기에는 서정서사시인 이용악의 「평남 관개 시초」를, 제5시기에는 서정서사시인 손승태의 「불타는 룡해강」을 각각 다루고 있다.

그리고 북한의 서정시를 분석하기 위한 틀로는 ①서정시의 형태 ②

---

51) 김경숙, 『북한현대사사』, 태학사, 2004, p.36.

시적 형상화의 대상 ③주제의 형상화 방식 ④정서적 동일화의 방식 등으로 나누어 다섯 시기의 서정시를 각각 분석하고 있다. 이러한 북한 시의 분석은 북한 시를 장르적인 측면에서 새롭게 볼 수 있다는 점에서 의의를 가진다. 그러나 연구자가 의도한 당의 문예정책과 작가들의 창작욕구가 어떻게 상호작용하여 역동적인 모습을 보이고 있는지를 실제 시 분석에서 확연하게 확인하기는 힘들다는 아쉬움이 있다.

2000년대 이후 북한시에 대한 연구는 이전에 비해 상당히 다양화되었다는 점은 확실하다. 그리고 북한시 텍스트에 대한 시선이 단순히 내재적인 입장에만 서 있는 것이 아니라, 비판적인 거리를 확보하려는 연구입장에 서 있다는 점이 드러난다. 그리고 남한 시와의 비교검토를 통한 접점의 모색을 지향하고 있다는 점도 확인된다. 그러나 아직까지 새로운 텍스트를 다루는 경우는 내재적인 입장에서 크게 벗어나지 못하는 한계도 보이고 있다.

4. 닫으면서

지금까지 남한에서의 북한시 연구사를 개관해 보았다. 연구 자료를 시대순서에 따라 단순히 나열하는 선에서 크게 벗어나지 못했지만, 정리하면서 놓치지 않으려고 한 점은 북한시문학 연구에 대한 관점의 변모 양상이었다. 그것은 거시적으로 보아 전체주의적 접근법에 기초한 연구에서 내재적 접근법, 그리고 내재적 - 비판적 접근법, 비교사회주의적 접근법으로의 진전이라고 이름붙일 수 있을 것 같다. 북한 시문학 연구에 있어서 이러한 관점들은 북한 시에 대한 이해나 소개차원에서, 비판적 거리를 가지고 분석하기, 남북한 시의 비교연구 등으로 나타났다. 이러한 관점의 변화는 북한문학을 민족문학으로, 나아가 통일문학 혹은 통합문학의 한 대상으로 인식하면서 가능한 것으로 보인다.

그런데 북한시문학 연구에 대한 이러한 관점의 변화에도 불구하고, 아직도 내재적 접근에 의한 연구와 내재적 - 비판적 접근에 의한 연구가 혼재하고 있다. 이는 아직 제대로 소개되지 않은 북한시에 대한 자료가 많다는 것을 말한다. 이는 북한문학 연구에서 근본적으로 해결해 가야 할 과제이다. 그리고 북한시 연구가 진전되면서, 북한 시인의 작품론과 작가론이 나타나기는 하지만, 이를 바탕으로 남한에서 북한 시문학사를 새로 쓰기에는 아직 역부족임을 확인할 수 있었다. 이는 바로 북한 시문학 연구 대상이 많이 산재해 있다는 것을 반증함과 동시에 다양한 관점에 의해 논의되어야 하는 과제를 남겨두고 있다는 말이다.

참 고 문 헌

김경숙,『북한현대시사』, 태학사, 2004, p.17, p.20, p.36

김대행,『북한의 시가 문학』, 문학과 비평사, 1990, p.14, p.32

김성수,『통일의 문학비평의 논리』, 책세상, 2001, p.41

김용락, 「북한시의 이론적 특성에 대하여」『시와반시』, 2000년 겨울,p.178

김윤식,『북한문학사론』, 새미, 1995, p.60, p.150

______,『한국현대 현실주의 소설연구』, 문학과 지성사, 1990, p.404

김재용,『북한문학의 역사적 이해』, 문학과 지성사, 1994, p.160

______,『분단구조와 북한문학』, 소명출판사, 2000, p.23, p.203

김재홍,『카프시인비평』,서울대출판부, 1990, pp.231-288

김종회편,『북한문학의 이해』, 청동거울, 2002, p.27, p.175, p.188

노동일 · 김진향,「북한연구방법론 고찰」, 경북대 평화문제 연구소,『평화연구』23집, 1998, pp.91-92, pp.97- 98

동국대학교 한국문학연구소편,『북한의 문학과 문예이론』, 동국대학교
　　　　출판부, 2003, p.177

목원대학교 국어교육과 엮음,『북한문학의 이해』, 국학자료원, 2002,
　　　　p.83

민족문학사연구소 지음,『북한의 우리문학사 인식』, 창작과 비평, 1991,
　　　　p.9

박승희,「남북 화해와 북한의 서정시」,『시와 반시』, 2000년 겨울호,
　　　　p.194

선우상열,『광복후 북한 현대문학 연구』, 열락, 2002, p.77

송명희,「북한의 문학과 주체문예이론」,『한국문학이론과 비평』4, 1999,
　　　　p.287, p.304, p.315

신범순,「해방기 시의 리얼리즘연구」, 서울대 박사학위논문,1990, p.5

　　　,「해방기 북한 시단과 시인들의 활동」,『시와반시』, 2000년 겨울,
　　　　p.192

신형기,『북한소설의 이해』, 실천문학사, 1996, p.6

신형기・오성호,『북한문학사』, 평민사, 2000, p.5

우대식,「해방기 북한 시문학 연구」,아주대학교 대학원 박사학위 논문,
　　　　2001

윤여탁,「북한시사의 전개」,『시와 반시』, 2000년 겨울, p.145

이명재편『북한문학의 이념과 실제』, 국학자료원, 1998, p.189, p.191,
　　　　p.158, p.228

이인영,「서정과 이념의 간극」,『1950년대 남북한 시인연구』, 국학자료
　　　　원, 1996, p.359

이지엽,『한국전후시 연구』, 태학사, 1997, p.236, p.237, pp.238-239

최동호,『남북한 현대문학사』, 나남출판사, 1995, p.229, p.441

한형구, 「1950년대의 한국시- 전쟁시 혹은 전후시의 전개」,『1950년대 문학연구』, 예하, 1991, p.68
홍용희, 「1950년대 남북한시의 비교연구」, 경희대석사학위논문, 1993, p.4, pp.11-12, p.78
______, 「김정일 시대와 북한시의 동향」,『21세기 문학』, 2000년 가을호, p.91

조기천 『백두산』 연구의 선결문제

고 현 철

1. 서 론

조기천의 『백두산』은,[1] 주지하는 바와 같이, 북한 문학에서는 하나의 기원과 같은 작품으로 많은 연구가 이루어져 온 작품이다. 조기천의 『백두산』은 발표되고 난 직후부터 북한에서는 많은 주목과 찬사를 받은 만큼 바로 연구가 이루어져 왔는데, 그 대표적인 것을 들면 다음과 같다.

엄호석, 「조선문학에 나타난 김일성장군의 형상」, 『문학예술』, 1950.5.
리정구, 「시인 조기천의 창작의 특징과 의의 – 그의 1주기를 제하여 「조기
　　　　천 연구」의 일부로서–」, 『문학예술』, 1952.7.
리정구, 「시인 조기천의 문학적 활동과 애국주의 사상」, 『문학예술』,
　　　　1952.11.
한효, 「조기천의 창작에 있어서의 당성」, 『문학예술』, 1953.7.

---

[1] '백두산'은 하나의 작품이므로 「 」를 사용하는 게 일반적인 관례이나, 이 '백두산'이 장편 서사시로 단행본으로 간행된 바가 많아 단행본일 경우의 부호인 『 』와 혼용해서 사용할 경우 다른 것으로 혼동될 우려가 있다. 따라서, 작품일 경우와 이를 단행본으로 간행했을 경우가 다 같은 '백두산'이므로 『백두산』으로 통일하여 사용하기로 한다.

그 이후 북한에서 이루어진 조기천의『백두산』에 대한 연구는 남한
에서는 다 파악하기도 힘들 것이다. 북한 문학과 그 연구에 대한 자료가
어느 정도 개방되어 여러 경로를 통하여 입수하게 되더라도 여전히
연구 자료에 대한 접근의 상당한 어려움이 존재하기 때문이다.(본론에
서 언급하겠지만, 조기천의『백두산』텍스트에 한정하더라도 아직 남
한에서 확인할 수 없는 자료가 있는 실정이다.) 북한의 각종『조선문학
사』에서 조기천의『백두산』을 다루고 있는 것만 해도 상당한 분량이
될 것이다. 여기에 시 장르와 특정 시기라는 제한된 틀 속에서 이루어
진, 조기천의『백두산』에 대한 연구를 포함하고 있는 저서, 예를 들어
류만이 쓰고 1988년에 사회과학출판사에서 간행된『현대조선시문학연
구(해방후편)』같은 것까지 들면 그 분량은 더 늘어날 것이며 그 전체를
파악하기란 더 난감하게 된다.

그리고 북한에서 조기천의『백두산』을 연구할 때의 입장 혹은 관점
과 남한에서 연구할 때의 입장이나 관점의 차이는 존재하기 마련이므
로, 조기천의『백두산』에 대한 남한의 연구에 초점을 맞추어 논의를
하면서 북한에서 이루어진 연구를 참고하는 게 올바른 접근이라 할
수 있을 것이다. 조기천의『백두산』에 집중하여 지금까지 이루어진 남
한의 연구를 들면 다음과 같다.

임헌영,「민중적 영웅주의의 구현 -조기천의 삶과 문학세계」,『백두산』,
　　　실천문학사, 1989.
김재홍,「조기천「백두산」, 민족혼의 상징」,『한국현대문학의 비극론』, 시
　　　와시학사, 1993.
백지연,「항일 투쟁의 영웅화와 민중적 연대 -조기천의『백두산』을 중심으
　　　로」, 김종회 편,『북한문학의 이해』, 청동거울, 1999.

김경숙의『북한현대시사』(태학사, 2004)는 조기천의『백두산』에 초

점을 맞춘 연구는 아니지만, 해방 1945년부터 주체사상이 확립되기 전인 1967년까지의 시 장르에 한정하여 683쪽이라는 방대한 분량으로 살펴보고 있으므로, 연구의 성격상 조기천의『백두산』을 집중적으로 다루고 있는 저서이므로 앞의 연구와 같은 비중으로 제시할 수 있는 연구에 해당한다.

그런데, 조기천의『백두산』에 대한 위의 연구들을 검토하기 전에 일차적으로 이 연구들이 같은 텍스트를 활용하여 연구한 것이 아니라는 점에 주목할 필요가 있다. 임헌영과 김재홍은 1989년 남한의 실천문학사에서 간행된『백두산』을 텍스트로 활용하고 있고, 백지연은 1987년에 북한의 문예출판사에서 간행된『백두산』(그림책)을 텍스트로 활용하고 있고, 김경숙은 1955년 북한의 조선작가동맹출판사에서 간행한『조기천 선집』속의『백두산』을 텍스트로 활용하고 있다. 이들 텍스트가 서로 의미 있는 차이가 없는 텍스트라면 어떤 텍스트를 활용하더라도 별다른 문제가 발생하지 않지만, 만약에 의미 있는 차이를 지니고 있는 텍스트라면 그 의미 있는 차이에 대한 검토를 통한 인식을 전제로 한 후 텍스트를 선정해 활용하여야 조기천의『백두산』연구에 있어서 텍스트를 제대로 활용한 것이 된다.

본론에서 구체적으로 드러나겠지만,『백두산』의 텍스트들은 어떤 것 사이는 의미 있는 차이가 없고 또 어떤 것 사이는 의미 있는 차이가 있다. 따라서, 본고의 본론에서는 다른 무엇보다도 먼저 이를 검토해 보기로 한다. 그리고 북한의 공식적인 정권이 수립되기 이전인 1946년 말과 1947년 초에 조기천이『백두산』을 창작하는 과정에서『백두산』작품 내용의 배후 주인공인 김일성이 개입하였다는 자료가 있는데, 이 문제 또한 비중 있게 살펴야『백두산』에 대한 올바른 접근이 될 수 있는 것이다. 이 두 사항은 조기천의『백두산』에 대한 우선적인 연구

방법을 촉발시켜 조기천의『백두산』에 대한 연구는 무엇보다도 이 연구 방법(나중에 본론에서 언급하겠지만, 이는 북한 정치사와의 상관성으로 살펴보는 방법을 말한다)에 따라 천착해 볼 필요성이 제기된다. 따라서, 본고는 우선적으로 이러한 사항을 조기천의『백두산』연구의 선결문제로 삼아 본론을 통하여 검토해 보고자 한다.

2. 본 론

(1)『백두산』텍스트들과 그 의미의 차이 문제

조기천의『백두산』연구에 있어서 그 연구대상인『백두산』텍스트 자체에 대한 검토가 지금까지 있지 않았는데, 이러한 사항은 상당한 문제점을 지니고 있는 것이 된다. 왜냐하면,『백두산』은 텍스트에 따라 텍스트 자체에 의미 있는 차이를 보이고 있어, 어떤『백두산』을 텍스트로 삼아 연구했는가 하는 점이 문제가 되기 때문이다. 조기천의『백두산』은 처음 1947년에「로동신문」에 연재되다가[2] 이를 묶어 1948년에 이「로동신문」을 내는 로동신문사에서 단행본으로 간행하게 된다.[3]

---

[2] 이기봉,『북의 문학과 예술인』, 사사연, 1986, 221쪽. 여기서 "조기천의 서사시『백두산』은 당 기관지「로동신문」에 하루에 20백 여 행, 3백 여 행씩 10여 회에 걸쳐 연재되었다"고 밝히고 있다. 그리고 김용직,「이념과 기법 - 조기천론」,『시와사상』제28호, 2001.봄, 312쪽. 여기서는 "『백두산』은 탈고와 동시에 당기관지『로동신문』에 10회에 걸쳐 연재되었다"고 밝히고 있다. 필자가 파악해 본 결과, 현재 국회도서관·통일연구원(통일학술정보센터)·북한자료센터 등 남한의 정부기관을 비롯한 행정·공공기관과 각종 단체에 1947년의『로동신문』을 소장하고 있는 곳은 없다. 그리고 1947년에 연재된『백두산』을 직접 인용하고 있는 연구결과물도 없다. 따라서, 1947년『로동신문』에 연재된『백두산』은 현재 남한에서는 직접 볼 수는 없는 실정으로 파악된다.

[3] 리정구,「시인 조기천의 문학적 활동과 애국주의 사상」,『문학예술』, 1952.11., 116쪽. 여기서 "장편 서사시『백두산』(로동신문사 발행 - 1948년도)"라고 밝히고 있

이것은 조기천의 1주기를 맞아 1952년에 문예총출판사에서『조기천
선집』상·하권 가운데 상권의 일부로서 구성되게 된다.4)『조기천 선
집』은 다시 1955년에 조선작가동맹출판사에서 간행하게 된다.5) 1986

다. 이는 이명재 편,『북한문학사전』, 국학자료원, 1995., 503쪽을 통해서도 확인할
수 있는 사항이다. 필자가 파악해 본 결과, 현재 국회도서관·통일연구원(통일학
술정보센터)·북한자료센터 등 남한의 정부기관을 비롯한 행정·공공기관과 각종
단체에 1948년 로동신문사에서 발행한『백두산』을 소장하고 있는 곳은 없다. 그리
고 이『백두산』텍스트를 직접 인용하고 있는 연구결과물도 없다. 따라서, 1948년
로동신문사에서 발행한『백두산』은 현재 남한에서는 직접 볼 수는 없는 실정으로
파악된다.

4)『문학예술』1952.7., 140쪽 광고에 따르면,『조기천 선집』은 상권에 장편서사시「백
　두산」과「생의 노래」를 수록하고, 하권에 '서정시편'과 '서정서사시편'들을 수록하
　고 있음을 확인할 수 있다. 필자가 파악해 본 결과, 현재 국회도서관·통일연구원
　(통일학술정보센터)·북한자료센터 등 남한의 정부기관을 비롯한 행정·공공기관
　과 각종 단체에 1952년에 간행된『조기천 선집』을 소장하고 있는 곳은 없다. 그리
　고 이『백두산』텍스트를 직접 인용하고 있는 연구결과물도 없다. 따라서, 1952년
　간행된『조기천 선집』속의『백두산』은 현재 남한에서는 직접 볼 수는 없는 실정
　으로 파악된다.

5) 김경숙,『북한현대시사』, 태학사, 2004, 121쪽 이후 조기천의『백두산』에 대한 인용
　은 이에 따르고 있고, 김경숙의 같은 책 668쪽의 참고문헌에서도 이를 드러내 밝
　히고 있다. 하지만, 이것은 1952년에 문예총출판사에서 나온『조기천 선집』과는
　다른 텍스트로 일단 구분이 되는 것으로 보인다. 김경숙의 같은 책, 661쪽에서도
　조기천의 약력 소개 가운데 1952년 문예총출판사에서 간행한『조기천 선집』상·
　하권을 드러내고 있다.
　　하지만, 그 내용에 있어서는 이 두 텍스트 사이에 별 차이가 없는 것으로 생각
　된다. 김용직, 앞의 논문, 앞의 책, 329쪽에 1955년 조선작가동맹출판사에서 간행
　된『조기천 선집』의 구성을 밝히고 있는데, 그것이 "장편서사시「백두산」,「생의
　노래」('산의 노래'로 잘못 인쇄되어 있어 바로 잡음)와 초기의 서정시들, 그리고
　서정서사시가 총망라 수록되었다"로 주4)에서 밝힌『문학예술』1952.7., 140쪽 광고
　에서 확인할 수 있는 1952년판『조기천 선집』의 사항과 꼭 같기 때문이다.
　　필자가 파악해 본 결과, 현재 국회도서관·통일연구원(통일학술정보센터)·북한
　자료센터 등 남한의 정부기관을 비롯한 행정·공공기관과 각종 단체에 1955년『
　조기천 선집』속의『백두산』은 소장하고 있는 곳은 없다. 이『백두산』텍스트를

년에 북한의 문예출판사에서 '조기천시집'이라는 부제가 붙어 있는 『백
두산』이 간행된 바 있으며 1987년에는 북한의 문예출판사에서 '그림책'
이란 부제가 붙어 있는 그림책『백두산』이 간행된 바 있다.6) 1989년에
는 남한의 실천문학사에서 단행본『백두산』이 간행된 바 있다.7) 그리
고 북한 공산당 창건 50돌을 맞아 1995년 북한의『조선문학』5·6월호
에 2회, 북한의『청년문학』5·6·7월호에 3회 분재 수록되어 있고,

직접 인용하고 있는 연구결과물은 앞에서 언급한 김경숙,『북한현대시사』의 경우
이다. 확인해 본 결과, 이는 서울대학교 권영민 교수가 개인적으로 소장하고 있는
것을 양해를 얻어 텍스트로 활용한 것을 알게 되었다. 이러한 사정으로 필자도 권
영민 교수께 양해를 얻어 이 텍스트의 내용물을 얻게 되어 본고에서 이를 활용하
게 되었음을 밝힌다. 이 자리를 빌어 너무나 귀중한 자료의 내용을 볼 수 있도록
양해를 해주신 권영민 교수님께 감사의 말씀을 드립니다.

6) 백지연, 「항일 투쟁의 영웅화와 민중적 연대 - 조기천의 『백두산』을 중심으로」,
김종회 편,『북한문학의 이해』, 청동거울, 1999, 314쪽. 백지연의 이 논문은 1987년
북한의 문예출판사에서 간행한 그림책『백두산』을 인용하고 허남기에 의해 일어
로 번역되어 1987년 일본 れんが 書房新社에서 간행한『백두산』과 남한의 실천문
학사에서 1989년 간행한『백두산』을 참고하고 있음을 밝히고 있다.
　필자가 파악해 본 결과, 1986년 북한의 문예출판사에서 간행한『백두산』은 현재
국회도서관에 소장되어 있다. 이 1986년판『백두산』을 활용한 연구는 현재까지 남
한에서는 없는 것으로 파악된다. 1986년판『백두산』은 '조기천시집'이라는 부제가
붙어 있는 만큼 서사시 '백두산' 외에 '서정시편' 18편과 '서정서사시편' 2편이 수록
되어 있다. 필자는 이를 복사하여 본고에서 활용하게 되었음을 밝힌다.(이와 같이
밝히는 이유는, 다른 연구자들이 조기천의『백두산』텍스트 자료를 쉽게 활용할
수 있도록 정보를 제공하고자 하는 목적에서이다.) 그리고 1987년 북한의 문예출
판사에서 간행한『백두산』은 현재 북한자료센터에 소장되어 있다. 필자는 이를 복
사하여 본고에서 활용하게 되었음을 밝힌다.

7) 조기천,『백두산』, 실천문학사, 1989.의 '해설'로 실려있는 임헌영, 「민중적 영웅주
의의 구현 - 조기천의 삶과 문학세계」는 당연히 이『백두산』텍스트를 활용하고
있다. 그리고 김재홍, 「조기천 「백두산」, 민족혼의 상징」,『한국현대문학의 비극론
』, 시와시학사, 1993.에서도 남한의 실천문학사에서 간행한 이『백두산』텍스트를
활용하고 있다.

또한 1995년 북한의 『천리마』 4호에 수록되어 있다.8) 그리고 2004년에
북한의 문학예술출판사에서 제목 '백두산' 앞에 '장편서사시'라는 부제
가 붙어있는 단행본 『백두산』이 간행되어 있다.9)

　이 중에서 1947년 「로동신문」 연재 『백두산』과 1948년 「로동신문사」
간행 『백두산』은 텍스트에 차이가 없는 것으로 생각된다. 「로동신문」
에 연재된 것을 「로동신문」을 내는 로동신문사에서 묶어 단행본으로
간행한 것이기 때문이다. 그리고 앞에서 그 구성이 완전히 같음을 언급
한 바 있는 1952년과 1955년의 『조기천 선집』의 『백두산』도 그전의
텍스트와 차이가 없는 것으로 생각된다. 조기천 시에 대한 한 연구 가운
데 1948년 『백두산』과 1955년 『조기천 선집』 속의 『백두산』 텍스트
자체의 차이를 밝히고 있는 부분이 참고가 되는데, 이에 따르면 그 차이
는 1948년 『백두산』의 제4장 3절에 있는 "얻은 것이란 소 한 마리뿐"이
1955년 『조기천 선집』의 『백두산』에서 "얻은 것은 소 두 마리뿐"으로

---

8) 『조선문학』, 1995.5., 14쪽에서 "당 창건 50돐"을 맞아, "위대한 령도자 김정일동지
　의 추억속에 오늘도 생생히 살아있고 우리 인민의 사랑을 받는 시들중에는 조기
　천의 서사시 「백두산」과 리수복의 시 「하나밖에 없는 조국을 위하여」 그리고 김
　철의 서정시 「어머니」도 있다. 편집부는 위대한 령도자 김정일동지의 뜨거운 믿음
　과 배려에 의하여 이 작품들을 다시 편집하게 된다."고 하여 「백두산」을 비롯한
　세 작품의 편집 수록 사실을 밝히고 있다. 그러나, 편집 사항을 밝히고 있지 않아
　본고에서 『백두산』 텍스트 비교를 통해서 이를 파악할 수밖에 없다.
　　1995년에 『조선문학』에 분재된 『백두산』은 『조선문학』이 이미 여러 기관에 영
　인본으로 구비되어 있는 것이므로 그 내용을 비교적 쉽게 접할 수 있는 자료이다.
　1995년 북한의 『청년문학』에 분재된 『백두산』과 『천리마』 4호에 실려있는 『백두
　산』은, 필자가 파악해 본 결과, 통일연구원(통일학술정보센터)가 소장하고 있는 것
　으로 확인되어 이를 복사하여 본고에서 활용하게 되었음을 밝힌다.

9) 필자가 살펴본 결과, 이 『백두산』 텍스트를 활용한 남한의 연구는 현재까지 없는
　것으로 파악된다. 그리고, 2004년판 『백두산』은 북한자료센터와 통일연구원(통일학
　술정보센터)에 소장되어 있음을 확인하였다. 필자는 이를 복사하여 본고에서 활용
　하게 되었음을 밝힌다.

수정되고 이에 따라 "저 소는 중국 농민의 소다"가 첨가되어 있다는 것이다. 이러한 사항을 그대로 받아들인다 해도 1948년『백두산』과 1955년『조기천 선집』의『백두산』의 차이는 1950년대에 와서 '중국과의 유대'라는 의미가 좀더 부각된 것 외에 다른 차이는 없는 것이 된다.10) 하지만 조기천의『백두산』을 인용하고 있는 1950년에 나온 자료를 보면 이미 그 이전『백두산』에 "저 소는 중국농민의 소다"라는 구절이 포함되어 있는 것을 확인할 수 있다.11) 이로 보면, 엄호석은 1950년에 논문을 쓰면서 1948년『백두산』과는 다른『백두산』텍스트를 본 것으로 파악되는데, 이 텍스트의 여부와 내용을 확인할 수 있는 문헌조차 알 수 없는 것이 현재 (필자가 파악하고 있는) 남한의 실정이다. 아무튼, 여기에서는 이미 1950년『백두산』텍스트가 1955년『조기천 선집』속의『백두산』은 별 차이가 없는 것으로 일단 간주될 수 있을 뿐이다.

1987년 북한의 문예출판사에서 간행된『백두산』은 그림책이라서 이를 연구의 텍스트로 삼는 것이 적절한가 하는 문제를 지니고 있지만, 그림을 제외하고는 1986년에 북한의 문예출판사에서 간행된『백두산』과 완전히 같은 텍스트임을 필자가 확인하여 연구의 텍스트로 삼는데에 무방한 것으로 말할 수 있다. 하지만, 되도록 1986년판『백두산』텍스트를 활용하는 것이 좋을 것이다. 1989년 남한의 실천문학사가 간행한『백두산』은 바로 1986년판과 1987년판『백두산』텍스트와 그 내용이 같다. 다만, 북한에서 간행된 1986년판과 1987년판『백두산』텍스트의 내용 중에 '왜놈' 또는 '왜적'이란 말을 '일제'로 수정하였을 뿐이다. 그런데, 이 텍스트가 문제가 되는 것은 남한에서 간행되어 손쉽게 활용

---

10) 김용직, 앞의 논문, 앞의 책, 328-330쪽.

11) 엄호석, 「조선문학에 나타난 김일성장군의 형상」, 『문학예술』, 1950.5., 30쪽.

할 수 있는 관계로 널리 조기천 시 연구의 텍스트로 활용되었음에도 불구하고 1955년까지의『백두산』텍스트의 내용 중 상당 부분이 삭제되거나 수정되어 있다는 사실을 간과하여 연구되어 왔다는 문제점을 드러내고 있기 때문이다. 즉, 그 이전의『백두산』텍스트와 비교하면 상당한 의미의 차이를 가진 상당 부분이 빠져 있음에도 불구하고 이에 대한 인식과 검토가 없이 조기천 시 연구를 위한 텍스트로 활용되어 온 것이다.

1995년『조선문학』,『청년문학』에 각각 분재 수록된 텍스트와『천리마』에 수록된 텍스트는 그 내용이 같다. 다만,『천리마』에 수록된 텍스트에서 제4장 2절에 "또 북에 있는 자유의 나라 정의의 나라"가 빠져 있고 제7장 2절에서 연 구분이 잘못되어 있는 한 곳이 있을 뿐이다. 이 연 구분은 다른 모든『백두산』텍스트에서와 달리『천리마』수록 텍스트에서만 연 구분되어 있는 것이므로 명백히 잘못되어 있는 것이다. 그리고 빠져 있는 한 구절도『천리마』수록 텍스트에서 빠진 것으로 보는 이유는 바로 1995년『조선문학』,『청년문학』에 각각 분재 수록된 텍스트에서는 이 한 구절이 그대로 있기 때문이다. 또한 2004년에 북한의 문학예술출판사에서 간행된 텍스트가 1995년『조선문학』,『청년문학』에 각각 분재 수록된 내용 그대로이기 때문이다.

그런데, 1995년판과 2004년판『백두산』텍스트는 그 이전인 1986년판과 1987년판(남한의 실천문학사의 경우 1989년판)과 비교하여 없던 부분이 첨가가 되거나 보완이 되어 있어, 이를 어떻게 봐야 하는지 하는 문제가 발생한다. 사실 판본을 1986년 이전인 1955년판까지 아울러 살펴보면, 1995년판과 2004년판『백두산』텍스트가 1986년판과 1987년판『백두산』텍스트에서 일부 내용이 첨가되거나 보완이 된 것이라기보다는 1955년판『백두산』의 내용 중 일부가 복원된 것에 불과한 것으로 파악이 되는 것이다.

그래서 여기서, 1955년『조기천 선집』속의『백두산』(필자가 파악한 바, 현재 남한에서 구해 볼 수 있는 최상연도 판)과 1986년판(내용이 같은 1987년 그림책판과 1989년 남한판 포함)과 1995년『조선문학』판 (그 내용이 같은 2004년판 포함)을 비교하여 텍스트 자체의 의미 있는 차이를 검토하지 않을 수 없다. 1955년판에서 삭제되고 수정된 정도가 1986년판보다 1995년판이 더 적고 1986년판이 더 크므로(이렇게 된 이유는 본론의 이 항목 뒷 부분에서 설명하도록 하겠다) 시대순으로 파악하는 것보다 우선 1955년판과 1995년판부터 비교 검토하는 것이 판본의 전체를 용이하게 파악하는 것이 된다.12)

1955년『조기천 선집』속의『백두산』이 1995년『조선문학』수록판에서 빠진 부분과 수정된 부분을 들면 다음과 같다. 우선, 빠진 부분부터 들기로 한다. '속표지'에 있는 헌사 "이 시편을 영웅적 해방군 쏘련 군대에게 삼가 올리노라"가 완전히 삭제되어 있다. '머리시' 가운데 "쏘련 용사 이 땅에 해방의 기호치던"에서 "쏘련 용사"가 빠져 있다. '제4장 2절' 가운데 있던 "『쏘련 빨찌산 력사』에"와 "쏘련의 빨찌산- / 차빠예브, 쏠쓰, 라소… / 그들은 이렇게 싸웠다!"가 삭제되어 있다. '제4장 5절' 가운데 "쏘련 빨찌산을 우리 잊었는가?"에서 "쏘련"이 빠져 있다. '제7장 6절' 가운데 있던 "신세기의 태양이 북에서 비치노니"가 삭제되어 있다. 그리고 '맺음시'(1955년판『백두산』에서는 '에피로그'로 되어 있음) 가운데 "친선의 정성이 어엿한 큰 손길-"에서 "큰 손길-"이 빠져 있다. 다음, 수정된 부분을 들면 다음과 같다. '머리시' 가운데 있던 "북

---

12)『백두산』텍스트 내용 중에 몇 군데밖에 없는, 예를 들어 "조심하오! 믿소!"와 "조심하게! 믿네!"와 같은 조사나 어미 등의 극히 사소한 차이를 보이는 부분은 문학적인 의미의 차이를 발생시키지 않으므로 비교 대상에서 제외하였음을 밝힌 다.

국의 의로운 전사들이”에서 ‘북국의’가 ‘항일의’로 수정되어 있고, ‘제6
장 7절’ 가운데 있던 “애국가 드높이 부르며”에서 ‘애국가’가 ‘혁명가’로
수정되어 있다. 그리고 ‘맺음시’ 가운데 있던 “준열에 올라선 붉은 별
땅크”에서 “붉은 별 땅크”가 “항일 빨찌산”으로 수정되어 있으며 “쏘베
트 해방군”이 “소베트 군대”로 수정되어 있다.

　이제 이를 다시 1986년판『백두산』과 비교하여 빠진 부분과 수정된
부분을 들 차례이다. 우선, 빠진 부분을 들면 다음과 같다. 1955년『조기
천 선집』속『백두산』텍스트 내용 중 1995년『조선문학』수록판『백두
산』텍스트 내용에서 빠진 부분은 그대로 다 빠져 있다. 그리고 1995년
『조선문학』수록판에는 있지만 1986년판『백두산』에는 빠진 부분은 다
음과 같다. ‘4장 2절’ 가운데 “또 북에 있는 자유의 나라 정의의 나라”와
‘7장 6절’ 가운데 “또 우리뿐이 아니다!/피압박민족의 구호자/쏘련이 세
기의 앞장에 섰고/우주의 새 륜리 세우니”가 빠져 있고, ‘맺음시’ 가운데
“친선의 정성이 어엿한 / 쏘베트의 손길을 본다.”가 빠져 있다. 다음,
1986년판에서 수정된 부분을 들면 다음과 같다. 우선, 1986년판이 1995
년『조선문학』수록판『백두산』에서 수정된 부분과 일치하는 부분을
들면 다음과 같다. ‘머리시’ 가운데 있던 “북국의 의로운 전사들이”에서
‘북국의’가 ‘항일의’로 수정되어 있고, ‘제6장 7절’ 가운데 있던 “애국가
드높이 부르며”에서 ‘애국가’가 ‘혁명가’로 수정되어 있다. ‘맺음시’ 가운
데 있던 “준열에 올라선 붉은 별 땅크”에서 “붉은 별 땅크”가 “항일
빨찌산”으로 수정되어 있다. 다음, 1995년『조선문학』수록판『백두산』
에서 수정된 부분과는 다르게 1986년판에서 수정된 부분을 들면 다음과
같다. ‘머리시’ 가운데 1955년『조기천 선집』속의『백두산』에 있던 “쏘
련 용사 이 땅에 해방의 기호치던”이 1995년『조선문학』수록판『백두
산』에서 “쏘련 용사”가 빠져 있는 데 반해 1986년판『백두산』에서는

"빨찌산 용사 이 땅에 해방의 기호치던"으로 수정되어 있다. '맺음시' 가운데 1955년『조기천 선집』속의『백두산』에 있던 "쏘베트 해방군을 맞이했다"가 1995년『조선문학』수록판『백두산』에서 "쏘베트 군대를 맞이했다"로 수정되어 있는 데 반해 1986년판『백두산』에서는 "만고의 빨찌산을 맞이했다"로 수정되어 있다.

지금까지의 내용을 가로로는 판본의 시대순으로 세로로는『백두산』의 장절순으로 하여 도표로 다시 제시하면 다음과 같다.

장절＼판본	1955년판	1986년판 · 1987년판 (남한 1989년판)	1995년판 · 2004년판
속표지	이 시편을 영웅적 해방군 쏘련 군대에게 삼가 올리노라	(삭제)	(삭제)
머리시	북국의 의로운 전사들이	항일의 의로운 전사들이	항일의 의로운 전사들이
머리시	쏘련 용사 이 땅에 해방의 기호치던	빨찌산 용사 이 땅에 해방의 기호치던	이 땅에 해방의 기호치던
4장2절	『쏘련 빨찌산 략사』에	(삭제)	(삭제)
4장2절	쏘련의 빨찌산―/차빠예브, 쏠쓰, 라소…/그들은 이렇게 싸웠다!	(삭제)	(삭제)
4장2절	또 북에 있는 자유의 나라 정의의 나라	(삭제)	또 북에 있는 자유의 나라 정의의 나라
4장5절	쏘련 빨찌산을 우리 잊었는가?	빨찌산임을 우리 잊었는가?	빨찌산임을 우리 잊었는가?
6장7절	애국가 드높이 부르며	혁명가 드높이 부르며	혁명가 드높이 부르며
7장6절	또 우리뿐이 아니다!/피압박민족의 구호자/쏘련이 세기의 앞장에 섰고/우주의 새 륜리 세우니	(삭제)	또 우리뿐이 아니다!/피압박민족의 구호자/쏘련이 세기의 앞장에 섰고/우주의 새 륜리 세우니
7장6절	신세기의 태양이 북에서 비치노니	(삭제)	(삭제)

맺음시	준열에 올라선 붉은 별 땅크	준열에 올라선 항일 빨찌산	준열에 올라선 항일 빨찌산
맺음시	쏘베트 해방군을 맞이했다	만고의 빨찌산을 맞이했다	쏘베트 군대를 맞이했다
맺음시	친선의 정성이 어엿한 큰 손길-/쏘베트의 손길을 본다	(삭제)	친선의 정성이 어엿한/쏘베트의 손길을 본다

이상에서 알 수 있는 바와 같이, 1955년『조기천 선집』속의『백두산』은 북한·소련의 유대나 소련의 영향력이 극대화되어 드러나 있는 텍스트이다. 나아가 이 텍스트는 속표지의 헌사를 통해 이『백두산』시편을 쏘련 군대에게 바치고 있어, 공식적인 북한 정권이 수립되기 전 소련이 정권 수립에 막대한 영향력을 행사한 시기인 1946년 말 1947년 초에 창작이 되었던『백두산』의 모습을 그대로 보여주고 있다. 이에 비해, 1995년『조선문학』수록판『백두산』은 1955년『조기천 선집』속의『백두산』의 내용에서 '북한·소련의 유대나 소련(러시아)의 영향력'의 흔적이 상당히 약화되어 있는 모습을 드러내고 있다. 그리고 1995년『조선문학』수록판『백두산』에서 수정된 부분은 모두 '쏘련'을 '항일 빨찌산'으로 수정한 부분이므로, 이 1995년판『백두산』에서는 항일 빨찌산의 역할을 최대한 부각시키고자 한 것으로 이해된다. 그래서 결국, 1995년『조선문학』수록판『백두산』은 '북한·소련(러시아)의 유대와 소련(러시아)의 영향력'을 약화시키고 항일 빨찌산의 역할을 최대한 부각시키고자 한 의도로 읽을 수 있게 되는 것이다.

이는, 1995년에는 이미 북한에서 '우리식 사회주의'를 진행한 지 오래된 시점이므로『백두산』을 분재 수록하면서 북한·소련(러시아)의 유대나 소련(러시아)의 영향력을 약화시키고 북한 건국의 주역인 항일 빨찌산을 최대한 부각시킬 필요가 있었기 때문으로 이해된다. 그러나, 이를 분재 수록하면서 '편집부 주'를 통해 이러한 사실을 전혀 드러내고 있지는 않고 있는데, 이것은 북한에서는 이미 이런 사항이 무의식을 지배할 정도로 기정사실화되어 있기 때문으로 보인다.

또한 1955년판과 1995년판 그리고 1986년판『백두산』텍스트를 서로 비교해 보면, 1986년판에서는 그 내용에서 '북한·소련의 유대와 소련의 영향력'은 아예 읽을 수 없고 항일 빨찌산의 역할만 드러나 있는 텍스트가 되는 셈이다. 문제는 1995년『조선문학』에 수록판『백두산』보다 시기상으로 이른 1986년판『백두산』에서 삭제된 부분과 수정된 부분이 더 많이 있어, 1995년『조선문학』수록판 텍스트보다 한 단계 나아가 '북한·소련의 유대와 소련의 영향력'은 아예 읽을 수 없고 항일 빨찌산의 역할만 드러나 있는 텍스트가 되는 점에 있다.『백두산』텍스트의 이런 변모는 북한·소련(러시아)의 정치관계 변화라는 배경에서 연유한 것으로 이해되는데, 본론의 이 항목 뒷 부분에서 이를 언급하도록 하겠다.

여기서, 문제는 이와 같이『백두산』의 내용에서 '북한·소련의 유대와 소련의 영향력'은 아예 읽을 수 없고 항일 빨찌산의 역할만 드러나 있는 텍스트가 되는 1986년판 텍스트를 다른 텍스트와의 비교·검토를 통한 의미 있는 차이를 인식·파악하지 않은 상태에서, 이 텍스트(1986년판과 같은 1987년 그림책판과 1989년 남한의 실천문학사판 포함)가 조기천의『백두산』시 연구의 텍스트로 활용되어 왔다는 데에 있다. 요컨대, 조기천『백두산』의 텍스트들이 의미 있는 차이를 지니고 있음에도 불구하고 지금까지 조기천의『백두산』연구가 그 차이에 대한 검토와 인식이 없이 이루어져 온 것이다.

  『백두산』은 그 구상에 있어서 김 일성 항일 무장 유격 투쟁의 력사적
  의의, 특히 국제 공산주의 운동과의 련계 밑에 조선 혁명의 정당한 로선을
  개척한 이 투쟁의 의의에 침투함으로써 김 대장과 그 전우들의 성격에

거대한 력사적 진실성을 부여할 수 있었다는 점,『소련 빨찌산 력사』에서
챠빠예브, 라소 쏠스를 배우면서 고국의 해방에 대하여 깊이 숙고하는 김
대장, 그의 전우 철호의 투사적 면모, 눈물겨웁도록 사랑스러운 애국 소년
영남, 그리고 총명하고 순박한 꽃분이의 조선 처녀다운 성격, 이 모든 성격
들이 예술적으로 진실하며 전형적으로 묘사되였다는 점에서 광범한 독자
층을 파악함에 충분하다. 특히『백두산』은 조선 인민의 장래 운명과 연결되
고 민족 해방 투쟁의 력사적 위업을 구현한 거대한 역사적 인물로서의
김 대장을 묘사하는 극히 어려운 예술적 과제의 해결에 적지 않은 기여로
되였다.13)

위에 인용한 자료는 1950년대『조선문학』에 실려 있는 자료로서,『조
기천 선집』까지의『백두산』을 텍스트로 하여 엄호석이 조기천의『백두
산』에 대하여 비평하고 있는 글에 해당한다. 문제는 단적으로 말하여
위의 인용 가운데에서 뒷 부분인 "그의 전우 철호의 투사적 면모"부터
는『백두산』의 다른 텍스트에서도 공통적으로 파악할 수 있는 사항이
지만, 그 앞 부분인 "국제 공산주의 운동과의 련계 밑에 조선 혁명의
정당한 로선을 개척한 이 투쟁의 의의에 침투함으로써 김 대장과 그
전우들의 성격에 거대한 력사적 진실성을 부여할 수 있었다는 점,『소
련 빨찌산 력사』에서 챠빠예브, 라소 쏠스를 배우면서"는 1955년『조기
천 선집』까지의『백두산』텍스트에 의하지 않고는 파악할 수 없는 사항
에 해당한다는 사실에 있다. 이는 앞에서 살펴보았듯이, 오직『조기천
선집』까지의『백두산』텍스트에만 있고 그 이후의 텍스트에서는 빠져
있는 내용이기 때문이다. 특히 1986년판 텍스트에서는『백두산』의 내
용에서 '북한·소련의 유대와 소련의 영향력'을 전혀 찾아 볼 수 없어,
"국제 공산주의 운동과의 련계 밑에 조선 혁명의 정당한 로선을 개척
한"이라든가 "『소련 빨찌산 력사』에서 챠빠예브, 라소 쏠스를 배우면

---

13) 엄호석, 「인민 군대와 우리 문학」,『조선문학』, 1958.2., 104쪽.

서"와 같은 사항은 전혀 알 수가 없는 사항이 된다.

1986년판『백두산』을 텍스트로 한 조기천의『백두산』에 대한 연구는 애초부터 이러한 텍스트의 내용적인 제한 속에서 해석될 수밖에 없는 한계를 지니는 연구가 되는 것이다. 따라서, 조기천의『백두산』에 대한 연구는 마땅히 기본적으로는 1955년『조기천 선집』속의『백두산』까지의 텍스트를 활용한 연구가 되어야『백두산』이 지니고 있는 의미를 빠뜨리지 않고 그 의미의 관계를 파악할 수 있는 것이 된다. 여기에 의미 있는 차이를 지닌 다른『백두산』텍스트들은 그 차이를 지닌 텍스트가 나오게 된 그 시기의 정치관계·사회상황과 연관한 비교·검토를 바탕으로 하여 연구에 활용되어야 하는 것이다.

1986년에 북한의 문예출판사(1987년 그림판까지 포함하여)에서 간행된『백두산』의 내용에서 '북한·소련의 유대와 소련의 영향력'을 전혀 찾아 볼 수 없을 정도로 그 이전의『백두산』텍스트(1955년판)에서 상당한 부분이 삭제되고 수정되었다가 1995년 이후에는 1955년판의 내용 중 일부가 복원이 되어 '북한·소련(러시아)의 유대와 소련(러시아)의 영향력'이 약화된 모습으로 드러나는 것은 북한과 소련(러시아)의 정치적인 관계가 그 배경이 되고 있는 것으로 이해된다. 1982년 이후에 있은 중국과 북한간 최고지도자의 상호방문에 따라 북한이 중국과 밀착되는 양상을 보이면서 북한과 소련은 소원해지는 양상을 보이게 된다. 이러한 기본 기조는 1980년대 중반까지는 일정한 기류를 형성했던 것으로 보인다.14) 이러한 정치적인 상황에 상응하여 조기천의『백두산』에서도 '북한·소련의 유대와 소련의 영향력'은 전혀 찾아볼 수 없을 정도로 그 이전의『백두산』텍스트에서 그 내용이 삭제되고 수정된

---

14) 유석렬,『북한정책론』, 법문사, 1988, 172쪽 참고. 1980년대 중반 김일성이 소련을 2 3년만에 공식적으로 방문하여 그 이후에는 소련과의 유대관계를 다시 갖게 되었으나 1980년대 중반까지는 북한·소련간에 소원한 기류를 형성한 것으로 파악된다.

것으로 해석할 수 있는 것이다. 1980년대 중반 이후 북한과 소련의 유대가 다시 형성되지만 그 관계가 소원한 관계가 되기 이전만큼은 회복되지 않은 상태로 지속된다. 그러다가 1990년대 초반 소연방의 해체와 러시아의 등장으로 북한과 소련(러시아)의 관계는 냉각기를 갖게 되지만, 1994 이후 북한과 러시아가 냉각기를 벗어나 어느 정도의 유대관계를 회복하게 된다.15) 1995년판 이후『백두산』텍스트에서 '북한·소련(러시아)의 유대와 소련(러시아)의 영향력'이 상당히 약화된 모습으로 드러나는 것으로 드러나는 것은 바로 이러한 북한·소련(러시아)의 정치관계 변화의 상황에 상응하는 사항으로 해석이 되는 것이다.

이와 같이 조기천의『백두산』을 우선적으로 북한의 정치사와 연관하여 살펴야 하는 점은 이와 같이 기본적으로 정치관계의 변화에 따른 판본의 차이에서 드러난다.『백두산』의 내용과 연관된 연구가 우선적으로 마땅히 북한 정치사와의 상관성으로 살펴봐야 하는 연구가 되어야 하는 이유는 우선 여기에서 제기된다. 그리고 이는 북한의 다른 문학작품의 경우도 그 작품의 텍스트들이 간행된 시기의 정치관계 변화에 따라 텍스트 상의 차이가 있을 수 있는 개연성을 제기할 수 있게 되는 문제성을 지니게 되는 것이다.

(2)『백두산』창작과정에서의 김일성 개입 문제

조기천의『백두산』은 물론 조기천이 창작한 작품이긴 하지만, 그 창작과정에서 김일성이 개입한 사실에 주목해야 한다. 왜냐하면,『백두산』내용의 배후 주인공인 김일성이 작품 창작과정에서 배후에 개입되어 있다는 말은『백두산』내용의 방향을 김일성의 뜻이나 의지를 좇아 구성했을 개연성이 크기 때문이다. 물론, 북한 문학에서 공적 화자로서

---

15) 박재규,『북한의 신외교와 생존전략』, 나남출판, 1997, 101-102쪽 참고.

김일성이라는 주체 문제를 생각한다면 이 문제제기는 약화될 수 있는 사항일 수가 있다. 하지만, 공식적인 북한 정권 수립 이전, 더구나 아직 문학에서 공식적인 화자로서 김일성 주체가 확립되기는 더 이전인 해방기 1946년 말 1947년 초에『백두산』의 창작과정에서 김일성이 개입한 점은 문제성을 띠지 않을 수 없는 것이다. 조기천의『백두산』 창작과정에서 김일성이 개입했다는 점은 조기천의『백두산』이 오히려 바로 김일성이 지닌 이러한 상징적인 주체를 확립해 가는 데에 일정 부분 기여했다고 볼 수가 있는 것이다. 지금까지 조기천의『백두산』에 대한 남한의 연구에서 이 점은 검토되지 않았는데, 초기 북한 문학의 형성 과정을 다루면서『백두산』의 창작과정에서 김일성이 개입했다는 자료를 드러내어 언급하고 있는 논문이 있어 주목된다.

> 시인은 1946년 11월 말에 작품의 초고를 완성하였다. …(중략)… 위대한 수령님께서는 1947년 1월 …(중략)… 장편 서사시를 보아주시었다. …(중략)… 위대한 수령님께서는 서사시에서 보천보 전투를 기본 사건으로 묘사한 것은 좋은 시도라고 하시면서 보천보 전투를 형상한 부분을 따로 하나의 장으로 설정하되 바로 그것이 서사시의 전반적 흐름에서 절정을 이루게 하는 것이 좋겠다고 하시었다. …(중략)… 시「백두산」을 헐뜯으려 하거나 이 시인을 비방 중상하는 것도 다 이런 그릇된 경향에서 나오는 것입니다. 이것은 낡은 일제 사상 잔재로서 건국 사상 총동원 운동을 힘있게 다그쳐나 가야 할 오늘 시급히 극복 청산되어야 합니다.[16]

위의 내용을 인용하고 있는 김재용의 논문「초기 북한 문학의 형성 과정과 냉전 체제」은 북한의 건국 사상 총동원 운동 이후 제기된 혁명

---

[16] 허정숙,『민주 건국의 나날에』, 조선노동당출판사, 1986, 451-452쪽. 여기서는 이 자료를 인용하고 있는 김재용,「초기 북한 문학의 형성 과정과 냉전 체제」,『북한 문학의 역사적 이해』, 문학과지성사, 1994, 105-106쪽에서 재인용함.

적 낭만주의로서의 고상한 리얼리즘을 시도한 작품의 예로『백두산』을 들면서 이 자료를 인용하고 있다. 인용 가운데 있는 "시「백두산」을 헐뜯으려 하거나 이 시인을 비방 중상하는 것"라는 구절은『백두산』에 대한 안함광의 비판을 가리키고 있는 것이다. 조기천의『백두산』에 대한 안함광의 비판은 사실『백두산』을 "극력 찬양한 끝에 몇 가지 불만과 단점을" "첨부"한 것으로, 그 내용은 "시적인 매력이 없는 뻣뻣한 리듬과 내용을 설명하는 억지 특히 산문과 다름없는 시행, 회화의 시적 연소 등의 부족", "김일성의 빨치산 생활을 영웅화한" 한 점이다. 그리고 "조기천과 안함광의 싸움"에 "김창만"이 끼어들어 조기천의 손을 들어줌으로써 "안함광의 지위는 여지없이 추락"하게 된다.17) 김창만은 당시 북조선 노동당 선전부장으로 조기천의『백두산』을 두고, 김일성을 "세계 역사의 파동 안에서 약소민족의 투쟁이 갖는 의미를 드높인 민족운동의 찬란한 전형으로 나타낸 데 있다"라는 고평을 아끼지 않은 인물이다.18) 그런데 주목해야 할 점은, 김창만이 당의 선전부장인 것도 그렇지만 그의『백두산』에 대한 평가가 정치적인 측면을 드러내고 있다는 점이다.

하지만, 위에 인용한 부분을 보면 조기천과 안함광의 싸움에서의 김창만의 개입보다 더 중요한 점은 바로 김일성이『백두산』창작과정에 개입하여 "보천보 전투를 기본 사건으로 묘사한 것은 좋은 시도라고 하시면서 보천보 전투를 형상한 부분을 따로 하나의 장으로 설정하되

---

17)『백두산』을 비판한 안함광의 글 자체는 현재 남한에서는 확인할 수 없고, 그 주된 내용은 현수,『적치 6년하의 북한 문단』, 국민사상지도원, 1952, 52-57쪽에서 알 수 있다. 여기서는 김재용, 앞의 논문, 앞의 책, 104쪽에서 재인용함.

18) 김창만,「북조선 문학의 새로운 수확, 조기천 작 장편 서사시「백두산」을 평함」,『모든 것은 조국 건설에』, 로동당출판사, 1947, 196쪽. 여기서는 신형기·오성호,『북한문학사』, 평민사, 2000, 29쪽 재인용.

바로 그것이 서사시의 전반적 흐름에서 절정을 이루게 하는 것이 좋겠다”고 한 것과『백두산』의 평가에 개입하여 “『백두산』을 헐뜯으려 하거나 이 시인을 비방 중상하는 것도 다 이런 그릇된 경향에서 나오는 것입니다. 이것은 낡은 일제 사상 잔재로서 건국 사상 총동원 운동을 힘있게 다그쳐나가야 할 오늘 시급히 극복 청산되어야” 한다고 평가하고 있는 점이다.

이를 보면, 김일성은 조기천이 쓴『백두산』의 초고를 보고 보천보 전투의 형상화를 한 장으로 설정하고 이 부분이 전체의 절정이 되도록 하는 등『백두산』창작과정에 개입한 것을 확인할 수 있다. 실제『백두산』의 제6장은 H시 야습전투를 다루고 있는데 이 부분이 절정이 되고 있다. 여기서 H시 야습전투는 실제 보천보 전투를 형상화한 것은 물론이다. 문제는 조기천이 얼마나 김일성의 뜻을 따랐는가 하는 점이다. 이 점을 확인할 수 있는 자료가 있는데, 이는 앞서 인용한 허정숙의 저서보다 시기상으로 앞선 자료에 해당한다.

> 일제야수들에게 무참히 빼앗겼던 조국을 찾아주신 위대한 수령님에 대한 열화와 같은 흠모의 정을 안은 그는 혁명적인 작품을 쓰지 않고서는 견딜수가 없었다. …(중략)… 그는 이 서사시를 기어코 쓰기 위하여 항일혁명투사들을 만나 귀중한 이야기들을 들었으며 어느 날 한 투사로부터 백전백승의 강철의 령장이신 위대한 수령님의 영상이 모셔진 귀중한 사진을 받았다. 그는 어버이수령님의 그 존귀하신 영상을 자기가 집필하는 책상우에 정중히 모시고 서사시『백두산』의 초고를 썼던 것이다. …(중략)… 한번 위대한 수령님을 만나 뵙고 가르치심을 받아야 될 것 같아 요새는 자나깨나 그 생각이라고 했다.19)

---

19) 리원우, 「장편서사시 『백두산』이 창작되던 때의 몇가지 이야기」, 『조선문학』, 1978.9., 40-41쪽.

위의 인용을 보면, 조기천은 김일성에 대한 "열화와 같은 흠모의 정"을 안고 김일성의 사진을 책상 위에 모셔놓고『백두산』의 초고를 썼으며 초고를 쓴 후에 김일성을 만나서 그 뜻에 따라『백두산』을 고치려는 의도를 갖고 있었음을 확인할 수 있다. 위에 인용한 부분의 뒷 부분은, 앞에 인용한 바 있듯이, 조기천이 김일성을 만나『백두산』의 내용을 고쳤으며 이를 영광스럽게 생각한다고 하는 부분이다. 이로써 조기천의『백두산』창작과정에서 김일성의 개입을 확인할 수 있다. 그리고 김일성은, 앞에 인용한 바 있듯이,『백두산』의 평가에 있어서도 개입한 것을 확인할 수 있다. 문제는『백두산』에 대한 안함광의 비판이 앞에서 보았듯이 문학적인 측면인 데에 반해, 이 비판에 대한 김일성의 반응은 정치적인 측면이란 점이다. 즉, 김일성은『백두산』에 대한 평가를 하면서 그 평가를 정치적인 전략과 연관시키고 있는 것이다. 즉, 김일성은 조기천의『백두산』을 "건국 사상 총동원 운동"의 일환이라는 정치적인 역정과 전략의 일부로 활용을 하고, 이『백두산』에 대한 안함광의 비판에 대해서는 "일제 사상 잔재"라고 쐐기를 박고 있는 것이다. 안함광의 비판은 정치적인 측면이 아닌 문학적인 측면일 뿐만 아니라 그 내용도 일제 잔재와는 전혀 상관도 없는 것이다. 그럼에도 불구하고 이를 일제 잔재와 연관시키고 있는 것은 바로『백두산』이 그 배후 주인공으로 자신을 드러내고 그 내용이 항일무장투쟁을 담고 있기 때문에 이를 정치적으로 해석했기 때문이다. 나아가 김일성은 이를 정치적인 전략을 수행하는 데까지 활용하고자 한 것이다. 다시 말하면, 북한의 공식적인 정권 수립이 되기 전인 해방기 1946년 말 1947년 초에 김일성은 자신을 중심으로 한 항일무장투쟁세력을 건국의 주역으로 부각시키고자 하는 정치적 전략을 조기천의『백두산』을 통해서도 널리 활용하고자 한 것으로 파악된다.

따라서, 세부적인 정치사와의 상관성으로 조기천의『백두산』을 살펴볼 필요성이 여기서도 대두하게 된다. 물론 이와 같은 방법으로 살펴볼 때의『백두산』텍스트는, 앞의 2-1항에서 살펴본 바와 같이, 1955년『조기천 선집』속의『백두산』까지의 텍스트임은 말할 필요가 없다. 1955년『조기천 선집』속의『백두산』까지의 텍스트와 그 이후에 삭제되고 수정된 텍스트와의 의미 있는 차이도, 또한 앞에서 살펴본 바와 같이, 따지고 보면 더 깊이 살펴볼 필요가 있는 정치적인 의미의 차이인 것이다.

3. 결 론

이상 본론을 통하여 살펴본 바와 같이, 조기천의『백두산』텍스트들은 그 텍스트에 따라 의미 있는 차이를 지니고 있는 텍스트들이다. 따라서 의미의 차이를 지닌 텍스트의 차이에 대한 인식을 전제로 해야 조기천의『백두산』에 대한 연구가 올바로 될 수가 있는 것이다. 조기천의『백두산』에 대한 연구는, 기본적으로는 1955년『조기천 선집』속의『백두산』까지의 텍스트를 활용한 연구가 되어야 한다. 여기에 의미 있는 차이를 지닌 다른『백두산』텍스트들은 간행된 그 시기의 정치관계와 연관한 비교·검토를 바탕으로 하여 연구에 활용되어야 하는 것이다. 이것은 북한의 다른 문학작품의 경우도 그 작품의 텍스트들이 간행된 시기의 정치관계에 따라 텍스트 상의 차이가 있을 수 있는 개연성을 제기하게 되는 문제성을 지니게 된다.

그리고 본론에서 살펴본 바와 같이, 조기천의『백두산』창작과정에 북한의 공식적인 정권 수립이 되기 전인 해방기 1946년 말 1947년 초 사이 김일성이 개입하여 김일성 자신을 중심으로 한 항일무장투쟁세력을 건국의 주역으로 부각시키고자 하는 정치적 전략의 일환으로 조기천의 『백두산』을 널리 활용하고자 한 것으로 파악되므로, 이에 대한 인식을 전제로 하여 『백두산』 연구에 접근해야 하는 것이다.

이렇게 본다면, 조기천의 『백두산』에 대한 연구는 우선적으로 1955년 『조기천 선집』 속의 『백두산』까지의 텍스트를 연구대상으로 하여 구체적인 정치사와의 상관성이라는 연구 방법으로 살펴보아야 하는 점이 부각된다. 이것은 본고에서 파생된 다음 과제가 될 것이다.[20] 그리고 본론을 통하여 살펴 본 바 있는, 조기천 『백두산』 텍스트들과 그 의미의 차이 문제는 남한에서는 현재 자료를 구할 수 없는 1955년 이전의 『백두산』 텍스트까지 비교하여 살펴보아야 보다 완전하게 될 것이다.

참 고 문 헌

1. 자 료

조기천, 『조기천 선집』 속의 『백두산』, (북한)조선작가동맹출판사, 1955

조기천, 『백두산』(조기천시집), (북한)문예출판사, 1986

조기천, 『백두산』(그림책), (북한)문예출판사, 1987

조기천, 『백두산』, (남한)실천문학사, 1989

조기천, 『백두산』, (북한)『조선문학』, 1995.5.-6.

조기천, 『백두산』, (북한)『청년문학』, 1995.5.-7.

조기천, 『백두산』, (북한)『천리마』, 1995. 4호

조기천, 『백두산』, (북한)문학예술출판사, 2004

---

[20] 필자는 현재 1955년에 간행된 『조기천 선집』 속의 『백두산』 텍스트를 활용하여 정치사와의 상관성이라는 연구방법으로 조기천의 『백두산』에 대한 연구논문을 작성 중에 있음을 이 자리를 빌어 밝힌다.

2. 논 저

김경숙, 『북한현대시사』, 태학사, 2004.

김용직, 「이념과 기법 - 조기천론」, 『시와사상』, 2001.봄.

김재용, 「초기 북한 문학의 형성 과정과 냉전 체제」, 『북한문학의 역사
　　　　적 이해』, 문학과지성사, 1994.

김재홍, 「조기천 「백두산」, 민족혼의 상징」, 『한국현대문학의 비극론』,
　　　　시와시학사, 1993.

김창만, 「북조선 문학의 새로운 수확, 조기천 작 장편 서사시 「백두산」
　　　　을 평함」, 『모든 것은 조국 건설에』, 로동당출판사, 1947.

류만, 『현대조선시문학연구(해방후편)』, 사회과학출판사, 1988.

리원우, 「장편서사시 『백두산』이 창작되던 때의 몇가지 이야기」, 『조선
　　　　문학』, 1978.9.

리정구, 「시인 조기천의 창작의 특징과 의의 - 그의 1주기를 제하여
　　　　「조기천 연구」의 일부로서-」, 『문학예술』, 1952.7.

리정구, 「시인 조기천의 문학적 활동과 애국주의 사상」, 『문학예술』,
　　　　1952.11.

박재규, 『북한의 신외교와 생존전략』, 나남출판, 1997

백지연, 「항일 투쟁의 영웅화와 민중적 연대 -조기천의 『백두산』을 중
　　　　심으로」, 김종회 편, 『북한문학의 이해』, 청동거울, 1999.

신형기·오성호, 『북한문학사』, 평민사, 2000.

엄호석, 「조선문학에 나타난 김일성장군의 형상」, 『문학예술』, 1950.5.

엄호석, 「인민 군대와 우리 문학」, 『조선문학』, 1958.2.

유석렬, 『북한정책론』, 법문사, 1988

이명재 편, 『북한문학사전』, 국학자료원, 1995.

이기봉, 『북의 문학과 예술인』, 사사연, 1986.

임헌영, 「민중적 영웅주의의 구현 -조기천의 삶과 문학세계」, 『백두산
　　　　』, 실천문학사, 1989.

한　효, 「조기천의 창작에 있어서의 당성」, 『문학예술』, 1953.7.

허정숙, 『민주 건국의 나날에』, 조선노동당출판사, 1986.

현　수, 『적치 6년하의 북한 문단』, 국민사상지도원, 1952.

박세영의 시를 통해 본 해방이후 북한시의 전개과정
―월북 이후 『조선문학』 발표 작품을 중심으로―

하 상 일

1. 머리말

납·월북문인들에 대한 해금조치가 이루어진 1980년대 말부터 북한
문학에 대한 연구는 아주 활발하게 전개되어 현재까지 출간된 북한문
학 관련 단행본과 논문의 수만 살펴보더라도 상당히 많은 분량이 축적
되었다. 따라서 현단계 북한문학연구의 방향은 남북한통일문학사에 대
한 당위성을 앞세우기에 급급했던 초기의 연구성과와는 달리 북한문학
을 주도해온 개별 시인들과 작가들에 대한 구체적이고 실증적인 연구
로 심화되고 있다. 특히 일제하 프로문학의 정통성을 이어받은 북한문
학의 형성과정에 주목함으로써 카프 맹원들의 북한에서의 작품활동이
중요한 연구대상으로 부각되었다.[1]

---

[1] 해방이후 북한의 문단은 우익계열의 <평양예술문화협회>가 소련군의 지원을 받은
좌익계열의 <평남지구 프롤레타리아예술동맹>에 의해 해산되고, 이미 결성된
<북조선임시인민위원회> 위원장인 김일성의 후원 아래 1964년 3월 <북조선문학
예술동맹>으로 새롭게 확대되어 발족한다. 이 단체는 단순히 조직체의 명칭만 바
뀐 것이 아니라 명실공히 공산당의 공식기구로서 선전선동부장 김창만의 적극적
인 개입에 의해 이루어졌다. 그와 동시에 서울에서 임화의 일방적인 독주에 반감

　이처럼 북한문학연구가 작가론이나 작품론으로까지 심화·확대되었음에도 불구하고 해방이후부터 1980년대 말까지 북한체제의 대표적 시인으로 활동했던 박세영에 대한 연구는 아직 본격적으로 이루어지지 않았다. 그 이유는 월북이후 그의 문학적 행적에 가장 큰 원인이 있다고 할 수 있는데, 해방이후부터 1980년대 말까지 주체문학의 선구자로 북한체제의 가장 대표적인 시인으로 활동했다는 점이 오히려 그에 대한 연구를 객관적으로 수행하는 토대를 마련하는 데 걸림돌이 되었다. 또한 그의 창작활동이 시문학뿐만 아니라 아동문학, 노래가사, 수필, 정론, 평론 등 다양한 부문에 걸쳐 이루어졌다는 점에서 그의 문학세계를 논의하는 뚜렷한 방향을 결정하기 어려웠던 점도 중요한 원인이 되었다.[2]

　박세영은 1902년 7월 7일 경기도 고양에서 태어나[3] 배재고보를 졸업

을 품고 월북한 프로예맹 측의 박팔양, 박세영, 한효, 윤기정, 한설야, 이기영, 송영, 안함광, 안막 등과 중국에서 귀국한 김사량이 가담해서 <북조선예술동맹>의 뼈대를 이루게 된다. 이처럼 해방이후 북한문학은 카프계열의 문인들이 주도적인 역할을 함으로써 그들의 세계관이나 창작방법이 북한문학의 형성에 상당한 영향력을 미쳤다고 할 수 있다.

[2] 박세영은 월북이후 대부분의 프로시인들이 숙청된 것과는 달리 체제의 시인으로 활발히 활동을 하다가 1989년 2월에 사망했다. 따라서 남북한문학사에 공통적으로 걸쳐 있는 그에 대한 연구는 북한문학의 실상에 접근할 수 있고, 분단문학을 극복하여 통일문학을 수립할 수 있는 계기가 될 수 있다. 또한 그가 동시로 신춘문예에 당선되고 카프의 아동문학기관지인 『별나라』의 편집자로 활동했으며, 월북전후 상당히 많은 동시를 발표했다는 점에서 북한의 아동문학을 이해하는 데도 중요한 시인이라고 할 수 있다. 한성우, 『박세영 시 연구』, 대광문화사, 2000, p.10 참조.

[3] 박세영의 출생에 대해서 『북한인명사전』(동서문제연구소, 1981)에는 평안북도 출생으로, 『세계문예대사전』(어문각, 1975)과 『북의 문학과 예술인』(이기봉, 사사연, 1986)에는 함경북도 출생으로 되어 있다. 또한 출생일자도 「북한의 '애국가' 작사가·시인, 박세영」(전영선, 『북한』 2000년 4월호)에는 1907년 7월 7일로, 「박세영론」(정영자, 『산제비』 해설, 미래사, 1991)에는 1902년 7월 5일로 잘못 알려져 있다. 그러나 박세영은 그의 수필 「仁旺山은 내 故鄕」(『신동아』 1936년 2월)에서 자신에 관해 "전형적인 서울 사람"이고 고향은 "소미마을(廣金間)"이라고 밝히고 있

하고 중국 상해의 혜령영문전문학교에서 수학하였다. 이곳에서 그는 심훈 등을 만나 민족운동에 관심을 갖게 되면서 중국사회주의운동의 근거지들을 두루 돌아다녔는데, 이것이 그의 사상선택과 문예운동에 있어서 주요한 디딤돌이 되었다고 할 수 있다.4) 그 후 귀국하여 <염군사(焰群社)>의 동인으로 활동하다가 1925년부터 <카프>의 맹원으로 소년 잡지 『별나라』의 책임편집을 맡는 등 계급주의 관점에서의 활발한 작품활동을 하였다.5) 해방후에는 <조선프롤레타리아문학동맹>과 <조선문학가동맹>에서 활동하다 1946년 월북하여 조선노동당과 인민정권을 노래한 가사 「애국가」를 발표하고, 「보고싶은 어머님」과 같은 동시들을 발표하여 북한 아동문학의 기틀을 마련하기도 했다. 한국전쟁 중에는 조기천 등과 함께 종군작가로 활약했고, 휴전과 더불어 본격적으로 시작활동을 다시 시작하여 『박세영시선집』(1956)을 출간했으며, 1960년대 말까지 김일성의 영도력에 대한 찬양 및 주민들의 노역에 대한 혁신과 선전선동을 위주로 한 작품들을 주로 발표했다. 특히 『밀림의 력사』

고, 『조선신보』의 기록에도 "고양군 한지면 두모리"라고 기록되어 있으므로 경기도 고양 출생으로 보는 것이 타당하다. 따라서 최근의 연구에서는 모두 그의 출생일자와 출생지를 1902년 7월 7일 경기도 고양 출생으로 바로잡고 있다. 한성우, 앞의 책, p.31. ; 이명재 편, 『북한문학사전』, 국학자료원, 1995, p.467. ; 김경숙, 『북한현대시사』, 태학사, 2004, p.648. ; 김종회 편, 『북한문학의 이해 2』, 청동거울, 2002, p.292.

4) 박아지, 「黃浦江畔의 追憶- 박세영론」, 『풍림』 제5호, pp.14~16.

5) 박세영은 <카프>의 영향 아래 아동 잡지 『별나라』를 편집하면서 틈나는 대로 동시를 쓰는 한편, 천도교 계열의 아동 잡지 『어린이』와 대립하는 구도에서 계급주의 아동문학을 이끌었다. 그리고 1929년에는 동요극 「어린 소제부」의 필화사건으로 용산경찰서에 구금되기도 했다. 이처럼 박세영이 <카프>의 핵심에 있으면서 아동문학을 주도했다는 차원에서 보면, 그가 아동문학가로서 특히 동시인으로서 갖는 남다른 면모는 결코 소홀히 할 수 없다. 박경수, 「계급주의 동시 이해의 밑거름」, 『지역문학연구』 제8호, 2003년 가을, p.222.

(1962)는 조기천의 『백두산』과 더불어 북한의 대표적 서사시로 평가되고,6) 『룡성시초』(1967)는 노동계급의 영웅적 성격을 형상화한 강한 정론성을 지닌 작품으로 평가된다.7) 1970년대 이후 그는 김일성에 대한 우상화를 주제로 한 여러 시편들을 발표했고, 최고인민위원회 대의원, 작가동맹 중앙위원, 조국평화통일위원회 중앙위원을 지내는 등 북한문학의 가장 중심에서 활약하다가 1989년 2월 28일 사망했다.8)

박세영의 전기적 사실에서 알 수 있듯이, 그의 문학은 식민지시대 <카프>와의 연속성을 지닌 해방이후 북한문학의 초기 형성과정에서부터 조국해방전쟁, 전후복구와 사회주의건설, 천리마운동고조기, 주체문학기에 이르기까지 북한문학의 역사를 온전히 함께 한 총체적인 성격을 지녔다. 따라서 그의 문학에 대한 논의는 북한문학의 역사적 전개과정을 통시적으로 살펴보는 데 있어서 중요한 지표가 된다는 점에서 그

---

6) 이 시는 '보천보 전투' 직후에 있었다는 김일성의 항일무장투쟁을 소재로 그를 우상화한 내용으로, '보천보 전투'를 줄거리로 한 『백두산』의 속편에 해당한다. "이 작품에서 시인은 일제식민지통치의 암담한 시기 민족의 태양이신 김일성장군님에 대한 전설같은 이야기를 들으며 무한한 흠모와 존경심을 깊이 간직하였던 심정을 그대로 담아 시적 화폭을 폭넓게 전개하였다." 한국비평문학회, 『혁명전통의 부산물 - 납·월북 문인 그후』, 신원문화사, 1989, p.224. ; 박종원·류만, 『조선문학개관 Ⅱ』, 인동, 1988, p.249.

7) 『룡성시초』는 생활적이고 구체적인 시적 계기를 통하여 혁명적 대고조의 불길을 세차게 일으키는 로동계급의 영웅적 성격을 일반화하면서 강한 호소성과 정론성을 안받침하고 있다. 박종원·류만, 위의 책, pp.346~347.

8) 그는 월북 문인 가운데 가장 많은 작품을 발표한 문인으로, 주로 김일성 우상화를 위한 시를 발표했기 때문에 '김일성 우상 전문 시인'으로 꼽힌다. 북한은 그가 사망하자 작가동맹중앙위원회의 이름으로 부고를 발표하고, "특히 그는 해방후 위대한 수령 김일성 동지의 품에 안겨 문학창작의 새로운 길을 걸으면서 우수한 가사들과 수많은 시작품을 창작, 인민들의 혁명 고양에 크게 이바지하였다"고 추모했다. 박세영의 전기적 사실에 대한 자세한 사항은, 이명재 편, 앞의 책, pp.467~470을 참조할 것.

문학사적 의의는 아주 크다. 이 글은 이와 같은 문제의식으로 월북 이후
『조선문학』에 발표된 박세영의 시를 중심으로 북한 시문학의 전체적
흐름을 개괄적으로 살펴보는 것을 목표로 삼고자 한다. 해방이후『조선
문학』에 발표한 박세영의 시 목록을 정리하면 <표1>과 같다.

제 목	발표년월
문공단 환송의 밤	1951. 9.
숲속의 사수 임명식	1952. 7.
불탄 고향을 지나며(외 1편)	1953. 1.
영원한 스승 쓰딸린 대원수	1953. 3.
보람찬 승리를 시위하자	1954. 5.
나는 쓰딸린 거리를 건설한다	1954. 8.
몽고 방문 시초	1955. 11.
나의 산향	1956. 7.
높이 쳐든 기 '발	1957. 3.
10월의 깃발	1957. 11.
이 자유 이 행복을 위하여	1958. 12.
승리와 영광의 축배를 듭니다	1959. 1.
당신은 공산주의에로의 인도자	1959. 4.
비둘기떼 하늘을 덮다 (외8편)	1959. 10.
그립던 사람들 돌아오다	1960. 1.
봄의 재령강반에서	1960. 4.
다시 한 번 인경을 울려라	1960. 8.
나도 당에 보답하러	1961. 9.
장편 서사시 《밀림의 력사》 중에서	1962. 4.
어머니 품	1963. 9.
새 파종기	1964. 2.
밤의 제강소	1964. 4.
혁명의 기수로서	1965. 1.
우리 당 일 '군	1965. 10.
다시 《해빈의 처녀》	1966. 3.
그대 천리마시대에 바친 위혼은	1966. 8.
황금벌이 보이는 언덕에서	1967. 1.
조국이여 세기의 거인이여	1967. 7.
룡성시초	1967. 9.
수령의 명령앞에	1968. 3.
수령의 전사들이 가는 길	1969. 10.

대홍단에 봄비 내린다	1970. 11.
수령님 탄생 예순돐을 맞는 경사로운 이 아침에	1972. 4.
크나큰 믿음	1973 1.
위대한 사랑의 창조물	1973. 11.
당의 사랑, 당의 숨결속에	1975. 10.
위대한 수령님을 모신 영광의 시대여	1976. 4.
이른봄의 서정	1979. 5.
영원히 주체의 태양을 우러러	1982. 4.
나의 청춘	1985. 8.
새집앞에서	1987. 10.

<표1> 『조선문학』 소재 박세영 시 목록

현재까지 알려진 박세영의 시집은 해방이전 출간한 『산제비』(1938)를 비롯하여 『유화(流花)』(1946, 유실됨), 『횃불』(해방기념공동시집, 1946), 『진리』(1946), 『승리의 나팔』(1953), 『박세영시선집』(1956), 『밀림의 역사』(1962), 『룡성시초』(1967) 등이 있다. 하지만 월북 이후 출간한 시집 가운데 현재까지 국내에 소개된 것은 『박세영시선집』 정도에 불과한 실정이므로 지금 그의 시에 대한 전면적인 연구는 사실상 불가능하다. 따라서 이 글에서는 우선, <조선작가동맹>의 기관지인 『조선문학』에 발표한 시를 중심으로 월북 이후부터 1980년대 말까지의 시작 활동을 개괄적으로 정리하는 데 치중할 것이다. 이와 같은 작업은 그의 시를 북한문학사의 흐름에 맞춰 사적으로 개관하는 것이므로 도식주의적 기술의 한계를 벗어나기는 어려울 것으로 보인다. 하지만 이러한 한계는 오히려 박세영의 시를 살펴보는 데 있어서 가장 유효한 방법론이 될 수도 있다는 사실을 간과해서는 안 된다. 그의 문학적 이력이 북한문학의 전체를 관통하는 문학사적 성격을 온전히 보여준다는 점에서, 그의 시는 북한시문학의 전개과정과 통시적 흐름을 대변한다고 볼 수 있기 때문이다.

2. 민족해방과 조국해방전쟁기(1945~1953)

해방이후 북한문학은 1946년 3월 25일 <북조선예술동맹>의 발족과
더불어 사회주의적 사실주의, 당성·계급성·인민성을 전면에 내세우
면서 당과 이데올로기의 통제 아래 공산주의사상의 교육과 문학의 선
전선동성을 강조하였다. 따라서 문학작품의 "기본적 주인공은 혁명적
민주기지 건설을 수행하여 미제의 남반부 예속화정책을 반대하여 투쟁
하는 애국적 인간, 즉 주권확립을 위한 사회적 투사, 민주개혁 및 경제
건설에의 애국적 로동자, 로역농민 및 인민항쟁의 애국적 투사들"9)로
규정하였다. 결국 해방이후 북한문학의 방향은 창작의 자율성과 개성
을 인정하지 않고 오로지 당의 정책과 노선에 입각한 문학예술의 계획
생산에만 집중하는 기계적이고 집단적인 성격을 노골적으로 드러냈다.
박세영은 <염군사>와 <카프>를 거치면서 계급주의 노선을 일관되게
견지했고, 카프 해산이후에도 '비해소파'의 일원으로 끝까지 사상적 전
향을 위장한 채 해방이후 좌익문단의 형성과 월북이후 북한문학의 형
성에 기여했다는 사실에서 북한문학의 이데올로기와 노선에 가장 잘
부합하는 문인이었다. 따라서 그는 월북하자마자 북한문학의 성격과
방향에 적극적으로 동조하고 순응하는 체제옹호적 시인으로서의 전형
적인 모습을 보여주었다.

설한풍 밀림을 집으로 삼고/때로는 불탄 재로 식찬을 삼아도,/동지들을
위해선 스스로 굶고 싸우던/영용한 애국 투사들 있었거니/이 날이 어찌
안 오리까.//<중략>//누더기 속에서 나서 흙에서 늙도록/강냉이로도 배를
못 채우던 농민들,/오늘엔 제 땅을 버젓이 가꾸며/당신을 우러러 노래하오

---

9) 사회과학원 문학연구소, 『조선문학통사 <현대편>』, 인동, 1988, p.189.

니/영명하신 우리 령도자 있기에/새 나라 민주 조선은 륭성하고/날로 새로
워짐이 아니오리까.

- 「햇볕에서 살리라」 부분10)

월북이후 처음으로『조선문학』에 발표한 작품인 인용시는 김일성을
새조국 건설의 위대한 영도자로 묘사하는 찬양시의 성격을 분명하게
드러냈다. 식민지시대 <카프>를 통해 계급해방과 인간해방은 물론 조
국의 자유와 해방을 부르짖던 민족주의 시인이었던 박세영이, 한 사람
의 정치인과 공산주의를 찬양하고 옹호하는 체제의 시인으로 변해가는
모습을 두드러지게 엿볼 수 있는 것이다. 월북 이듬해 발표한 「애국가」
(1947)11)에서는 이러한 문학적 태도가 더욱 강하게 부각되는데, 북한문
학사는 이에 대해 "가사 「애국가」는 위대한 수령님에 의하여 반만년의
유구한 력사에서 처음으로 진정한 인민의 나라를 가지게 된 우리 인민
들의 조국에 대한 끓어넘치는 사랑을 노래한 의의있는 송가"이며, "끝
없이 풍요하고 아름다운 조국, 유구한 력사와 찬란한 문화, 근로인민들
의 슬기로 빛나는 조국에 대한 드높은 민족적 긍지와 자랑의 감정을
반영하면서 위대한 수령님께서 찾아주신 인민의 새나라에 대한 열렬한
사랑과 그를 길이 빛내여 가리라는 결의를 힘있게 노래하고 있다"12)라

---

10) 『우리의 태양』, 북조선예술총동맹, 1946. 해방의 감격 속에서 씌어진 시들은 일찍
   부터 김일성이 새 역사의 주인공임을 말했다. '김일성장군 찬양 특집'으로 나온 『
   우리의 태양』에서 김일성은 역사의 암흑을 헤치고 떠오른 "위대한 우리나라의 태
   양"으로 칭송되었다. 신형기 · 오성호, 『북한문학사』, 평민사, 2000, p.96.

11) 아침은 빛나라 이 강산/은금에 자원도 가득한/삼천리 아름다운 내 조국/반만년
   오랜 력사에/찬란한 문화로 자라난/슬기론 인민의 이 영광/몸과 맘 다 받쳐 이
   조선/길이 받드세(1절) 백두산 기상을 다 안고/근로의 정신은 깃들어/진리로 뭉쳐
   진 억센 뜻/온 세계 앞서 나가리/솟는 힘 노도도 내밀어/인민의 뜻으로 선 나라/
   한없이 부강하는 이 조선/길이 빛내세(2절)

12) 박종원 · 류만, 앞의 책, p.110.

고 평가하였다.

김일성에 대한 절대적 찬양과 더불어 해방직후 북한 시문학의 흐름
은 김일성의 강력한 후원자였던 소련과의 친선을 강조하는 경향을 두
드러지게 드러냈다. 이러한 주제와 관련하여 쓰여진 많은 작품들을 모
아 1949년 발간한 『영원한 친선』에 수록된 박세영의 「쏘련군대는 오는
가」는 "조선 인민의 위대한 해방자"로서 소련을 찬양하는 대표적인
작품이다.

> 약소 민족의 참 동무/조선 인민의 위대한 해방자,/쏘련군대여 오는가?/
> 이날 우리 30만 손들이/뜨거운 악수를 보내고/지나간 날 설움을 호소하였
> 더니,/쏘련군대는 아니 오고/하이얀 노트 아메리칸만이/공중에서 삐라를
> 뿌렸다./지전같은 종이로/시민들을 달래였다.
>
> ─「쏘련군대는 오는가」 부분13)

해방직후 북한문학의 주요 임무는 일제를 대신해서 한반도를 식민지
화하려는 미국의 전략을 제국주의적 태도로 비판하는 데서 비롯되었
다. 즉 반미의식의 고취와 선전을 통해서 미국에 대한 강한 적대의식과
투쟁의식을 전면화한 것이다. 이에 반해 소련에 대해서는 "약소민족의
참 동무"라는 친화적 인식을 바탕으로 절대적인 찬양을 보냄으로써
민족해방의 은인으로까지 평가했다. 따라서 "쏘련인민과 조선인민의
깊은 우의"는 "다만 쏘베트 군대가 조선인민을 일본제국주의 기반으로
부터 해방시켜주었다는 거기에만 있는 것이 아니라 그것은 또한 해방
직후 일제가 파괴해놓고 간 민족경제를 부흥복구하는 간고한 투쟁에서
쏘련인민이 우리 인민에게 진정으로 정성어린 방조를 주었으며 강렬한
로력투쟁에서 고귀한 모범을 보여주었다는 데 있다"14)고 밝히기도 한

---

13) 북조선문학동맹 시전문위원회 편, 쏘련군 환송기념시집 『영원한 친선』, 문화전선
    사, 1949년 2월, pp.115~120. 한성우, 앞의 책, pp.153~154에서 재인용.

다. 이처럼 해방직후 북한문학의 성격은 반미선전과 소련찬양이라는 극단적인 이분법을 바탕으로 인민들의 사회주의사상을 고조시키고 문학의 사상성을 강화시키는 일관된 지향성을 드러냈다. 결국 해방직후 북한문학의 성격은 민족의 진정한 해방과 사회주의 건설의 튼튼한 기초를 마련하기 위한 의식개혁의 수단이었다고 할 수 있다.

북한문학사에서 조국해방전쟁기(1950~1953)는 무엇보다도 전쟁에서의 승리를 고무하는 뚜렷한 지향성을 드러냈는데, '대중적 영웅주의', '애국적 헌신성', '전투의식 고취' 등의 주제의식을 바탕으로 한다.

> 조국과 우리 인민 앞에 전개된 새 력사적 현실 – 영웅적인 조국해방전쟁 현실은 우리 문학 앞에도 새로운 력사적 임무를 제기하였다.
> 조국해방전쟁은 우리 문학이 조선 인민의 이 위대한 영웅적 투쟁 현실을 진실하게 반영하고 전선과 후방에서 발휘되는 우리 인민의 대중적 영웅주의와 애국적 헌신성을 정당히 표현하는 우수한 예술적 전형들을 창조하며, 또한 애수적인 적들의 만행을 철저히 폭로 규탄함으로써 인민과 군대를 승리에로 고무 추동하며 글들을 원쑤에 대한 열화같은 증오심과 애국주의와 영웅성으로 교양하기 위하여 자기의 모든 재능과 정열을 다 바칠 것을 요구하였다. 우리 문학은 영웅적 인민이 요구하는 영웅적인 문학이 되어 우리 인민의 빛나는 투쟁과 승리, 백전불굴의 투지와 고상한 정신, 도덕적 면모를 우수한 예술적 형상을 통하여 전 세계 인민에게 보여주며 또 후손만대에 전하여야 하였다.15)

이 무렵부터 박세영은 본격적으로 『조선문학』에 시를 발표하기 시작하는데, 종군작가로 전쟁에 직접 참여했던 체험을 바탕으로 「문공단 환송의 밤」, 「숲 속의 사수 임명식」 등의 시를 쓰고, 전쟁으로 인해 처참하게 변해버린 고향상실의 비애를 노래한 「불탄 고향을 지나며」와

---

14) 사회과학원 문학연구소, 앞의 책, pp.218~219.

15) 사회과학원 문학연구소, 앞의 책, p.238.

같은 작품을 발표했다. 「문공단 환송의 밤」은 "우리는 여기 와 몇 달이라지만,/벌써 몇해가 지난듯/철의 의지로 뭉치였고,/높은 예술로 맺어진 사이,/이제 가면 전우들을/더욱 고무하리라"에서처럼, 북한군의 전쟁의식 고취를 위해 발족한 선무부대의 환송을 위해 쓰여진 작품이다. 그리고 「숲 속의 사수 임명식」은 '대중적 영웅주의'를 시적으로 형상화한 것으로, 조국해방전쟁 당시 인민영웅이었던 '조근실'을 제재로 하여 인민군의 전투의식을 고취하려는 의도를 드러낸 작품이다.

전우들의 마음 끓어넘치는 /장엄하고도 화려한 사수 임명식장, /우뢰같은 박수 소리와 더불어 /부대장은 단에 성큼 올라선다.//숲 속을 쩡쩡 울리는 음성, /앞 산에 메아리 짓고 /그의 무거운 말의 말 속에선 /우리는 불뿜는 중기 소리도 듣는다. //밤이면 그 옆에 잠자는 사수와 /담요를 함께 나눠 덮음은, /다음 날, 전투의 승리를 위해 /한몸되여 위력을 벼르던 중기어늘, //방림전투를 회상하라, /적을 쓰러눞여 七백, /이여 五백五십놈을 살상한 /창막동 전투 성과를 기억하라. //교지의 불사신 二三六호 중기, /하냥 진공의 앞장을 서서 /민청 회의가 내린 영예 속에 /조근실 사수 명중탄을 퍼부었다. //원쑤의 반돌격은 끝힐 줄 모르고, /탄우는 쏟아져 전호를 허무는데, /밀려드는 승냥이 떼를 지척에 두고, /왼팔이 떨어졌어도 불 뿜던 사수. //"조근실동무! 내가 쏘리다."/초조히 구는 부사수 말에 대답은 오직 한마디/"동무 념려 말라……"//어깨 쭉지로 눌러 쏘앗느니. //벌목장에 쓰러진 나무들처럼, /눈 앞은 적의 시체로 널렸을 때 /사랑하는 중기도 뚫리고,/사수의 이마에서도 더운 피 흘렀드니라. //<중략>//영웅의 뜻이 피로 어린,/ "민청호 조근실 중기"/다시 부대의 선두에 서서 나아가라,/무섭게 원쑤를 쓰러 눞이라.

ㅡ 「숲 속의 사수 임명식」 부분

이 작품은 "고지의 불사신 236호 중기로 용맹을 떨치고 방림전투에서 700명의 적을 쓸어 눕혔으며 이어 창막동전투에서는 500놈을 섬멸하고 적의 흉탄에 왼팔을 관통당하고서도 오히려 굴하지 않고 어깨로

중기를 눌러 계속 쏘아댄 영웅 조근실"을 영웅적 인물로 찬양한 시이
다. "숲속에서 엄숙하게 이 영웅정신을 잇는 사수 임명식을 거행하는
제2, 제3의 수많은 조근실들 - 우리의 대중적인 보통 영웅들과 함께
지내면서 시인은 바로 이 믿음직한 현실과 위대한 정신 가운데서 조국
의 승리와 미래를 확고히 내다보고"16)자 했던 것이다. 다시 말해 전쟁
의 현장에서 인민군의 위용을 떨친 실존인물을 영웅적으로 형상화함으
로써 전쟁에 참여한 인민군들의 사기를 진작하고 나아가 전쟁을 승리
로 이끌려는 뚜렷한 목적의식의 결과물이라고 할 수 있다.

이상에서처럼 해방이후부터 조국해방전쟁기까지 박세영은 김일성
체제의 적극적인 옹호자로 북한문학의 형성과정에 있어서 가장 실천적
인 노력을 경주했다. 김일성에 대한 절대적 찬양과 그를 지원하는 소련
에 대한 우호적 태도를 보이면서 사회주의건설을 위한 북한문학의 기
본적 토대를 마련하였고, 조국해방전쟁기에는 종군체험을 바탕으로 인
민군의 영웅적 투쟁의식을 고취함으로써 선전선동성을 강화하는 작품
들을 발표하였다. 이러한 '대중적 영웅주의'는 북한문학에 나타난 인물
형상의 전형성을 보여주는 것이기도 하는데, 영웅적 인물의 형상화를
통해 인민군의 전투의지를 강화한다는 점에서 '고상한 리얼리즘'의 창
작방법론에 충실한 작품이라고 할 수 있다.

3. 전후복구와 사회주의 건설기(1953 ~ 1958)

1953년 7월 정전협정과 함께 막을 내린 한국전쟁은 남북한 모두에게
막대한 경제적 피해를 남겼다. 북한에서는 전후 복구의 방향을 논의한
당중앙위원회 제6차 전원회의(1953. 8.)에서 '모든 것은 전후 인민경제
복구 발전을 위하여'라는 슬로건을 앞으로 당이 나아갈 방향으로 삼고,

---

16) 사회과학원 문학연구소, 앞의 책, P.271.

전쟁으로 피폐해진 경제복구와 이를 바탕으로 한 사회주의 건설을 당면한 핵심과제로 정립하였다. 특히 북한에서는 전후복구사업과 사회주의 건설의 문제는 아주 밀접하게 관련되어 있었는데, 1953년 스탈린의 죽음 이후 소련에서 개인숭배가 비판되자 북한에서도 김일성에 대한 반대파들의 공격이 시도되면서 전후복구의 방향과 방법을 둘러싼 정책논쟁이 지속적으로 제기되었기 때문이다. 이런 점에서 박세영의 「나는 쓰탈린 거리를 건설한다」는 전후복구와 사회주의 건설의 공통된 방향을 제시하는 작품으로 볼 수 있다.17)

> 위대한 해방의 은인을 생각하며/나는 지금 쓰탈린 거리/八월의 건설장에 섰다//져나르는 한짐 흙과 자갈에서도/나는 정녕 본다./조국의 자유를 지켜/그 모진 포화를 이겨낸/진실하고 불굴한 사람들의/불꽃 튀는 건설의 마음을……//번듯이 늘어가는 포장 공사로……/고루어 가는 쓰탈린 대롱로……/해방자의 불멸의은혜를 여기 새기고/승리한 인민의 위훈을/영원히 우리는/여기에 새기리라.//<중략>//이제 조선 인민의 감사의 뜻을/자욱마다 다져 넣는/쓰탈린 대롱로가 탁 트이는 날//케불선에 위력한 전루가 흐르면/끝없이 주렁질 가로등은/밤도 낮 같이 영웅 도시를 밝히리라//이제 해방의 감격을 노래하며/해방탑 붉은 별을 우러러/승리자의 물결은/깃발과 더불어 바다를 이루리니//행복이 열매처럼 맺을 가로등은/쓰탈린의/영생 불멸의 은혜와 함께/이 나라 사람들의/마음의 창들도 밝히리라
> – 「나는 쓰탈린 거리를 건설한다 – 八・一五해방九주년을 경축하며 」부분

"쓰탈린 거리의 건설"은 "해방군에 대한 불멸의 은공에 대한 기념으로서만이 아니라 조국해방전쟁에서 우리 인민이 쟁취한 승리를 로력의 위훈으로써 공고화하며 앞으로 더 발전시키기 위하여 건설한다는 사

---

17) 『조선문학』에도 이러한 경향의 작품 「영원한 스승 쓰탈린 대원수」를 발표했다. 여기에서 그는 스탈린을 "아 만민이 념원하는 세계 평화와,/인류 행복의 기수이신 당신이,/우리 조국 해방의/불멸의 은인이신 당신"이라고 아주 높이 칭송하고 있다.

상"18)을 담고 있다. 전후복구를 위한 건설현장에서 인민노동자들의 노동에 대한 의지를 더욱 고취하고 스탈린의 사상으로 재무장함으로써 사회주의 건설의 굳건한 토대를 마련하려는 이중적 의도를 내재하고 있는 것이다. 다시 말해 전후복구건설은 단순히 경제건설에 그치지 않고 사회주의 체제를 더욱 강화시키는 정책과 긴밀히 연결되어 있다고 할 수 있다.19) 이러한 사회주의 건설에 대한 뚜렷한 의지는 몽고를 방문하고 남긴 기행시 「몽고방문 시초」에서도 여실히 드러난다.

> 울란바또르여, 말하라!/위대한 10월의 혁명의 불씨가/료원의 거화처럼 이 땅에 번져/인민 혁명의 불길로 원수를 내친 이야기를.//네가 오늘은 이처럼 화려하지만/인민의 원한 대지에 찼던 그 시절에/쓰라린 시련을 헤쳐 나오며/피로 싸워 자유론 새 나라를 창건했음을.//혁명의 기수인 몽고 인민 혁명당,/웅장한 청사가 영광스런 투쟁사를 말하고,/찬란한 미래에로 인민의 앞장을 서 달리는/광장에 솟은 마상의 스헤·바또르 동상이 말한다.//내 또한 승리한 나의 조국/영웅 도시 평양의 숨결을 안고,/미제를 다우쳐 三년의 불길을 이겨낸/승리의 함성을 안고 여기 왔나니.//그립던 우방 붉은 영웅의 수도여!/우리도 바라는 너의 오늘에 대하여,/너 또한 념원하는 우리의 래일에 대하여,/나는 조선 인민의 뜨거운 인사를 드린다.//<중략>//사랑이 햇볕보다 다스한 거리,/로동을 즐겨 자욱마다 빛나는 거리,/열어 놓은 겹창들에서 울려 나오는/행복의 노래 대지에 터지누나.//또르강 건너 산허리에 새긴 영광의 구호는/전진하는 몽고 인민의 승리의 깃발인듯,/오늘도 건설로 찬란하니 몽고의 수도,/평화의 빛발 속에 륭성하는 울란 바또르!
> ― 「몽고방문 시초 ― 울란바또르」 부분

---

18) 사회과학원 문학연구소, 앞의 책, p.354.

19) '쓰탈린'이라는 고유명사는 공산주의사상을 상징하는 시어이다. 스탈린은 당시 소련의 최고 권력자로 맑스-레닌주의를 신봉한 공산주의자로서 냉전체제하의 세계적 지도자 중의 한 사람이었다. 박세영은 작품 속에서 이러한 쓰탈린에 대한 경외감과 함께 공산주의사상의 위대성을 노래하였다. 결국 스탈린거리의 건설은 공산주의국가건설을 상징한다고 할 수 있다. 한성우, 앞의 책, p.172.

「울란바또르」, 「사랑의 학원」, 「초원의 아침」 등 세 편의 시가 한 편의 작품으로 이루어진 「몽고 방문 시초」는 북한의 사회주의 건설이 지향해야 할 방향을 공산주의 친선국가인 몽고를 통해 보여주고자 하는 의도의 결과이다. 즉 화려한 몽고의 수도 울란바또르는 "혁명의 기수인 몽고 인민 혁명당"의 "영광스런 투쟁"의 결과이므로 북한의 인민들 역시 전후복구와 사회주의 건설에 더욱 힘써 "륭성하는 울란 바또르"와 같은 사회주의 국가를 건설해야 한다는 점을 강조하는 것이다. 이처럼 전후 북한문학의 성격은 전쟁으로 모든 것이 폐허가 되어 버린 북한의 경제를 복구하는 국가적 대과업을 성공적으로 수행하기 위한 선전선동의 무기로써의 역할을 전면화했다. 뿐만 아니라 이와 같은 경제적 과업은 더욱 굳건한 사회주의국가 건설을 위한 견고한 토대를 마련하고자 하는 것이었으므로, 당시 북한문학의 방향은 공산주의 사상을 더욱 확고히 정립하고 이를 문학적으로 형상화는 뚜렷한 지향성을 드러냈다. 따라서 무엇보다도 당의 정책과 노선을 충실히 이행하는 것이 공산주의 사상을 문학적으로 올바르게 구현하는 근본적 태도가 되지 않을 수 없었다.

나의 한 고향을 생각하는 것만도/얼마나 아름다운 뜻이랴만/오늘은 우리 모두의 고향을 생각는/새날의 창조자 우리의 당이 있다.//"가난은 나라도 못 구한다."는 옛말을/담배 연기로 뿜어버린 의로운 선조도 있어,/거머리 같던 지주들을 미워했나니/"땅은 밭 가는 농부들에게 돌아가야 한다"고.//가난의 진디물을 없애려는 것만도,/이 얼마나 훌륭한 생각이랴만,/오늘은 우리 온 강토와 새 살림을 생각는/백전백승의 우리 영광스런 당이 있다.//<중략>//당의 가르침 받들고 나선 우리는 이미/들판의 협동 조합과 증산 경쟁을 맺었나니,/한때는 여기 고지에 공화국기 휘날린듯/나의 산향 불굴의 기세를 세상에 보이리라.//선조들의 념원처럼 어서 자라라, 나의 산향,/그때면 붉었던 산도 밤나무로 숲을 이루리./유치원에서 아이들의 노래소리 들리면/산새들도 모여와 나의 산향을 노래하리.

- 「나의 산향」 부분

　당성은 사회주의적 문학예술의 혁명적 본질과 계급적 성격을 규정하는 본질적 속성이며 당성의 철저한 구현은 사회주의적 문학예술이 혁명투쟁과 건설사업의 힘있는 무기로 복무하게 되는 근본요인이다.[20] 따라서 사회주의 사상에 충실하기 위해서는 당의 지도와 요구를 절대적으로 신봉하는 태도를 지녀야 했다. "우리 모두의 고향"이고 "새날의 창조자"며 "백전백승의 우리 영광스런 당"에 대한 충성과 공산주의 이념의 구현과 사회주의 건설의 사상적 토대인 당의 노선을 받드는 것은 북한시인들에게 가장 근본적인 태도임에 틀림없다. 박세영에게 있어서도 당성의 확고한 정립은 그 구체적 실현방향으로 노동계급성과 인민성을 확립하는 창작활동의 가장 중요한 원칙이었다. 인용시에서 "당의 가르침 받들고 나선 우리는 이미/들판의 협동조합과 증산 경쟁을 맺었다."고 말하는 데서 알 수 있듯이, 당성의 올바른 구현은 노동의식의 고취와 증산의 계획을 선도함으로써 전후의 낙후된 경제를 일으켜 세우는 아주 구체적인 결과로 실현된다고 믿었던 것이다.

　동트는 새벽 붉은 노을은 비껴와/훤히 밝아오는 제강소 구내,/이따금 번개불처럼 화광은 번쩍이고/석회 공장 굴뚝에선 연기를 뿜는다.//<중략>//나는 여기서 우리 공장 로동자들의/줄기찬 증산 투쟁을 본다.//<중략>//불패의 당 대렬에서 우리 자라나고/민주 제도를 강철로 다지던 마음이,/불길 속에 다시 三년을 자랐거니/철골만 남은 공장이라 어찌 놀랐으랴//분노가 활활 타오르는 속에서/강철을 도리고 잇게한 우리 박동무/그가 만든 수많은 새 도구로해/승리한 제강의 기록도 여기 적혀있다.//<중략>//五·一절을 증산으로 싸운 우리 노래/우렁차게 부르며 동무들아 어서 달리

---

20) 사회과학원 문학연구소, 『북한의 문예이론』, 인동, 1989, p.92.

자/수령이 부르시는 승리한 영웅 도시로/자랑이 아니라 더 큰 우리 맹세 다지려.//그것은 당과 수령께 드리는/우리 증산으로 뭉친 맹세이거니,/끝없이 잇닿아나가는 찬란한 도표들 속에/한량없는 인민들의 행복이 물결친다.//소리 높이 五·一절의 노래 부르며/하늘 땅이 울리게 우리 결의를 높이자./불굴의 의지로 뭉친 우리 기세로/온 세계 로동 계급과 발맞추어 나가자.

>   －「보람찬 승리를 시위하자 － 국제 五·一절에 드리는 노래」 부분

전후복구와 사회주의 건설기의 북한문학은 앞선 시기의 전쟁영웅을 대신하여 노동현장의 인민노동자를 영웅화하는 노력을 기울였다. 인용시는 철강산업에 종사하는 북한 노동자들의 그동안의 노고를 칭송하고 앞으로 더욱 증산을 위해 노력할 것을 고무하는 작품이다. 당시 북한은 사회주의 건설의 과제이자 전후복구의 방향으로 농촌의 협동화와 중공업의 발전을 제기하였다. "공장 로동자들의/줄기찬 증산투쟁"에서 알 수 있듯이 당시 북한문학의 대중적 영웅주의는 노동과 건설의 현장에서 증산을 위해 헌신적으로 일하는 노동자들의 모습에 있었다. 따라서 북한문학의 방향은 "근로인민의 생활과 사업 속에 들어가서 그들로부터 배우며 그들의 사고와 감정, 사업과 생활을 연구할 것"을 요구하였다. 즉 "전후문학의 기본주제는 로력과 로력하는 인간에 대한 주체인바, 바로 전후 우리 인민의 생활이 사회주의건설의 창조적 로력에 기초"[21]한다고 보았던 것이다.

4. 천리마운동기(1958 ~ 1967)

1956년 4월 조선노동당 제3차대회에서 북한은 1957년부터 1961년까지를 '전반적 공업화를 위한 5개년 계획' 기간으로 설정하고 사회주의

---

21) 사회과학원 문학연구소, 『조선문학통사』, 앞의 책, p.300.

체제를 확립하여 공업화하기 위한 계획을 수립하였다. 그리고 그 계획을 2년간 앞당겨 완수하고자 소위 '천리마운동'을 벌이게 되는데, 천리마운동은 1956년 12월 당중앙위원회 전원회의에서 김일성이 행한 '사회주의건설에서의 혁명적 대고조를 위하여'라는 연설을 사회주의 건설 현장에서 직접적으로 구현한 것이라고 할 수 있다. 천리마운동의 의의와 성격은 무엇보다 1956년의 반종파투쟁으로 인한 여파를 일소하고 사회적 분위기를 생산적으로 일신하려 한 데서 찾을 수 있다. 따라서 공산주의 건설을 목표로 인민대중을 공산주의 인간학으로 교양시킴으로써 모든 인민들은 공산주의 사상으로 무장해야만 했다. 이런 점에서 당시 북한문학은 공산주의자의 전형성을 어디에서 찾을 것인가 하는 문제가 가장 중요한 쟁점이 되었는데, 그 결과 항일혁명문학이 강조되었고 너무나 자연스럽게 당과 김일성에 대한 찬양과 숭배가 전면적으로 대두되었다.[22]

> 우리는 기쁨 속에 일을 합니다./사회주의 건설자의 영예를 지니고,/천리마 청년 작업반의 긍지를 안고,/더없이 황홀한 래일을 바라보며.//〈중략〉//당신께선 사람들이 더 잘들 살며/어느 합숙과 가정의 식탁에서나/어서 고기와 우유가 듬뿍 오르도록/우리로 하여 천리마 타고 달리게 했습니다.//허기에 당신을 뵈온 백발의 할머니/눈시울 뜨겁게 하시는 말씀,/"장군님 덕에 이제야 잘 살게 됐습네"/이는 그대로 인민의 목소리입니다.//혁명의 기수, 당을 령도하시는 당신은/위대한 공산주의에로의 인도자,/가는 곳

---

[22] 김일성의 정치적 반대파들이 제거된 후, 1956년 12월에는 천리마운동이 발기되었다. 바로 이 시점에서 김일성은 작가들에게 사대주의를 배격하고 '주체적' 입장을 가질 것을 요구한다. 여기서 사대주의란 사회주의 선진국 소련의 동향에 귀기울이는 태도를 포함했다. 소련을 따르는 것은 더 이상 옳은 일이 아니었다. 김일성이 유일한 영도자임이 확인되면서 김일성이 이끈 항일무장투쟁사는 '위대한 과거'의 진정한 출발점이자 유일한 전통이었다. 작가들이 써야 할 역사는 하나였다. 그것은 김일성이 이끌어온 투쟁과 건국의 역사였다. 신형기·오성호, 앞의 책, p.165.

마다 꽃동산을 열어 주시니/김일성 시대에 사는 이 영광이여!/당신의 만수
무강을 비옵니다.

- 「당신은 공산주의에로의 인도자」 부분

1958년부터 본격화된 천리마운동은 공산주의 낙원을 향해 천리마를
탄 기세로 달리는 속도전의 양상을 드러냈다. 그런데 여기에서 '속도'는
결국 '사상성'의 문제였으므로 인민을 공산주의로 이끄는 김일성의 영
도력이야말로 가장 필수적인 요건이 되지 않을 수 없었다. 당시 북한문
학의 성격은 첫째 사회주의 건설에 대한 의지, 둘째 공산주의자의 전형
창조와 항일무장투쟁의 역사 등으로 정리할 수 있는데, 이러한 과제를
구체적으로 실천하는 중심에는 언제나 김일성의 뛰어난 영도력이 놓여
있었기 때문이다.

이러한 북한문학의 전반적 성격과 마찬가지로 천리마운동기 북한시
의 방향도 크게 두 가지 관점에서 이루어졌다. 우선 사회주의 건설에
대한 의지를 더욱 굳건히 다지는 일련의 작품들이 발표되었다. 박세영
역시 "우리의 시가는 사회주의 낙원으로 꽃피어 가는 우리의 영웅적
현실에 대한 송가로 되어야 하는 바 그러기 위하여서는 바로 오늘의
위대한 기적과 행복을 창조하는 우리 인민의 노동을 동원시켜야 한다."
고 하였다. 이는 "영예롭고 위대한 노동을 통하여 전면적으로 꽃피고
있는 우리의 노동계급과 사회주의적 농민들의 성격을 창조하여야 하며
이를 통하여 우리 인민에 대한 공산주의 교양에 영예롭게 복무하여야
한다."23)는 것이다.

---

23) 박세영, 「시 문학의 전투적 기치를 높이자」, 『문학신문』, 1959년 2월 1일. 이 글에
　　서는 이선영·김병민·김재용 편, 『현대문학 비평 자료집 (이북편:1959~1962)』,
　　태학사, 1993, p.82.

성냥개비 하나도 남이 만든 것 써야 하던/오늘은 그런 억울하던 세상이
아니다./우리 운명이 남의 손아귀에 잡히여/몸부림치며 저주하던 그런 때
가 아니다.//자유란 말마저 앗아 간 제놈들/침략자 교형리들의 포악한 호령
이,/소란한 짐승들의 울부짖음처럼/자본가, 지주들의 치부에 반주하던
때.//어느 놈이 원쑤의 주구되었더냐,/어떤 자들이 말세의 장단에 춤추었더
냐./오로지 우리들의 피땀으로 치부하며/영생토록 향락 꿈꾸던 놈들이였
다.//헐벗고 굶주리는 무리 거리에 넘쳐도/고루거각에서 후뿌리며 질탕대
던 자들이/오늘도 흉악한 미제의 앞잡이되였구나/혁명의 원쑤로 찬란한
새 세상 질시하며//우리 로동자들 손으로 만든 용광로를/죽어가는 자본가
의 흑심으로 해치려느냐/우리들의 지혜 고루어 만든 뜨락또르를/지주들의
탐욕스런 심보로 노리느냐//<중략>//이 자유 이 행복을 위하여/우리들은
탐조등처럼 눈을 밝힌다/뻔뻔스레 탈 쓴 간악한 보균자들을/깡그리 태워
없앨 증오의 불길로.

— 「이 자유 이 행복을 위하여」 전문

전후의 피폐한 현실을 복구하려는 사회주의 경제재건의 노력은 천리
마운동으로 인해 더욱 속도를 낼 수 있었다. 그 결과 "자본가, 지주들의
치부"를 위해 자유를 억압당하고 행복을 저당잡힌 시절은 지나가고 진
정으로 바라던 사회주의 낙원을 건설하게 되었다고 자부했다. 따라서
이제는 "미제의 앞잡이"와 "혁명의 원쑤"들로부터 이 사회주의 낙원을
온전히 지켜내는 노력이 있어야 한다는 점을 무엇보다도 강조했다. 이
를 위해서는 "뻔뻔스레 탈 쓴 간악한 보균자들"을 "증오의 불길"로 완전
히 없애버리고 천리마 기수들 속에서 공산주의적 전형성을 갖춘 인물을
형상화해야 했는데, 김일성의 항일무장투쟁은 이와 같은 공산주의적
인물형상을 창조하는 가장 대표적인 역사적 소재였음에 틀림없다.

내 철부지 어린 시절/아름다운 나의 조국 강산에서/자유의 태양이 떨어
져/산천도 피눈물에 젖었거니/한 세기도 천년처럼 길었더라//<중략>//그

누가 나로 하여/불굴의 투지 용솟게 하고/굳은 절개 눈동자처럼 지키게
했던가/그 분은 우리 민족의 영웅 김일성 장군/그 분이 밝혀 주신 붉은
서광/한 가슴에 안아서였다//<중략>//나는 다만 북쪽 하늘을 우러러/그
분을 흠모하였고/미래의 승리를 똑똑히 보았다.//아, 기나긴 십 오 성상/눈
보라 휘몰아치는/밀림과 준령을 헤치며/원쑤들에게 서릿발을 내리시면서
도/당의 기틀을 마련하시고/조국 광복회를 펼쳐/그 분께서 높이 드신 혁명
의 기치/오늘은 이 강산에 태양으로 솟았다//<중략>//사람들의 가슴마다/
새 태양의 눈부신 햇빛 비쳐주고/슬픔과 가난의 흔적/말끔히 가셔 주신
그 분/백발이 성성한 나에게도/청춘의 붉은 정열을 부어/노래의 샘물이
솟게 해 준 그 분//<중략>//수령께 드리는/만사람의 아름다운/축하의 노
래 속에/륙십 청춘인/나의 목소리도 합치련다.

-『밀림의 역사』중에서 「서시」부분

1960년대 북한시문학의 대표적인 특징은 항일혁명문학의 시적 형상
화에 있었다. 이때부터 북한문학은 김일성의 항일무장투쟁을 문학적으
로 형상화하는 데 본격적으로 뛰어들게 된다.『밀림의 역사』는 항일혁
명투쟁에서 뛰어난 지략과 전술을 보여준 김일성의 영웅적 투쟁을 절
대적으로 찬양한 것으로, 조기천의『백두산』과 더불어 북한의 대표적
인 서사시로 평가되는 작품이다. 전체 줄거리를 대략 요약하면, 김일성
이 이끄는 조선인민혁명군이 보천보전투에서 승리를 한 후 남은 일제
의 토벌대를 간삼봉에서 완전히 소탕하는 이야기를 담고 있다. 이를
통해 박세영은 김일성의 "탁월한 전략 전술가로서의 풍모"와 "인민들
과의 깊은 련계", 그리고 "당원들에 대한 지극한 사랑"을 지닌 "장군의
고매한 정신"을 재현함으로써 공산주의적 인간으로서의 전형성을 창
조하고자 했다. 또한 "우리 나라 반제 반봉건 혁명의 최고조 시기를
이룬 당시의 시대적 성격"을 명확하게 보여주고 항일무장투쟁을 민족
적 긍지라는 시각에서 형상화함으로써 김일성의 혁명사상을 유일사상
으로 확립시켰다. 이때부터 북한의 시문학은 김일성을 향한 뜨거운 찬

양의 노래를 더욱 확산시켜 나갔고, 이를 더욱 효과적으로 전달하기
위해 당과 김일성을 칭송하는 혁명적인 송가를 지속적으로 창작하면서
북한의 시문학은 비로소 주체문학의 시대로 접어들기 시작했다.

5. 주체문학기(1967~1989)

1967년 5월에 열렸던 당중앙위원회에서 북한은 유일사상체계의 확
립을 결정한다. 이로부터 김일성에 대한 우상화는 더욱 제도화되고 본
격화될 필요성이 제기되었다. 따라서 문학 역시 사회주의적 문학예술
에서의 당의 유일사상체계를 확립해야만 했는데, 공산주의적 인간학의
창조, 당성, 노동계급성, 인민성의 구현을 바탕으로 사회주의적 내용과
민족적 형식에 대한 고찰, 고상한 사상성과 높은 예술성의 결합 등 주체
사상에 기초한 문예이론과 창작의 새로운 정립에 주력하였다. 이때부
터 박세영은 '김일성 전문시인'으로서 더욱 두드러진 창작활동을 펼치
는데, 「수령의 명령앞에」, 「수령의 전사들이 가는 길」, 「대홍단에 봄비
내린다」, 「수령님 탄생 예순돐을 맞는 경사로운 이 아침에」, 「위대한
수령님을 모싱 영광의 시대여」, 「영원히 주체의 태양을 우러러」 등 『조
선문학』에 발표한 그의 대부분의 시가 김일성에 대한 찬양을 주제로
하고 있다.

> 오늘도 가렬했던 그날의 승리를 노래하는가/남홍색 공화국기발은,/자국
> 마다 고지에 스민 용사들의 불멸의 위훈이/어느 잠복초소에 엎디여있건/
> 젊은 초병들의 들끓는 심장에서 살아 숨쉬거니.//미제침략군을 노려 번개
> 이는 그 눈들,/사격에서도 "우"는 례사로운 일,/일당백으로 준비된 당의
> 붉은 전사들은/흉악한 미제를 겨누고있어라.//영명하신 우리 수령님이 밝
> 혀주신 눈이기에/오늘도 고지의 초병들은/천리 먼 앞을 내다본다,/동해바
> 다 먼 수평선 너머도/항쟁의 웨침소리 가슴을 허비는/어둔 남녘땅 저 끝까

지도.//온 나라가 불락의 요새로/사람들은 기름묻은 억센 손마다/날 세운 총창 비껴들었다,/산발에서도 눈속에서도.//아 4천만조선인민의 경애하는 수령/그이의 두리에 하나로 뭉친 영광에 찬 나라,/찬란한 혁명의 전취물들을 눈동자처럼 지키는/륭성하는 사회주의 어머니조국은 철옹성이여라.// 이젤가 수령의 명령이 내리기를 기다리는/초병들이 품은 충천하는 사기는/산을 밀며 물불도 삽시에 헤쳐내리니,/오늘도 눈덮인 령마루 영웅의 고지는/초병들과 더불어 위대한 새 승리를 불려/하늘높이 솟아있어라.

- 「수령의 명령앞에」 부분

북한문학이 카프의 정통성을 부정하고 항일혁명문학을 유일한 혁명전통으로 인정하면서부터 그 문학적 양상은 더욱 심하게 도식화된다. "나는 사회주의 건설에 관한 문예작품과 혁명투쟁에 관한 문예작품의 창작 비율은 5 대 5로 할 것을 제기합니다."24)라는 김일성의 교시에 맞춰 주체문학기 북한문학의 근본적 지향성은 수령에 대한 찬양과 충성, 사회주의 혁명 건설의 고취에 집약되어 있었기 때문이다. 특히 주체문예이론에서 문학예술은 당성, 노동계급성, 인민성의 유기적 연관 속에서 구현되었는데, 이를 문학적으로 형상화하는 데 있어서 '수령에 대한 형상화'는 가장 핵심적인 지도이념으로 부각된다. 이런 점에서 인용시는 혁명적 수령관을 바탕으로 주체의 인간학의 정립을 목표로 하고 있음을 알 수 있다. 주체의 인간학은 수령의 가르침대로 주체사상을 실천하는 공산주의적 인간학에 다름 아니다. "수령의 명령이 내리기를 기다리는 초병"처럼 무조건 수령을 따르는 일편단심의 태도가 절대적으로 요구되었던 것이다.25)

---

24) 김윤식, 「주체사상에 기초한 사회주의적 문예이론」, 『북한의 문학』, 을유문화사, 1990, p.99에서 재인용.

25) 주체의 인간학은 혁명적 수령관을 전제로 한다. 혁명적 수령관이란 수령이 모든 인민의 최고 뇌수(腦髓)이자 통일 단결의 중심으로서 역사발전과 혁명투쟁에서 결정적 역할을 해 왔고, 또 한다고 보는 견해와 관점이다. 혁명적 수령관은 하루

　이처럼 북한문학의 성격은 유일사상체제의 확립과 더불어 모든 문학
적 양상이 김일성 중심주의로 수렴되는 도식주의의 한계를 더욱 여실
히 드러냈다. 이러한 관념성과 추상성을 극복하기 위한 방편으로 북한
시는 일상적 서정성의 문제를 수용함으로써 조금씩 변화를 모색하기
시작한다. 다시 말해 추상적이고 당위적인 차원에서 절대적으로 존재
했던 수령과 당의 면모가 일상의 차원에서 새롭게 형상화됨으로써 서
정성을 통해 도식성의 극복을 이끌어내고자 했던 것이다.

　　대홍단에 봄비 내린다./조국의 봄비가 내린다./나무잎새들은 머리를 감
은 듯 푸르름도 새로운데/불비속을 헤쳐오신 그 발걸음으로/젊으신 장군
님께서는 비내리는 조국땅을 밟으신다.//내리는 봄비는/싹터난 잎들에/신
록의 빛을 물들여준 듯 싱싱도 하거니/장군님을 못내 그리워하던 조국의
마음인가/대홍단벌엔 진달래마저 온통 붉어라// <중략> 장군님을 기다려,
이날을 기다려/못잊던 조국땅 인민들의 마음처럼/온 강산이 반겨맞는 길
우에/봄비가 내린다,봄비가 내린다./가렬한 불비속에서 내려앉았던 전진을
/정히 씻어내리는듯/장군님 군모에, 넓으신 그 어깨에/조국의 봄비 내린
다.//아, 3천만이 우러르는 위대한 태양 김일성장군님/대홍단벌에 높이 울
린 그이의 열화같은 말씀/로동자 농민의 가슴에 투쟁의 불씨 뿌리여/재생
의 기쁨으로 설레는 땅,//장군님께선 생각에 잠기시어 걸으신다/아름다운
조국강산을/만경대의 고향집처럼 품에 안으시며/해방된 조국땅우에 펼치
실 위대한 구상 무르익히신다.//다시 떠나야 할 집합나팔소리 울려퍼질
때/대렬앞으로 나오시는 장군님께/대원은 가벼이 우장을 받쳐드리건만/슬
머시 어깨에서 내리시는 장군님,/"오랜만에 맞아보는 조국의 봄비요/얼마

아침에 만들어진 것이 아니다. 그것은 영웅서사시에서 출발하여 인민을 근원으로
보는 인민주의적 상상력의 도움을 받아, 최고의 덕성을 갖는 영도자 수령과 근원
으로서의 인민을 일체화한 결과였다. 인민주체는 계급주체를, 계급주체는 당주체
를, 당주체는 수령주체를 핵심으로 하는 것이었다. 이것이 혁명적 수령관의 구조
적 배경이었다. 수령이 인민의 뇌수라면 인민은 수령의 몸이 된다. 뇌수의 명령
을 따르지 않는 몸이 있을 수 있겠는가? 혁명적 수령관은 이런 기능적 구분을
전제하고 있었다. 신형기·오성호, 앞의 책, p.268.

나 맞아보고싶던 조국의 봄비요!"//대원들은 록음방초 우거진 조국의 새아
침에 휩싸인듯/내리는 봄비에 온몸을 내맡기며/저마다 우장을 벗어내린
다./대홍단에 봄비가 내린다./조국의 봄비가 내린다.

- 「대홍단에 봄비 내린다」 부분

대홍단에 내리는 "봄비"는 "김일성 장군님"의 은덕을 상징화한 것으
로 볼 수 있다. 봄비가 내리는 것은 장군님을 기다리는 마음의 결실이
고, 봄비를 맞는 것은 김일성 장군님의 축복을 맞는 것이며, 그로 인해
조국강산은 "신록의 빛을 물들여준 듯" "재생의 기쁨으로 설레는 땅"의
기운을 되찾는다는 것이다. 결국 수령, 조국, 인민, 그리고 자연이 혼연
일체가 되어 봄비에 흠뻑 젖는 시적 풍경은 김일성 유일사상체제가
이루어낸 사회주의 낙원의 일상적 풍경을 재현하려는 지향성의 결과라
고 할 수 있다. "록음방초 우거진 조국의 새아침에 휩싸인듯/내리는
봄비에 온몸을 내맡기며/저마다 우장을 벗어내"리는 모습에는 유기적
생명체의 푯대로서 김일성의 영도력에 대한 절대적인 신뢰와 찬양이
깊숙이 내재되어 있는 것이다.

온세계가 위대한 태양으로, 혁명의 수령으로 다함없는 존경과 흠모의
정을 드리는 경애하는 수령 김일성동지를 영광스럽게도 어버이수령으로
모신 우리 조선작가들이 위대하신 수령님의 풍모와 령도의 현명성, 높은
덕성을 심오하게 형상화는 것처럼 크나큰 기쁨은 없다.
이런 생각을 하면 나는 어버이수령님의 붉은 문예전사로 된 영예와 긍지
로 하여 심장이 끓는다.
일찌기 해방직후부터 어버이수령님의 뜨거운 사랑과 두터운 배려를 받
아온 저는 창작을 통하여 경애하는 수령 김일성동지께 나의 불타는 충성심
을 다 바치려고 한다.26)

---

26) 박세영, 「위대한 강령을 높이 받들고」, 『조선문학』, 1971년 1월, p.24.

이처럼 박세영을 비롯한 북한의 시인들은 김일성의 교시를 바탕으로 붉은 문예전사로서의 의식과 태도를 일관되게 관철시키고자 한다. 여기에서 김일성에 대한 찬양은 북한의 시가 나아가야 할 가장 현실적인 방법인 동시에 궁극적인 지향점임에 틀림없다. 또한 이러한 시가 지닌 도식주의의 한계를 극복하는 방편으로 서정성이 가미된 송가 형식의 찬양이 두드러진 것도 김일성 찬양의 도식주의와 경직성을 해소함으로써 김일성 유일사상체제를 더욱 강화시키기 위한 시적 전략의 결과라고 할 수 있다.

> 처녀는 포전으로 나왔구나/앞당긴 봄을 안고,/어버이 수령님 다녀가신 땅에/봄날의 환희를 한껏 펼치려/푸른 모를 안고 걷고있구나//남먼저 봄을 숨쉬는 애기모들이/찬바람에 놀랄세라/내 슬며시 박막을 여며주니,/처녀는 수집어 웃고/나는 유쾌한 웃음으로 따라가고…//바람은 차도/내 마음은 하냥 뜨거워라/처녀의 맑은 웃음은/어느새 남새바다를 펼치여가는 봄빛/종다리를 부르는 이른봄의 서정!//처녀의 가슴은/수령님 안겨주신 새 씨앗을/파릇파릇 움틔우는/이른봄의 대지//수령님께 어서 기쁨드릴/그 마음과 함께 있어/나도 봄을 따라/이 들길을 가는구나.//벌에 넘칠 남새바다/기쁨의 바다,/눈속에서도 뿌리내린/이른봄의 서정을 안고가누나.
>
> —「이른봄의 서정」 부분

북한시에서 '봄'은 즐겨 사용되는 제재이다. 봄의 생명력은 새세상을 여는 상징성을 지니고 있을 뿐만 아니라 어버이 수령님이 안겨주신 "새씨앗"이 비로소 "파릇파릇 움틔우는" 자연의 조화로운 풍경을 보여준다. 그래서 "이른봄의 서정을 안고가"는 화자의 정서에는 "봄날의 환희"가 가득하다. 하지만 자연을 순수한 대상으로 바라보고 이를 시인의 마음과 일치시키려는 서정의 세계는 표면적인 양상일 뿐 그 본질 속에는 김일성이 건설한 지상낙원의 세계를 찬양하는 데 치중할 따름이다. 결국 일상적 자연의 아름다움을 즐기면서도 수령에 대한 찬양과 당에 대한 충성을 더욱 새롭게 다져야 한다는 계도적이고 선동적인 성격을 내재하고 있는 것이 북한 서정시의 근본적 성격이라고 할 수 있다.

이상에서 살펴봤듯이 주체문학기 북한문학의 전반적 성격은 김일성 찬양을 바탕으로 한 수령형상의 창조에 있었다. 1930년대 김일성의 항일무장투쟁을 북한역사의 원류로 보고 그것만을 유일한 과거로 해석함으로써 전일성을 드러냈던 것이다. 뿐만 아니라 80년대로 접어들면서부터는 생활현실의 재발견과 서정성의 강화 속에서 도식주의의 한계로부터 벗어나려는 창작방법론의 변화가 두드러졌다. 이 시기 북한문학에서 박세영의 위치는 북한시의 변화를 책임있게 이끌어가는 원로로서 중추적 역할을 담당했다고 할 수 있다. 따라서 그는 주체문학의 정립 이후 김일성 전문시인으로 아주 활발한 창작활동을 펼치면서 북한시의 변화를 선도하는 중심에 있었다고 평가할 수 있다.

6. 맺음말

이상에서 월북이후 『조선문학』에 발표된 박세영의 시를 중심으로 북한 시문학의 전개과정을 개괄적으로 살펴보았다. 박세영은 <카프>의 정통성을 이어받아 북한문학의 형성과정에 중요한 역할을 담당했으며, 월북한 문인들 대부분이 김일성 체제에 저항하여 숙청된 것과는 달리 체제의 시인으로 1980년대 말까지 북한시단의 핵심적 위치에 있었다. 따라서 그의 시는 북한 시문학의 전체를 통시적으로 읽어내는 중요한 지표가 된다는 점에서 그 문학사적 의의가 아주 크다. 하지만 지금까지 월북이후 출간한 그의 시집에 대한 전모가 국내에 소개되지 않았을 뿐만 아니라 1980년대 말까지 북한문단에서 활동했었다는 사실

에서, 아직까지 그에 대한 연구를 객관적으로 수행할 만한 기본적 토대
가 마련되어 있지 않다고 여겨지고 있다. 뿐만 아니라 그의 문학적 이력
이 시문학뿐만 아니라 아동문학, 수필, 정론, 평론 등 다양한 방면에
걸쳐 있었다는 점에서 총체적인 접근이 이루어져야 하지만, 여러 가지
자료의 불충분으로 본격적인 연구가 유보되고 있는 실정이다.

　이 글은 이러한 연구의 한계를 인정하면서도 그의 시에 구현된 북한
시문학의 총체적 흐름을 개괄적으로 정리하는 데서부터 본격적인 논의
를 시작해야겠다는 생각으로 이루어졌다. 우선, 그 동안 출간된 여러
북한문학사 관련 단행본에서 대체적인 북한문학의 시대구분을 파악하
고 이를 크게 네 시기로 나누어 살펴보았다. 매 시기 박세영의 시를
통해 본 북한시의 양상은 당의 정책과 김일성의 교시에 의해 조금씩
변화의 모습을 보여주었는데, 큰 틀에서 살펴보면 당성, 인민성, 노동계
급성이라는 북한의 주체문예이론에서 크게 벗어나지는 않는 것이 사실
이다. 특히 박세영의 시는 이러한 북한시의 전반적 성격에 가장 충실할
뿐만 아니라 북한시의 전개과정을 온전히 보여주고 있다는 점에서 북
한 시문학의 전형적 특성을 지니고 있다고 평가할 만하다. 이 글이 문학
사 전개의 도식적 기술방식이 지닌 한계를 무릅쓰고 그의 문학을 통시
적으로 살펴본 것도 바로 이러한 이유에서이다.

　앞에서 언급했듯이, 박세영의 문학활동은 시뿐만 아니라 북한 아동
문학의 형성에도 결정적 기여를 했다. 실제 『조선문학』에 남겨진 기록
에 따르면, 그는 <조선작가동맹> 아동문학 분과에서 주로 활동했으며,
기관지 『아동문학』의 편집위원을 역임한 것으로 되어 있다.27) 따라서
앞으로 그에 대한 연구는 북한 아동문학의 주춧돌로서 활약한 그의
문학활동에 더욱 주목해야 한다. 또한 북한의 「애국가」를 작사한 것을

---

27) 『조선문학』, 1956년 11월, p.204.

비롯하여 노래가사도 상당히 많이 창작했으므로 이에 대한 연구도 적
극적으로 논의될 필요가 있다. 마지막으로 그는 '김일성 전문시인'으로
불릴 만큼 수령형상 창조에 가장 심혈을 기울였던 것으로 알려져 있다.
따라서 그의 시를 통시적으로 따라가면서 북한 시문학에서 김일성의
문학적 형상화가 어떻게 변화되고 지속되어 왔는지를 실증적으로 살펴
볼 필요가 있다. 이러한 연구과제는 북한 시문학을 총체적으로 살펴보
는 데 있어서도 중요한 문제가 될 것임에 틀림없다.

참 고 문 헌

김경숙, 『북한현대시사』, 태학사, 2004.

김용직, 『한국현대시사(1)』, 한국문연, 1996.

김재용, 『분단구조와 북한문학』, 소명출판, 2000.

김종회 편, 『북한문학의 이해 2』, 청동거울, 2002.

박경수, 『한국근대문학의 정신사론』, 삼지원, 1993.

박경수, 「계급주의 동시 이해의 밑거름」, 『지역문학연구』 제8호, 2003
　　　　년 가을, pp.201~234.

박아지, 「박세영론」, 『풍림』 제5호, 1937년 4월, pp.14~16.

박종원·류만, 『조선문학개관Ⅱ』, 인동, 1988.

사회과학원 문학연구소, 『북한의 문예이론 – 주체사상에 기초한 문예
　　　　이론』, 인동, 1989.

사회과학원 문학연구소, 『조선문학통사(현대문학편)』, 인동, 1988.

성기조, 『주체사상을 위한 혁명적 무기의 역할 – 시』, 신원문화사, 1989.

신형기·오성호, 『북한문학사』, 평민사, 2000.

윤여탁·오성호 편, 『한국현대리얼리즘시인론』, 태학사, 1990.

이명재 편,『북한문학사전』, 국학자료원, 1995.

이명재 편,『북한문학의 이념과 실체』, 국학자료원, 1998.

이지엽,『한국전후시 연구』, 태학사, 1997.

전영선,「북한의 '애국가' 작사가·시인, 박세영 ; 북한문화예술인물 26
          」,『북한』2000년 4월호, pp.182~191.

정영자,「박세영론」,『산제비』해설, 미래사, 1991, pp.149~154.

한국비평문학회,『혁명전통의 부산물 -납·월북 문인 그 후』, 신원문화
          사, 1989.

한성우,『박세영 시 연구』, 대광문화사, 2000.

제2부 북한 소설문학 들여다보기

이기영의 문학적 행보

-대장편 『두만강』에서 수령형상 장편소설 『력사의 새벽길』까지-

김 강 호

1. 머리말

이기영은 해방전 일제시대 뿐만 아니라 해방후 월북 후에도 사회주의 문학의 중심선상에서 벗어나지 않았다는 점에서 북한문학 나아가서는 통일문학을 논하는 자리에서 중요한 위치를 차지하고 있다.

장편소설 『고향』이 일제하 사회주의 문학 가운데 작품성이 뛰어나다는 평가는 물론이고 월북 후에 집필한 대장편[1] 『두만강』이 북한의 최고 영예인 인민상을 수상했는가 하면, 또한 해방후 북한 문학의 커다란 흐름을 이루고 있는 수령형상 문학 가운데 김일성의 부친 김형직의

---

[1] "장편소설과 구별되는 하나의 쟌느로서의 대장편은 인민의 창조적 역할이 특별히 작가의 과업으로 나타나는 곳에서 탄생된다. 그렇기 때문에 대장편에 있어서 인민은 단순히 묘사의 대상이 아니며 또 개별적 주인공의 운명을 전개하기 위한 <배경>은 더욱 아니다. 대장편에 있어서 인민은 전개되는 력사적 사건의 주체이며 따라서 중심 주인공으로 등장한다.
리기영의 <두만강>은 일제가 조선침략을 개시한 금세기 초두의 극적 순간부터 발생한 인민의 민족해방투쟁, 즉 의병운동, 3·1민족봉기, 로동계급이 령도한 새로운 단계에 있어서의 민족해방투쟁 등으로 전개된 애국적 전통에 그 구상의 기초를 둔 바, 거기에서 바로 인민을 그 력사적 주인공으로 등장시켰으며 또 력사의 주인공으로서의 인민에 대한 주목에 작품의 모든 측면들을 련결시킴으로써 대장편으로 된다."(사회과학원 문학연구소, 『조선문학통사』, 인동, 1988. p.335.)

반일혁명 활동상을 형상화한『력사의 새벽길』(상)을 집필함으로써 수령형상 문학이라는 새로운 양식으로 북한 현대문학의 길잡이 역할을 하고 있다는 점 등이 작가 이기영을 주목하는 이유이다.

여기서 수령형상 문학이란 문학작품에 김일성·김정일 부자를 비롯한 김씨 가문의 사람들이 부각된 모든 문학 장르 그리고 이들이 직접 창작한 모든 문학작품들을 가리킨다.2)

이 글에서는 이기영의 대장편『두만강』3)과 수령형상 장편소설『력사의 새벽길』(상)4)을 중심으로 그의 작품을 살펴보고 두 작품 사이의 거리를 가늠해보고자 한다.

2. 수령형상문학으로서의『력사의 새벽길』

북한에서 수령형상 문학은 김일성을 조선의 희망의 별로 노래한「조선의 별」(1928, 김혁 작)로부터 시발점을 이루고, 광복후「김일성 장군의 노래」(1946, 이찬 작), 장편 서사시「백두산」(1948, 조기천 작) 등을 비롯하여 대량의 송가 작품이 창작되었으며, 50년대에는 헌시와 송가적 서정시의 형태로 전시 송가가 창작되었고, 60년대 후반에 이르러서는 '4.15 문학 창작단'(1967), '백두산 문학 창작단'(1968), '만수대창작사'(1968) 등이 조직되어 집체작인「우리의 태양 김일성 원수」(1969) 등이 창작되었으며, 70년대부터 80년대에 이르기까지는 김일성을 형상화한 총서『불멸의 역사』가, 90년대에서 2000년에 이르기까지는 김정일을 형상화한 총서『불멸의 향도』가 창작되었다.5)

---

2) 선우상열,『광복 후 북한현대문학 연구』, 도서출판 역락, 2002. p.6

3) 이기영,『두만강』,한국근현대민족문학총서8 / 이기영선집7, 풀빛, 1989

4) 이기영, 장편소설『력사의 새벽길』(상), 1994, 문학예술종합출판사

5) 선우상열, 앞의 책, p.15

이 글의 연구 대상 작품인 김일성의 부친 김형직을 형상화한 이기영의 수령형상 장편소설『력사의 새벽길』(상)은 초판 발행일이 1972년으로 김일성을 형상화한 수령형상 작품인 총서『불멸의 역사』가 집체작으로 처음 출판되기 시작한 해와 같다.

그후 총서 작품은 계속 간행되었으나 이기영의『력사의 새벽길』(상)의 다음 차례인 (하)는 작가의 개인적인 사정인지 북한의 문예정책적인 이유인지는 모르지만 출판되지 못한 것으로 보인다.

장편소설『력사의 새벽길』(상)의 작품 체제를 우선 살펴보면 제1장부터 제7장까지 7개 장이 본문을 이루고 본문의 앞뒤로 서장과 종장이 감싸고 있는 구성이다. 이러한 작품 구성방식은 일찍이 북한의 수령형상 문학 가운데 1948년 작품인 조기천의 서사시「백두산」이나 1969년의 집체작인 서사시「우리의 태양 김일성 원수」에서 본문을 중심으로 앞, 뒤 각각 머리시와 맺음시를 두는 형태를 취하고 있는가 하면, 그밖에도 1969년 조선작가동맹 시문학분과위원회 집체작인 김형직을 형상화한 장편 서사시「푸른 소나무 영원히 솟아 있으리」에서는 머리시는 없이 본문에 해당되는 4개의 장에 이어 맺음시만 본문 끝에 이어져 있는 형태로 되어있다.

이러한 형태는 수령형상 문학의 전범이라고 할 수 있는 총서『불멸의 역사』와 총서『불멸의 향도』에 이르면 머리시와 맺음시 그리고 서장, 종장과 같은 틀이 사라진다.

이러한 일련의 과정들을 살펴보면 일부 수령형상 서사시에서 머리시와 맺음시, 수령형상 장편소설에서 서장과 종장 등의 서술 방식을 차용하다가 수령형상의 전범이라고 할 수 있는 총서에 이르러서는 이러한 틀이 사라진 것으로 볼 수 있다.

우리의 근대문학사에서 이러한 작품 구성 방식은 개화기 역사전기문학에서 일찍이 나타났던 과도기적 양식이다. 개화기 영웅전기적 서사체인 역사전기문학이 그것이다.

개화기 역사전기소설들은 외세의 침탈에 대한 경계와 기울어가는 국운을 되살리려는 의지의 문학적 반영이었으며, 이것들의 번역과 창작의 동기였던 것이다.

이러한 개화기 역사전기소설 가운데 신채호의 창작『이순신전』(1908)·『을지문덕』(1908), 신채호 역술(譯述)『이태리건국삼걸전』(융희원년), 박은식의『천개소문전』(필사본)같은 작품들을 살펴보면 본문의 앞과 뒤에 서론과 결론이라는 형식을 취하고 있으며, 김연창 역술『성피득대제전』(융희2년)은 제1장이 '서언(緖言)'으로 시작되고 있을 뿐 종결 부분의 언급은 없다.

수령형상 문학으로서의『력사의 새벽길』에 나타난 서장과 종장이라는 구성방식도 위의 예에서 볼 수 있듯이 개화기의 역사전기소설들에서 나타나는 서론(또는 서언)과 결론의 서술 방식을 이어받은 것이라 볼 수 있다.

국내외 영웅들의 형상화를 통해 '외세의 침탈에 대한 경계와 기울어가는 국운을 되살리려는 의지'를 북돋우고, 나아가 민족을 계몽·각성시키려는 개화기 역사전기소설의 창작 의도는 북한의 수령형상 문학으로서의『력사의 새벽길』의 창작 의도와 서로 맞물리는 부분이라 할 수 있다.

이런 점에서 볼 때 개화기 역사전기소설의 서술 방식을 북한에서 김일성의 부친인 김형직의 위대성을 체계적으로 형상화하려고 한『력사의 새벽길』에서 차용한 것이라 할 수 있다.

한편 1972년 장편소설『력사의 새벽길』이 간행되기에 앞서 김형직을 형상화한 비교적 짧은 다양한 형태의 문학들이 나타났다.

가사 「봉화산 기슭에서」(1967년 집체작), 「혁명투사 김형직선생」(1969년 집체작), 서정시 「천리길에서」(1968년 박호범), 「봉화산이여!」(1969년 이호일), 장편서사시 「푸른 소나무 영원히 솟아 있으리」(1969년 조선작가동맹시문학분과위원회 집체작), 「봉화산기슭의 맑은 샘물터」(1969년 전강우), 장시 「푸른 소나무」(1970년 오영재), 장막 희곡 「푸른 소나무」(1968년 집체작) 등이 그것이다.

김형직을 형상화한 비교적 짧은 형태의 가사, 서정시, 장편서사시, 장시, 장막희곡 등의 여러 장르들이 먼저 창작되었고, 이러한 창작물들의 바탕 위에서 장편소설 『력사의 새벽길』이 창작되어졌다고 할 수 있다. 따라서 장편소설 『력사의 새벽길』은 일종의 준비단계라 할 수 있는 앞서 간행된 다양한 장르의 작품들의 기반 위에서 종합적으로 완성된 작품이라 하겠다.6) 그런 점에서 또 다른 의미에서의 집체작이라 할만하다.

『력사의 새벽길』의 서장은 주인공 김형직이 해외 독립운동의 실태를 알아보기 위해 상해와 간도 일대를 돌아본 뒤 비바람 사나운 초원의 벌판을 혼자 걸어오는 모습이 전지적 작가의 시점으로 소개되고 있다. 주인공 김형직의 앞으로의 활동이 순탄치만은 아닐 것이지만, 그의 '정력적인 행동' 앞에는 새로운 희망이 있을 것이라는 예감을 독자들에게 암시하고 있다.

---

6) 김정일은 '수령을 형상한 혁명적 대작을 창작하자면 일정한 준비단계가 있어야 합니다. 모든 작가들에게 처음부터 대작을 다 쓰라고 할 수는 없습니다. 이제부터 한 2~3년 동안은 시, 단편소설같은 것을 창작하면서 수령형상 창조를 위한 경험과 지식을 축적하는 것이 좋을 것 같습니다.'라는 교시를 한 적이 있다.(『조선문학사』13, P.94, 조선·평양, 1999년.)
이에 따라 이 방면의 많은 단편소설들이 쏟아져 나오기 시작했는데, 이런 단편들이 훗날 『불멸의 역사』창작에 구체적인 제재, 슈제트, 주제 및 예술적 형식 등 여러 면에서 창작경험을 제공해 주고 있다.(선우상열, 앞의 책, P. 117)

이는 독립의 방략에 대한 새로운 구상을 실현하기 위하여 즉시 정력적인 행동으로 나아가야 한다는 강한 충동을 느끼는 장면을 서술하면서, 김형직이 '쇠퇴의 일로에서 방황하며 파멸에 직면하고 있는 독립운동을 구원해야 한다.'는 강한 의지의 표명으로 이어지는 데서도 확인할 수 있다.

한편 종장에서는 1918년 김형직이 1년간의 감옥생활을 마감하고 출옥하는 장면으로 시작하여 감옥 안에서 면밀하게 구상해온 혁명운동을 위한 반일 투쟁의 근거지가 될 압록강 국경지대로 떠나기까지의 모습을 형상화하고 있다.

동시에 눈 속에 파묻혀 있는 남산의 푸른 소나무 숲과 만경봉 벼랑 위에 선 노송나무가 김형직 자신의 운명에 빗대어 상징되고 있는데, 이와 같은 상징물들은 선행의 작품인 오영재의 장시 「푸른 소나무」 (1970) 등에서 이미 형상화 된 이미지들이다. 오영재의 장시 「푸른 소나무」는 모진 추위와 눈보라 속에서도 변함없이 사시장철 푸르른 소나무의 억센 기상과도 같은 김형직의 강의한 혁명적 의지와 불굴의 투쟁정신, 필승의 신념을 노래한 작품이었다.[7]

이상의 서장과 종장의 전개 과정에서 볼 때 『력사의 새벽길』은 각기 주인공 김형직의 소설 무대에의 등장과 퇴장의 모습을 담아낼 때 나타나는 자연현상이나 자연물에 대한 시적 이미지들은 일종의 문학적 상징으로써 북한에서 생산된 선행의 타 장르들로부터 기인된 것으로 볼 수 있다.

3. 사회주의 리얼리즘 문학으로서의 『두만강』

북한 문학사에서 1967년은 다른 어느 연도와도 비교되지 않을 정도

---

7) 선우상열, 앞의 책, p. 165

로 매우 중요한 의미를 가진 해이다. 이 시기를 계기로 북한 문학은 그 이전의 마르크스-레닌주의 미학에 기초한 카프 문학으로부터 주체 문학예술에 기초한 항일 혁명문학을 유일한 혁명 전통으로 인식하는 입장으로 완전한 변모를 수행하게 된다.[8]

따라서 카프 출신의 대표적 작가 이기영이 4·15창작단에 참가하여 김일성의 아버지인 김형직의 삶을 소설화한 『력사의 새벽길』(상)을 창 작한 것은 카프의 전통이 항일 혁명문학의 전통으로 바뀌는 과정을 상징적으로 보여주는 사건이다.[9]

그런 점에서 대장편 『두만강』과 수령형상 소설 『력사의 새벽길』의 대조는 카프의 전통을 이은 마르크스-레닌주의에 입각한 사회주의 문 학과 주체문예이론에 입각한 수령형상 문학의 차이를 드러낸다.

북한에서 인민상을 수상하기도 했던 이기영의 대장편 『두만강』은 1954년에 제1부, 1957년에 제2부에 이어 1961년에 제3부가 최종적으로 발표됨으로써 완성을 본 대하 장편 역사소설이다.

이 작품은 19세기말에서 1930년대에 이르는 역사적 변동기에 우리 민족이 체험한 곤경의 역사를 최대한의 공간으로 확산시켜 당대의 상 황을 입체적으로 형상화하고 있다.

제1부는 19세기말부터 일제의 조선 강점이 이루어지는 1910년대까 지, 제2부는 1910년 이후 3·1운동이 일어난 전후의 시기까지, 그리고 제3부는 새로운 사상이 들어온 1920년대 초부터 민족해방운동이 무장 투쟁으로 발전하는 1930년대 초에 이르는 시기를 그 배경으로 한다.

이러한 역사적 변동기의 체험을 전형적으로 담보해 낼 수 있게 한 작가의 정신적 저변에 위치한 소설 속의 원형적 공간이 송월동이다.

---

8) 김재용, 『북한문학의 역사적 이해』, 문학과 지성사, 2000, pp.157-158

9) 김재용, 위의 책, p.163

이 송월동 마을은 19세기말에서 식민지 시대에 이르는 기간에 봉건
사회의 모순과 일제의 침략에 의해 농촌공동체가 어떻게 분해되어가
며, 이에 어떻게 대응해야 할 것인가를 사회주의적 이데올로기의 시각
에서 모범적으로 보여주는 문학적 상상력의 근원지이자 조선의 대부분
을 차지하는 농촌사회 훼손의 상징이기도 하다.

송월동의 훼손은 곧 조선사회 전체의 훼손으로 확산된다. 따라서 작
중의 송월동은 당대 농촌사회의 전형으로 작용한다. 이러한 환경의 훼
손은 곧 정신적 훼손의 문제로까지 연결된다는 점에서 문제적이다.

19세기말 송월동으로 두 세력이 이입되면서 농촌공동체에 변화의
조짐이 시작된다.

즉, 하나는 한판서의 손자 한길주가 서울에서 낙향하여 지주 행세를
시작하는 것이고, 다른 하나는 일제의 침략적 행위가 하나씩 가시화된
다는 점이다.

이 두 세력은 상승작용을 일으켜 원형적 공간의 훼손은 물론 나아가
정신적 훼손에까지 이르도록 한다. 외세의 침략이 원형적 공간의 훼손
을 매개로 구체화되었다는 점에서 더욱 의미를 지니게 된 것이다.

작가는 송월동을 하나의 고립적인 공간으로 보지 않고 송월동 주변
의 읍내와 연결시켜 관찰함으로써 훼손의 양상이 더욱 보편성을 갖게
되었다.

지방 소도시인 읍내의 변화란 외세 즉 비주체적인 힘에 의한 일종의
근대화란 점에서 왜곡된 형태이긴 하지만 근대화의 기호들인 '철도',
'우편소', '학교', '공장', '금광', '은행', '예배당' 등의 새로운 문물 제도들
에 대한 의미가 고찰되기 시작한다.

이것들이 분명히 새로운 근대화를 위한 박래 문명의 상징물로 외세
에 의한 강제성을 띤 것일 때, 그 속에 내재하는 불온한 의미를 전방위

적으로 천착하는 일이야말로 작가의 역사의식에 다름아니다. 또한 그 것은 한 시대의 사회구조 안에 존재하는 모순들을 간파하여 진술함으로써 그 모순을 극복하는 데로 나아가는 리얼리즘 정신10)과도 상통한다.

작가는 이러한 것들이 '겉개화'임을 놓치지 않고 직시하고 있다. 세상은 점점 개명되어 갔으나, '그것은 속빈 빙사과와 같은 겉개화에 불과하였다'11)고 했다.

철도가 대륙진출을 위한 발판이었고, 우편소가 조선 실정에 대한 정보를 수집하여 일본 본국으로 보내는 일을 하는가 하면, 학교교육은 노예 교육으로 변모하고 그리고 공장은 제국주의 자본의 침투를 의미함은 물론이다.

게다가 금점으로 인해 송월동 주변의 기름진 전장(田庄)들이 모두 파헤쳐지는가 하면 그 결과 가뭄과 홍수로 전설이 깃든 용소의 못마저 묻혀지기도 한다.

또한 한양에서 살던 한길주가 송월동으로 내려오고, 외세인 일제가 그 세력을 점차 넓혀감에 따라 개인들은 생활의 여유가 없어지고 일부는 노동자로 변모하거나 아예 고향을 떠나기도 하며 윤리적인 파탄 내지는 죽음에 이르기도 한다.

즉, 철도가 놓이기 시작하면서 일제와 그 주구들인 철로판 노가다패들의 행악이 날로 심해져 각처에서 피해자들의 송사가 일어나는 가운데, 불륜의 남녀관계에 의한 전통적인 유교 윤리의 파탄이 일상화되고 '노름'과 '술'에 의한 삶의 황폐화 현상이 뒤따르는가 하면 나아가서는 전통적인 풍속이 단절되고 불모화 경향이 심화된다.

---

10) 스테판코올, 『리얼리즘의 역사와 이론』, 여균동 편역, 한밭출판사, 1982, p.202.

11) 이기영, 앞의 책, p.39.

한편 이러한 원형적인 공간의 훼손과 함께 나타난 정신적, 문화적 황폐화 속에서도 외세와 대항하며 자아, 나아가 공동체를 지켜나가려는 노력이 일상 생활 속에서 발생하여 가는 과정을 서민적 주인공들의 투쟁적인 삶을 통하여 예각적이면서도 총체적으로 보여준다.

제1부에서는 농민의 끈질긴 의지와 역사의 전망을 드러내며 반일 의병운동을 전형적으로 보여주는 박곰손과 봉건세력의 횡포와 몰락의 양상을 보여주는 한길주가 양극을 이루고, 이 두 극 사이에 매개 역할을 담당하는 진보적 지식인 이진경이 놓여 있다. 이진경은 개화운동의 새로운 발전인 애국계몽운동을 대표하는 인물이다.

제2부에서 반일 의병투쟁을 하던 박곰손과 반일 애국계몽운동을 대표하던 이진경의 죽음은 부르조아 민족운동의 몰락을 상징적으로 보여준 것이고, 박곰손 대신 씨동이 그리고 이진경 대신 야학 선생 박원철 등이 등장하여 새로운 사회 건설을 위한 민족해방투쟁을 준비하는 반면, 봉건지주 한길주 대신 그의 아들 한경식, 친일지주 김진해와 그의 아들 김동원 그리고 허부자, 윤풍헌, 김장의 등과 같은 부정적 인물들이 등장함으로써 새로운 사회 건설을 위한 민족해방투쟁의 정당성을 역설적으로 강조하고 있다.

제3부는 1920년대 초 노동자계급 영도하의 민족해방투쟁이 시작되는 시기부터 1930년대 초기 만주에서의 항일무장투쟁이 시작되는 시기에 이르는 기간을 그 역사적 배경으로 하면서 송월동, 무산 7소, 만주 동북지방 그리고 일본을 무대로 하여 펼쳐진다. 이야기의 중심은 1920년대 이후 국내 사회주의자들의 활동상이다.

이런 점에서 볼 때 이기영의 대장편『두만강』은 외세와 매판세력에 맞서 싸운 민중들의 민족해방 투쟁사를 서사화한 작품으로 1900년대 초 외세와 자본주의 침입에 맞서 의병활동에 나서는 혁명적 농민의

일대기와 그의 아들 씨동이의 혁명가로의 성장기를 그린 것으로 1930
년대 초 씨동이가 김일성의 항일무장 유격대에 들어가는 것으로 마무
리된다.12)

　농민봉기, 의병운동, 애국계몽운동, 독립군운동, 3·1운동, 노동운동,
농민운동 등의 광범위한 민족해방운동 등을 형상화함으로써 당대의
역사적 상황의 진전과정을 총체적으로 보여주기는 하지만13) 작품의
대미(大尾) 부분에서 주인공 씨동이가 무장투쟁으로 일제와 대항하기
위하여 혁명동지들과 해방지구인 어랑촌을 찾아가면서 미래에 대한
아름다운 환상을 꿈꾸는 장면은 사회주의 역사발전을 긍정적으로 전망
하는 신앙에 가까운 낭만적 신념을 드러냄으로써 사회주의 리얼리즘의
공식성을 드러내는 부분이다.

　작중 주인공이 고난의 연속적인 삶 속에서 결코 좌절하지 않고 끝까
지 투쟁에 나설 수 있었던 것은 미래에의 강한 전망 - '휘황 찬란한
전망' 때문이다. 자신의 삶에 대한 회의나 반성의 여지를 남기지 않은
채 오직 앞만 바라보며 직선적으로 달려가는 주인공의 모습에서 인간
적인 갈등이나 감동을 발견하기는 힘든 것이 사실이고 역사적으로나
현실적으로 경직된 사회가 보여줄 수 있는 인물상에 다름아니다.

　부르조아 민족운동의 성격을 지닌 애국계몽운동, 의병운동이 군국주
의화된 일제의 강압통치하에서는 한계를 지닌 것임을 자각하고, '최고
형태의 투쟁방법'으로써 사회주의 운동의 맥락에 선 무장 유격대의 투
쟁으로 나아가고 있다.

　이러한 혁명적 낭만성은 이기영의 해방 후 토지개혁으로 변화하는
북한 농민들의 삶의 모습을 그린 소설인『땅』에서도 농민계급 곽바우

---

12) 김종회 편, 『북한문학의 이해』, 청동거울, 2002. p.63.

13) 이기영, 앞의 책, p.449.

와 지주계급 고병상의 대립에서 소극적이고 반혁명적인 곽바우가 면당 위원장인 강균의 영도에 의해 지주계급을 타파하는 소영웅으로 탄생하는 장면에서도 드러난 바 있다.14)

이는 이른바 고상한 사실주의라 불리는데, 영웅적이고 긍정적인 주인공을 설정하고 이를 형상화하여 일반 독자들이 하나의 모범으로 따라 배우는 것을 이상으로 하는 창작방법으로써15) 교조적 사회주의 리얼리즘을 말한다. 따라서 이는 작가의 관념에 의해 제시되는 마치 천년왕국을 꿈꾸는 듯한 종교적 성격을 띤 추상적인 것으로 전락하기 쉽기 때문에 '과장된 전망'에 접근한다고 할 수 있다.16) 이는 모든 문학 작품을 단순한 정책적 교양의 도구로 여기는 북한 문학의 큰 흐름에서 기인한 것이다.

이러한 사실은 1947년 초에 북한에서 주창된 '고상한 리얼리즘'이라는 창작방법론이 1954년에 제1부가 발표되기 시작하여 1961년에 제3부로 완성된 이기영의 대하소설『두만강』에 이르기까지 지속되고 있음을 말해준다.

4. 주체사상의 전사(前史)로서의 지원(志遠)사상과『력사의 새벽길』

1972년에 출판된 이기영의 장편소설『력사의 새벽길』은 김일성의 부친 김형직이 해외 독립운동의 실태를 알아보기 위해 상해와 간도 일대를 돌아보고 돌아오는 1916년 이른 봄부터 조선국민회 사건으로 투옥되었다가 출옥 후 혁명운동을 위해 반일 투쟁의 근거지가 될 압록

---

14) 김종회 편,『북한문학의 이해』, 청동거울, 1999. p.54.

15) 김재용,『분단구조와 북한문학』, 소명출판, 2000. p.48.

16) 정호웅·김윤식 편,『한국 리얼리즘소설연구』, 탑출판사, 1987, p.45.

강 국경지대로 떠나는 1918년 겨울에 이르기까지를 시대적 배경으로 하고 있다.

여기에는 크게 세 가지 중심 사건들이 서사의 핵심 고리를 이룬다.

첫째 사건은 1917년 3월 23일 김형직이 중심이 되어 조직된 '조선국민회'가 결성되기까지의 과정이고(서장~제5장), 둘째 사건은 조선국민회가 중심이 된 한달 가량의 거국적인 혁명투쟁(제6장) 과정이고, 셋째 사건은 김형직의 한달 동안의 옥중투쟁과 공산주의 혁명활동에 대한 자각(제7장~종장) 과정 등이 그것이다.

서장과 종장의 개략은 앞에서 살폈으므로 제1장부터 제7장까지를 핵심적인 사건을 중심으로 개괄해보면 다음과 같다.

첫 번째 중심사건은 조선국민회 결성에 이르기까지의 과정이다. 조선국민회가 결성되기까지의 김형직의 고난에 찬 혁명 활동을 다루기 시작하는 제1장 '동트는 만경대'에서는 서두 부분에서 12식구의 대가족(며느리 강반석을 중심으로 노할머니, 시할머니, 김보현 시아버님, 이보익 시어머님, 남편 김형직, 시동생 김형권·김형록, 아들 김성주·김철주, 시누이들)이 함께 사는 혁명가 김형직 집안의 모습이 강반석을 초점화자로 하여 서술되고, 김형직이 상해와 간도 등의 중국을 다녀오면서 간도지방에서 체험한 금순이 가족의 고난사를 통해 일제의 간도 토벌의 만행과 토지조사사업의 부당성 등이 고발된다.

이어 김형직은, 대한제국 말년에 이름있는 지사이며 계몽운동의 선각자였으나 이제는 외세에 의존해야 독립이 가능하다고 주장하는 청암 송세호의 외세의존론이란 결국 구미열강의 힘을 빌어서 조선 독립을 달성하자는 민족적 허무주의라고 보았기 때문에 그의 주장을 받아들일 수 없다고 반박하고, 혁명동지인 오동진, 이보식, 배민수, 홍준걸, 장필석 등에게 망국적인 외세의존 사상에 물들지 않으려면 '지원(志源)' 사상이 필요함을 역설한다.

제2장 '명신학교'는 강동군 내동으로 옮겨온 김형직이 명신학교를 재건하여 교육에 힘쓰는 한편, 교육을 통한 계몽사업 뿐만 아니라 동지들의 공작사업을 동시에 지도하는 내용이다. 김형직은 일제의 앞잡이를 한 결과 지주가 된 박병태의 비행을 폭로하고 가난하고 힘없는 농민들에게서 아름다움과 힘과 믿음을 느낀다. 어린 나이에 의병에 참가하기도 했던 홍준걸은 김형직의 지도아래 옛 동료들을 규합하여 김형직 선생이 열어준 독립운동의 길을 알려나간다.

제3장 '무성하는 계절'에서 김형직은 봉두산에서 이른바 '봉두산 회의'를 개최한다. 이 회의에서는 국내외를 막론하고 독립운동의 동지들을 거국적으로 규합하고, 민중 속으로 들어가 새로운 독립운동자들을 많이 길러내기로 방향을 정한다.

나아가 그는 학교계, 향토계, 야학 등을 통하여 반일애국사상을 가르치며 원대한 구상을 침투시켜 경결한 독립운동자를 양성할 계획을 세우고, 왜놈과 지주에 대항하여 모두가 잘 사는 새 나라를 세워가자면 그들에게 착취당하고 고통받는 가난한 민중들이 들고 일어나야 한다고 깨우친다.

제4장 '피어리강'에서 혁명동지 홍준걸은 은둔하고 있는 의병대장 추풍대장을 갔을 때 그는 과거에 의병운동이 실패한 가장 큰 원인은 큰 지도자가 없었기 때문이라고 했다.

내동의 봉화산에서 김형직을 비롯한 여러 동지들이 다양한 복장으로 변장하여 이른바 '봉화산 회의'라는 모임을 갖는다. 이 회의에서는 청년들을 간도에 파견하여 군사교련을 받도록 결정한다.

제5장 '등대'에서는 김형직이 겨울방학을 이용하여 국내 각 지방의 혁명동지들의 활동을 보고 와서 전국적인 조직의 필요성을 느꼈으며,

비밀결사의 강령과 규범을 만든다. 김형직이 내동으로 온 이래 지난 1년간 가장 큰 수확은 근로민중 속에서 나라와 겨레의 운명과 본분을 자각한 사람들을 찾고 길러낸 일이었다. 그들의 힘에 의해서만 광복을 쟁취할 수 있으리라는 믿음이 생기자 구상하고 있던 조직의 명칭을 '조선국민회'로 하기로 마음먹는다.

1917년 3월 23일, 역사적인 이날은 봉두산 모임 이후 1년간 몇 명의 혁명 동지들이 김형직의 뜻을 받들고 한해 동안 간고분투한 끝에 지하 혁명조직을 결성하기 위한 국내외 각 지역 대표들이 모였다. 이 회의에서 조직의 명칭을 '조선국민회'로 정하고, 이어 지도성원과 간부들이 선출되었다.

이 회의 취지와 목적은 한마디로 조선 자체의 힘으로 독립을 쟁취하자는 실로 원대하고 견결한 혁명적 구상과 방략이었다. 어떠한 역경을 당하더라도 겨레와 조직을 배반하지 않으며 송죽같은 절개를 깨끗이 지키며 마지막 숨이 다할 때까지 국권수복을 위한 혁명위업에 충성을 다하리라는 다짐 곧 피의 서약을 한다.

두 번째 중심사건은 조선국민회가 중심이 되어 한달 가량의 거국적 혁명투쟁을 벌이는 과정이다.

제6장 '함성은 메아리친다'가 여기에 해당하며, 조선국민회의 구체적인 활동을 제시하고 있다. 여기서 김형직은 국치일을 전후한 성토대회와 시위투쟁, 농민투쟁, 격문살포 투쟁 등 전국적 규모의 조직된 투쟁을 계획하고 이를 위해 구체적인 사업을 벌인다.

사업을 벌이고 있는 가운데 해외에서 독립운동을 하고 있는 청암 송세호는 평양시내에 마련된 한 회의장에서 미국의 윌슨 대통령의 민족자결주의가 전 세계에 큰 파문을 일으키고 있는 만큼 미국에 의존하여 독립을 성취해야 한다는 구상을 강조함으로써 김형직이 중심이 되어 벌이고 있는 혁명사업에 큰 차질이 빚어질 뻔한 다급한 상황 맞이하게 된다. 이를 타개 하기 위해 김형직이 급히 초대되어 반론을 제기한다.

김형직은 '오늘날 윌슨이 갑자기 양의 가죽을 쓰고 약소국가의 독립과 자유에 대해 목이 터지게 부르짖게 된 것은 (중략) 조선과 동양에 대한 저들의 더욱 흉측한 침략적 야망을 가리워보려는 비단보자기에 불과한 것'이었고 '우리는 오직 우리자신의 힘, 우리자신의 주먹, 우리자신의 총칼만이 달려드는 승냥이를 쳐죽이고 우리자신의 운명을 구원할 수 있다는 것을 똑똑히 알아야' 한다고 주장함으로써 장내는 '외세론을 배격'하고 '우리의 힘으로 국권을 수복하자'라는 외침과 '김형직 선생을 따라가자'라는 구호가 제창됨으로써 분위기가 반전되어 상황이 수습된다.

드디어 국치일날 정오를 기해 삽시간에 성천거리는 시위행렬로 이어졌고, 평양성 모란봉 숲 언덕 위에서는 시민성토대회가 열리고 서울의 하늘에도 격문이 날아오르는 등 평양과 서울 거리에서도 함성이 올랐다.

내동의 김형직과 연결된 전국 각지의 투쟁은 근 한달 동안 지속되었다. 김형직은 이 기간 동안 거의 뜬 눈으로 밝히며 투쟁을 지휘했으나 결국 김형직은 일본 경찰에 의해 체포된다.

세 번째 중심사건은 김형직의 한달 동안의 옥중투쟁과 공산주의 혁명활동에 대한 자각을 드러내는 마지막 부분이다. 제7장 '시련을 뚫고'와 종장 '푸른 소나무'가 여기에 해당된다.

조선국민회 사건을 조선총독부 경무총감 와다나베가 평안남도 경찰부장실에서 수사를 진두지휘한다. 내동의 지주 박병태의 밀고로 김형

직이 체포되어 김형직 외 100여명의 동지들이 평남도 경찰부로 붙잡혀
갔다. 김형직은 옥중에서 동지들에게 심문에 대해 전면적으로 부인하
는 투쟁을 전개할 것을 지시하는 등 한달동안 정력적인 옥중투쟁을
전개했다.

김형직은 심한 고문을 받았으나 의연히 견디었으며, 옥중에서도 외
부의 혁명활동을 지지하기도 했다.

조선국민회 사건에 대한 동정과 지지가 전조선 각계 각층으로 파급
되어갈 무렵 러시아에서 10월 혁명이 일어남으로써 근 한세기 동안
유령으로 배회하던 공산주의가 지구의 육분의 일의 땅 위에 현실로
나타났다. 이는 온세계 피착취 대중과 피압박민족들의 눈을 크게 띄워
놓았다. 김형직은 감옥 안에서 이러한 소식을 접하고 러시아 10월혁명
이야말로 자신의 위대한 이상과 일치되고 있다는 것을 느낀다.

비록 침략자들 뿐만 아니라 근로민중을 억압 착취하는 특권계급을
없애며 나아가서는 돈없고 땅없는 불쌍하고 가난한 근로대중들이 잘
살 수 있는 나라를 세워야만 참다운 독립을 달성했다고 말할 수 있는
것인 바, 바로 김형직이 추구하던 길이 그 길이었다.

『력사의 새벽길』은 김형직이라는 일개인을 당대의 중심적 혁명적
지도자로 내세워 사회의 변혁 과정 전체를 리드하려고 함으로써 개인
의 위대성이 최대한 담보되는 영웅적 인물의 형상화인 수령형상 소설
이라는 점에서 대장편『두만강』과는 또 다른 특징을 지닌 정치적 목적
이 일정 부분 반영된 독특한 북한문학의 한 장르라고 할 수 있다.

이러한 장르의 특징으로부터 '수령의 형상을 화폭의 중심에 내세우
고 모든 형상 요소를 수령의 위대성을 보여 주는데 집중시켜야 한다.'
'수령을 형상하는 작품에서는 수령에 대한 최대의 정중성과 충성심을

반영할 것을 중요한 요구로 제기한다.'라는 수령형상의 창조원칙이 도출될 수 있었던 것이다.[17]

그리하여 김형직은 해외 망명자들에 의한 외세의존론을 민족적 허무주의로 규정하고, 외세의존론을 극력 반대하며, 비밀결사 조직인 조선국민회를 조직하고 통어하며 자신의 독창적인 자주독립 사상인 '지원(志遠)'사상을 강조한다.

'지원'사상이란 주인공 김형직의 독자적인 근로민중을 위한 사상으로 나라를 독립시키려면 뜻을 크게 가져야 하며 원대한 뜻을 이룩하자면 자신의 힘을 믿고 그 힘을 키워나가야 한다는 사상이다. 김일성의 주체사상에 선행되는 김형직의 철학이 지원사상이라 할 수 있다.

김정일이 '주체문학론'에서 '한 편의 혁명적인 시는 천만자루의 창검을 대신할 수 있다.'고 하면서 '수령은 시대와 인민대중을 대표하는 주체형의 공산주의 혁명가의 최고전형'인 만큼 수령형상을 창조해야 사람들이 그 '숭고한 정신세계를 알게 되고 그 위대한 풍모를 크나큰 감동 속에 따라 배우게 된다.'고 강조하는 것도 수령형상 문학의 교육적이고 계몽적인 기능의 중요성을 강조한 것이라 할 수 있다.[18]

앞에서 나타난 바와 같이 김형직의 지원사상은 단순한 독립운동이 아니라 결국 러시아 10월 혁명을 통해서 나타난 사회주의 혁명을 수반한 공산주의사상과 연결되고 있다. 이는 결국 일제 침략자들에 대한 항일투쟁을 통한 독립운동뿐만 아니라 나아가서는 근로민중을 억압 착취하는 특권계급을 없애고 불쌍하고 가난한 근로대중들이 잘 살 수 있는 나라를 세우고자 하는 사회주의 혁명을 수반한 것임을 알 수 있다. 김일성의 주체사상 앞에 김형직의 지원사상이 놓여있는 셈이다.

---

17) 선우상렬, 앞의 책, pp.24-25.

18) 선우상렬, 앞의 책, pp.28-29.

5. 마무리

1) 남·북한문학, 나아가서는 통일문학으로 가는 길목에서 중요한 위치를 차지하고 있는 이기영의 문학에 대한 연구는 여러 측면에서 활발히 진행되어져야 할 것이다.

이 글에서 분석의 대상으로 삼은 이기영의 『두만강』과 『력사의 새벽길』은 마르크스-레닌주의에 입각한 사회주의 문학과 주체문예이론에 입각한 수령형상 문학이라는, 성격을 달리하는 두 작품의 거리를 관망할 수 있다는 점에서 의의가 있다고 할 수 있을 것이다.

우선 『력사의 새벽길』에 나타난 서장, 종장이라는 작품 구성 방식은 개화기의 역사전기소설들에서 나타나는 서론(또는 서언)과 결론의 서술 방식을 변형시켜 응용한 것이라 볼 수 있다.

국내외 영웅들의 형상화를 통해 '외세의 침탈에 대한 경계와 기울어가는 국운을 되살리려는 의지'를 북돋우고, 나아가 민족을 계몽·각성시키려는 개화기 역사전기소설의 창작 의도는 북한의 수령형상 문학으로서의 『력사의 새벽길』의 창작 의도와 서로 맞닿아 있다고 할 수 있다. 그런 점에서 일부 개화기 역사전기소설에서 나타나는 작품 구성 방식을 북한에서 김일성의 부친인 김형직의 영웅성을 체계적으로 형상화하려고 한 『력사의 새벽길』에서 이를 응용·변형시킨 것이라 할 수 있다.

『력사의 새벽길』은 서장과 종장의 구성을 통해 주인공 김형직이 소설 무대에 등장하거나 다음 단계로 이행할 때의 모습을 자연현상이나 자연물에 의탁한 시적 이미지들을 사용함으로써 주인공의 행로를 암시하는 상징체계로 활용하고 있다.

또한 『력사의 새벽길』은 이기영 개인의 작품이기는 하지만 어떤 의미에서는 집단이 창작한 집체작의 성격을 띠고 있다. 1972년 장편소설

『력사의 새벽길』이 간행되기에 앞서 김형직을 형상화한 비교적 짧은 다양한 형태의 문학들, 예를들면 가사, 서정시, 장편서사시, 장시, 장막희곡 등의 여러 장르들이 먼저 창작되었고, 이러한 창작물들의 바탕 위에서 수령형상 장편소설『력사의 새벽길』이 창작되어졌다고 할 수 있다. 즉,『력사의 새벽길』은 일종의 준비단계라 할 수 있는 앞서 간행된 다양한 장르의 작품들의 기반 위에서 완성시킨 작품이라 하겠다.

2) 19세기말에서 1930년대에 이르는 역사적 변동기를 최대한의 공간으로 확산시켜 당대의 상황을 입체적으로 형상화한 대장편『두만강』의 주인공들이 고난의 연속적인 삶 속에서 결코 좌절하지 않고 끝까지 투쟁에 나설 수 있었던 것은 미래에의 강한 전망 때문이다. 자신의 삶에 대한 회의나 성찰의 여지를 남기지 않은 채 직선적으로 달려나가는 주인공들의 모습은 역사적으로나 현실적으로 경직된 사회가 보여줄 수 있는 인물상에 다름 아니다.

하지만 당대 사회의 총체적 모습을 다양한 민족해방운동의 흐름 속에서 서술함으로써 웅장한 서사시적 모습을 잘 드러내었으나 결국 부르조아 민족운동의 성격을 지닌 애국계몽운동, 의병운동이 군국주의화된 일제의 강압 통치하에서는 한계를 지닌 것임을 자각하고 사회주의 운동의 맥락에 선 무장 유격대의 투쟁으로 나아가고 있다.

유격대원의 인솔하에 모든 주민들이 '해방지구 어랑촌'을 찾아가는 동안 씨동이의 생각을 통해 그들이 미래에 승리의 개가를 울리면서 조국을 향해 두만강을 건널 것을 확신하는 대미(大尾) 장면은 사회주의 역사발전을 긍정적으로 전망하는 신앙에 가까운 낭만적 신념이라 할 수 있다. 이는 이른바 고상한 사실주의라 불리는데, 영웅적이고 긍정적인 주인공을 설정하고 이를 형상화하여 일반 독자들이 하나의 모범으로 따라 배우는 것을 이상으로 하는 창작방법으로써 교조적 사회주의 리얼리즘을 말한다.

1947년 초에 북한에서 주창된 '고상한 리얼리즘'이라는 창작방법론이 1954년에 제1부가 발표되기 시작하여 1961년네 제3부로 완성된 이기영의 대장편 『두만강』에 이르기까지 지속되고 있다.

3) 작품 제목에서도 드러나듯이 주인공 김형직이야말로 진정한 조선혁명역사의 새벽길을 개척한 리드격의 열렬한 혁명가라는 주제의식을 지닌 수령형상 장편소설 『력사의 새벽길』은 김형직이라는 일 개인을 당대의 중심적 혁명적 지도자로 내세워 사회의 변혁 과정 전체를 리드하려고 함으로써 개인의 위대성이 최대한 담보되는 영웅적 인물의 형상화인 수령형상 소설이라는 점에서 대장편 『두만강』과는 또 다른 정치적 메카니즘과 연결된 독특한 북한 현대문학의 한 장르라고 할 수 있다.

주인공 김형직이 창안한 지원(志遠)사상이란 김형직의 독자적인 근로민중을 위한 사상으로 나라를 독립시키려면 뜻을 크게 가져야 하며 원대한 뜻을 이룩하자면 자신의 힘을 믿고 그 힘을 키워나가야 한다는 사상이다. 이는 단순한 독립운동뿐만이 아니라 결국 러시아 10월 혁명을 통해서 나타난 사회주의 혁명을 수반한 공산주의사상과 연결되고 있다. 따라서 이는 결국 일제 침략자들에 대한 항일투쟁을 통한 독립운동은 물론 나아가서는 근로민중을 억압 착취하는 특권계급을 없애고 불쌍하고 가난한 근로대중들이 잘 살 수 있는 나라를 세우고자 하는 사회주의 혁명을 수반한 것임을 알 수 있다. 김일성의 주체사상에 앞서 김형직의 지원사상이 놓여 있는 셈이다.

4) 두 작품 모두 김일성의 모습이 삽화적으로 등장한다. 우선 대장편 『두만강』에서는 제3부(하) '항일유격대' 편에서 김일성이 '김동지'로 등

장한다.

1930년대에 이르러 일제는 제국주의의 야수적 본성을 드러내고 인민 탄압에 광분하고 있는 상황 속에서 조선 인민의 민족해방운동이 보다 높은 단계로의 새로운 발전을 요구하고 있는 가운데, 1931년 11월 명월구에서 열린 공산주의자들의 회의에서 별동대(공농유격대)를 조직할 것을 결정한다. 이즈음 항일유격대 창건 이야기에서 청년 김일성이 처음으로 '김동지'로 등장하고 있다.

대장편 『두만강』에서는 극히 일부에서 그것도 항일유격대의 창설과 관련된 이야기에서만 김일성이 잠시 등장함으로써 대부분의 작중인물들이 허구적 인물임에 비해 김일성이란 실존인물을 전체적인 이야기의 흐름 속에 의도적으로 끼워 맞춘 삽화 구실에 불과할 따름이다. 항일운동의 제2세대들인 씨동이와 분이라는 허구적 인물들을 통해 서사의 큰 흐름을 이어온 막바지에 역사적 실존인물인 김일성이 갑자기 등장함으로써 서사적 흐름을 방해하는 정치적 작위성이 드러나버린 것이다.

한편 수령형상 장편소설 『력사의 새벽길』에서는 나이 5, 6세된 김성주(김일성)의 모습이 간혹 등장할 때마다 민족의 영웅의 싹을 보이려 하고 있다. 수령은 시대와 인민대중을 대표하는 주체형 공산주의 혁명가의 최고 전형이 될 인물이기 때문이다.

김성주의 총기와 총명함, 호기심, 군대놀이 등에서 또래의 아이들과는 다른 영웅적 모습을 기대하는 장면들이 몇 장면 소개되기도 한다.

『력사의 새벽길』에 등장된 김일성의 모습은 5, 6세의 어린 나이에도 불구하고 같은 또래의 다른 아이들에 비해 총명하고 생각이 앞서 있을 뿐만 아니라 어서 자라 일제에 대항하는 힘을 갖춘 영웅적인 인물이 되기를 요청받고 있는 모습들이다.

　이러한 김일성에 대한 묘사는 김일성의 어린 시절의 모습이 가족간
의 관계를 통해 극히 삽화적이고 과장된 모습으로 형상화된 것이기는
하지마는 서사적 흐름의 맥을 단절하는 것은 아니고 자연스럽게 삽입
된 것이라 할 수 있겠다.

　또한 대장편『두만강』에서는 김동지에 관한 경우라하더라도 높임말
체를 쓰지 않고 객관화하고 있는데 반해『력사의 새벽길』은 작중에서
'증손'으로 불리는 김성주뿐만 아니라 그의 가족들에게 일일이 높임말
체를 쓰고 있다. 이는 사회주의리얼리즘에 입각한 문학과 수령형상 문
학의 창작방법상의 한 차이이기도 하며, 나아가 수령에 대한 최대의
정중성과 충성심을 반영할 것을 중요한 요구로 하는 주체문학론이 제
시한 지침19)과 만나고 있는 모습이다.

---

19) 선우상열, 앞의 책, p.35.

월북 후 이태준 소설과 정치적 숨바꼭질
-『첫 전투』및『고향길』을 중심으로-

이 재 봉

1. 문제제기

북한의 문학은 현실정치적인 흐름과 매우 밀접한 관계를 맺고 진행
되어 왔다. 물론 사회주의에서의 문학예술이란 정치성을 강하게 띨 수
밖에 없는 것이긴 하지만 북한의 경우 유별난 점이 있었다는 것을 전제
하지 않으면 안 된다. 북한의 문학은 강력한 중심을 지향하고 있었고
그 중심에는 언제나 김일성이 자리하고 있다는 사실이 그것이다. 북한
문학의 이러한 모습은 출발시기에서부터 확인할 수 있다. 해방직후 북
한의 공식적인 창작방법이었던 이른바 '고상한 리얼리즘'이 김일성의
연설에서 비롯되고 있다는 점, 그리고 김일성이 '고상한' 조선 사람의
전형으로 지목되고 있다는 사실[1] 등에서 알 수 있듯이 문학의 방향과

---

[1] 안 막,「민족예술과 민족문학 건설의 고상한 수준을 위하여」,『문화전선』, 1947. 7.
여기서 안 막은 다음과 같이 말한다. "우리 창작가들은 무엇보다도 진정한 의미의
고상한 조선사람의 전형이 어떠한 것인가를 명확히 이해하여야 하며 그것을 형성
하는데 선구적 역할을 놀아야 한다. 오늘날 새로운 조선문학에 있어 요구되는 새
로운 긍정적 전형은 국가와 인민을 진심으로 사랑하는 민주주의 조국건설을 위하
여 헌신적으로 투쟁하는 모든 낡은 구습과 침체성에서 벗어난 높은 민족적 자신
과 민족적 자각을 가진 고상한 목표를 향하여 만난을 극복할 줄 아는, 모든 문제
를 해결하는데 있어서 높은 창의와 재능을 발양하는 고독치 않고 배타적이 아닌,

창작 방법에 김일성은 처음부터 깊숙이 개입하고 있는 것이다.

이 때문에 북한문학에서는 예술성이 그다지 문제가 되지 않는다. 북한에서의 문학이란 사회주의 체제 건설의 유용한 나사못이면 그 소임을 다하는 것이기 때문이다. 그런데 정치적 성향이 다르거나 북한이라는 체제에 쉽게 동의할 수 없는 작가의 경우 심각한 문제에 부딪힐 수 있다. 북한 정국의 흐름과 이와 보조를 같이하는 문학적 현실에 어떻게 대응하느냐에 따라 작가로서의 생명이 끝날 수 있음은 물론 정치적 숙청에서도 자유로울 수 없을 것이기 때문이다.

이 글에서 이태준을 주목하는 이유는 바로 이 때문이다. 잘 알려져 있는 것처럼 이태준은 식민지 시기 예술성을 강조했던 대표적인 문인이다. 그렇지만 그는 해방 직후 '조선문화건설중앙협의회'를 찾아가고 '조선문학가동맹'의 핵심적인 인물로 역할함으로써 일제시기와는 다른 사상적 전향을 감행한다. 또한 그는 소련파 기석복 등의 도움으로 소련을 여행하고 『소련기행』을 남겼으며, 『농토』, 『첫 전투』, 『고향길』 등의 작품집을 남겨 놓기도 했다. 이 과정에서 그는 자신의 이데올로기적 지향을 분명히 해 나갔다는 것이 연구자들의 대체적인 시각이다.

최근까지의 연구결과도 이런 흐름에서 크게 벗어나지 않는다. 월북 후의 이태준에 대한 연구가 <해방전후>, 『농토』, <먼지> 등의 소설과 『소련기행』 등에만 집중되는 현상은 이와 같은 연구 경향과 무관하지 않다. 특히 『첫 전투』와 『고향길』 등의 소설집에 수록된 작품들에 대해서는 대부분의 연구자들이 그 존재만 간혹 언급할 뿐 본격적인 연구는 지금까지 전무하다고 해도 과언이 아니다. 여기에 수록된 작품들은 예

다른 사람들을 이끌고 용감하게 나아가는 그야말로 김일성장군께서 말씀하신 생기발랄한 민족적 품성을 가진 그러한 조선 사람의 형상을 말하는 것이다." 여기서는 이선영·김병민·김재용 편, 『현대북한문학 비평 자료집』(태학사, 1993), p.243에서 재인용.

술성이 현저하게 떨어지며, 정치적 성향이 과도하게 노출되어 '증오'만 남아있다는 판단이 선입견으로 작용하고 있는지도 모른다.

그러나 한 작가에게 마지막 작품 행위는 그만큼 중요하다고 할 수 있다. 첫 작품이 작가적 지향과 예술인식을 되짚어 볼 수 있는 자료가 된다면 마지막으로 남겨놓은 작품들은 그 작가가 도달한 최후의 지점을 보여준다고 할 수 있을 것이기 때문이다. 더욱이 이태준처럼 북한에서 일차적 숙청의 대상이 된 문인이라면 더욱 그렇다. 이태준을 비롯하여 임화 등의 숙청이 남로당이라는 정치적 집단과 뗄 수 없는 관계인 것은 분명하지만 이것이 선입견이 되어 연구자들의 시야를 제한하는 요소로 작용하고 있는 것이 현재의 상황이다. 이태준의 숙청이 남로당과의 관계 때문이기만 했다면 그는 단지 정치적 패자에 지나지 않는다. 반대로 그의 마지막 작품들이 미군과 남한 정권에 대한 증오만을 보여주고 있다면, 적어도 북한에서 이와 같은 요소는 그의 정치적 입지를 강화시켜 줄 요인으로 작용할 수 있었을 것이다. 그렇지만 그의 이런 작품들이 숙청을 정당화하는 빌미 중의 하나로 기능했다면 작품 속에 숨겨 놓은 그의 의식이 북한의 현실에서 문제성을 띤 것이었을 수도 있다는 판단이 가능해진다.

이는 물론 이태준의 작품만을 통시적으로 살핀다고 밝혀질 수 있는 것이 아니다. 식민지 시기의 작품들과 비교해 보면 이태준의 정치적 지향은 해방 이후 갈수록 선명해졌고 이것이 작품 속에 그대로 투영되어 있기도 하다. 따라서 해방 후 북한에서 이태준의 문학활동은 '북한문학'이라는 전제 하에 살펴야만 할 것이다. 북한에서 전개된 문학이 개별성을 극도로 제한했기 때문에 이태준의 작품 역시 '북한문학'이라는 틀 속에서 고찰되어야만 하는 것이다.

이 글에서 궁극적으로 관심을 두고 있는 『첫 전투』 『고향길』 등의 작품들도 마찬가지다. 이들 작품집에 수록된 대부분의 작품이 빨치산 투쟁을 소재로 하고 있다는 것은 아군/적군이라는 극단적인 이분법의 영향을 받을 수밖에 없다는 사실을 의미한다. 그렇다면 이태준이 작품에서 말할 수 있었던 것과 마찬가지로 말하지 못했던 부분 역시 이 시기의 그를 연구하는 데 중요한 참조점이 될 수 있다는 것이 연구자의 생각이다. 물론 이태준의 작품만을 대상으로 했을 때, 그가 말하지 못한 부분이 무엇인지를 밝혀내기는 어렵다. 비슷한 시기 다른 작가들의 작품들도 동시에 고려해야 하는 이유가 여기에 있다. 이와 같은 문제의식으로 이 글에서는 『첫 전투』와 『고향길』을 주된 분석 대상으로 삼아 월북 후 이태준 문학의 지향점과 그 결과를 살펴보고자 한다.

2. 북한문학의 절대성과 이태준 문학의 상대성

(1) 북한문학의 주체 확립과 이념의 절대성

북한에서 독자적인 문학론이 제기되고 이것이 창작에 적용되기 시작한 것은 1946년 3월 25일 북조선문학예술총련맹(北朝鮮文學藝術總聯盟)의 결성에서부터이다. 인민적 민주주의에 입각한 민족문화예술의 성립, 조선예술운동의 전국적 통일조직의 촉성, 일제적, 봉건적, 민족반역적, 파쇼적 모든 반민주주의적 반동예술의 세력과 관념의 소탕 등을 강령으로 내걸고 출발한 북조선문학예술총련맹은 1946년 10월 13, 14일에 전체대회를 열어 '북조선문학예술총동맹'으로 조직을 재정비한다.[2] 이후 북한의 작가들은 새로운 사상을 교양하기 위하여 새로운 인간형을 그려내야 하는 과제를 안게 된다. 이 과정에서 일어난 이른바 '『응향』' 사건은 북한문학의 지향점을 드러내 주는 상징적 사건이었고

---

2) 김승환, 『해방공간의 현실주의문학연구』(일지사, 1991), pp.67~80.

이 때부터 북조선문학예술총동맹은 김일성의 교시를 문학에 충실히 반영할 것을 강력하게 요구하게 된다. 또한 '민주 개혁의 성과를 정확하게 반영'하여 '사상적·정치적·예술적으로 고상한 작품을 생산'하여야 한다는 1947년 1월의 김일성 신년사는 해방 후 북한의 공식적인 창작방법으로 채택된 '고상한 리얼리즘'의 근거가 되고 문학가들의 창작은 '조선 사람의 영웅적 노력과 투쟁과 승리와 영광을 고상한 사실주의적 방법'으로 그려야 하는 것으로 틀지워지게 된다.[3]

물론 이것은 김일성이 정치적 헤게모니를 장악해 가는 과정과 밀접하게 연관되어 있고 이른바 민주기지론과 뗄 수 없는 관계에 놓인다. 민주기지론은 소련의 후원 아래 있는 북한이 남한에 비해 전반적으로 혁명하기에 유리한 여건을 지니고 있기 때문에 북한에서 우선 민주기지를 건설하고 이를 기초로 하여 한반도 전체의 통일을 꾀하자는 논리[4]이다. 뿐만 아니라 이 민주기지론은 1949년의 국토완정론[5]으로 이어져 침략의 논리를 합리화하는 역할을 수행하고 있기도 하다.

그런데 민주기지론이란, 비민주라는 개념을 전제로 했을 때만 성립할 수 있는 논리이다. 여기서 민주/비민주의 이분법이 탄생하고 이는 다시 선/악의 이분법으로 이어질 수밖에 없는 속성을 처음부터 지니고 있다. 물론 이것은 해방 후의 북한이 남한을 타자화하여 주체를 형성해 가는 과정에서 나타난 필연적 현상으로 파악할 수 있다.[6] 문제는 이와 같은 논리가 강력한 중심으로 수렴되게 되어 있다는 데 있다. 해방 직후

---

3) 김재용, 『북한문학의 역사적 이해』(문학과지성사, 1994), pp.96~101.

4) 김재용, 「민주기지론과 북한문학의 시원」, 『분단구조와 북한문학』(소명출판, 2003), pp.30~31.

5) 이에 대해서는 박명림, 『한국전쟁의 발발과 기원(1)』(나남출판, 1996), pp.83~101 참조.

6) 이 시기의 남한 역시 북한을 타자로 하여 주체를 형성해 나간 것은 마찬가지다.

북한의 시에서 '수령'7)이라는 용어가 등장하고 전쟁시기에 일반화 된 것8)은 이러한 사정을 반영한다. 이는 결과적으로 극단적인 이분법을 내재하게 되고 모든 것을 재단하는 절대 논리로 작용하게 된다. 그 결과 북한문학은 영웅 서사라는 신화적 구도 속에서 진행되는 특수성을 보여 준다.9) 북한문학에서 진행된 거듭된 문인 숙청과 방향 전환은 이와 같은 논리를 극대화하는 방향성을 보여 준다. 이제 문학은 절대적 믿음 즉 신념의 문제일 수밖에 없게 된다. 이 경우 신념의 중심 대상으로 '수령'인 '김일성'이 자리하게 되고 그는 의심할 수 없는 절대성의 세계를 구축한다.

> 동시에 진구는 조선민족의 영명한 영도자 김일성장군에게 만공의 감사를 올린다.
> 토지개혁이 실시되고 二十개조정강이 발표되고 과업이 내릴때마다 김일성장군의 명철하신 영도력이 김진구의 가슴속에다 하늘하늘 건국의 불길을 이루어 주었다.

---

7) "우리는 다시 봅니다/저마다 자기를 찾아/자기 곁으로 개선하신/친애로운 인민의 수령을!"(민병균, <장군을 맞던 날> 중), 선우상렬, 『광복 후 북한 현대문학 연구』(역락, 2002), p.41에서 재인용.

8) 신형기·오성호, 『북한문학사-항일혁명문학에서 주체문학까지』(평민사, 2000), p.150.

9) 이 점에서 신형기·오성호의 다음과 같은 언급은 시사하는 바가 크다고 할 수 있다. '객관적 현실에 대한 '과학'으로서의 진리를 획득한 프롤레타리아는 근대의 믿음 속에서 고안된 주체였다. 그러나 모든 것이 중심을 따르고 수렴되어야 하는 가운데, '과학'은 전제의 수단이 될 수 있었다. 이런 가운데서 모든 가치는 일률적으로 재단된다. 자생적 집단화나 개별화를 허용하지 않는 결과는 전체주의였다. 그것은 절대적 권력에 의해 사회와 역사를 조작하려는 기도로 나타났다. 유물사관이 메시아주의로 전도되는 것은 이에 수반한 결과였다. 급기야 진리는 영웅신화와 뒤섞이고 신화 속에서 메시아는 군림한다. 문학 역시 신화의 지배를 벗어날 수 없다. 북한문학은 이런 길을 걸어왔다. 그것은 고통으로 가득찬 우리의 근대가 만든 또 다른 함정이었다.' 신형기·오성호, 앞의 책, p.51.

옳다 진정 옳다 어느법령 어느과업 하나가 조선인민의 이익과 행복을
위해서 내리지 않은 것이 있느냐 말이다!
이 은혜를 무었으로 보답하랴! 머리털을 비어 신을삼아 올려야 옳을가.
아니다 아니다 나는 오직 四七년도 인민경제계획의 책임수짜를 초과달
성 함으로서 또 그정신과 기술과 창의성을 조국창건을 위해서 길이길이
살리는데서만 김일성장군의 은혜에 보답하리라!10)

1947년 발표된 이 작품에서 김일성은 곳곳에서 얼굴을 내밀고 있다.
서사 내적 인물이 아님에도 불구하고 김일성은 등장인물의 의식과 대
화 속에 끊임없이 등장하고 나아가 편집자적 논평의 형태로도 개입하
여 작품의 서사적 특성을 약화시켜 놓고 있다. 물론 이 작품은 '김진구'
와 '이달호'라는 두 기계 노동자의 경쟁을 주요 소재로 하고 있다. 여기
서 이달호의, 원칙에 어긋나는 과도한 개인적 욕망과 승부욕이 결과적
으로 인민경제에 얼마나 큰 위해가 되는지를 보여주려는 것이 작품의
기본적인 의도이다.

그러나 여기서 김진구와 이달호의 갈등은 본질적인 것이 아니다. 더
욱이 김진구는 승부에 집착하지 않을 뿐 아니라 점심시간이나 휴식시
간에도 동료와 어울리지 않고 작업에만 매달리는 이달호의 승부욕을
근심하고 있다. 그같은 승부욕이 훼손할 수 없는 전체의 목표에 차질을
빚을 수 있다는 사실을 알고 있기 때문이다. 오직 김진구를 이겨 최고의
기술자란 허명을 얻고 싶어하는 이달호의 사소한 경쟁심만이 이 작품
의 유일한 갈등인데 상대자인 김진구는 오히려 이에 연연하지 않음으
로써 궁극적인 승리를 이끌어내고 이달호의 잘못을 깨우쳐 준다.

그러므로 작품의 갈등구조는 서사를 이끌어갈 만한 긴장감을 조성하
지 못한다. 갈등을 야기한 이달호를 포함하여, 모든 등장인물들이 조선

---

10) 이북명, <노동일가>, 『朝鮮文學』 창간호, 1947. 9.

인민민주주의공화국이라는 체제와 사상, 그리고 이를 이끌고 있는 김일성의 절대적 정당성을 의심하지 않기 때문이다. 이처럼 모든 사람들의 사고와 행위를 제어하는 사상이나 신념 체계가 동일할 때, 운명의 변화를 동반하는 본질적인 서사를 기대하기란 지극히 어렵다. 따라서 서사는 자연히 약화될 수밖에 없고 그 틈새를 '김일성'이라는 서사 외적 요소가 끊임없이 개입하게 된다.

게다가 김일성의 은혜가 '머리털을 비어 신을 삼아 올'려도 오히려 부족하다는 표현은 그 절대성의 세계를 유감없이 보여준다. 의심할 수 없는 절대적 가치의 세계, 한 치의 틈도 없는 완전한 진리의 세계, 조금도 부스러질 수 없는 완벽한 선(善)의 세계, 그것이 곧 조선인민민주주의공화국이며 그 중심에 김일성이 자리하고 있다. 북한의 문학은 이러한 절대성의 세계를 토대로 시작되고 있는 것이다.

(2) 남 · 북한의 상대성과 이태준의 태도

월북 후 이태준의 문학활동 역시 북한문학의 절대성 속에서 파악해야 한다는 것은 자명한 일이다. 실제로 이태준은 <해방전후>에서 이데올로기 선택의 행위를 보여 주었고, 『소련기행』, 『농토』 등에서는 자신의 이념적 행로를 드러내었으며, 『첫 전투』, 『고향길』 등의 작품집에서는 극단적인 이분법을 보여주고 있다. 이와 같은 사실은 이태준의 문학활동 역시 북한의 현실정치적11) 흐름과 무관하지 않다는 사실을 보여주고 있다.

이태준 문학의 정치적 행보는 북한의 평가에서도 확인할 수 있다. 안함광은 '過去에있어 主로 弱한人間 또는 人間의 약한 面을 취급'하던

---

11) 해방 후 이태준의 문학이 현실정치적 성격을 강하게 지니고 있음은 필자도 이미 지적한 바 있다. 졸고, 「해방기 이태준 소설 연구-<해방전후> 및 <농토>를 중심으로」(부산대학교 대학원, 1990), pp.58~67.

이태준이 '장편<農土>에 있어서는 强한人間 人間의 强한 面에로 一大
轉換'하여 '기쁜마음'이며 '<農土>는 氏自身에게 있어서는 內潛에서
外延에로의 確然한 一大巨步이며 美的表徵에 있어서의 값높은 進步'12)
라고 고평한다. 또 한효는 이태준의 <호랑이 할머니>에서 미신만 좇던
호랑이 할머니가 문맹퇴치사업에 참여하게 되고 마침내 인민 군대에
있는 손자에게 편지를 쓰게 된 것을 두고 '새로운 사회제도의 산물'13)이
라 말하고 있다. 엄호석은 <고향길>을 두고 '절실한 주제의 선택과
예술적 형상에 있어서 자기 수준에 도달한 작품'이며 따라서 '해방 후
그의 어느 작품보다 우수한 작품'14)으로 평가한다. 또한 그는 『민주조
선』에 발표된 <고귀한 사람들>에 대해서도 주제의 중요성에 비해 그
만큼 좋은 작품으로 형상화되지는 못했지만 이 작품이 발표되었다는
것만으로도 '반가운 일이며 이 주제의 중요성에 착안한 작가 역시 경의
에 가당'15)하다며 긍정적으로 평가하고 있다. 이런 평가에 발맞추어
이태준은 1951년 5월 '국기훈장 2급'을 받기도 한다.16) 이와 같은 사실
들은 월북 후 이태준의 문학적 행보가 정치적일 수밖에 없었다는 점을
확인시켜 주고 있다.

　월북 후의 이같은 문학적 여정에서 마지막으로 쓰여진 작품들이 『첫
전투』, 『고향길』 등에 수록되어 있다. 특히 『고향길』에 수록된 작품들

---

12) 安含光, 「尙虛 李泰俊氏를 論함-長篇 農土를 읽고-」, 『朝鮮文學』, 1947. 2., p.179
　　및 p.195.

13) 韓曉, 「보다 높은 成果를 향하여--九四九年度 小說界의 回顧」, 『文學藝術』, 1950.
　　1., p.26.

14) 엄호석, 「작가들의 사업과 정열」, 『문학예술』, 1951. 7., p.76.

15) 엄호석, 같은 글, p.83. <고귀한 사람들>은 작품집 『고향길』에도 수록되어 있다.

16) 국기훈장 2급은 이기영, 이태준, 임화, 조기천, 최승희, 한설야, 황철 등이 수상했
　　다. 『문학예술』, 1951. 5., pp.38~39 참조.

은 표제작인 <고향길>을 제외하고는 모두 전쟁시기에 쓰여졌다는 점에서 미군과 이승만 정권에 더욱 선명한 적의를 담고 있으며 이 때문에 잔인하고 극단적인 표현들이 난무하기도 한다. 그래서 한 연구자는 이들 작품을 두고 '이념이 예술성을 철저하게 압도한 결과'이며 따라서 '이를 문학적 차원에서 논의하기 어려운 문제'17)라고 지적하기도 한다.

그러나 이와 같은 사실과 이태준의 문학이 북한문학과 갈등없이 존재할 수 있었는가 하는 점은 별개의 문제이다. 이태준과 함께 국기훈장 2급을 받았던 임화의 경우도 1952년 미제 스파이라는 죄명으로 일차적으로 숙청되었던 사실은 이 점을 증명한다. 더욱이 이태준의 경우 누구보다 문학의 예술성에 대한 자각이 깊었었다는 점을 고려한다면 북한문학의 흐름과 일정한 갈등관계를 유지했을 여지가 다분하다고 하겠다.

실제로 '해방 후에도 의연히 처세만 하고 일하지 않는 덴 반대'하며 '혐의는커녕 위험이라도 무릅쓰고 일해야 될 민족의 가장 긴박한 시기'18)라는 이태준의 이데올로기 선택의 논리는 대단히 소박하다. 여기에는 사회주의 이데올로기에서 흔히 말하는 역사의 방향성이나 혁명적 열정 등은 끼어들지 못하고 있다. 이 때문에 남로당의 '8월 테제'도 완전하게 이해하고 있지 못하다19)는 혐의까지 받고 있는 것이다.

그런데 소련을 여행하면서 서울의 조선문학가동맹원들에게 보낸 편지에서 보여준 이태준의 기본적 태도는 '제도'에 대한 예찬이다. '인간성 최고의 것이 유물론의 사회에서 소생'되어 있는 소비에트의 현실은 '제도의 개혁'덕이며 '예술이 인간에 보다 크게 기여하려면 인간을 못살

---

17) 장영우, 「문학과 정치」, 『이태준문학연구』(깊은 샘, 1993), pp.192~193.

18) 이태준, <해방전후>, 『이태준문학전집3』(깊은샘, 1995), p.45.

19) 장영우, 「문학과 정치」, 상허문학회, 『이태준문학연구』(깊은샘, 1993), p.172.

게 하는 제도개혁에부터 바쳐야'[20] 한다는 인식이 소련을 여행하고 온 이태준의 모습이었다. 결과적으로 개혁 또는 혁명이란 '제도'의 문제이지 특정한 이념이나 인물의 절대성에 있는 것이 아니다. 이 경우 물론 제도의 개혁을 가능하게 한 이념이나 인물에 대한 믿음이 동반되어야 하겠지만 그렇다고 해서 이것이 곧바로 절대성으로 연결되는 것은 아닐 터이다.

이런 인식은 당시 소련의 최고 지도자이던 스탈린을 그다지 언급하지 않는 데서도 간접적으로 확인된다. 사실 당시의 북한이나 북한문인들에게 스탈린은 사회주의 조국의 대원수였으며 언제나 김일성 장군과 함께 이미 상투적으로 등장하고 있다.[21] 이로 미루어 보면 소련을 여행하고 난 뒤의 기행문에 스탈린에서 대한 언급이 많이 나타난다고 하더라도 기이한 현상은 아니라 할 수 있다. 그렇지만 이태준은 <소련기행>에서 인류의 진보와 평화를 가능하게 한 소련 제도에 대해 감탄하고 나아가 '소련기행을 총괄하면서 "제도의 승리"라고 평'[22]하고 있을 뿐 스탈린에 대해서는 거의 언급하지 않는다. 결국 그는 특정이념이나 인물의 위대성과 절대성을 확인한 것이 아니라 제도의 우위성을 확인한 것일 뿐이다. 더욱이 그가 확인한 제도 역시 상대적인 것이다.

---

20) 이태준, 「서울 문학가동맹 여러분께」, 『문학』2, 1946. 11., p.23.

21) 앞에서 예로 든 이북명의 <노동일가>에서도 스탈린에 대한 예찬은 심심찮게 나타난다. '위대한 영도자이며 수령인 스딸린대원수 영도아래 자라가고있는 쏘련인민의 단결되고 조직된 애국심과 초인적 건설의욕을 우리는 배와야한다고 주장한다.'(이북명, <노동일가>, 같은 책, 같은 곳)와 같은 표현이 그것이다. 뿐만 아니라 김일성과 스탈린의 사진이 나란히 걸려 있는 행사장의 모습이 북한 소설 곳곳에서 등장하고 스탈린이 사회주의 조국의 위대한 영도자라는 식의 표현은 어렵지 않게 확인할 수 있다.

22) 박헌호, 『이태준과 한국 근대소설의 성격』(소명출판, 1999), p.274.

생각하면 의의 깊은 전당이다. 단순히 쏘비에트연방의 의사장으로가 아니다. 인류가 가져본 사업 중에 가장 크고 옳은 사업의 기관실인 것이다.

우리 인류에게 혁명사나 건국사는 허다하되, 그 자유와 문화의 복리가 전 인류에게 미치며 전 인류의 영구한 평화상태를 향해 나아가는 「계획사회」의 출현은 여기가 처음이기 때문이다.

만강의 경의를 표해 옳은 것이다. 아직까지 인류가 경륜하고 있는 국가나 사회 중에 여기처럼 근본적인 개혁에서, 이른바, 「인간이 철저한 의식을 갖고 그의 역사를 자신이 만들어나가는 사회」는 다른 데 없으며 더욱 오늘 조선과 같은 민족이나 사회로서 옳은 국가건설을 하자면 어느 용도로 비쳐보나 운명적으로 결탁이 될 사회는 어디보다 여기이기 때문이다.23)

위의 인용문은 모스크바에 들어가 맨 처음 구경한 소련의 의사당에 대한 소감을 술회하고 있는 부분이다. 여기서도 이태준은 근본적인 개혁이 가능했기 때문에 소련이 위대한 '계획사회'를 건설할 수 있었다고 말하고 있다. 그리고 그 개혁은 지금까지의 인류 역사에서 볼 수 없었던, 그래서 만강의 경의를 표해야 한다고 하면서 앞으로 조선이 건설해야 할 사회도 이와 같은 것이어야 함을 말하고 있다.

그런데 '「인간이 철저한 의식을 갖고 그의 역사를 자신이 만들어 나가는 사회」는 다른 데 없다.'라는 표현은 주의깊게 읽을 필요가 있다. 이러한 태도는 긍정적이든 부정적이든 '다른 사회'의 존재를 염두에 두고 있다는 것이기 때문이다. 물론 해방 후 정국에 깊숙히 관여하고 소련기행까지 했던 이태준의 입장에서 다른 사회를 사려깊이 관찰할 수 있는 여유가 있었을 것이라고는 기대하기 어렵다. 또한 스스로 평양 중심의 민주기지론을 내면화해 가고 있던 그24)가, 다른 사회에서 긍정

---

23) 이태준, 『소련기행』, 『이태준문학전집4』, p.51~52.

24) 이 과정에 대해서는 김재용, 「월북 이후 이태준의 문학활동과 <먼지>의 문제성」, 『분단구조와 북한문학』(소명출판, 2003) 참조.

적인 측면을 보아낼 수 있을지는 더욱 확신하기 어렵다. 그렇다고 하더라도 이와 같은 태도는 문제성을 띨 수 있는 여지가 다분하다 하겠다. 절대성이 구축되어 있는 사회에서 다른 사회의 존재를 염두에 두고 있다는 것부터가 그것을 훼손할 수 있다는 혐의를 받을 수 있는 여지가 다분하기 때문이다. 1950년 3월에 발표된 <먼지>에서는 이와 같은 태도가 가장 극적으로 나타나 있다.

이 작품에 대해서는 '이북과 이남의 차이에도 불구하고 서로 통일되지 못하고 서로 각각의 정부를 세운다면 그것은 결국 분열이며 나아가 새로운 동족상쟁의 씨앗이 될 수밖에 없음'을 경계[25]하는 작품이라는 평가가 내려져 있다. 그렇다면 이태준이 당시의 상황에서 절대적 가치로 상정하고 있었던 것은 통일정부의 수립이다. 그의 이런 생각은 '국토완정론'이 이미 표면화되어 있었던 당시 북한 상황을 감안할 때 문제성을 띨 수밖에 없게 된다.

또한 당시 이태준이 민주기지론을 내면화시켜 가고 있었다 하더라도 <먼지>에서 한뫼 선생이 보여 준 남북한 체험과 비교는 꼼꼼하게 되짚어 볼 필요가 있다. 물론 한뫼 선생은 북한이 선택한 체제가 옳은 것인 줄은 잘 알고 있다.[26] 그럼에도 그는 남한을 체험하지 않고는 이를 온전하게 받아들이지 않는다.

---

25) 김재용의 앞의 글 참조. 박헌호 역시 "남북한의 노선이나 현실이 비록 현격한 차이가 나더라도 그것이 통일되지 못하고 각기 단독정부를 세워 분단을 고정화시킨다면 그것은 곧 민족상쟁의 비극을 초래할 것임을 비판"(박헌호, 앞의 책, p.290)하고 있는 작품이라 하여 김재용과 같은 견해를 보이고 있다.

26) 그것은 'ー. 공사(公私)가 분명하여 실천력이 굳센 정치요, 二. 애국적이요 헌신적인 간부들이 하는 정치요 三. 로동자 농민이 사람대접을 받고 살 수 있는 정치요, 四. 누구의 자손이나 똑같이 교육받을 수 있는 정치'가 실현되고 있기 때문(이태준, <먼지>, 『문학예술』, 1950. 3., p.53)이다.

그러나……그러나…… 한편이 혼자만 지나쳐 나가는 거다. 통—되도록
남북이 화해되도록 그런 정세를 조장시키구 성숙시키는게 아니라 한쪽을
무시허구 저만 나가는 거다. 아모리 좋은 정책이라도 먼저 통—시키구 합
윗것 전국적으로 실시험 좀 좋으나 말이다. 남의 발등을 밟고 먼저 자꼬
나가면 누군 남의 뒤나 따라가길 좋다냐? 그러니까 자꼬 엇나갈 밖에
……27)

한뫼 선생의 기본적인 인식은 위와 같다. 북한의 제도가 옳긴 하지만
북한만이 그것을 시행해서는 안 되며 분단이 고착화되어가는 당시의
상황에서 통일을 수행할 수 있는 정책이나 제도가 중요할 뿐 아니라
이것은 남북한이 합의해서 시행해야 할 문제라는 것이다. 또 북한이
먼저 나아가 버리는 것은 한쪽을 무시하는 것이고 발등을 밟는 행위라
고 인식한다. 북한 역시 남한의 입장이나 상황을 '통일'의 입장에서 고
려하여 보조를 맞추어야 한다고 한뫼 선생은 생각하고 있다.

그런 그가 체험한 남한은 물론 지극히 야만적이다. 남한은, 미국에서
장사를 한 경험이 고작인 사람이 상공부장관이 되는 곳이요, 죄진 놈이
나 살 곳이며, 총과 구두를 닦기 위해 귀중본을 수백 권이나 찢어 없애
는 곳이기도 하다. 뿐만 아니라 북한에서는 누구나 병원이나 학교에
갈 수 있지만 남한에서는 돈 없으면 못 가는 곳이 병원과 학교요, 치안
이 안정되어 있는 북한에 비해 순경이 일미터 간격으로 늘어서 있는
곳이 남한이다. 또한 북한에서는 한 말에 520원 하는 쌀값이 남한에서
는 3,200원이나 하며 북한에서는 참외 하나에 3.4원이지만 남한에서는
40원이나 한다. 결국 모든 면에서 남한은 북한의 비교가 되지 않는 곳이
다.

한뫼 선생의 이같은 태도는 표면적으로 북한이 남한에 비해 모든

---

27) 이태준, <먼지>, 『문학예술』, 1950. 3., p.62.

면에서 우위에 있다는 것을 확인하는 것이다. 이렇게만 본다면 한뫼 선생은 민주기지론이나 국토완정론의 논리를 정당화하고 있는 인물이다. 특히 한뫼 선생은 남한에서 여러 가지 체험을 하고 모리배의 전형적인 인물인 박교주의 집에 찾아갔다 봉변을 당한 후에는 자신이 지녔던 사상이 반동적이라는 것을 깨닫기도 한다.28)

그렇지만 바꾸어 생각해 보면 문제는 달라진다. 정작 중요한 것은 남한 사회를 보아야 하겠다는 한뫼 선생의 태도에 있다. 이 때문에 북한의 우위는 남한과의 비교 우위일 뿐이다. 그래서 북한은 저 혼자만 앞으로 나아가려 해서는 안 되는 것이며 통일정부 수립을 위한 노력의 필요성이 증대된다고 할 수 있다. 남한과 북한이라는 두 세계가 공존하고 있는 현실에서 한쪽의 일방적인 긍정은 파멸로 치달을 수 있다는 것이 한뫼 선생의 생각이며 그의 이와 같은 우려는 얼마 지나지 않아 전쟁의 형태로 현실화된다.

이런 입장에서 그의 이름이 왜 '한뫼'인가 하는 점도 생각해 볼 필요가 있다. '고서적 수집가이며 조선것과 옛것을 즐기어 아호까지 순조선 고어로 「한뫼」라 한'29) 것이라고 밝히고 있긴 하지만 '한'에는 '하나', '같은', '온전'이라는 뜻도 포함되어 있다. 그렇다면 한뫼는 '하나의 같고

---

28) 다음을 보자. '(연암이나 완당께서 생존하셨다면 그 정의감들과 실학정신들이 좌익에 가담하고 말고! 가담이 아니라 일선에 나서 지도허실 어른들이지!)-중 략- 한뫼 선생은 반청문(半淸門)께로 산등을 타고 거닐었다. 「유·엔 조선위원단」이란 것이 드러와 있다는 덕수궁이며 리승만이가 미군정의 대를 물려 매국내각을 채리며 있는 경복궁이 손바닥처럼 내려다보인다. 근정전마당에는 미군숙사들이 빼국히 드러섰고 광화문통 넓은 길에는 미군들의 군용차가 개미떼 서물거리듯 한다. 그중에는 번질번질한 승용차도 섞이어 덕수궁으로 경복궁으로 뻔질낳게 들락거린다. -중 략-(이놈들아 또다시 일진회노름을 채린단 말이냐!) 한뫼선생은 한눈은 붕대로 싸매고 한눈은 눈물에 글성해 자못 비장한 한숨을 쉬었다.' (이태준, <먼지>, pp.89~90)

29) 이태준, <먼지>, p.46.

온전한 산'이라는 뜻으로 풀 수 있는 여지도 있다. 이렇게 본다면 일부 연구자들이 주장하고 있는 것처럼, 단순히 이태준이 일제 식민지 시기에 보여주었던 인물과 유사한 성향의 인물을 설정한 사실을 넘어 자신의 특정한 신념을 '한뇌 선생'에 담아내고 있는 것으로 볼 수도 있게 된다. 이런 태도에서라면 '이 곳을 경계로 하여 강토의 한편에서는 조국의 자유와 민주화를 위한 위대한 건설이 창조되고 있으며 다른 한편에서는 제국주의의 침략과 매국노의 도량으로 쑥대밭이 되고 있다.'[30]는 식의 절대성이 틈입할 수 있는 여지는 현저히 줄어든다.

한뇌 선생의 죽음 역시 이런 각도에서 이해할 수 있다. 한뇌 선생이 인민군의 총에 맞았느냐 미군의 총에 맞았느냐[31] 하는 것은 어쩌면 본질적인 문제가 아닐 수 있다. 정작 중요한 것은 한뇌 선생이 죽었다는 것이다. 남한의 실상을 확인하고 다시 월북하는 과정에서 그는 죽음을 맞이한다. 만약 한뇌 선생에게 북한이 절대성을 띤 것이었다면 그는 죽지 않았을 것이다. 대부분의 북한 소설처럼 그는 성공적으로 월북한 뒤 한 치의 흔들림없이 투쟁의 대열에 나섰을 것이다.[32] 결국 그의 죽음은 자신과 같은 입장이나 사고가 남북한 어디에도 설 자리가 없음을

---

30) 이갑기, <두 세계>, 『문학예술』, 1950. 3., p.95.

31) 북한에서는 한뇌선생이 어느 쪽의 총에 맞아 죽었는지 모르게 처리하였다고 비판하고 있다. 그러나 작품에서 한뇌선생은 분명히 미군의 카빈 총에 인민군의 총에 맞아 죽은 것으로 되어 있다. 이에 대해서는 김재용, 앞의 글, pp.149~150 참조.

32) 실제로 엄호석은 「노동계급의 형상과 미학상의 몇 가지 문제」(이선영, 김병민, 김재용 편, 『현대비평자료집3』, 태학사, 1993)라는 글에서 '만일 이태준이 남반부 정세로서 한뇌선생을 깨우치며 북반부의 인민민주주의 제도에 대한 인식을 고치고 그 품속으로 다시 돌아오게 할 의도 밑에 그를 서울로 끌고 갔다면 그는 백번도 정당하였을 것이다. 그러나 이태준은 한뇌선생으로 하여금 서울 네거리에서 단선 반대에 서명하기를 거절케 하였으며 북반부로 돌아오는 길에 38선에서 총살당하게 하고 다시 돌아오지 못하게 함으로써 그 자신이 북반부에 대한 반대를 표시하였다.'고 말하고 있다.

드러내는 것은 아닐까? 이 순간 북한에서 이태준의 숙청은 이미 예견된 것이 아닐까?

3. 예술성과 정치성, 그 사이의 숨바꼭질

(1) 감각적 묘사문장과 소설의 예술성

북한문학의 흐름에서 상대적 입장을 암암리에 보여준 이태준은 마지막에 남겨 놓은 두 권의 소설집에 자신의 사고를 어떻게 표현하였을까.

사실 이태준 소설의 예술성에 대해서는 이미 많은 논자들에 의해 밝혀져 있다. 한국 단편소설의 완성자[33]라거나 우리나라 순수문학에서 소설계를 대표하는 최초의 기수[34] 등 초기의 평가에서부터 이태준의 예술성은 높이 인정받고 있다. 뿐만 아니라 이태준은 월북한 후 김일성대학의 교수인 정률로부터 조선의 모파상이라는 칭호를 듣기도 한다. 또 소련파의 중심인물이자『로동신문』주필인 기석복은 수차례에 걸쳐 조소문화협회 주최로 이태준 연구발표회를 마련[35]하기도 했다. 이는 모두 이태준 소설의 예술성을 높게 평가했기 때문일 것이다.

최근의 연구에서도 이태준 소설의 예술성은 그의 문학의 본질적인 면으로 탐구되고 있다. 예를 들어 서영채는 '직업적인 소설가 혹은 장인으로서의 예술가라는 위치'가 이태준 소설쓰기의 출발점이며 여기에 예술가 의식과 지사 의식이라는 두 가지 미의식이 교차하고 있다고 말하고 있다. 그리고 이 두 가지 의식은 상황의 변화에 따라 언제든지 다른 하나를 배제하고 전면으로 나설 준비가 되어 있었으며 해방이

---

33) 이재선,『한국현대소설사』(홍성사, 1979), p.364.

34) 김우종,『한국현대소설사』(성문각, 1982), p.243.

35) 이병렬,「이태준의 문학사적 위상」, 상허문학회,『이태준문학연구』(깊은샘, 1993), p.28 참조.

지사 의식을 마음껏 발현할 수 있는 계기로 작용했다고도 지적하고 있다.[36] 그의 태도는 이태준 문학을 지탱하는 기본 원리를 파악하려는 노력으로 볼 수 있으며, 그 중요한 축의 하나가 예술성임을 지적하고 있는 것이기도 하다. 단편에서는 예술성을, 장편에서는 사상성을 중시했다는 지적[37]도 이와 유사한 태도라 할 수 있을 것이다.

이태준 소설의 예술성은 '문장'에서 출발한다는 것이 일반적인 견해이다. 그의 『문장강화』가 많은 사람들에게 알려져 있고, 그 또한 문장에 대한 애착을 여러 경로를 통해 드러낸 바 있다. 그 중의 하나를 살펴보기로 하자.

教養水準이 一律的으로높아가는 現代人은 너머나 똑같은 사람들이많다. 그래 무엇에나 自己의存在를 드러내려면 個性을 强作하지 않을수없게 되었고 또 個性과 個性의 交際처럼現代人의 生活發展에 必要한것은없다. 小說作家도 하구많아졌다. 모다 똑같은作家들이라면 無意味하다. 自己色彩를 意識的으로 强調하는 作家가 작고늘어가며있고그들의 獨特한 一家風이 아닌게아니라 過去 小說에서 맛볼수 없는 맛을 내인다. 이맛이란 흔히 스타일, 文章에 들어있는것이다. 文章을 맛볼줄 알아야 現代小說을 完全히 吟味하는것이라 볼수있다.-중 략-人物이나 事件(生活)을 붓잡으면 쓰는(文章)問題가나온다. 여기도 問題는 複雜多端하다. 기중 根本的인 重

---

36) 서영채, 「두 개의 근대성과 처사 의식」, 상허문학회 앞의 책, pp.55~61, p.85 참조. 여기서 서영채는 "지사 의식이라는 심정적 진실은 예술가 의식을 제약하여 그것이 구극에가지 나아가는 것을 방해하고 있으며, 또한 순수한 예술미의 추구라는 논리의 틀이 존재하지 않는다면, 그에게서 지사 의식이라는 심정적 진실의 형태로 현상할 수도 없는 노릇이다. 그러므로 이 둘은 서로가 서로를 제약하여 어느 한편도 즉자대자적인 이념의 차원으로, 곧 주관적인 심정과 객관의 논리가 하나로 어우러진 상태로 나아가는 것을 억제하고 있는 것이다. 이러한 의식의 상태를 이 글에서는 처사 의식이라는 이름으로 규정하고자 한다."(p.76)고 하여 이태준 소설의 특성을 규명하고 있다.

37) 박헌호, 『이태준과 한국근대소설의 성격』(소명출판, 1999), pp.70~73.

要點만 한가지말하려한다. 美辭麗句가 소용없다. 高談峻論이 必要치 않다.
徹頭徹尾 描寫라야한다. 說明的인 文句는 描寫에 自信이없으니까 注釋하
는것밖에 다른意義가없다.38)

위의 글에서 이태준은 소설의 맛은 문장에 있으며 그 중에서도 묘사
에 있다는 생각을 드러내고 있다. 이태준의 문장과 묘사에 대한 연구자
들의 평가 역시 이에서 크게 벗어나지 않는다. 그렇다면 이태준 소설이
지닌 예술성의 핵심적인 부분 중의 하나가 '묘사적인 문장'이라 할 수
있겠는데,『첫 전투』나『고향길』에서 이와 같은 부분이 어떻게 나타나
는가 하는 점이 논의의 초점에 해당한다 할 수 있을 것이다.

① 한번은 불공을 하여 놈들의 치안대 본부와 이전 은행 자리였던 경찰대
   본부와 이전 중학교 자리였던 미군 사령부 국기계양대에 갖은 신고의
   끝에 공화국기도 달았었다. -중 략- 그러나 이제도 소풍 나왔던 놈들이
   물러가기 바쁘게 자기 몸 아픔도 죄 잊고 죽어라 싶은 마음으로 어둠
   속을 게양대 향하여 또 기여 들어갔었다. 귀가 온통 항아리처럼 되고
   호흡이 멈춰버린 형편이면서도 깃줄 올리고 내리는데 모든 목숨이 달
   린 듯 또는 그 깃줄에 마지막 자기 목숨을 걸 듯 기를 끝내 바꿔 달고
   말았었다. 실로 그에게는 이 일도 남편이며 숱한 남편의 동무들이 피를
   흘리며 싸우는 큰 일의 한 부분이라는 생각과 함께 내 목숨만 아깝지
   않으면 못할 일이 없다는 신념이 굳어진 것이었다.39)

② 산은 드디어 대마루가 드러났다. 마루턱에 올라서는 것은 강물처럼 턱밑
   에 찰락거리는 안개바다에서 올려솟음이었다. 딴세상으로 햇볕이 눈부
   시었다. 안개는 골짜기마다 차고 산등성이들은 대마루를 타고 양편으
   로 드러나 반찬가시처럼 뻗어나갔다. 씻은 듯한 애청하늘에 오월달 금
   빛 태양은 참나무 박달나무 철쭉 목련 두릅 들의 연한 신록을 쓰다듬듯

<hr>

38) 이태준,「小說讀法-小說에 關心하는 이를 爲하야」,『女性』, 1938. 7., pp.51~52.

39) 황건, <안해>,『文學藝術』, 1951. 9., p.13.

고요히 내려쪼이고 있었다.[40]

③ 길은 다음날 밤 중복선을 썰어 나가면서부터 소삽해지기 시작했다. 가시
  덤불은 장갑을 뚫으고 새발은 키가 쑥 빠지어 방향을 잡을 수 없었다.
  그 중에도 싸리밭은 세찬 물결을 헤치고 헤엄쳐 나가듯 팔심을 뽑았다.
  어쩌다 아이나 석이 따러 다니는 사람들의 오솔길이 나오기도 하나
  밤에 붙든 오솔길은 한포기 범부채 속에도 숨어버리었고, 발바닥 감촉
  으로‘더듬어 찾으면 머루다래 덤불 속으로 사라졌다. 달빛조차 가리워
  버리는 아름드리 잡목들이 빽빽하니 느러선 사이에선 모두가 길 같고
  모두가 길 같지 않기도 하였다.[41]

    위의 인용문들은 모두 빨치산 투쟁을 소재로 한 작품들 중의 일부이
다. ①은 이기영에게서 '사상상 및 수법상의 눈부시고도 믿음성있는
발전속도'를 보여주고 있다는 찬사[42]를 받은 적 있는 황건(黃健)의 작
품이고 ②와 ③은 이태준의 작품이다. 물론 빨치산 투쟁을 소재로 한
문학은 전쟁 이전에도 북한문학의 한 원형으로 인정되어 왔다. 그런데
전쟁 시기의 빨치산 문학은 항일빨치산이 아니라 미군 및 국군을 적으
로 설정한 상태에서 전투욕을 북돋우고 영웅심을 고취시키기 위한 목
적에서 창작된다고 할 수 있다. 더욱이 전쟁발발 일년의 시점에서, 작가
예술가들이 진행해온 문학예술 창조과정에서의 제반 부족점과 결함을
지적한 김일성의 격려사가 신문에 게재기도 했다.[43] 이에 대해 김남천

---

40) 이태준, <첫 전투>, 『이태준문학전집3』(깊은샘, 1995), p.63.

41) 이태준, <고향길>, 『고향길』(재일본조선인 교육자동맹 문화부, 1952), p.77.

42) 이기영, 「小說家 黃健을 말함」, 『문학예술』, 1950. 4., p.33.

43) 김일성의 격려 내용을 김남천은 다음과 같이 요약하고 있다. '애국심의 표현, 민
   족에 대한 자부심의 표현, 인민군대의 영용성, 완강성, 공화국 영웅의 형상화, 후
   방인민들의 투쟁모습, 원쑤에 대한 적개심과 증오심의 표현, 인민문학에 대한 연
   구, 비평정신의 제고, 조쏘 조중 친선의 형상화의 문제 또는 형식는주의(형식주의

은 '작가 예술가들에게 돌리시는 이 깊으신 배려'에 어느 작가나 감격하
고 있다며, '이 위대한 조국해방전쟁 일년이 경과하도록 수령의 근심을
덜어드리고 조국과 인민이 우리에게 요구하는 수준에서 만족을 느낄
만한 이렇다할 창조적 성과도 걷우지' 못한 데 대한 '뼈저린 자기비판의
챗쭉'44)으로 김일성의 격려 내용을 파악하고 있다.

이와 같은 상황이라면 ①에서와 같이 이데올로기나 사상성의 전달이
용이한 문장이 더욱 쉽게 선택될 수밖에 없다. 미군과 경찰의 주둔지에
태극기를 내리고 공화국기를 달기 위하여 몸을 돌보지 않고 오직 앞으
로 나아가기만 하는 '탄실'의 눈에 주위의 다른 사물이 들어올 리 없을
것이기 때문이다. 따라서 이 시기 북한 소설에서는 이와 같은 직선적인
문장이 일반적이다. 더 나아가 미군이나 국군의 만행을 폭로하고 투쟁
심을 고양시키기 위해 전혀 정제되지 않은 극단적인 표현이 주류를
이룰 수밖에 없는 것이다.

이 시기 창작된 이태준의 작품 역시 이런 특징을 지니고 있다. 다른
작가들의 작품처럼 이태준의 작품에도 '놈의 눈깔 어웅한 상판'45)같은
표현이나 피비린내 풍기는 어휘들이 적개심을 자극하며 수시로 나타나
고 있다. 그렇지만 위의 인용문 ②, ③과 같은 묘사적인 문장 역시 어렵
지 않게 찾을 수 있다. ②의 경우, '판돌'이라는 인물이 속한 빨치산
부대는 첫 번째 전투를 위하여 행군하고 있는 중이며 특히 판돌은 실전
경험이 한 번도 없다. 거기다 예정된 기습계획은 이틀 앞으로 다가와
있다. 그럼에도 불구하고 이른 아침 산마루에서의 안개와 그것을 뚫고
찬란하게 쏟아지는 햇빛이 '반찬가시'라는 비유를 얻어 구체화되고 있

___

의 오식-인용자) 자연주의 꼬스모뽀리찌즘과의 투쟁', 김남천, 「장군의 말씀은 창
조사업의 지침이다」, 『文學藝術』, 1951. 7., pp.46~47.

44) 김남천, 위의 글, p.46.

45) 이태준, <백배 천배로>, 『고향길』, p.4.

다. 뿐만 아니라 그 속에서 이슬기를 머금고 반짝이는 온갖 나무들에까지 서술자의 시선이 닿아 있다. 앞뒤 상황을 고려하지 않는다면 이 부분은 아주 서정적인 정감을 불러일으키는 문장이라고까지 평가할 수 있다.

③의 경우 칠복은, 유격전에 필요한 기본 정보를 파악하기 위해 사령관의 명을 받고 고향 마을로 잠입하고 있는 중이다. 그런 만큼 아주 작은 흔적도 남겨서는 안 된다. 그만큼 칠복은 극도로 긴장해야 하며 그렇지 않을 경우 자신이 위험해지는 것은 물론이고 유격대의 기습공격 자체도 무산될 수 있다. 실제로 이어지는 장면에서는 적에게 들켜 총격전이 벌어지며 동행하던 '기훈'이 총에 맞아 죽기도 한다. 그럼에도 불구하고 문장은 대단히 섬세하다. 특히 '밤에 붙든 오솔길은 한포기 범부채 속에도 숨어버'렸다는 표현은 대단히 감각적일 뿐 아니라 표현의 구체성도 성공적으로 획득하고 있다.

이와 같은 표현은 『첫 전투』와 『고향길』에서 어렵지 않게 찾아볼 수 있다.46) 이와 같은 특징은 당시 북한 소설에서는 거의 찾기 어려운 것으로 이태준 소설의 주요한 특징을 구성하는 요소로 작용한다. 그와 같이 급박한 순간에도 이태준 소설에서 예술성은 곳곳에서 존재를 확인시키고 있는 것이다.47)

---

46) 다음과 같은 표현을 보자. '꽤 가파로운 비탈이면서도 쌓인 나뭇잎은 떡지가 져 발등을 덮는다. 푹신한 감촉에 마음놓고 밟으면 속은 물기가 홍건해 미끄럽다. 앞선 동무들이 군데군데 미끄러져 시꺼먼 생흙 자국을 내었다. 어떤 자국에는 더덕과 승검초 따위 산나물 뿌리가 으스러졌다. 그런 데서는 싱그러운 한약 냄새가 풍겨 오른다.'(<첫 전투>, 앞의 책, p.60) 빨치산은 이동하면서 흔적을 남기지 말아야 한다는 상식(이태, <남부군>, 두레, 1988, pp.55~57)을 무시하고 본다면 이 표현 역시 대단히 참신하다. 구체적인 산나물의 이름과 이들이 자아내는 싱그러운 한약 냄새는 독자들의 감각을 민감하게 자극한다.

47) 물론 여기서, 이태준의 예술성이 숙청의 결정적인 원인으로 작용했다고 주장하려는 것은 아니다. 북한 문학이 갖는 정치성과 현실 정치의 역학관계 등을 고려해

(2) 수령 형상의 약화와 이태준 소설의 정치성

『첫 전투』와 『고향길』에서 이태준은 당시 북한문단에서 요구되던
여러 가지 주제들을 형상화해 놓고 있다. 새 시대에 부응하는 새로운
인물, 후방 인민의 투쟁이나 미국 또는 미군에 대한 적개심, 이승만
정권의 부도덕성과 소련 및 중국과의 친선, 빨치산 투쟁을 통한 영웅적
인물의 형상화 등 당시 북한에서 요구했던 내용을 이태준 문학 역시
담고 있는 것이다.

그런데 이 글에서 문제삼고자 하는 이태준 문학의 정치성은 이런
방향이 아니다. 오히려 북한문학의 주도적 흐름과는 일정하게 배치되
는 내용들을 이태준은 소설 속에 숨겨두고 있으며 이것이 이태준 문학
의 정치성을 규정하고 있다는 것이 이 글의 입장이다. 앞서 언급한 <먼
지> 역시 이러한 경향을 드러내는 구체적인 예로 파악할 수 있다.

이런 입장에서 보면 이태준의 『첫 전투』와 『고향길』에서는 당시 북
한문학의 일반적인 경향과는 구별되는 몇 가지 특징을 발견할 수 있다.
창작집 『첫 전투』와 『고향길』에 실린 작품은 모두 11편인데, 이 중 초기
에 쓰여지고 발표되어 많은 연구자들이 언급한 <해방전후>를 제외하
고 나면 모두 10편이 남는 셈이다. 이 작품들은 1946년부터 1952년 사이
에 쓰여졌고[48] 전쟁이라는 특수한 상황 때문에 후기의 작품으로 갈수

볼 때 여러 가지 요소들이 복합적으로 그의 숙청에 관여했을 것이다. 이 글에서
는 북한 문학의 주도적 흐름과 이태준의 소설이 일정한 거리를 유지하고 있었을
가능성의 예를 예술성에서도 찾아보고자 했다. 이 글의 제목을 '정치적 숨바꼭질'
이라 한 것도 같은 이유에서다.

48) 이들 작품이 쓰여진 시기는 각 작품의 말미에 표시되어 있다. 이를 개략적으로
정리하면 다음과 같다. <아버지의 모시옷>-1946년 8월 14일, <첫 전투>-창작
시기가 명확하지 않음. (다만 작품의 배경이 1948년 5월 10일 단독선거실시 이후
10여일이 경과된 시점으로 되어 있다.), <호랑이 할머니>-1946년 8월 14일, <38
선 어느 지구에서>-1949년 10월, 이상은 『첫 전투』(1949년 11월 발간)에 수록되

록 극단적이고 잔인한 표현들을 많이 찾아볼 수 있다. 이들 작품에서 우선적으로 지적할 수 있는 것은, 미국(또는 미군)의 기만성 및 포악성, 야만성은 크게 부각49)되어 있지만 국군이나 경찰의 야만성은 상대적으로 약화되어 있다는 점이다. 물론 국군이나 경찰의 만행이 전혀 나타나지 않는 것은 아니다. 또 이러한 표현들은 이전에 쓰여진 이태준의 작품에 비하면 극단적이라 할 수 있을 만큼 잔인하기도 하다. 하지만 이 시기 다른 작가의 작품과 비교해 보았을 때 그 차이는 분명하게 드러난다. 비슷한 시기에 발표된 김사량의 작품과 비교해 보자.

① 영이가 몇 번만에 솟구어 트럭바퀴를 타고 엄마실린 트럭란간에 매달렸다. 한놈이
　　「요놈의 독종들아!」

어 있다. <백배 천배로>-1951년 4월, <누가굴복하는가 보자>-1951년 4월, <미국대사관>-1951년 5월 15일, <네거리에 선 전신주>-1951년 5월 5일, <고향길>-1950년 5월, 이상은 『고향길』(1952년 11월 발간)에 수록되어 있다.

49) 예를 들어 『고향길』에 실려 있는 <백배 천배로>에서 '오기호' 전사는 죽어가면서도 전화선을 확인하러 나온 미군 두 명을 사살한다. <누가 굴복하는가 보자>에서는 미 공군에 대한 적개심이 나타나 있다. <고귀한 사람들>에서는 '그 트루맨(트루먼 당시 미국 대통령-인용자)녀석을 그저 죽지는 않게 한방 갈기구 열흘만 물을 주지 말어 봤으면……'(『고향길』, p.30) 하고 말하기도 한다. 그리고 이런 적개심은 <미국대사관>의 다음과 같은 표현에서 절정을 이루고 있다. '건드렁 건드렁 낙하산에 달린 두놈의 다리는 늘어나는 것처럼 길게 드리웠다. 그것들이 나린 지점을 향하여 정치부 군관들이 달려갔을 때는 벌써 우리 전사 두 명이 한놈씩 깔고 앉아 초벌다짐을 하고 있었다. 놈들의 폭격 밑에 잿더미된 고향과 동무들과 부모처자들의 참담한 죽엄을 생각하면 원쑤들 중에도 가장 치가 떨리던 원쑤가 이 락하공군놈들이었다. 전사들은 이놈들을 죽인다치드라도 한방총탄으로 놈들의 목숨을 쉽게 끊어주고 싶지 않았다. 전사들은 힘은 들어도 놈들의 목숨이 떡심처럼 검질기기를 바랐고, 트루맨에서부터 애치슨 맥아더……모든 전쟁방화자들의 살과 뼈를 이 부뜰린 놈들이 대신해서라도 조선인민이 당하는 아픔을 골수 깊이 맛보도록 해주고 싶었다.' <미국대사관>, 『고향길』, p.20.

하더니 징박힌 구둣발로 영이의 발발 떨며 매달린 그 코묻은 열손가
락을 내려찧는다. 으악하고 영이는 떨어졌다. 영이 엄마는 악물었던 입
으로 놈의 면상에 피를 뿜었다.

「이 개만도 못한 놈들아 두고 볼테다!」

「뭐야 이년?」

상판에 뛴 피를 닦으며 놈들은 영이 엄마에게 발길을 질렀고 아랫말
로 내려갔던 다른 두놈은 석범이의 어머니와 그의 누이동생을 묶어 나타
났다. 역시 나무토막 다루듯 트럭 위에 올려던진다. 트럭이 윙 소리를
지르며 움직이려는 것을 보자 영이는 피 흐르는 손으로 운전대로 올라가
려는 나중 한녀석의 다리를 끄러안었다. 그놈은 두 번이나 다리를 뿌리
쳐 보다가 그래도 놓지 않으니 들었던 그 무지한 엠원총개머리로 영이의
눈물과 흙이 뒤갑을 한 생선처럼 벌렁거이는 가슴을 이를 악물고 내리쳤
다. 제놈도 끔찍스러운 듯 돌아보지 않고 운전대로 올라가 문을 철컥
닫어버린다.50)

② 「……놈들은 순직한 애국처녀들을 라체로 벗겨 거리로 끌고다니다가는
젖을 짤라 죽이며 수 많은 어린 아동들의 눈을 빼고 혀를 끊어 죽이
며……어찌 그뿐이랴……」

영감은 손등으로 콧물을 훔치며 숨길을 돌린 뒤에 「어찌 이뿐이랴!」
고 또한번 비감한 목소리로 되뇌이더니

「배를 갈라 죽인 애국자의 시체를 시가지 한복판에 내놓고서 가고
오는 사람들에게 강제로 전람시키며 애국자의 목을 말곱삐에 달라매고
길거리를 끌고다니며 결박한 투사를 창고에 가두어 넣고 굶주린 맹견으
로 하여금 뜯어먹게 하는둥」 어떤 비장한 고담책이라도 읽듯이 이렇게
목이 메어 읽어내리는 두터운 입술이 실룩거렸습니다.51)

이태준의 <고향길>(인용문 ①)은 1952년 11월에 발간된 『고향길』에
수록되어 있지만 작품의 말미에는 1950년 5월로 날짜가 명기되어 있고,

---

50) 이태준, <고향길>, 『고향길』, pp.114~115.

51) 김사량, <대오는 태양을 향하여>, 『문학예술』, 1950. 4., pp.59~60.

김사량의 <대오는 태양을 향하여>(인용문 ②)는 1950년 4월에 발표된 작품이다. 그런데 이태준의 경우 국군의 야만성을 직접적으로 표현하는 작품은 <고향길>의 이 부분 이외에는 찾기 어렵다. 물론 국군의 총 개머리판에 맞아 무참하게 죽어가는 딸을, 임무를 망칠 수 없어 숨어서 지켜보는 것은 엄청난 고통을 동반한다. 한 연구자의 표현대로 '훼손의 시대에 대한 극단의 자기연민과 분노를 표현'[52]한 것이기는 해도 인용문 ②의 잔인성에 비해볼 때 정도의 차이를 느낄 수 있다. 더욱이 영이를 죽이는 경찰이 돌아보지 못한다는 것은 그 스스로도 잔인함을 인식한 결과라 할 수 있다.

그러나 다른 작가의 작품들에서 국군이나 경찰은 절대로 고개를 돌리지 않는다. 그래야만 그들의 잔인성이 더욱 부각될 것이고 아울러 인민대중의 복수심을 극도로 자극할 수 있을 것이며 '누렁개' 등으로 표현되며 미군의 꼭두각시로만 그려져 있기 일쑤인 국군과 그에 동조하는 세력에 대해서는 추호의 관용도 허용되지 않는 처절한 복수로 이어질 수 있기 때문이다. 그 결과 당시의 북한 소설에서는 민간인을 거리낌없이 학살하는 모습조차 지극히 정당하고 통쾌한 행위로 미화되는 경우를 어렵지 않게 찾아볼 수 있다.

> 『더러운 년 개년……』
> 금주의 입에서는 문뜩 이런 욕이 튀여 나왔다. 그러자 어느 틈엔가 김동무가 들러맷던 카-빙총을 그 여자의 가슴에 갖다 댔다.
> 『미국놈이 그렇게도 좋은 너희들이니 미국놈의 총알도 맘에 들테지.』
> 총소리와 함께 뻐드러지는 여자의 밉쌀스러운 모습에서 금주는 아까 마루턱에서 느끼였던 것과 똑같은 통쾌감을 다시 한번 느꼈다.[53]

---

52) 신형기·오성호, 『북한문학사』, p.116.

53) 한효, <서울사람들(2)>, 『문학예술』, 1951. 9., p.33. 아래와 같은 구절도 마찬가지다.

그러나 이태준의 작품에서 이와 같은 극단적 형태의 복수는 찾아보기 어렵다. <첫 전투>에서 '칠복'은 자신의 동료를 죽인 반동 부르주아 '정운조'를 붙잡아 인민재판의 형식으로 처단하긴 하지만 위의 인용문에서와 같은 맹목적인 복수심을 발견하기는 어렵다. 더욱이 지금까지 억눌려왔기 때문이라는 이유를 달고 있긴 하지만 마을 사람들은 '정운조'의 인민재판에 적극적으로 참여하지도 않는다. '칠복'은 복수심과 적개심을 대중적으로 고양하는 데도 실패하고 있는 것이다.

이뿐만이 아니다. 이태준의 작품들에서는 미군이나 국군의 비겁함을 강조하여 영웅적이고 낭만적인 투쟁심을 고양하는 표현도 찾기 어렵다. 예컨대 총을 전혀 쏠 줄도 모르고 만져본 적도 없는 사람이 날창만 들고 소리를 지르자 총을 버리고 도망할 정도로 미군들은 겁이 많고 비겁하다거나, 총이라고는 한 번도 다루어 본 적 없는 중대장이 간단하게 미국 정찰병 두 명을 처치해 버리는 식의 무모하달 수도 있는 모습54) 을 이태준은 보여주지 않는다.

더욱 중요한 것은 당시의 북한문학에서 당 간부는 절대적인 존재로 형상화된다는 점이다. 당 간부는, 때로는 어머니 같이 자애롭지만 결정적 순간에는 언제나 정확한 판단으로 대중들을 이끌어 가는 모습으로

'태극기가 휘날리고 「유·엔군 환영」이라 쓴 부랑카-트가 보이고 만세 소리가 들려 왔다. 분명히 반동들의 데모였다.『개자식들-』오동무는 저도 모르게 이가 부드득 갈렸다. 그러군 금시 그리로 달려가고 싶은 충동을 억누를 수 없었다. 먼저 오동무가 내닫기 시작했다. 그 뒤를 또한 기옥이가 따랐다. -중 략- 그 수염과 이맛대기가 이상하게 최목사를 련상시키여 기옥의 증오감을 자극했다. 불현 듯 원쑤들에게 학살된 아버지와 어머니와 형수와 그리고 어린 조카의 얼굴이 머리에 떠올랐다.『복수다-』어린 가슴에 참을 수 없는 복수심이 불붙어 올랐다. 방아쇠를 잡은 바른 손이 바르르 떨린다고 의식한 순간 총박쭉이 바른쪽 어깨를 쿡 밀어젖혔다. 총소리와 거의 같이 번대머리가 가슴을 움키고 앞으로 쿡 엎어졌다.'(같은 책, pp.37~38.)

54) 한효, <서울사람들(1)>, 『문학예술』, 1951. 8., pp.8~9. 및 p.13.

그려지고 있다.

> 전투가 끝났을 때마다 혹은 행군이 끝났을 때마다 찾아오는 책임자들 윤오와 상도와 전체 대원들은 책임자에 대한 친애감도 친애감이려니와 그보다 우리 전체 인민들 앞에 있는 위대한 당과 만청의 거대하고도 따뜻한 힘을 믿게 되어서, 이러한 때는 입에서 내서 말하는 것보다 제 가슴 속 깊이 느껴지는 행복감에 말이 없어도 좋은 것이였다.-중 략-상부의 명령도 기다리자…. 매개 전투에서 경험한 것이지만 상부의 명령은 정확했고 바위같이 믿어운 일이었다.[55]

그러나 『첫 전투』나 『고향길』에서 이태준은 이런 모습을 거의 보여주지 않는다. 오히려 상부의 명령을 은연중 못마땅해 하는 태도를 보여주기까지 한다. 예를 들어 비행기가 추락하여 포로가 된 미군포로를 감시하라는 명을 받은 통신병이 '젠-장 내가 감악소 간수란 말인가? 이간나새끼들을 살려가지구 고수수대니게……체! 빨리 앞서라 한방 갈기기 전에……'[56]라고 내뱉는 모습은 미군에 대한 적개심을 표출하는 것이기도 하지만 상부의 전략적 판단보다 자신의 적개심을 더욱 앞세우는 것이기도 하다는 점에서 문제의 소지를 안고 있기까지 하다.

이태준 문학의 이와 같은 특징은 필연적으로 '당'과 '수령'의 형상을 약화시키는 결과를 가져온다. 특히 김일성이 서사에서 차지하는 비중은 당시 다른 작가들의 작품에 비해 현저하게 약화되어 있다. 이러한 현상은 『첫 전투』 및 『고향길』에서 김일성이 언급되는 것조차 지극히 제한되어 있는 모습으로 나타난다. 이 작품집들에서 김일성이 언급되는 작품은 4편 5차례에 지나지 않는다.

---

55) 강형구, <림진강>, 『문학예술』(1951. 10), pp.7~13.

56) 이태준, <미국대사관>, 『고향길』, p.24.

①**김일성 장군** 부대는 그놈들과 사람 수가 맞어서 싸웠소?
　우리두 인민위원회가 생겼었구 우리두 쏘련의 선진사상과 **김일성
　장군**의 영도대루 토지개혁을 비롯한 민주개혁을 못한 게 아니드랬
　소. 〈첫 전투〉
②너 우리 **김장군** 더러 뵈었겠구나.〈호랑이 할머니〉
③어머니와 아버지의 얼굴이 떠오르며 **김일성 수상**의 초상과 펄럭이는
　공화국기도 떠올랐다. 〈38선 어느 지구에서〉
④아니 **김일성 장군**께서두 축지술을 헌다 둔갑술을 헌다, 여간만 소문
　났더랬수.〈고향길〉

(강조-인용자)

　해방 후의 북한문학에서 김일성이 무시로 등장하는 것은 이 글의
Ⅱ장에서도 이미 확인한 바 있다. 그만큼 당시의 북한문학에서 김일성
은 서사 내·외적으로 막강한 영향력을 행사하고 있는 존재이다. 특히
한 연구자는 해방 후의 북한문학에서 김일성의 영웅적 형상을 '설화적
구도'57)로 파악하고 있기도 하다.
　그러나 위의 인용에서 보듯 이태준의 작품에서 김일성은 그런 영향
력을 행사하지 못하고 있다. 이태준의 작품에서 김일성은, '김일성 장
군, 김장군, 김일성 수상' 등으로 지칭되면서 아주 잠깐 모습을 보였다
가 금방 사라지는 존재일 뿐이다. 이런 부분만으로 당시 북한문학에서
일반적으로 나타나던 김일성의 영웅적 면모를 확인하기란 쉽지 않은
일이다. 더욱이 〈고향길〉에서는 김일성의 영웅성을 부정하는 듯한 태
도마저 보여준다.

　「흥 그렇게만 아슈! 정치위원두 옛날 이야기는 인민들의 창조라구 무시
　해선 안된다구 안 그럽디까? 또 어디 옛날뿐이우?」

---

57) 신형기,『해방기 소설 연구』(태학사, 1992), pp.218~219. 여기서 신형기는 한설야
　의 작품과 관련하여 이와 같은 논지를 펼치고 있다.

「그럼 요즘두 누가 축지술을 헌다던가?」

「아니 김일성장군께서두 축지술을 헌다, 둔갑술을 헌다, 여만간 소문났더랬수?」

「그게여! 그거라니까 바루……」

칠복은 펀뜻 생각은 돌았으나 말문이 풀리지 않어 더듬거리었다.

「그게라니?」

「바루 그게여……뭐든지 말이여……보통 사람 이상 능숙해지면 보통사람에겐 귀신처럼 뵈는 법이거던……이쪽이 칠때는 작전계획이 탁월했구, 이쪽이 포위됐을 땐 끝까지 냉정한 정세판단으루 저놈들은 몰라두 이쪽에선 저놈들의 허술헌 고아릴 그예 찾어내 거길 뚫고 나왔지 다른게 무얼테여……」[58]

영웅서사의 설화적 구도에서 축지술이나 둔갑술은 자연스런 것이다. 특히 한설야가 <혈로>를 통해 '독자에게 전설의 사실적 객관화를 유도하는 창작의 직접적인 기법'을 중심으로 하고 '몇 가지 에피소드(어린 장군 이야기, 행군 중 낚시 이야기와 두문동의 꿈 이야기 등)를 보강'[59] 하여 김일성의 신격화를 시도하기도 했던 것이 당시의 상황이다. 그런 데 위의 인용에서 우리는 이태준이, 신격화된 김일성을 '인간'의 위치로 되돌려 놓고 있음을 확인할 수 있다. 김일성이 축지술이나 둔갑술을 한다는 대목에서 '칠복'에게 돈 생각은 어떤 것이었으며 말을 더듬거린 이유는 무엇일까. 결국 그것은 축지술이나 둔갑술 같은 신적인 능력이 아니라 전술이 탁월했기 때문이라는 인간적 능력을 말하고 싶었던 것

---

58) 이태준, <고향길>, 『고향길』, pp.75~76.

59) 김승환, 『해방공간의 현실주의 문학 연구』(일지사, 1991), pp.103~105. 한설야의 작품과 이태준의 작품들을 단순 비교할 의도는 없다. 한설야를 비롯하여 앞서 언급한 여러 작품에서 볼 수 있듯이 김일성이 강조되어 있는 당시 북한 문학의 일반적 흐름과는 달리 월북 후 이태준의 작품들에서는 김일성의 서사적 영향력이 상대적으로 약화되어 있음을 지적하려는 것이다.

으로 보인다. 이는 결국 김일성이 탁월하다고 하더라도 역시 인간이란 점을 말하고 싶었던 것은 아닐까?

최근에는 '김일성과 체험이 전혀 없'고 '작가가 체험하지 않고 쓴 글은 글이 아'니기 때문에 '김일성 소설을 정말 쓸' 수 없었다는 것, 이 때문에 이태준이 사상투쟁의 대상이 되었다는 증언도 있다.[60] 물론 이 증언을 확인할 수는 없지만 위와 같은 사정에 미루어 보면 신빙성이 아주 떨어지는 것도 아니다. 뿐만 아니라 이태준은 한국전쟁이 발발한 뒤의 작품에서는 한 번도 '김일성'을 언급하지 않고 있다. 김일성이 언급되는 위의 작품들 중 연대가 가장 뒤지는 것은 1950년 5월이라 기록해 놓은 <고향길>이며 이후의 작품에는 더 이상 김일성이 언급되지 않는다.

또한 위의 인용에서 이미 드러났듯이 이태준은 '수령'이란 호칭을 사용하지 않는다. '해방공간에 있어서 간간히 나오던 「수령」이란 낱말도 이 시기(전쟁시기-인용자)에 오면 보편화'[61]된다거나 '전쟁시기동안 김일성을 부르는 호칭의 하나였던 수령의 의미는 문학을 통해 더욱 구체화'[62]된다는 상황을 생각해 보면 이태준이 '수령'이라는 용어를 사용하지 않았다는 것은, 의도적으로 계산된 '행위'일 가능성이 매우 크다고 할 수 있다. 물론 당시 북한 문학에서 '수령'이란 용어를 사용하지 않은 작품은 이태준의 작품 외에도 많이 찾을 수 있을 것이다. 그렇지만 이태준처럼 지속적으로 이런 '행위'를 수행한 작가는 얼마나 찾을 수 있을까? 당시 북한 문학을 온전하게 접할 수 있게 되어야 더욱 정밀하게 분석할 수 있겠지만 만약 위와 같은 의문이 정당하다면 이태준이

---

[60] 김홍균, 「월북작가 이태준의 통곡의 가족사」, 『월간중앙』, 2000. 11., pp.288.

[61] 선우상렬, 『광복 후 북한 현대문학 연구』(역락, 2002), p.49.

[62] 신형기 · 오성호, 앞의 책, p.150.

행했던 정치적 숨바꼭질은 그 의미가 더욱 선명해지리라고 판단할 수 있을 듯하다.

월북 후 이태준 소설의 이와 같은 모습은 북한의 절대성에 쉽게 동조할 수 없었기 때문일 것이다. 그래서 그는 일반적인 북한문학과는 다른 정치성을 작품 속에 숨겨둘 수밖에 없지 않았을까. 표면적으로는 북한문학의 흐름에 편승하는 듯하지만 사실은 그와 일정하게 배치되는 생각을 지녔던 그가 취할 수 있는 정치적 태도는 바로 이런 것이 아니었을까. 이와 같은 정치적 태도가 북한의 문단이나 정치권에 읽혀졌을 때 '반동작가'라는 굴레는 피할 수 없는 운명같은 것이었는지도 모른다.

4. 맺음말

리태준은 본래 전형적 부르주아 반동작가로서 일찍이 그는 프롤레타리아문학 예술 단체인 카프를 반대할 목적으로 반동 문학 단체인 '구인회'를 조직하였으며 여기서 소위 '순수문학'의 간판 밑에 '문학의 정치로부터의 자립'을 떠들면서 민족 해방투쟁의 무익성을 설교하였고 또한 색정주의적, 허무주의적 소설들로써 인간들에게 타락과 퇴폐적 감정을 선동하였다.[63]

월북작가 이태준, 북한에서 한때는 중요한 위치에 오르기도 했지만 1952년부터 불어닥친 숙청의 바람에서 그는 비켜설 수 없었다. 사상투쟁이라는 명목으로 과거를 추궁당하기도 했고 신문사의 교정원, 블록공장과 탄광의 노동자 등을 전전하다 신산스런 삶을 마감했어야 했던 그는 분명 우리 문학사 통각점(痛覺點)의 하나이다.

그런데 북한에서의 이와 같은 삶이 북한 내부의 정치적 이유 때문인 것만으로 처리되어 왔고 그 결과 이태준은 이데올로기의 희생자란 인

---

63) 사회과학원 문학연구소, 『조선문학통사』 현대문학편, 민충환, 「이태준의 전기적 고찰」, 『상허문학회, 『이태준 문학연구』(깊은샘, 1993), p.50에서 재인용.

식이 음양으로 작용해 왔던 것도 틀림없는 사실이다. 만약에 그렇다면 이태준은 북한 정치의 흐름에 수동적으로 끌려 다닌 무력한 작가에 지나지 않는다. 그러나 해방 직후 그가 보인 사상과 체제 선택은 분명 자신의 강하게 의지가 반영된 적극적 행위였었고 월북 후 이태준의 창작활동도 같은 맥락에서 파악해야 할 필요성을 제기할 수 있다.

이와 같은 입장에서, 지금까지는 거의 제외되어 왔던『첫 전투』및 『고향길』을 분석해 보았을 때, 이태준은 분명 북한의 정치적 흐름과는 배치되는 자신의 정치적 입장을 숨겨놓고 있음을 확인할 수 있었다. 그는 무조건적으로 북한의 정치적 흐름에 편승한 작가도 아니었으며, 극단적인 하나의 신념만을 맹종한 지식인도 아니었다. 오히려 그는 전쟁시기의 북한이라는 제약된 환경 속에서 자신의 문학과 정치성을 고민했던 인물이었다.

이와 같은 고민이 <먼지>와 같은 형태의 작품으로 나타났고, 그가 마지막으로 남겨놓은『첫 전투』및『고향길』에서는 다른 작가의 작품에서 찾아보기 어려운 섬세한 묘사를 남겨 놓을 수 있게 한 계기로 작용했다. 또한 그는 다른 작가들에 비해 폭력성과 잔인함이 두드러지지도 않았으며 김일성의 형상을 축소시켜 놓고 있었다. 이와 같은 현상은 당시 북한 문단에서 찾기 힘든 것이었고 남로당과의 관계라는 이유가 아니더라도 이태준은 숙청될 수밖에 없는 운명에 놓여 있었던 것으로 파악할 수 있다.

그렇다면 월북 후 이태준과 그의 문학에 대한 지금까지의 논의는 어느 정도 수정될 필요가 있어 보인다. 개별성이 거의 허용되지 않는 북한의 문학현실이 고려되어야만 하겠고 일반적인 흐름을 고려하여 차별성을 밝히는 작업 역시 월북 작가를 이해하는 유용한 수단이 될 수 있을 것이다.

참고문헌

1. 자 료

『原典 朝鮮文學』,『文學』,『女性』,『文學藝術』『朝鮮文學』,『고향길』(재
일본조선인 교육자동맹 문화부, 1952),『이태준전집』(깊은샘, 1995)

2.참고논저

김승환,『해방공간의 현실주의문학연구』, 일지사, 1991.

김우종,『한국현대소설사』, 성문각, 1982.

김재용,『북한문학의 역사적 이해』, 문학과지성사, 1994.

김재용,『분단구조와 북한문학』, 소명출판, 2003.

김홍균,「월북작가 이태준의 통곡의 가족사」,『월간중앙』, 2000. 11.

남원진,『남북한의 비평연구』, 역락, 2004.

동국대학교 한국문학연구소,『한국전후문학연구』, 이회, 2002.

문학과 사상연구회,『이태준문학의 재인식』, 소명출판, 2004.

박명림,『한국전쟁의 발발과 기원(1)(2)』, 나남출판, 1996.

박헌호,『이태준과 한국 근대소설의 성격』, 소명출판, 1999.

상허문학회,『이태준문학연구』, 깊은샘, 1993.

선우상렬,『광복 후 북한 현대문학 연구』, 역락, 2002

송인화,『이태준 문학의 근대성』, 국학자료원, 2003.

신형기,『북한소설의 이해』, 실천문학, 1996.

신형기,『해방기 소설 연구』, 태학사, 1992.

신형기·오성호,『북한문학사-항일혁명문학에서 주체문학까지』, 평민

사, 2000.

유임하, 「기억의 심연-한국소설과 분단의 현상학」, 이회, 2002.

유철상, 『한국전후소설연구』, 월인, 2002.

이　태, <남부군>, 두레, 1988.

이갑기, <두 세계>, 『문학예술』, 1950. 3.

이기봉, 『북의 문학과 예술인』, 사사연, 1986.

이기인 편, 『이태준』, 새미, 1996.

이명희, 『상허 이태준 문학세계』, 국학자료원, 1994.

이선영·김병민·김재용 편, 『현대북한문학 비평 자료집』, 태학사,
　　　　1993.

이재봉, 「해방기 이태준 소설 연구-<해방전후> 및 <농토>를 중심으
　　　　로」, 부산대학교 대학원, 1990.

이재선, 『한국현대소설사』, 홍성사, 1979.

장영우, 「문학과 정치」, 『이태준문학연구』, 깊은 샘, 1993.

전영선, 『북한의 문학과 예술』, 역락, 2004.

한국전쟁기 대학생 일상을 서술한 남북한 소설 비교 연구
-박완서의『목마른 계절』과 허문길의『대학시절』을 중심으로-

서 은 선

1. 머리말

광복 이후 한반도가 분단된 세월이 어언 60여 년이다. 비록 언어와 민족적 정서와 생활 관습이 동일한 뿌리였다고 하더라도 이데올로기와 정치적 체제 문제로 인하여 서로간에 많은 거리가 있는데, 그 거리는 분단 직후의 한국전쟁으로 인해 심화되었다고 할 수 있다.

현재 한국전쟁에 관한 많은 기록과 증언 중에서 개인의 체험을 바탕으로 서술한 소설 장르는 한국전쟁의 비극성과 삶의 일상성을 구체적으로 알려준다는 점에서 좋은 자료가 될 수 있다. 또한 소설 장르에는 그 당시 대학에서 생성된 이데올로기와 민중의 반응을 분석하여 서술하는 작가 담론도 반영되어 있다. 그러므로 전쟁기 대학가를 서술한 남북한의 소설을 서로 비교해 본다면, 오늘날 이질적인 양 체제의 근원을 이해할 수 있을 것이다.

그런데 한국에서 6.25를 다룬 소설은 많이 있지만, 6.25 직후 인공(人共)치하의 서울살이를 직접 체험한 작가의 것은 드물다. 이런 점에서 박완서의『목마른 계절』은 6.25로부터 이듬해 1.4 후퇴 이후 4월에 이르기까지의 10 개월 동안에 서울의 대학가 풍경과 민중들의 생활난 특히 식량 문제를 리얼하게 묘사하였다고 할 수 있다. 북한의 경우 허문길의 『대학시절』이 오늘날 북한 체제의 토대로 보이는, 전쟁 직후 대학가의 이념적 삶을 묘사하면서, 당시 민중 생활도 약간 드러내고 있다.

서술 방식의 측면에서 볼 때, 박완서는 전쟁기의 개인적 체험을 바탕으로 고통 묘사에 초점을 맞추었고, 허문길은 전쟁기에 대학 구성원 전체가 나아갔던 이념적 삶을 묘사하는데 주력했다고 볼 수 있다. 이러한 서술 방식 자체가 남의 개인 지향성과 북의 집단 체제 지향성을 상징한다고 할 수 있다.

따라서 이 논문은 두 소설을 텍스트로 선정하여 비교 분석하는 방식으로 한국전쟁 중의 대학가와 민중 생활, 남북한 작가의 담론을 고찰하고자 한다.

2. 전쟁 이십여 년 이후의 기록

박완서의 소설 『목마른 계절』과 북한 소설가 허문길의 『대학시절』은 공통점이 많다. 장편소설이며 전쟁기 삶의 기록일 뿐 아니라 당시 대학가 풍경 묘사의 비중이 크다는 점이 그러하다.

그러나 무엇보다도 이 두 소설은 6.25 당시의 작품이 아니고 작가의 체험을 바탕으로 20 년 이상의 간격을 두고 후대에 형상화했다는 점이 중요하다. 그래서 두 작가 모두 전쟁 발발 당시의 원색적인 격정을 배제하고, 비교적 차분하고 객관적인 서술 태도를 보이고 있다.

그러나 텍스트를 개관해 보면 두 작가가 관심있게 형상화한 분야는 서로 다르다.

먼저 박완서의 『목마른 계절』은 그녀가 스무 살에 서울 한복판에서 겪은 인공 치하의 고통을 20여 년이 지나서 기록하여 1978년에 수문서

관에서 출판한 작품이다.[1] 전쟁기의 고통을 작가는 자전소설『그 산이
정말 거기 있었을까 』(1995)의 중간에 '서울살이의 서러움'이란 용어로
압축하고 있다.[2] 1972년부터 6 년간 연재한 작품으로서 작가가 등단한
지 몇 년 되지 않은 시절에 집필을 시작했기 때문에, 청춘의 열기와
감각을 고스란히 살리고 있다는 점에서 리얼리티가 있다.[3]

　　또한 1970년대 한국 정치 분위기의 영향을 받은 소설이다. 남북한
정부의 7.4 공동 선언이 어느날 갑자기 발표되면서 사람들은 홀연 반공
이데올로기의 압박 너머로 남북한의 이산 현실을 돌아보게 된 것이다.
그 시절은 6.25를 직접 겪은 사람이 많아 6.25가 그리 먼 세월이 아닌
것으로 여겨졌고, 아픔과 기억이 생생하게 각인되어 있었던 시기였다.
그러므로『목마른 계절』는 전쟁을 겪던 당시 고통을 생생하게 묘사하
고, 그 전쟁의 명분이었던 북한의 이데올로기를 비판하는 작가 담론을
반영한 소설이다.

---

[1] 1970년대 6년간에 걸쳐 연재한『한발기(旱魃記)』를 개명한 것이다.

[2] "분하다 못해 생각할수록 억울한 것은 일사후퇴 때 대구나 부산으로 멀찌가니 피
　　난 가서 정부가 환도할 때까지는 절대 안 움직일 태세로 자리잡고 사는 이들은,
　　서울 **쭉정이**들이 북으로 남으로 끌려 다닌다는 것에 대해 아무것도 모르고 자기
　　들의 피난살이 고생만 제일인 줄 알겠거니 싶은 거였다. 부산 대구 피난살이의 고
　　달픔이 유행가 가락에 매달려 천 년을 읊어 댄대도 어찌 **서울살이의 서러움**에
　　미칠 수 있을 것인가? 그게 왜 그렇게 억울한지 몰랐다. 부러웠기 때문일 것이
　　다." 박완서,『 그 산이 정말 거기 있었을까 』(웅진출판사, 1995, p.137, 굵은 글씨
　　체 필자, 이하 같음)

[3] 『목마른 계절』은 체험을 허구화했다는 점에서, 정찬영이 말하는 '증언 소설'의 일
　　종으로 볼 수 있다. 허구화하여 당대 현실을 여러 등장인물의 목소리로 전달하므
　　로, 수기나 다큐멘터리 형식보다 오히려 객관성을 강조하는 데에 목적을 둔 소설
　　이다. 결과적으로 미학적인 측면도 강화된다. 정찬영,『한국 증언소설의 논리』(예
　　림기획, 2000), p.31 참고.

　한편 허문길은 우리에게 알려져 있지 않은 작가이다.『대학시절』은 집필 연대가 미상으로서, 필자는 개마고원의 1992년 판본을 텍스트로 하였다. 500여 쪽의 장편소설로서 394쪽의『목마른 계절』보다는 분량이 더 많다.

　『대학시절』은 연대가 미상이긴 하지만, 전쟁기의 대학가의 일상을 간석지 개간을 강조하는 수령과 연계시킨, 수령 형상화(김일성의 영웅화)가 곳곳에 나타나 있고4), 텍스트 속의 아래 인용문을 참고로 한다면 1980년 직후의 소설로 추정할 수 있다.

　　경애하는 수령님께서는 전쟁이 승리하여 며칠 후에 열린 당중앙위원회 제6차 전원회의에서 전후복구건설의 기본 방향을 제시하시면서 서해안 간척지조사사업을 진행할 데 대하여 간곡히 가르쳤다. 경애하는 수령님께서는 그 후에도 여러 차례에 걸쳐 간석지 문제를 친히 요해하시고 조사를 잘하여 대자연 개조의 웅대한 전선을 본격적으로 펴나갈 데 대한 구상을 펼쳐주었다. (p.307)

　인용 속의 제 6차 전원대회는 1980년 조선 노동당 제 6차 대회를 의미하는 것으로 보인다. 이때 간석지 개간이 '1980년대 사회주의 경제 건설의 10대 전망 목표' 중의 하나로 설정되었기 때문이다.5)

　이 소설에도 미군기의 폭격으로 인한 여러 민간인의 죽음 등이 언급되긴 하지만, 텍스트의 중심은 인민들에게 풍요한 미래를 안겨주기 위하여 대학인들이 노력해야 한다는 공산주의적 이념의 서술에 있다. 그

---

4) 1967년 이후 정치적으로 주체사상이 등장했지만, 1960년대 소설에서는 아직 수령 형상화가 나타나 있지 않다. 또 80년대 중반 이후 소설은 수령 형상화의 비중이 작다. 서은선의『욕망과 소비의 변주─ 북한 소설 읽기 』≪여기≫(세종출판사, 2004, 겨울, 창간호)에 나오는 북한 소설의 시대적 변모를 참고로 한 것

5) 신용수, 『북한 경제론』(답게, 2000), p.135.

래서 『대학시절』의 끝 부분인 다음의 인용은 작가 담론의 압축이라고
할 수 있다.

> 세월이 흘렀다.
> 8월도 다 지나가는 어느 여름날 세 사람이 방조제를 걷고 있었다.
> 끝이 보이지 않는 제방이었다. [.....] 감탕잡이 뚝은 신도를 비단섬으로
> 만드는 공사를 비롯한 수많은 간석지 공사장들에게 방대한 자재와 노력을
> 절약하게 하였고 공사 기일을 앞당기게 하였다. 마감막이 예정선에 있었던
> 감탕잡이 뚝을 설치하여 또 하나의 방조제가 빠른 기간에 건설되었다. 이
> 제방에 의하여 4천 정보라는 조국 땅이 새로 얻어지고 우묵히 들어갔던
> 이 지대 해안선이 곧아졌다. (p.469)

3. 전지적 작가 시점서술

두 텍스트는 모두 작가가 권위적으로 개입하여 독자에게 전쟁기의
일상 생활과 이데올로기에 대하여 담론을 펼치므로, 서술 방식으로는
전지적 작가 시점서술이 된다.

그러나 차이는 있다. 『목마른 계절』은 『대학시절』보다는 작가가 덜 개
입하는, 삼인칭 제한적 서술이 많이 나타난다. 즉 진이와 그녀의 오빠인
열이가 사적 화자가 되어 그들의 입장과 시점으로 사건을 서술하기도
하고 속마음을 드러내기도 한다. 특히 스무살 신입생인 진이가 대학
풍경을 많이 묘사한다.

좀 더 구체적으로 보면 『목마른 계절』은 서사의 서두에서부터 공적
화자6)없이 사적 화자인 진이가 민준식과 향아의 약혼 사진을 보자 내

---

6) 공적 화자는 우리가 일반적으로 말하는 서술자, 화자의 개념과 유사하다. 그러나
   랜서는 내포작가가 서술자의 역할을 할 때는 공적 화자로, 그 공적 화자에게서 서
   술을 넘겨받은 삼인칭 인물인 경우에는 사적 화자로, 그 역할과 명칭을 세분하였
   다. 수잔 랜서(김형민 역)의 『시점의 시학』(좋은날, 1998), p148 혹은 서은선의 『최

적 독백으로 자신의 심리를 서술하는 방식으로 나타난다.

① 1 六 月

**세 번째의 만남이다. 하필 이런 아니꼬운 꼴로 내 앞에 나타나다
니.......**

진(眞)이는 여지껏 발장구를 칠 만큼 편했던, 안락의자가 갑자기 거북
해진다.(p.11 : 굵은 글씨체 필자, 이하 같음)

그러다가 공적 화자의 목소리로 바뀐다.

② 「어때?」

향아(香雅)가 진이의 표정없는 얼굴을 유심히 살피며 묻는다. 그러나
진이는 들고 있던 사진을 「탁」 소리나게 탁자 위에 엎어 놓고, 초라한
면직 블라우스 밑의 깡마른 어깨를 모나게 추슬러 보였을 뿐 입을 다문
다. 향아는 진이가 자기 일에 조금도 관심이 없는 눈치인 것을 별로
서운해 하지도 않은 채 사진틀을 본래의 제 자리, 이 방에서 가장 구석
지고 오밀조밀한 모퉁이에 장식한다. 늘 손님이 들끓는 둥장한 안채에서
꽤 떨어진 별채에 있는 향아의 방은 그녀의 화려한 생김새나 개방적인
성품과는 달리 차분하니 간결했다. (p.11)

『목마른 계절』은 전체적으로 볼 때 위의 인용 ①과 같은 진이의 시점
에서 말하는 장면이 인용 ②처럼 공적 화자가 등장하여 설명해 주는
장면보다 훨씬 비중 있다. 그러므로『목마른 계절』은 작가 박완서가
사십 대의 자신을 가능한 한 감추고, 스무 살의 진이를 내세워, 그녀의
젊은 감각과 사고로 당시의 6.25를 리얼하게 묘사하려는 의도가 있는
것이다. 그러나 공산주의 비판은 스무 살 진이 혼자 하기에는 너무나
벅찬 주제이다. 그래서 가끔은 유화진의 목소리로 공산주의를 분석하

인훈 소설의 서사 형식 연구』(국학자료원, 2004), p79-82 참고.

는 전지적 시점서술을 택한 것으로 보인다.

여기에 비해『대학시절』은 전형적인 전지적 작가 시점서술로 되어 있다. 시작부터 공적 화자가 등장하여 전쟁으로 피난간 대학에 대해 서술해 주며7) 서사가 끝날 때까지 수시로 나타나서 독자들에게 상황 설명을 해주거나 다른 인물의 심리도 알려주며 서사의 진행을 주도해 나간다. 그러므로『대학시절』의 작가 허문길은 한 개인의 감정과 사고를 리얼하게 드러내는 것보다는, 다양한 인물의 활동상을 수령의 이상에 수렴하면서, 민족 공동체적 지향점을 계몽하고자 전지적 시점서술을 택했을 것이다. 그래서 공산주의를 민족주의화하는 작가 담론이 노골적으로 나타난다.

가끔 한철애와 설명기가 사적 화자가 되어 서술할 때도 있으므로, 이들은 가장 비중이 큰 인물이라고 할 수 있다. 서술과 시점의 주체, 시간적 배경, 나이 등에서 약간의 차이는 있지만,『대학시절』도『목마른 계절』과 마찬가지로 대학생 비중이 큰 일종의 청춘 소설이라고도 할 수 있다.

4. 증오와 풍요 염원의 공산주의 담론

전쟁기의 대학가는 실제 민중들의 의식주 위주의 생활 공간과는 달리, 정치 이데올로기가 노골적으로 드러나는 공간으로서, 대학생이 정치 체제를 수호할 전위가 될 수 있는 공간이다. 그런데 전쟁기의 남북한의 캠퍼스 풍경은 매우 대조적이다. 인민군이 점령한 서울의 S 대학

---

7) 백산마을은 묘향산 줄기에서 가지쳐 나온 장산 산발의 어느 한 골짜기에 자리잡은 오붓한 동네이다.[......] 세상이 하루 아침에 백산을 알게 되었던 것이다.
장산 줄기가 생겨 아마도 수수천만년 이름 없던 이 골 안에 세상에 유명짜해진 인민의 대학이 자리잡은 것이다. [......] 평성과 산간오지의 벽촌을 이어왔던 오솔길이 넓혀졌다. 그리로 숱한 자동차들이 쓸려들었다.(pp.5-6.)

캠퍼스는 북한의 전쟁 수행을 돕기 위한 전진(前進) 기지로 바뀌면서 공산주의 선전 구호로 가득 차게 되자, 청춘의 이상이 쇠퇴하는 곳으로 그려진다. 그렇지만 평양을 비우고 백산으로 피난간 김일성 대학을 묘사한 북한의 캠퍼스는 국토 건설 이념이 가득한, 휴전 뒤의 미래를 준비하려는 공산주의 이상이 불타는 공간으로 서술되고 있다. 이러한 서술의 차이는 결국 작가의 담론이 작용하여, 작가의 관심에 따라 기록 대상이 달라지기 때문이다.

(1) 캠퍼스의 전쟁 이데올로기

『목마른 계절』의 대학에서 작가가 관심을 가지고 기록한 부분은 인민군의 점령으로 인하여 황폐해진 캠퍼스 풍경과 좌파 이데올로기의 부침(浮沈) 양상이다.

대학 신입생인 진이는 오빠(河烈)의 영향으로 사회주의의 이데올로기를 맹목적으로 지지하고 있다. B고녀 시절 좌익으로 분류되던 민청 지하조직원이었던 적도 있었다. 향아에 의하면 '주제넘게 무산계급인지 피압박 계급인지를 위해 무엇인가 투쟁해야만 될 것 같은 열띤 사명감에 얽매여' 있던 정치적 이상이다.

6월 26일 하오 북한 괴뢰가 남침을 개시했다는 벽보와 혜화동 고갯길에서 군인들을 그득 싣고 북으로 가는 트럭을 본 그녀는 세상의 변화를 열망하면서 북한의 전쟁 명분을 지지하게 된다.

> 그렇지…… 전쟁이 살육과 파괴만이 목적이 아닐진대 반드시 썩고 묵은
> 질서의 붕괴와 찬란한 새로운 질서의 교체가 뒤따를 것이 아닌가?(p.37)

27일 밤을 방공호에서 보낸 진이는 아침에 인민군의 서울 입성을 알고 만세를 부르고 싶도록 반긴다. 그러나 민중들은 반기지를 않고

오히려 무표정하다. 민중들은 진이의 현실 바깥의 이상과는 달리 전쟁
이 가져 올 일상의 변화를 더 걱정하기 때문이다. 올케 혜순조차도 그렇
다.

> 한결같이 눈치꾸러기 같은 소심한 표정으로 흘금흘금 경계하듯이 서로
> 서로를 살피기 시작한다. 마치 혼자만의 힘으로 기뻐한다든가 슬퍼한다든
> 가 하는 기능을 잃은 사람들 모양, 멍하니 무표정하게, 아니, 경우에 따라서
> 는 웃을 수도, 울 수도 있다는 어중간하고 편리한 얼굴을 하고 서로들 눈치
> 보기에 여념이 없다.
> 「언니! 인민군이군요. 이제 됐어요. 빨리 집으로 갑시다.」
> 진이의 목소리는 부자연스러울이만큼 생기있게 퉁겼으나 혜순의 가라
> 앉은 표정에는 끝내 변화가 없었다.
> 「언니! 왜 그러구 있어요? 인민군이라니까. 새 세상이에요. 만세라도
> 불러야죠」
> 그녀는 굴 속 식구들에게 들으라는 듯이 크게 외치고 정말 만세라도
> 부르는 듯 두 팔을 높이 쳐들고 언덕길을 줄달음친다.
> 「홍. 재애수 없게 빨갱이 년이 섞였었군! 돼」
> 염색한 군복바지가 침을 탁 뱉는다.(p.48)

그러나 진이의 이런 좌파적 열정은 전향한 오빠 열을 방문한 동지들
로 인해 가라앉게 된다. 설 동무의 깐깐한 음성에서 공산주의 체제가
풍기는 공포를 이미 맛보게 된 것이다.

> 「우리 인민들을 당과 수령의 이름 아래 강철같이 결속시키자면 물론
> 무자비한 반동의 숙청도 급하지만 먼저 우리 지식층은 자신 속에 도사린
> 자유주의 근성을 청산하는 데 가혹하고 무자비해야 될 것으로 아오.」(p.56)

그래서 인민군의 입성과 더불어 개혁 열망에 불타 있던 진이가 정치
적으로 배운 용어는 '무자비한' 청산이다. 진이의 시각으로 볼 때 인민

군의 서울 점령은 민중들에게 공산주의 이데올로기의 장밋빛 전망보다
는 정치적인 공포심을 심어준 것이다.

> S대 건물은 대부분이 인민군에게 점거되어 겨우 본관에서 꽤 떨어진
> 함석 지붕의 창고 비슷한 건물을 민청(民靑) 문리대 민청위원회에서 빌어
> 쓰고 있었다.
> 　그곳은 꼭 찜통 속 같았다. 함석 지붕 때문에 또는 서쪽으로만 뚫린
> 유리창 때문에 그렇기도 했지만 **그곳에서 일하고 있는 모든 사람이 정
> 상 체온 이상의 열기를 뿜고 있기 때문이라고 진이에겐 여겨졌다.** 아
> 침 조회의 수령을 예찬하는 노래로부터 차츰 열광하기 시작해서 그날
> 발표되었다는 **수령의 호소문을 다시 열광적으로 지지 호응함으로써
> 완전히 뜨거운 분위기가 조성된다.** [......] 교양시간이란 것이 매일 있었
> 지만 민청위원장과 문화선전부장이 교대로 교양을 맡고 있었고 교재는
> 신문이 주였다.
> 　인민군 총사령부의 보도와 김일성의 호소문이 기사의 전부인 신문은
> 위원장에 의해 재독 삼독되고 여럿에 의해 감격적으로 공감되고 정열적으
> 로 호응되었다.
> 　교양시간에는 신문공부 말고도 또 당사(黨史)연구가 있었다. [......] 이런
> 교양시간을 치르고 나면 머릿속은 완전히 영웅적, 애국적 당과 인민을 위한
> 사상으로 충만했다. (pp.71-72)

위의 인용에서 알 수 있듯이 S 대학 캠퍼스는 강의와 학문이 중단되
고, 김일성 수령 체제의 사상 교육을 하는 정치 공간이 되어 버렸다.
그 공간에서 전쟁 이데올로기인 공산주의가 우선은 학생들에게 뜨거운
지지와 호응을 받는 것처럼 보인다. 학생들은 열광 속에 의용군으로
지원하였다.

하지만 진이는 민청 활동을 할수록 공산주의 이데올로기가 이단자에
대한 증오와 공포의 정치로 인식되면서 회의(懷疑)를 느끼게 된다. 특
히 대학의 당 세포위원장 최치열이 학우들에게 원수 타도와 반동 청산

을 강조할 때 더욱 그렇다.

　작달막하지만 다부진 사나이가 뒤에서 외쳤다. 그는 굵은 붓에 핏빛 물
감을 듬뿍 묻히더니 「원수의 가슴팍에 땅크를 굴리자」 획이 굵은 힘찬
달필로 써 내려갔다. [......] 그러나 그는 진이 따위엔 눈도 안주고 고개를
몇 번 갸우뚱하더니 「원수」의 「수」를 「쑤」로 고치고 붓을 획 던진다.[......]
진이는 문득 설(薛)이 「무자비한」의 「무」를 발음할 때의 강한 악센트의
소름끼치는 여운을 「원쑤」의 「쑤」에서 듣는 것 같아 몰래 몸서리를 친
다.(pp74-75)

　붉은 건 칸나뿐이 아니었다. 정면 벽 중앙에 늘어진 붉은 깃발, 그 깃발을
중심으로 빽빽이 붙여진 벽보의 핏빛 글씨들-혁명, 원쑤, 타도, 투쟁, 당,
인민, 수령, 영광, 애국 [.....].머리가 아찔하도록 집요한 투지, 심오한 증오,
그리고 집요한 애국.[......] 최의 열변의 끝막음은 으레 「무자비하게 뿌리
뽑고, 무자비하게 깔아뭉개자」였다. 우선 가까운 이 곳의 반동을, 그리고
더 가까운 곳, 즉 자신 속의 반동- 자유주의 근성을, 창백한 회의를, 이기(利
己)를, 개인을 무자비하게 깔아뭉개라는 것이었다. 요란한 갈채로 최동무
의 열변은 끝났다. (pp.83-84)

마르크스는 자본주의가 그 체제의 모순으로 인하여 붕괴되고 공산
사회가 도래할 것이라고 말하면서 그 시기를 앞당기기 위하여 프롤레
탈리아 혁명이 필요하다고 말한 바 있다. 혁명의 전위를 프롤레탈리아
로 잡은 것은 부르조아 자본주의 체제에서 가장 핍박받고 희생되었기
때문에 혁명의 염원을 지닌다고 보았기 때문일 것이다. 또 공산 혁명의
과정에서 소련 당사(黨史)는 이단자의 피의 숙청을 강조하였으므로,
북한도 점령한 S대학의 민청원들에게 '무자비한' 숙청을 공산주의 운
동가의 필수적인 요소로 교육하였다고 볼 수 있다.
　그래서 최치열은 진이에게 당이 관심 있는 것은 "국가와 관계된 개

인, 이를테면 애국하는 일과 관계된 개인상황"(p.99)이라고 말하면서
개인주의가 당 우선, 국가 우선의 전체주의를 저해하는 요소로 단정하
여 개인의 자유 사고에 대한 무자비한 청산을 강조하는 것이다.

(2) 증오의 정치

그러나 개인의 자유 사고를 증오하는 공산주의는 민중에 대한 사랑
의 정치가 아니라 증오의 정치가 되어 버린다. 오로지 대학의 전쟁 이데
올로기에 광기를 보탤 뿐이다. 최치열의 연설에서 진이나 민청 학우
유화진이 알아차린 것은 부패와 구악(舊惡)의 무자비한 숙청이 곧 개인
을 억압하고 자유 사고를 탄압하게 된다는 점이었다.

그래서 유화진은 순덕에게 대학의 공산주의 이데올로기적 광기에
대해 "이 상탠 더 미칠 것 같아요, "(p.93)라고 하면서 '숨구멍'으로서의
만화, 김일성의 초상에 "돼지 코를 그려 놓고, 몸체에 돼지 꼬리를 달아
볼 수 있는" 만화가 필요하다고 말한다. 즉 민중에게 필요한 것은 개인
을 숙청하는 정의로운 억압이나 증오의 정치가 아니라 자유 사고, 숨구
멍인 것이다.

「이승만 독재라지만 이박산 얼마나 만화화됐던가요. 찌그러진 호박도
됐다, 늙은 칠면조도 됐다 국민은 그 정도의 숨구멍은 가질 수 있었던 셈
아네요?」(p.93)

이때 작가가 유화진의 목소리로 강조하는 것은 공산주의가 핍박받던
인민의 해방이 목적이 아니라, 비공산적 자유주의자의 '무자비한' 숙청
곧 증오를 목적으로 하는 체제이며, 그 증오는 아무나 실천할 수 없다는
점이다.

「문젠 바로 그거예요. 공산주의가 아무리 지상의 낙원을 가져온대도 그
중간에 겪어야 할 무자비한 목적을 위해 수단을 가리지 않는 투쟁의 과정이
문제죠. 신념 하나만 갖고는 좀 어려울걸요 아주 **광적인 강한 집념, 핏속,
골수 속까지 맺힌 원한** 없이는 어려울걸요」 (p.90)

인용된 유화진의 말처럼 대를 이은 '골수 속 깊은 증오'가 없이는
공산주의의 실천은 불가능해서인지 북한 인민군의 서울 입성은 시간이
지날수록 민중의 호응을 받지 못하게 되었다. 차츰 의용군에 입대할
학생들의 호응도 거의 없어지는 단계가 왔다. 대다수의 학생들은 팔
월이 되면서 행방을 감춘다. 그것은 전세(戰勢)와 관련있기도 했다.

지도의 붉은 침윤이 늦어질수록 상부로부터 내려오는 과업은 대수롭지
않은 것까지 신경질적으로 다급해졌다. 신문을 온통 뒤엎는 김일성의 호소
문을 읽고 해설하고 경각심을 높이는 일이라든가 등교공작 따위. 특히 등교
공작에는 혈안이 되다시피 초조하게 서두르고 있었다. 6.25 전 학교에 제출
한 주소와 약도는 등교 공작에 많은 편의를 주었지만 결과는 시원치 않았
다. [……] 어쩌면 그렇게 한결같이 그런 학생은 없노라고, 며칠 전에 나가서
안 돌아온다고, 어디 갔는지 알 수나 있는 세상이냐고, 두려움과 경멸이
뒤섞인 싸늘한 시선으로 그러면서도 깍듯이 공손하게 대답하는 것일까?
(pp.97-98)

결국 북한의 전쟁 명분은 무력에 의한 명분일 뿐 좌익 세력의 중심권
이었던 S 대학조차도 학생들의 전폭적인 지지를 받지 못했던 것이다.
민중들은 서울의 인공 체제를 사랑의 정치가 아니라 민간인을 학살
하는 증오의 정치로 보면서 기회가 된다면 도망치고 말았다. 작가는
텍스트 후반부에서 인민군이 서울에 재입성하게 되었을 때 한국 정부
가 내린 1.4 후퇴령에 노인을 제외하고는 산동네 가난뱅이까지 서울을
버리고 피난을 갔다고 서술하고 있다.

후퇴령이 내린 지 며칠, 진이와 혜순은 매일 아침 집 앞 우물에서 물을 긷고 굴뚝에선 하루 두 번씩 연기가 오르고 하였지만 여태껏 사람이라곤 면 발치라도 본 적이 없었다. [......] 그러나 사람의 그림자는 어디에고 없었다. 전쟁이 휩쓸고 지나간 거리는 분명히 아니었다.

전쟁이 지나갔다면 패자(敗者)의 잔해와 호곡이 있어야 할 게 아닌가? 또 승자의 함성과 횡포도 있어야 할 게 아닌가?

이것은 분명히 전설에나 나오는 끔찍한 **악역(惡疫)이 휩쓸고 지나간 거리**인 것이다. (p.257)

인민군 소좌 황성민은 울분인지 불안인지 모를 균형잃은 감정의 덩지가 가슴에 콱 가로걸려 있어 마치 안전핀을 뺀 수류탄처럼 명중해서 폭발할 대상을 초조히 찾고 있었다. ...... 언제 보아도 화딱지 나는 텅텅 빈 골목 골목의 빈 집들. 이 빈 집들은 처음부터 나를 골탕 먹였거든. 그는 처음 서울에 입성하던 춥디 추운 한겨울밤의 일들을 회상한다. 물론 그는 6.25때 처럼 제법 시민들의 환영 속에 서울에 입성하리라곤 기대하지 않았지만 밤중에 빈집 들 듯이 싱겁게 입성한 후 날이 밝은 후 확인한 서울의 완전무결한 공허 그 몸서리쳐지는 허망은 마치 기습을 당한 기분이었다. [......] H동, 이 부스럼딱지처럼 더러운 빈촌까지 깡그리 빈집일 게 뭐람. **가난뱅이들, 이른바 무산계급까지도 우리에게 등을 돌렸다**는 건 참을 수 없는 배신이다. [.....] 가난뱅이들만은 우리 편이어야만 이번 전쟁의 명분이 서고 고달픈 혁명사업이 고무적일 수 있지 않은가? (pp.383-384)

6.25 때 인공(人共)은 해방하러 간 민중, '무산 계급'에게서조차 철저히 배신당한 것이다. 재입성 때 텅 빈 서울 거리는 악역(惡疫)이 휩쓸고 지나간 거리와 다름 없으며, 진이가 가난한 산동네 빈 집에서 밥에 숟가락을 꽂아둔 채 황급히 피난을 간 흔적을 볼 정도로 무산 계급에게도 불신당한 것이다.

결국 진이는 전쟁 수행을 위한 전진 기지가 된 대학과 최치열이 대표하는 광기, 민중들의 외면에 회의를 느끼게 되자, 맹목적이던 그녀의 사회주의적 이상도 점점 소멸되고 만다.

(3) 풍요 염원의 공산주의

전후(戰後) 북한 사회는 폐허 복구와 새로운 건설, 생산성 증대 운동이 강조되던 시기이다. 그 중에서도 노동영웅을 요구한 1956년의 천리마 운동은 그 대표적인 생산 증대 운동이다.[8] 작가 허문길은 간석지 연구를 북한 건설기의 대학가의 이상으로 설정하여 서술하고 있다. 『대학시절』의 대학가 풍경에는 전쟁을 수행하기 위한 전진 기지로서의 모습은 빠져 있다. 작가는 전쟁 수행을 위한 집단적 광기를 기록하지 않으며, 휴전을 두고 '승리한 전쟁' 이라고 말할 뿐[9], 대학인이 나아가야 할 이념적 삶-공부와 연구하는 자세를 기록하는데 열심이다.

그래서『대학시절』에는 대학의 이상이 한림오 교수를 중심으로 엄연히 존재한다. 그러나 그 이상은 개인의 이상이기보다는 대학 공동체에 공통된 것으로, 민족 전체를 위한 공산주의적 이상이다. 즉 대학을 방문한 수령이 공산주의이면서도 민족주의적[10] 이상인 간석지 개간을 제시하자, 주명호, 한림오, 설명기 등 여러 등장 인물들도 그 이상에 동화한 것이다.[11]

---

[8] 정치적으로 본다면, 임화, 김남천, 이태준 등을 숙청하기도 한 혁명 운동이자 대중적 선동 사업이라고 할 수 있다. 김재홍, 「북한 시의 한 고찰」『북한의 문학』(권영민 편), 을유문화사, 1989, pp.245-246 참고.

[9] "**승리한 조국**은 복구 건설로 들끓었다. 포화가 멎은 지 한 주일만에 벌써 전국적으로 철길과 교량이 이어져 북반부 전지역에서 열차의 정상운행이 보장되었다. 두 주일만에 강남역 돌공장에서 붉은 벽돌이 나오고 40일 만에는 황철의 평로에서 쇳물 폭포가 콸콸 흘러 나왔다."(p.250)

[10] 주체 사상의 영향으로 민족주의를 강조하는 분위기가 1980년대 북한 소설에 등장하였다.

[11] 최동성에 의하면 수령 형상화는 김정일이 1972년 선전선동부장으로 되면서 본격

　　"전후에 우리는 단순한 복구가 아니라 **새 조국 건설에로 지향**하여야
합니다. …… 난 벌써 백두산 시절에 서해와 남해에 있는 70 만 정보의 간석
지를 기어이 우리 지도의 해안선 안에 넣을 것을 결심하였습니다. 자료를
보니 우리나라 간석지는 감탕층이 많다고 합니다. 그러니 제방을 막고 소금
기를 빼면 옥토가 될 것입니다.[…..]" (pp.192-194)

　　"**이것은 흰 쌀밥에 고기국을 먹으며 비단옷을 입고 살고자 하는 인민
의 세기적 숙망을 풀어주는 사업**이며, 조국의 국토를 변경시키는 위대한
혁명입니다."(p.194)

　　수령의 목소리가 북한 공산주의 이데올로기의 실천 방안을 설명하였
는데, 그 실천 방안은『목마른 계절』에서 묘사한 '증오'의 정치 가 아니
라, 인민에게 '물질적 풍요'를 물려주는 '새 조국 건설'이며, 그것은 구체
적으로 간석지 개간이다. 이 수령의 공산주의 실천 방안이 바로 작가
허문길이 내세우는 담론이라 할 수 있다.

화되었다고 한다. 당 유일사상 체계의 10대 원칙을 창작 활동에 요구하여 궁극적
으로 김일성이 문학 예술 작품의 주인공으로 직접 등장하여 천재적인 수령상을
보여주는 것이라고 할 수 있다. – 최동성, 「수령형상문학의 형성과정」『북한문학
의 이해』(목원대 국어교육과 엮음, 국학자료원), pp.246-247 참고.
이런 측면에 대해 신형기는 "주체 시대 이래 김일성은 인민의 뇌수(腦髓)가 됨으
로써 모든 개별적 사유의 가능성을 박탈했다. 인민은 저 혼자서는 생각하거나 궁
리할 수 없는 무뇌 집단이 되고 말았다"하면서 북한 문학에서 인물의 독자적 사
고 없는 수령 형상화의 특성을 지적하였다. – 신형기 『민족 이야기를 넘어서』(
삼인, 2003), p.28 참고.
그러나 『대학시절』은 간석지 개간의 꿈이 수령으로부터 발원한 것으로 서술하지
만, 한림오의 오래된 논문 자료에 이미 감탕 연구가 있는 것을 보면, 대학인, 과
학 기술자의 연구가 중요것으로 작가가 서술하고 있음을 알 수 있다. 이런 관점
에서 『대학시절』은 수령형상화가 최소한으로 이루어진 작품이다.

공산주의야말로 행복에 대한 무산자들의 권리와 세기적 숙원을 풀어주
며 억눌린 자들에게 **물질적 풍요를 마련**해 줄 수 있다는 데 있습니다.
그래서 굶주리고 헐벗은 사람들부터 먼저 혁명의 불길에 뛰어드는 것이고
공산주의 깃발을 들고 싸우다가 쓰러져도 영광으로 생각하는 것입니
다.[......] 난 지금도 사시장철 들에서 땀을 흘리면서도 타개죽조차 끼니를
번지시던 만경대 할아버님, 할머님 모습이 잊혀지지 않습니다. 예로부터
순박하고 근면하고 부지런하기로 소문난 우리 인민은 역사의 어느 시대에
도 응당한 사회적 지위와 그에 상응한 물질적 혜택을 받지 못하였습니다.
우리 인민이 걸어온 이 수난의 역사, 눈물의 역사를 끝장내지 않고서는
조선의 공산주의자들은 결코 자기의 시대적 임무를 다했다고 말할 수 없습
니다." (pp.197)[......]

그래서 인민이 걸어온 이 수난의 역사, 눈물의 역사는 오직 간석지
개간과 같은 물질적 뒷받침으로 끝날 수 있다는 것이다.12)

이렇게 본다면 남과 북 두 작가가 바라본 전쟁기의 공산주의 이데올
로기는 현격한 거리가 있는 듯이 보인다. 그것은 시간적 배경의 차이이
기도 하다. 북한의 남침 때의 승승장구하던 상황과는 달리 미국의 폭격
기에 의한 패퇴 그 차이로 인하여 생긴 것이다.

결국 작가 허문길은 기존 부유층에게서 그 물질적 토대를 말살하고,
개인적 자유주의에 대한 증오로 무장한다고 해서 인민에게 풍요가 저
절로 오는 것이 아님을, 6.25로부터 세월이 지난 후 깨달았다고 할 수
있다. 그래서 작가의 공산주의 담론은 한정된 토지를 두고 벌이는 분배

---

12) 소설에서 수령 형상화는 줄곧 서해안 간석지를 완성하여 인민을 배불리 먹이겠
   다는 수령의 이상과 꿈에 연결되어 있다. 그러나 북한 현실에서 그 성과는 성공
   적이지는 못했다.
   신용수의 『북한 경제론』에 의하면 간석지 개간은 실적이 좋지 않았다. (30만 ha
   목표에 10만 ha 실적) 제3차 7개년 경제 계획 후 마이너스 성장이 나타나자 1994
   -1996년 3년간 경제 완충기를 설정하여 이 간석지 개간을 농업 부분의 경제 과
   업으로 설정하기도 하였다. (답게, 2000) , pp.135-137 , pp.146-148 참고.

나 증오의 전쟁을 일단락 짓고, 토지의 확충으로 생산을 높이자는 일종
의 국가주의 경제 담론이 된 것이다.

그래서『대학시절』에서 작가의 지향점은 전쟁 상흔을 극복하고 새롭
게 국토 건설을 해야 했던 북한 건설기를 서술하는 일이다. 인민군이
점령한 서울의 S 대학의 열성적인 사상 교육과 당사(黨史) 교육은『대
학시절』에는 거의 흔적조차 없어지고, 간석지 개간을 위한 연구의 바탕
이 되는 과학적 탐구 교육이 강조되고 있다.

때로는 공부가 지나쳐 장성규처럼 죽는 경우도 있지만, 탄광 노동자
출신 설명기의 경우 기초 과학 실력이 전무하여 한철애의 '학습방조'
(과외)를 받을 때는 하루 4시간 정도의 수면 시간 외의 모든 시간을
수학, 과학 공부에 쏟는 것이 그의 일과였다.(pp.150-151) 그는 서사의
결말에서 간석지 개간을 위한 감탕(뻘로 추정) 연구 아이디어로 한림오
교수로부터 연구 자료를 넘겨받고 학문의 후계자가 된다. 그는 간석지
개간이라는 이상을 공부로 억척스럽게 실현해 간 영웅적 인물이다.13)

(4) 가부장 담론과 전체주의

이런 설명기를 적극 도와주는 이는 한철애이다. 그녀는 아버지 한림
오 교수의 감탕 연구를 잇는 후계자가 되지 못한다는 자격지심14)을
버리고 설명기의 간석지 개간 열정에 감동하여, 보조 연구자가 되기로

---

13) 북한 문학의 용어로 본다면 '숨은 영웅' (비범한 자질을 지닌 평범한 사람)에 해
   당된다.

14)『대학시절』은 북한 문학의 무갈등 이론을 벗어난 소설이다. 작중 인물들이 부딪
   히는 여러 갈등을 많이 삽입하고 있다. 그러나 설명기와 한철애, 한림오와 설명
   기, 설명기와 신창수 사이의 갈등이 비교적 잔잔하게 전개되면서 대단원-간석지
   개간이라는 큰 목표가 완결되는 구성이다. 한철애의 갈등은 한림오가 <산제비>
   라는 서정시를 웃방에서 큰 소리로 낭송하고 있는 철애를 보며 "창조란 사내들에
   게 어울린단 말이야."라고 말한 데서 비롯된다.(p.377 참고)

결심한다.

그런데 이런 부분에서 남녀 평등을 강조하던 대학의 이상과는 달리, 수재인 한철애에게 홀아버지 한림오 교수를 위한 살림을 떠맡기고, 설명기를 보조하는 역할을 안겨주는 식으로, 작가는 여성 차별의 가부장 이데올로기를 드러내고 있다. 김현숙은 수령이 북한 여성들에게 '녀성다와야 한다'고 하면서 '꽃'으로서의 자각을 강조했다고 한다.15) 하지만 이런 지침은 여성의 억척스런 힘을 보태 전후 상흔을 극복한 이후의 것으로,『대학시절』의 건설기에 후대의 가부장 사고가 스며든 흔적으로 볼 수 있다.

작가는 이런 가부장 담론을 간석지 연구를 위해서는 개인의 희생은 당연하다는 북한의 전체주의 이데올로기로 합리화하고 있다. 신용수는 사회주의가 본래 반(反)개인주의의 사상의 결과로서 태어난 체제로서 그 이념은 집단적 가치를 최대로 존중하고, 이기주의를 반사회적 이념으로 배척하며, 개인이 얻는 성과와 가치는 집단적 가치의 실현을 통하여 이루어질 것으로 본다고 하였다.16)

이런 전체주의는 학문의 세계에서도 장려된다. 그래서『대학시절』은 개인의 학문적 업적을 존중하여 기리기보다는 집단 공동 연구를 위한 밀알이 될 것을 요구한다. 한림오는 감탕 연구에 스승의 미발표 연구 성과를 빌려쓸 수 없다는 설명기의 학문적 양심을 오히려 꾸짖는다.

> 양심이라구? 양심...어떤 양심이냐! 어떻게 해서 설명기의 양심이 아름다운 것이냐?...부끄러운 일이다. 너희들이 벌써 누구의 명예나 체면이나 이름에 대하여 생각하다니!...수치스러운 일이다. 너도 그렇지. [......]그래

---

15) 김현숙,「북한 문학에 나타난 여성인물 형상화의 의미」『여성학논집』(제 11집, 1994), pp.179-180 참고.

16) 신용수, 같은 책, p.59

너의 그 주명호 중대장이 누구의 이름이나 명예를 위해서 쓰러졌겠니. 네가
데리고 왔던 전사들이 그래 명예를 바라서 지금 저 남해가에 누워 있느
냐!... 그런데 벌써 너희들은 자기라는 걸 생각한단 말야. 자기라는 걸! 우리
인민이 지금 혁띠를 죄이면서도 너희들에게 돈을 대주는 게 박사가 돼서
이름이나 내라고 그러는 줄 아느냐! 다들 들어오라구!(p.461)

작가는 한림오의 목소리로 대학생의 본분은 '우리 나라를 빛내는 거
라고. 우리 인민을 잘 먹게 하고 잘 입게 하며 잘 쓰게 하는' (p.463)
민족주의적 사명감으로서 학문의 양심보다 중요하다고 강조하는 것이
다.

그렇다면 작가는 공산주의의 특징인 전체주의적 담론으로 여성을
보조 역할로 여기는 가부장 이데올로기를 합리화시키고, 연구에 있어
서도 개인 연구보다 집단적 연구를 선호한다고 할 수 있다.

요약한다면 『목마른 계절』은 대학에서 공산주의의 증오의 전쟁 이데
올로기로 인하여, 한 개인의 좌파적 이상이 훼손되는 모습을 묘사하였
지만, 『대학시절』은 민족의 풍요를 염원하는 공산주의를 제시한 수령
의 이상에 동화하여 간석지 개간을 위한 연구에 전념하는 대학가의
이념적 삶을 보여주고 있다.

5. 여성 주체

인간이 살아가는 방법은 다양하지만, 나이가 들어 스스로 의식주를
해결하게 되면 경제적, 사회적, 정신적인 측면에서 자립한 것으로, 누구
에게 의존하지 않아도 불안하지 않게 된다. 이럴 때 인간으로서의 주체
성을 지녔다고 할 수 있다. 그러나 가부장 사회인 남북한은 제도적으로
젊은 여성에게 이런 자립을 허용하지 않아 여성은 정신적으로, 더 나아

가 경제적, 사회적으로 주체적으로 살기가 몹시 힘들었다. 그런데 전쟁은 젊은 여성이 본의 아니게 현실을 직시하고 홀로 서도록 하는 상황을 빚었다. 전쟁 속 일상은 여성이 주체가 되어야만 살 수 있기 때문이다.

(1) 여성 주체의 형성과 반(反)공산주의

『목마른 계절』초반부에 서울로 입성한 인민군 중 한 소년병은 "공부보다는 남반부 인민의 해방이 더 중요하니까요" 라고 하며(p.51), '진정한 노동자 농민의 아들 딸'로서 입대 대상이 된 것을 자랑스럽게 여긴다.

그러나 이런 입대 사유는 서울의 민중에게는 연민을 자아낼 뿐이다.

「저런, 김일성이 그 사람도 잘못이야, 쯧쯧. 아무리 못난 노동자 농민의
자식이기로서니 어린 것들이야 무슨 죄가 있다고 싸움터로 내보내다니,
그런 도척 같은……」
……
「이, 이 새애끼가 반동의 새끼 앙이가?」
(pp.51-52)

위의 대화 장면처럼 서울의 민중은 북한의 '남반부 인민의 해방'이라는 전쟁 명분에 동의하지 않는다. 오로지 인민군의 징병 대상인 남자들을 숨기기에 급급하다. 그 숨기는 주체는 어머니나, 아내, 누이 등의 여성이다.

팔 월에 구파발 너머에 있던 농업 학교 교사이던 열이는 식량 배급이 끊어졌고, 삼청동 S국민학교에서 재교육을 받아야 한다고 가족에게 말한다. 열이는 누이 진이의 '여자의 치마폭에 휩싸이고 싶으냐'는 말처럼 그렇게 하지 못하는 자신의 처지를 안타깝게 여긴다.

그런 생각이 떠오르기 시작한 것은 어쩌면 오늘 낮쯤이었을 것도 같다. 학교의 자전거까지 압수 당해 김 교장이 준 두어 말의 쌀을 짊어지고 구파발까지 왔을 즈음 채소를 받아 이고 서울로 팔러 오는 시골 아낙네들 틈에서 대학시절의 은사 현선생 사모님을 만났다. 임질이 좀 서툴러 뵈는 것 외에는 촌 여자와 똑같은 몽당치마의 억척스러운 거동이 도무지 그 기품있고 조용하던 사모님이라곤 열도 미처 못 알아봤을 만큼 변해 있었다.

서로 알아보고 나서도 열이 쪽에서 도리어 송구스럽고 민망해 어찌할 바를 몰랐을 뿐 사모님은 조금도 당황하지 않고 전과 다름없는 태도로 열의 염려까지 해주는 것이었다.

[……]

「그럼, 안녕하시게 모실려니 내가 이 모양이 됐지. 어서 가 봐요. 난 걸음이 느려서"""그리고 **꼼짝 말고 들어앉아 있어요. 봐요. 길에 어디 젊은 남자 있나……」**

하긴 그런 것도 같았다. 남자들은 다 어디 있는 것일까? 여태껏 세상 물정 모르고 너무 편했던 것 같다.(pp.206-207)

결국 하 열은 의용군으로 강제 징집 당해 귀가하지 못한다. 각 직장 가두에서 대거 강모(強募)된 의용군 대열 속의 한 명으로, 인민군의 철통같은 호위 속에 한밤중의 미아리 고개를 넘는 그를, 가족들은 캄캄한 어둠 속에서 얼굴 한 번 보고 떠나 보낼 뿐이다.17)

---

17) "갑자기 대열 중의 한 사람이 이쪽으로 오고 그 뒤를 총을 겨눈 군인이 따른다.
「여보」흐느낌과 함께 그의 가슴에 먼저 몸을 던진 건 혜순이었다.
「어떻게 여기」?
「당신은 어떻게?」
「오빠!」
「응 너도」
그것뿐이었다. 총을 앞으로 뻗친 그림자는
「빨리 빨리, 고만 해둬. 좀 봐주려니까 한이 없군」
열의 어깨 죽지를 확 잡아채서 뒤로 돌아 세우더니 총부리로 등을 세게 쿡 찌른다. 그리고 두 개의 검은 그림자는 곧 느릿느릿 움직이는 거대한 검은 덩어리 속으로 빨려 들어가고 말았다. "(p.136)

끌려가는 의용군 대열 뒤로 남은 것은 민중들- 여인들-의 통곡 뿐이다. 공산주의에 회의를 느끼던 진이는 이때 '남반부 인민의 해방'을 위해서라는 전쟁 명분의 허구성을 느끼며 공산주의 이념을 버리게 된다. 즉 오빠의 영향으로 맹목적으로 좌파 이데올로기에 휩쓸렸던 진이가 한밤중에 오빠 등이 의용군으로 끌려가는 현장을 목격하고는 북한의 침공이 어떤 명분을 지니더라도, 생명의 소중함을 깡그리 무시하는 것은 부당하다는 반(反)공산주의, 반전(反戰)사상을 주체적으로 인식하게 된 것이다. 다시 말해서 그녀는 죽음을 예사롭게 여기는 이데올로기의 명분을 거부하게 된 것이다.

빨갱이고 흰둥이고 사람이 죽어간다는 생각은 이상할이만치 실감있게 그녀를 괴롭혔으나 그 느낌은 무어라고 설명할 수는 없었다. 도처에 죽음이 예사롭게 널려 있고 스스로의 목숨도 모를 내일을 모르는 살벌한 난리통에 그건 정말 당치도 않은 웃음거리였다.

폭격에 쓰러진 시체를 그녀도 수없이 보았고 또 그런 시체를 나무토막이나 돌멩이처럼 예사롭게 지나치는 행인들도 함께 보았으나, 그녀는 그렇게 되지를 못하였다.

그때, 그 두터운 칠흑의 밤, 열이가 끌려가던 밤, 검고 곤비한 행렬을 **총부리와 욕설을 무릅쓰고 미친 듯이 따르던 여인들의 애끓는 통곡이 어떤 죽음에도 딸렸으리라는 생각은 얼마나 노엽고 소름끼치는 것인지** 가끔 뜨거운 햇빛 아래서도 오한 같은 걸 느끼곤 했다. 그리고 **죽고 죽이는 일이 자꾸만 예사로와지는 게 역겹고 두려워 진저리를 쳤다.** (p.140)

공산주의에 대한 반감은 북한의 '무산자의 해방'이라는 전쟁 명분이 되었던 빈민들도 마찬가지였다. 일부러 진이는 허술한 빈촌을 골라 비행기 기금 모금을 하러 가서 협조를 호소했지만, 단 한 집의 협조도 얻지 못하면서 더욱 반공산주의를 심화시키게 된다.

> 조소와 경멸, 때로는 노골적인 욕설과 적의를 아무리 받아도 진이는 오히려 미흡했다.
> 열이 끌려간 밤부터 어쩔 수 없이 그녀의 의식의 표면으로 부상(浮上)한 공산주의에 대한 반발과 증오가 결코 동기간을 잃은 데서 비롯한 단순한 사감이 아니라는 확증, 즉 많은 사람, 특히 당이 자기들 편이라고 믿고 있는 **무산계급도 결코 공화국의 하늘 아래서 행복하지 않다는** 확증을 될 수 있는 대로 많이 봐두고 싶었다.(p.144)

(2) 위선적 공산주의와 생활의 주체

임규찬은 『목마른 계절』이 조정래의 『태백산맥』과 같은 전형성이나 총체성의 미학적 범주와는 거리가 먼 '개인성(개별성)과 구체성에서 출발하여 그것으로 끝나는 매우 단순한 소설구조'이긴 하지만, 민족적인 비극도 그 상처는 각각 깊이가 다른 개인적인 것임을 주목해야 한다고 말하면서 개인적 체험의 기록에 의미를 두고 있다.18)

목마른 계절』의 리얼리티는 작가가 6.25 때 봉쇄된 서울의 양식을 여성들이 조달해야 했던 고달픈 상황을 생생하게 기록한 데 있다. 가장(家長) 부재로 인한 여성들의 주체적 삶은 오로지 양식 조달과 직결된 아이러니한 상황이 되어버렸다. 그러나 여성들이 이런 생활의 주체로 살지 않았다면, 전쟁기 서울은 굶주림으로 인해 아이와 노인들은 물론이고, 숨겨둔 남자의 강집과 납치, 학살의 피해를 더욱 확산시키게 되었을 것이다.

전쟁을 거시적으로 보지 못하고 개인적 체험에 머물렀다는 지적이

---

18) 임규찬, 「박완서와 6.25 체험-『목마른 계절』을 중심으로』≪작가세계 ≫(47호, 2000, 겨울) p. 91

있지만, 여성들의 일상이 민중의 비극을 축소하는 데에 기여했다는 점
에서,『목마른 계절』의 양식난의 기록은 큰 의미를 지닐 수 있다.

좌파 이데올로기를 주체적으로 내던진 진이는 가장 부재의 전쟁 속
일상을 생활의 주체로 살아야 했다. 생활의 주체로서 해야 할 일은 만삭
인 올케와 어머니, 숨겨둔 육촌인 철수 등의 생명을 잇기 위한 양식
구하기이다. 옷가지, 상으로 받은 은수저, 자신의 혼수 옷감 등 닥치는
대로 시장이나 시골에 가서 양식과 바꾸어 오던 진이는 인민 해방의
천국이 양식 없는 현실인 것을 저주한다. 결국 그녀의 주체적 삶은 가장
(家長)이 존재할 때 지녔던 여성다운 품성을 포기하는 것이 되어 버린
다.

> **배고픈 천국, 그런 거야말로 저 지옥 밑바닥으로 꺼져라.** 전쟁도 아울
> 러. 가시를 무릅쓰고 장미 덩굴 속으로 손을 마구 넣어 휘젓고 손등에서
> 피가 흐르고 종아리가 찢기고, 그까짓 게 뭐 대수냐.「먹을 것」「콩밥」을
> 얻는 판에 결국 뿌리까지 본 후에야 그녀들의 일손은 멈췄다.
> 처참한 몰골들을 하고 있었다. 그녀들은 나무 그늘에 주저앉아 살이 찢
> 어진 것을 속치마 자락으로 꾹꾹 누르고 서로를 거울삼아 헝클어진 머리를
> 쓰다듬었다. 그리고 그녀들의 대견한 수확을 분배했다. 워낙 콩꼬투리가
> 납작해 살찐 콩이 들어 있으리라고는 생각 안했지만 콩의 형용은 너무도
> 희미했다.
> 「아아니 이것도 콩이라구……」
> 진이는 금새 눈이 튀어나올 듯이 분이 치밀었다.「먹을 것」「콩밥」에의
> 배반은 순덕의 멱살을 잡고 늘어져도 시원치 않을 만큼 원통하다.
> 「얘 제발 진정해. 아까 콩 딸 때도 그렇더니만 너 정말 무시무시하고나」
> (p.156)

결국 진이의 생활 주체적 삶이란 만삭의 아내를 둔 민청 학우 현민에
게 아무 것도 나누어줄 수 없는, 자신의 가족부터 살려야 한다는 생존

본능의 삶이다.

> 아주 천박하고 아주 냉정하게 빈정댄다. 그러나 그녀의 마음 속에선 다시 한번 쌀이 반으로 나눠지고 미역 조각이 동강난다. 그런 상상은 몹시 고통스럽고, 그 고통은 순 육체적이다. 마치 **살점을 뜯겼을 때처럼.**
> 차츰 나누어줄 쌀이 반에서 삼분의 일로 줄고 또 몇 번 거듭 줄다가 **결국은 줄 수 없다는 결론에 도달한다.** [.......] 우리 집에도 산더미같이 무거운 배가 있다. [.......] 이 손에서 저 손으로 부산스럽게 바뀌 쥐던 콩꾸러미도 다시 의젓하게 한 손에 든다. (pp.162)

12월이 되어 열이가 귀가하였지만, 의용군 탈주 과정에서 민간인 집단 학살 현장의 목격으로 실성 상태를 보이기도 했으며, 도민증을 얻으러 간 학교에서 제 2 국민병의 오발로 총상을 입는 등 진이네의 가장 부재는 여전하였다.

정부의 1.4 후퇴령에도 진이네 가족은 영동 구치소 가까운 산동네 친지의 집에서 인공(人共) 치하를 다시 견뎌내어야만 했다. 재입성한 인민군은 한 낮에는 눈 속에서 흰 천을 뒤집어쓰고 다녔으며, 대부분 밤을 도와 계속 전선으로 이동해 가고 있었다. 진이는 텅텅 빈 산동네에서 양식 도둑질을 하며 연명하였다.

전쟁기 생활 주체로서 진이는 북한 체제를 결정적으로 비판하게 된다. 왜냐하면 북한은 민중의 양식난을 철저히 외면하였기 때문이다. 먹을거리 대신 선전극을 볼거리로 제공하는 위선의 체제였다. 그 체제의 위선은 무용극에서 '치졸한 상징'으로 나타난다.

> 제목은 <승리>라는 것이었다. [......] **치졸한 상징**이었다. 예상대로 분홍빛 소녀는 시종 쫓기기만 하다가 무대 한복판에 쓰러지고, 작업복의 투박한 장화가 쓰러진 소녀의 허리를 억세게 밟고 해머 든 손을 높이 쳐들고

음악이 고조되고 무용은 끝났다. 요란한 박수가 일어났다. (p. 291)

진이는 미군의 폭격이 퍼붓는 서울의 지하에서 '빛나는 예술'이 건재한 것을 자랑하는 인민군 황소좌에게 '순진한 남자'라고 비꼬게 된다. 민중의 식량 문제를 모른 척하는 북한의 위선을 비판하는 말이다.[19]

이런 위선적 공산주의 비판은 독거 노인들을 위해 장사하러 다니면서 양식을 구하던 열 너덧 살 소녀들을 강제로 북송하려는 '완제품 공산주의자'에 대한 이미지 묘사로 극대화된다. 그는 '어떠한 인간적인 것도 완전하게 거부할 수 있는 차고 단단한 석벽(石壁)을 연상' 시키는 인물이다. 그 차가움은 손주를 찾으러 온 노파들의 통곡과 소녀들의 흐느낌을 멈추게 하고 단념시키는 위력을 지니고 있다.

그의 출현으로 일시 높아졌던 곡성이 점점 위축되더니 드디어 멎고, 노파들은 숨조차 제대로 못 쉴 만큼 두려움에 떨고 있는 것을 진이는 느낀다. 실상은 그녀도 그가 두려워 숨을 죽이고 떨고 있었다. [......] 앳된 목소리들은 목메어 부르고 있었다. 인민항쟁가를, 김일성 장군의 노래를, 빨치산의 노래를. 속에 갇힌 노파의 손자들이 생각해낸 깜찍하고 슬기로운 실로 기상천외의 외부와의 연락 방법이었다. 목메인 노래는

---

[19] 작가는 후에 자전소설 『그 산이 정말 거기 있었을까』에서 당시의 심리를 격렬한 분노로 표출하고 있다.
"나는 이불 속에서 외롭게 절망과 분노로 치를 떨었다. 이놈의 나라가 정녕 무서웠다. 그들이 치가 떨리게 무서운 건 강력한 독재 때문도 막강한 인민군대 때문도 아니었다. 어떻게 그렇게 완벽하고 천연덕스럽게 시치미를 뗄 수가 있느냐 말이다. 인간은 먹어야 산다는 만고의 진리에 대해, 시민들이 당면한 굶주림의 공포 앞에 양식대신 예술을 들이대며 즐기기를 강요하는 그들이 어찌 무섭지 않으랴. 차라리 독을 들이댔던들 그 보다는 덜 무서웠을 것이다. 그건 적어도 인간임을 인정한 연후의 최악의 대접이었으니까. 살의도 인간끼리의 소통이다. 이건 소통이 불가능한 세상이었다. 어쩌자고 우리 식구는 이런 끔찍한 세상에 꼼짝 못 하고 묶여 있는 신세가 되고 말았을까." (p.57)

온갖 피맺힌 사연 - 고별의 설움, 어른들의 미친 지랄인 전쟁에의 저주,
닥쳐올 일에의 두려움 -을 미처 다 하소하지 못한 채 가늘은 흐느낌으로
변하고 다시 숙연한 침묵이 왔다.......
　「그들은 갔소. 내가 갔다면 간 거요」
　그는 짧게 말하고 짧게 웃었다. 그 웃음은 희노애락 어느 것하고도
관계가 없는, 이를 보였다는 것 외에는 아무런 뜻도 지니지 않는 모양만
의 웃음이었다. 진이는 다시 한번 저거야말로 공산주의의 완제품이라
고 깊이 전율한다. 그에게 비하면 다른 열렬한 공산주의자들, 이를테면
S대의 최치열의 초조와 안달, 황소좌의 적의와 집념이 모두 귀여운
치기(稚氣)로 회상된다.(pp.334-334)

진이는 이 냉혹한 공산주의자에게서 어머니와 오빠를 두고 북으로
피난가라는 황소좌의 지시를 벗어날 수 없다는 것을 깨닫고 올케와
함께 북으로의 피난길에 오르는 것이다.

(3) 전쟁 주체

북한 소설『대학시절』에서 여성 주체의 형성은 입대를 통해서이다.
북한은 6.25 당시 남침을 준비하는 정규군을 편성하면서, 교육을 어느
정도 받은 여학생들을 동원했음을 알 수 있다. 물론 정규군 여성들의
병과는 전투 부대가 아닌 홍보나 방송 업무, 무전수, 간호 등이지만,
전투가 치열한 전선에 속하게 되면 그 구분은 무의미해지기도 했다.
　야전 방송 책임자였던 한철애는 세 전우가 죽자 복수의 일념에 스스
로 기관단총을 메고 전사(戰士)로서의 역할을 택하게 되며, '눈물을 거
두시오. 눈물로 슬픔을 씻는다면 우리는 전우들의 피를 헛되게 할 것입
니다.' 하는 설명기의 남성적 전쟁관에 동조하여 눈물을 거둔다.
　결국『대학시절』의 여성은 북한의 전쟁 이데올로기를 적극적으로

수행하면서 주체를 형성하게 된다.

그런데 소대장 설명기는 웃음을 잃은 한철애에게도 불만이 많았다. 추암령에서 국방군의 포위망을 뚫고 생환해야 할 전투를 앞둔 유흥에서 노래를 불러 전사들의 사기를 북돋워주지 않았다는 이유에서이다.

> 「중위 동문 언제부터 자기 자신만을 생각하게 되었습니까? 전사들이 요구한다면 우리는 자기의 감정 같은 것은 서슴없이 던질 줄 알아야지요. 결국 동무는 우리를 키워준 대학의 존엄도 훼손하였습니다. 가슴이 아픕니다.」(p.126)

설명기의 말에서 알 수 있듯이 사사로운 감정을 억제하고, 전선의 사기를 북돋우는 것은 북한 체제 수호의 전위인 대학생 장교들의 의무이다. 한철애도 예외가 아니다. 슬픔보다도 중요한 것은 승리를 위한 사기 앙양이다. 결전을 앞두고 주명호 중대장이 한철애를 보호하기 위해 사령부 출장 형식으로 강 건너 안전지대로 도피시키자, 그녀는 호위하던 설명기에게 정식으로 사과를 하며 자신도 결사전에 참여하겠다고 청탁한다.

> "용서하세요, 설명기 동무, 저를 함께 데리고 가 주세요."(p.130)

한철애가 자존심을 접고 설명기에게 한 사과는 지배 이데올로기에 순응하는 전쟁 주체로서의 책임감의 표현이다. 그래서『대학시절』의 여성은『목마른 계절』의 진이와는 달리, 생명의 소중함을 부정한 북한의 전쟁 이데올로기에 대한 비판의식이 전혀 없다. 오히려 반미전쟁임을 강조하는 민족주의적 시각으로 합리화하고 있다.

열렬히 전쟁 주체가 된 여성은 당에서 보상을 받기도 한다. 복희는 제주도의 '인민항쟁'(4.3사태)에서 부모를 잃고 6.25 때 나주군 민청위원장이 되었는데, 정치 공작을 하다 부상한 장성규를 퇴각 내내 보살폈고, 장성규가 복학한 이후에는 격전지였던 홍암령 계선의 정치일꾼으로 활약하고 있다가, 장성규의 죽음 이후 설명기와 박용수의 우정어린 주선에 의하여 대학 입학을 당에서 허락받게 된다.20)

이처럼 『대학시절』에서 여성 주체는 슬픔도 억누르고, 승리가 우선인 전쟁 이데올로기에 철저하게 동화하는 전쟁 주체의 모습으로 서술되고 있다.

(4) 연구 주체

다음에 『대학시절』에서 또다른 여성 주체적인 삶은 양식을 조달하는 생활의 주체가 아니라, 공부와 연구, 실습에 충실한 대학의 주체로서 사는 모습이다.

목마른 계절』과 차이가 나는 것은 전쟁기임에도 가장이 엄연히 존재하는 것으로 서술되기 때문이다. 한철애, 차정희에게는 모두 아버지가 있으며, 고아인 복희는 조만재 노인이 숙식을 제공하기로 했으며, 또 무엇보다도 수령이 대학생의 의식주를 책임져주는 체제임을 작가가 강조하고 있다.21) 그래서 피난 살림이지만 한철애의 집에는 장류 외의

---

20) 이로 미루어 장차 북한의 상층부를 형성할 대학생들에게는 남녀를 불문하고, 참전 입대가 매우 중요한 과업이었다. 신창수가 철도원으로 대체 복무한 것에 대해 콤플렉스를 느끼는 것을 보아도 알 수 있다. 그런데 북한의 대학생들은 일반 민중과는 거리가 있다. 일반 민중과 달리 자진 입대하는 것은 당에 의해서 선발된 특별한 존재이기 때문이다. 전쟁이 소강 상태에 이르러 휴전 협상을 시작하게 되자, 북한도 대학생 출신들에게 특혜를 베푼다.(남한은 일찌감치 대학생들의 징병을 연기해 주었다.) 다시 대학으로 복학하게 하는 것이다. 미래의 북한을 이끌 학생들을 공부시켜야 한다는 명분이다. 그러므로 북한의 대학생들이 지배 이데올로기에 동참하는 것은 지극히 당연하다. 그들은 수령의 은혜를 입어 북한의 공산주의 체제를 지켜야 할 전위로 길러지는 것이다.

반찬도 골고루 등장한다. 시간적으로도 휴전 전후인지라 그런지 작가
는 이웃끼리 음식을 나눠먹고, 손님 대접도 적당히 할 정도로 여유가
있는 북한 사회를 묘사하고 있어서, 양식이 없어 이웃끼리 외면하던
『목마른 계절』의 서울 풍경과는 판이하게 다르다.

상 위에는 도라지며 고사리, 이 지방에 흔한 싸리버섯 등 산나물과 주인
집 아이가 잡아다 준 붕어 고기도 올랐다. 마지막으로 철애는 이 골 안에서
는 특산물이라고 할 수 있는 밤알을 닦아서 돌절구에 퐁퐁 찧기 시작하였
다. (pp45-46)

"신 동무, 고맙습니다. 방금 동무가 가져온 꿀에 어머님이 웅담까지 풀어
주어 한 사발을 다 마셨소."(p.225)

다른 봉투에서는 처녀의 깔끔한 솜씨를 엿보게 하는 맵시 있게 빚어서
쪄낸 송편이 나왔다. (p.258)

한철애는 부엌에 나가 아궁이에 장작을 집어넣고 불을 달았다. 그리고는
쌀을 일며 "배고파도 조금만 참아, 내 당콩밥을 해줄게, 글세 이자 방금
옆집 아주머니가 맛을 보라며 두 되박이나 가져왔구나. 난 내일 아버지
오시면 햇당콩밥을 맛있게 해드리자 했는데 넌 참 먹을 복이 있어."하고
깔깔 웃었다. (p.357)

두 아들을 전쟁에 바치고 갓 돌아온 외딸과 살고 있는 늙은 양주는
딸의 전선동무들을 아들처럼 반갑게 맞아주었다.(p.396)
잠시 후 최화실이 넙적한 목기에 김이 문문 피어나는 고구마를 들여왔
다. (p.397)

---

21) 물론 『대학시절』에도 양식 문제는 등장한다. 평양을 떠나 백산 기슭에 학교를 이
전한 대학교에서 일요일에는 학생들이 학교 경작지에서 노역을 해야 했다. 그러
나 그 농사는 미군의 폭격이 있음에도 불구하고 명절을 맞이한 것처럼 홍성거리
며 즐거워하며 짓는 종사이다.(p.135 참고).

설명기는 오던 길에 백화점에 들려 도배지로 쓸만한 종이를 샀다.
전후의 어려운 시절이라 질이 좋지 않았지만 복희에 대한 성의라고 생각
하니 위안이 되었다(423)

그러므로『대학시절』에 등장하는 여성의 또다른 주체적인 삶은 양식
조달이 아니라 대학의 연구 주체로서의 삶이다. 여학생들은 간석지 연
구를 위하여 열성적으로 현장에서의 감탕 조사 활동에 나서고 있다.

**남학생들의 고생도 컸지만 여학생들의 고생은 이루 헤아릴 수 없었
다.** 설명기네 소조에서는 차정희와 원숙이를 비롯한 여러 명의 처녀들이
속하여 있었다. 소조를 책임지고 있는 설명기는 비가 올 때면 그들에게
천막 안에서 감탕시료분석을 하라고 분공하였지만, 처녀들은 밤을 새워가
며 재빨리 해치우고는 낮에는 한사코 남학생들을 따라나서곤 하였다.
소조에서는 밤에는 낮에 떠온 시료 분석을 하는 한편, 낮에 진행한 조사
자료를 가지고 간석지에 대한 종합 보고서를 작성하였다.(p. 308)

가장 어려운 것은 밀물의 높이를 관측하는 일이었다. 이런 작업 활동
중 차정희는 만조시 물높이를 재기 위하여, 폭우 속에서도 배를 띄워
영웅적인 관측을 하게 되는데, 그것은 거짓 기록을 하지 않아야 할 대학
주체로서의 당연한 자세이기 때문이다.

매생이는 바다의 첫 타격에 금방 뒤집어질 듯 위태롭게 기우뚱거렸다.
뱃전에서 누런 감탕물이 멀기를 치니 더욱 무시무시했다. [.....]
"...... 안돼, 죽을지언정 그래서는 안돼."[.....] .
차정희는 신창수의 품에서 빠져 나와 방금 신창수가 놓은 노대를 틀어잡
았다. 그는 잽싸게 뱃머리를 돌려 요동을 치던 매생이를 밀물의 방향으로
물결 위에 태워 놓았다. [.....] 차정희는 두 번째 기점에 이르자 매생이를
멈추었다.

그는 매생이를 물높이 자에 가까이 접근시켜 놓으면서 "2지점에 왔어요. 정신을 차려요. 이제부터 둘이 다 기억하자요. 관측시간 17시 30분, 물높이 10(10미터), 파도높이 4"

차정희는 매생이가 물높이 자를 들이받을까봐 뱃머리를 돌리고는 계속 부르짖었다.(314)

"유속 2(2미터/초), 물흐름 방향 20(물흐름 방향이 정북에서 시계침 방향으로 20도 방향), 바람 속도 12, 바람방위 35, 기억했어요?"[......]

차정희는 재빨리 방향을 맞추어 그 물결에 올라탔다.

배는 높은 벼랑턱에서 천길 나락으로 떨어지듯 파도를 타고 밑으로 내리꽃혔다. 매생이가 또 한번 깊은 함정에서 빠져 나오자 뱃전에 가득 물이 차들었다.

"머저리! 물을 푸라요. 물이 차면 우린 끝장이에요!"

그 소리에 신창수는 화다닥 일어나서 바가지로 뱃전에 가득히 차드는 물을 퍼내기 시작하였다. [......] 차정희는 노호하는 파도와 싸우면서 불사신 처럼 버티고 서서 여전히 관측을 계속하였다. (pp.312-316)

해군에 무전수로 2년 복무한 경험으로 사나운 파도 속에서 조그마한 쪽배에 몸을 싣고 관측 결과를 웅얼웅얼 외었다가 간조 때 유지에 싼 공책에 기록하는 차정희, 그녀가 목숨을 건 이유는 대학 구성원에게 간석지 연구라는 이념적인 삶을 요구하는 수령의 이상이 작용했기 때문일 것이다.

신형기는 『민족 이야기를 넘어서』에서 김일성을 '민족이라는 대주체의 인격적 화신'으로 그리고 있는 이유는 가상의 인격이 집단적 정체성의 표상이기 때문이라고 하였다. 그에 의하면 그 근원은 민족 이야기의 도덕화와 심미화 현상에 있다.

도덕화와 심미화의 목표는 감응이었고 감응은 집단적 일자화에 이르러야 했다. 도덕화와 심미화를 통한 민족의 상상은 민족을 모든 인민의 육체로 상상하는 것이다. [......] 도덕화와 심미화는 지배의 방법이었다. 감응을

통한 집단적 일자화를 수행했기 때문이다. 북한에서 도덕화와 심미화는
인격화로 이루어졌고 따라서 민족의 지배는 인격의 지배라는 형태를 취하
게 되었다. [......]. '영도자'란 이렇게 출현한 것이다. 영도자는 민족적 인격
의 최고 형태가 됨으로써 '정신적 영도자'일 수 있었다.[22]

신형기는 북한 '영도자'의 도덕화되고 심미화된 인격에 의한 통합과
지배는 정치, 나아가 경제까지도 규정한다고 하였다. 즉 '열성자'와 같
은 인격의 생산이 생산 시스템의 근간이고 감응의 힘이 생산의 동력이
라는 것이다. 이런 관점에서 그는 북한 소설의 긍정적 인물도 순결하고
진실한, 일종의 가상적 인격으로 그려지고 있다고 보았다.[23]

『대학시절』에서 차정희의 영웅적 활약은 신형기의 표현처럼 순결하
고 진실한 가상적 인격의 발로라고 할 수 있다. 이것은 간석지 개간을
하여 민족을 위한 풍요한 공산주의를 이상으로 설정한 수령의 인격에
감응한 결과로서, 대학의 연구 주체가 지향해 나가는 삶이 된다.

한편으론 전후 건설기에 요구되는 여성 주체로서의 맹렬성을 상징한
다고도 할 수 있다. 신창수를 압도하는, 차정희의 맹목적인 책임 의식의
형상화는 여성의 힘을 적극 필요로 하던 전쟁기였기 때문에 가능한
일이었다.

요약하면,『목마른 계절』에서 전쟁기는 가장이 부재하는 상황이 된
다. 그 속에서 젊은 여성은 스스로 삶의 주체가 되어 생활을 꾸려나가야
했는데, 진이는 주체적 인식을 하고 생활의 주체가 되자 좌파적 이상에
서 완전히 벗어나 공산주의를 비판하게 된다. 그 이유는 북한 공산주의
가 생명의 소중함을 무시하는 전쟁을 시작하였으며, 민중의 양식난을

---

22) 신형기,『민족이야기를 넘어서』(삼인, 2003), pp.53-54

23) 신형기, 같은 책, p.95.

외면하는 위선적인 이데올로기 체제였기 때문이다.

『대학시절』의 여성 주체로서의 삶은 한철애 등이 직접 입대하여 전쟁 이데올로기를 충실히 수행하는 것이거나 혹은 차정희처럼 간석지 개간을 위한 관측 활동을 열정적으로 수행하는 연구 주체로서의 삶이 된다.

6. 사랑의 위축과 연애 상실

사랑과 연애 모티프는 장편 소설에서 빠질 수 없는 모티프가 된다. 인생의 다양한 측면을 묘사하면서 진실을 파악하려는 장편 소설에는 청춘의 사랑과 연애가 어른으로 성장하기 위한 자아 확립과 인격 성숙을 도와주는 문학적 장치가 된다. 특히 연애는 근대성의 산물로, 남녀가 결혼하기 전 일정 기간동안 상대를 이해하고 탐색, 파악하며 상호 동화해 가는 정신적 합일의 과정으로, 서로의 결점과 갈등을 승화하고 감싸안는 인간적 성숙의 성장 모티프로 기능을 하는 것이다. 물론 이 과정에서 정치적, 경제적 현실 상황이 망각된 채 열정과 에로티즘, 다소의 낭만과 비합리성 등의 특성도 지니게 된다.

그러나 전쟁기를 서술한 두 텍스트에서는 모두 현실 상황으로 인해 이러한 사랑과 연애가 위축, 상실되는 것으로 서술되고 있다.

(1) 이데올로기와 환각적 사랑

먼저 『목마른 계절』에서 사랑은 내일의 기약이 없어서 연애로 발전하지 못하고, 스쳐 지나가는 환각의 바람처럼 묘사되고 있다. 그 근본 원인은 이데올로기 혹은 이데올로기에 관한 열망이 사랑을 밀어내고 타자화하기 때문이다.

구체적으로 살펴보면, 진이가 향아의 약혼자인 민준식에게 연정을 느끼게 되는데, 알고보니 그는 좌익 활동가였다. S대 민청 사무실에 나타난 민준식은 진이가 당에 제출할 원고지를 구기고 감춰버린다. 진이는 '당의 이름이 전제군주 시대의 왕의 이름처럼 남용된다.'고 비판적으로 쓰고 있었던 것이다. 러브 레타나 쓰라고 길에서 장난말을 하는 그에게 진이는 급속도로 사랑의 감정을 느끼게 된다. 그러나 각자의 조직 속에서 과업을 수행하기 때문에 얼굴 보기도 어려운 관계였다.

팔 월에 비행기 기금 모금 활동으로 하루를 마친 진이가 현기증을 느낄 때, 당원 심사 문제로 S대학을 방문했던 민준식이 다가섰다. 구호와 벽보가 없는 교수 사택의 호젓한 분위기에서 그가 진이를 부축하게 되자 전쟁 상황도 잠시나마 잊게 된다. 그러나 이들의 정신적인 지향점은 전혀 다르다.

한참 후에 눈을 떠보아도 환각의 연속같이 발길이 허전하고 주위가 너무 고요하여 사람 사는 고장 아닌 곳에 혼자 던져진 듯 홀가분하면서도 역시 무섭다. …… 옆에 선 것은 준식이었다. **마주 본 준식의 눈동자 속에 진이, 자기의 모습은 없는 것 같다.** 그녀가 짐작할 수도 이해할 수도 없는 불가사의한 열망으로 어둡게 이글대고 있을 뿐이다.

준식은 거의 무의식적이지만 능숙하고 다정한 동작으로 비틀대는 진이를 뒤로부터 부축해 걷기 시작한다. 허리에 감긴 팔을 통해 전쟁과는, 더군다나 **당과는 아랑곳도 없는 감미롭고 오녀로운 것이 서서히 되살아옴을** 진이는 신기하게 자각한다. (pp.145-146)

실상은 입당이 보류되어 실망한 민준식은 사랑의 감정에 휩쓸린 진이에게 마음을 줄 여유가 없는 상태였다. 자신의 공산주의 이데올로기가 퇴색했다고 인정하는 민준식이었지만, 공산당원이 되려는 열망을 감추지 않았다. 그 이유는 그 이데올로기로 '부잣집 외아들' 노릇에서 벗어나야 한다는 것이다.

> 「아냐. 내 얘기야. 사내놈이 다 클 때까지 자기 힘으로 아무 것도 얻을
> 필요가 없는 생활, 상상해봐. 예쁜 색시까지도 발정하기 전에 미리 마련돼
> 있는……」
> 「심심했겠군요」
> 「심심한 유가 아냐. 난 뭔가 걷잡을 수 없었어. 내 힘으로 얻을 것이,
> 가급적이면 부모의 반대를 무릅쓰고 얻을 것이 필요했어. 그런 보람도 없인
> 정말 살맛이 안 났을거야」(pp148-149)

진이보고는 '빨갱이 짓'에서 물러나라고 하면서, 같이 물러나자는 진이의 말을 민준식은 거부하면서 빨치산이나 의용군으로 떠날 것이라고 한다. 결국 민준식에게는 진이와의 사랑보다 자신의 정체성을 찾는 일이 더 중요했다. 부모와 달리 공산주의 이념을 선택하면 그것이 가능하다고 믿고 있는 것이다. 이 순간 진이는 사랑이 배제된 타자가 될 뿐이다.

> 그녀는 같은 소리를 몇 번이고 웅얼웅얼 되풀이 하다가 제풀에 웅얼거림
> 을 그친다. 그가 듣지 않고 있다는 것을 알았기 때문이다. 한참만에야
> 「이건 이미 정해진 일이야. **내 몸뚱이가 노동자의 몸뚱이와 어떻게
> 다른가를 벌거벗고 비교하는 일은 아주 필요한 일이야.** 적어도 나에게
> 는. 도무지 거역할 수 없어」
> 드디어 진이도 그녀 힘으로 그를 어찌할 수 없음을 안다.
> 「당신은 정말 미쳤군요?」
> 「맞았어」
> 그 한마디로 그의 입은 굳게 닫힌다. 지금 그를 어디론지 몰고 가고
> 있는 건 사상, 이념, 이런 것하곤 또 다른, 그의 내면 깊숙한, 좀더 본질적인
> 것과 결부돼 있음직하다.(pp.150-151)

전쟁은 이처럼 연인 사이도 상호 동화되지 않고 분열하게 한다. 반

(反)공산주의로 돌아선 진이는 공산주의 이념을 아직도 붙잡으며 노동자와 같이 입대하는 것으로 자신의 자아를 찾겠다는 민준식의 열망을 이해할 수가 없다. 마침내 그녀는 민준식을 성적(性的)인 매력으로 잡아두려고 하지만 그것조차 실패한다.

> 그녀는 눈을 감고 볼을 내밀었다. 잠시 후 그의 입술이 다가온 것은 볼이 아니라 그녀의 입술 위였다. 둘은 서로를 애무하기에 똑같이 격렬했지만 진이는 한층 필사적이었다. …… 그러나 길고 긴 입맞춤은 삽시간에 끝나고 아까보다 더 어두워진 곳에 그녀는 혼자 남겨졌다. (p.152)

전쟁기의 청춘에게는 연인의 성적인 매력도, 에로티즘도 이데올로기에의 열망에 의해 타자화된다. 민준식에게는 노동자들과 함께 고생하면 '출신 성분의 오욕'을 씻고 출세할 수 있다는 공산주의 이념과 자신의 정체성 확립이 더욱 소중했다. 그래서 9.28 서울 수복 후 만난 진이와 향아는 민준식이 그녀들을 남겨두고 떠났기 때문에 상대방의 사랑을 인정하지 않는다.

사랑의 기회는 한 번 더 오지만, 이념이 사랑을 타자화해 환각으로 만드는 상황은 반복된다. 1월 후퇴령 이후 산동네 집에서 진이는 민준식과 기적적으로 재회하게 되었다. 민준식은 진이가 잊었던 사랑의 감각을 일깨워 놓았다.

> 어느 틈엔지 진이는 그의 시선이 자기 얼굴의 살갗을 어루만지고 있는 것처럼 느낀다. 그것은 순전히 느낌이면서도 싫지 않았을뿐더러 즐겁기조차 했다. 서서히 그러나 망설이지 않고 그의 손이 진이의 무릎 위에 단정히 놓인 그녀의 손 위에 겹쳐 온다. 여태껏 그녀가 악수해 본 어떤 인민군의 손하고도 닮지 않은, 그러면서 아주 낯익은 손이었다. 어디서 보았더라, 이 더없이 든든하고 잘 생긴 손을, 감촉은 따뜻하고 묵직했다.

그녀는 턱을 고였던 다른 한 손을 그의 손위에 포갠다. 이 떨림, 이 즐거움. 그러나 이런 느낌은 결코 오늘이 아니다. 진이는 그의 얼굴을 정면으로 쳐다본다. 허술한 방한모 밑 어두운 그늘에 우울하게 빛나는 눈. 그는 바로 민준식이 아닌가? ……

특무장의 견장은 갑희의 능숙한 솜씨로 너무 빠르게 완성되고 그들은 갔다. 극히 짧은 동안에 이런 일은 있었고, 그녀는 아직도 양손에 생생한 오뇌로운 어떤 감각을 주체 못한다.(p. 302)

한밤중에 대문을 나선 진이와 약속이라도 한 듯 기다리고 있던 민준식과 함께 밀회의 공간을 찾아 나선다. 그들은 육체의 합일에 암묵적으로 동의한 상태이다. 그러나 인민군에게 점거됐던 비교적 넓은 민가의 대청에서 짚더미 속의 뾰족한 막대기에 진이가 손바닥을 찔리자 그들의 육체의 욕망은 멈춰선다. 날 밝으면 떠나갈 민준식이 진이를 짚더미 위에 눕히기엔 그녀가 너무도 소중한 존재라고 깨달았기 때문이다. 그래서 육체적 합일조차 못하는 그 사랑은 진이에겐 현실감 없는 환각이 된다.

「사랑해 진이. 하필이면 이 무서운 전쟁통에 사람을 하다니. 귀여운, 가엾은 나의 신부(新婦)!」

입맞춤의 사이사이 그런 소리가 헐떡이듯 되풀이되었으나 진이는 다만 그 다정하고 감미로운 목소리를 즐겼을 뿐 그 뜻은 통 이해하려 들지 않았다. 드디어 그의 뺨이 진이의 뺨에 오래 포개진 채 움직이지 않더니 따뜻한 액체가 진이의 뺨을 적셔왔다. 그녀는 깜짝 놀라며 뒤늦게 그의 말을 귓전에 되새기고 차츰 그 뜻을 이해한다. (p.305)

그 환각조차도 순간이다. 민준식이 어머니와 신부에게 줄 반지 이야기를 하며 감상에 젖게 되자 진이는 전쟁 상황임을 금세 기억하게 된다.

둘은 암담해지고 만다. 철딱서니 없이 미래라니? 이 미친 전쟁에. 세상이
온통 죽고 죽이는 일에 미쳐 돌아가는 이 난리통에 미래라니?
　진이는 발작적으로 준식의 품에서 몸을 빼내 그 앞에 무릎을 꿇는다.
「도망가요, 네. 오늘 밤, 지금 곧. 우리들이 감쪽같이 숨을 수 있는 집은
얼마든지 있어요. 다시는 다시는 준식씰 놓칠 수 없어요」(p.308)

그러나 민준식은 이번에도 완강히 거부할 뿐이다.

　「맙소사 나를 사랑한다더니, 신부니 빨간 반지니 축복이니 다 거짓말이
었군요」

　진이는 처참하게 울부짖는다.

　「진정해. 적어도 남자가 자기가 선택한 자기 편을 배반할 땐 여자와의
사랑이라든가. 어머니가 보고싶어서라든가, 이를테면 **세속적인 행복에의
욕구 말고 좀더 결정적인 것을 증언할 수 있어야 하지 않을까?** 내 선택
이 어째서 그릇됐나를 누구에게고 떳떳하게 증언할 수 있을 때 나는 비로소
내 편을 배반할 수 있을 거야. 지금 진이 때문에 또는 동상 걸린 발가락의
아픔 때문에 내 편을 배반할 순 없어」(p.309)

공산주의와 결별할 명분이 없다는 민준식의 동상 걸린 발을 감싸며
진이는 그녀의 털양말을 신겨주는 것으로 이별의 준비를 마치게 된다.
민준식은 비극적 이별의 절차조차 거부한다.

　……그러더니 또 자기네와 향아네 따위, 소위 행세깨나 한다는 점잖은
집안의 「고상한 체」의 내용물인 속악과 거짓과 파렴치와 탐욕을 입에 거품
을 물어가며 매도하기 시작했다. 상소리 곁들여 「엣 퇴퇴퇴」하고 침까지
뱉아가며. 그러면서도 그는 진이를 멀찌감치 밀어 주기도 하고 자기 옷의
지푸라기도 뜯어내고 모자도 쓰고 지까다빈지 농구환지 모를 이상한 모양

의 헝겊신의 끈도 매고, 이를테면 갈 준비를 하는 것이었다.(p.312)

민준식은 진이가 바라는 조그만 약속도 '기약없는 이별'이라는 농담으로 거절한다. 그는 '죽지 말자'는 약속만 하자며, 진이를 비탈길로 떠밀어낸다.

전쟁기는 이데올로기를 버리려면 '고향 부모 애인에게로 돌아가고픈 자연스러운 사람의 마음씨' (p.336)가 아니라 명분이 필요하다고 역설하고 있다.

후에 북으로의 거짓 피난에서 돌아와 진이는 민준식의 오류를 지적한다. "그는 오빠와는 달리 이번 난리에 너무 쉽게 자기 편을 선택했죠. 그것을 후회한 나머지 자기 편을 배반하기는 좀 어렵게 하려는 괴짜예요."(p.393)

그러면서 진이는 언제까지 기다리지는 않겠다고 한다. 민준식이 안 돌아오더라도 '행복해지고 싶은 욕망이 너무 강하여 딴 행복을 발견할 것'이라고 말한다.

『목마른 계절』은 이처럼 전쟁기의 젊은이들에게 이데올로기나 탈(脫)이념이라는 또다른 이데올로기가 작용하여 사랑을 위축시키는 것으로 묘사하고 있다. 사랑은 타자화되고 한순간의 환각처럼 스쳐 지나가는 것이 되어 버리며 비극적 상처도 허용 않는다. 진이는 오빠의 죽음에는 크게 상처 입지만, 가버린 민준식으로 인해 상처 입은 것은 아니다. 육체적으로 한 몸이 될 수도 없었으며, 기다려달라는 요구도, 기다리겠다는 언약도 하지 않았던 사랑은 민준식의 우스꽝스러운 이별 장면처럼 날아가 버린 것이다.

결국 『목마른 계절』에서 청춘의 사랑은 연애로 발전하여 현실 속에 뿌리를 내리지 못하고, 환각의 바람처럼 스쳐 지나갔다. 대신 현실에 뿌리내린 것은 이데올로기였다.

(2) 우정 담론과 연애 상실

『대학시절』의 사랑은 극히 조심스럽게 드러난다. 작가는 일단 사랑이라는 용어를 쓰기를 꺼리고 '우정'이라는 말로 대신하려고 한다. 전후 건설기의 대학은 사랑을 개인의 소비적인 욕망으로 바라보아 억제하기를 바라고[24], 간석지 생산을 위한 집단 연구 활동만을 허용하기 때문이다. 사랑과 연애를 대신하는 것은 우정 담론이다. 이 우정은 작중인물 김호영의 목소리로 '우리들의 세계관이 정립되는 시기에 움트고 열매 맺는 고결한 감정이고 또 온갖 사귐이 없는 젊음으로 다듬어지는 순결한 감정'이라고 정의내려진다.

작가 허문길은 텍스트 전반부에서 연포천의 추암령 전투에서 생환한 한철애와 설명기의 전우애가 연애로 발전하지 못하고 간석지 개간을 위한 설명기의 기초 공부, 한철애의 논문 문제 등을 둘러싸고 고민하는 우정에 머물고 있음을 강조하고 있다.

특히 전사한 주명호 중대장의 영향으로 지리학과로 전과한 설명기에게 한철애는 학습 방조를 해주는데, 설명기의 성적이 별 향상이 없으므로 한철애가 걱정하는 데서 우정 담론은 극에 달한다.

> 어쩐지 설명기가 가까이 나타난 후부터 마음 속에도, 생활에도 조심스러운 일이 한두가지가 아니다.[……] 이것이 다 남자들의 자존심일까?
> 그러나 나는 그에게 이야기하지 못한다.
> 결과는 어떻든지 그의 결심이 고상하고 그의 행동이 사람들의 심금을 울리고 있기 때문이다.[……] 돌격전에서 쓰러지고야 말 그를 보며 속수무책으로 있어야 하는 마음…이것이 과연 벗의 도리일까? 그러니 어떻게 해야 한단 말인가? 아니 이것이야말로 벗이 된 까닭에 내가 당해야만 하는 고민

---

24) 사랑은 에너지의 분출이라는 점에서 일종의 소비로 볼 수 있다. 북한 소설의 사랑의 억제 모티프에 관해서는 서은선 「욕망과 소비의 변주-북한 소설 읽기」≪여기≫창간호 pp. 86-98 참고.

인가 보다.!(p.168)[25]

작가가 이들의 우정이 사랑임을 알리는것은 텍스트 후반부 간석지 현장에서 설명기가 한철애를 그리워하며 대학의 연구소에 있는 그녀에게 보내는 편지를 보내는 장면에서이다.

> '과연 한철애가 나에게 무엇이라 말인가.'[.....] 영원한 작별로 이어질 수 있었던 그 준엄한 시각에 무엇을 생각하였던가. 세차게 흉벽을 두드리던 심장의 몸부림에서 과연 우정의 감정을 뛰어넘은 그 무엇을 넘겨주지 않았던가.
> 참으로 추암령은 그들의 가슴에 차곡차곡 쌓여지던 우정의 감정을 보다 아름답게 승화시켜준 첫 기슭이었다.
> '그렇다. 나는 이 밤에 나의 대답을 철애한테 주자! 그리고 그를 구해내자!' (p.408)

그런데 이 편지는 연애 편지로 보기에는 너무나 무겁다. 한철애의 구태의연한 논문 집필을 질책하고 간석지 현장에서의 창의적인 연구 활동을 할 것을 요구하는 실용적인 편지이다.

> '준엄한 시절의 영웅도 그 시절의 신념을 잃고 살아간다면 시대에 역행하는 쓰레기가 될 수 있소. 시대의 낙엽으로 날려갈 수 있소. 이것이 나는 더욱 무섭소.'(p.410)

그럼에도 불구하고 그 편지는 간석지 현장으로 달려온 한철애에 의해 사랑을 고백한연애 편지가 된다. 그러나 이들의 사랑은 연애 과정

---

25) 이부분은 한철애의 심리를 내적 독백으로 표현한 부분이다. 북한 소설이 리얼리즘을 지향하지만, 모더니즘 소설의 기법도 부분적으로는 수용한다는 것을 알 수 있다.

없이 동지적 결합으로 바로 변모해 버린다.

> 설명기가 이렇듯 감탕을 헤치며 돌을 날라 뚝을 쌓고 밤을 지새워 계산
> 을 할 때 연구소의 밝은 사무실에서 편안히 논문을 작성하여 왔다는 것이
> 부끄럽기도 하고 죄스럽기도 하였다. …… 더구나 설명기가 잡은 이 연구
> 과제를 심화시키자면 누구보다도 자신이 그 옆에 있어야 한다. 벌써 그렇게
> 되었다면 설명기가 피곤에 지쳐 하루를 보내고 또 수많은 계산풀이에 시달
> 려 밤을 밝히는 것만이라도 덜어줄 수 있지 않았겠는가 하는 생각이 들었다
> 그는 가슴에 저려드는 후회와 자책 속에서 앞으로 실습논문을 바꾸되
> 설명기의 논문에 접근시키리라고 고쳐 생각하였다. 그리고 설명기가 이
> 논문을 완성할 때까지는 다시는 절대로 그의 옆을 떠나지 않으리라고 굳이
> 마음을 다졌다. (p.421)

인용처럼 한철애는 설명기의 연구에 도움이 될 논문을 쓰겠다고 다
짐하는 동지적 사랑을 보인 것이다. 이들의 사랑은 전쟁터에서 함께
보낸 전우애가 바탕이 되었지만, 서로의 인격을 성숙하게 발전시킬 사
랑의 갈등이나 다툼, 라이벌의 등장, 애뜻한 애정 표현, 에로티즘 등의
연애 과정이 완전히 생략되어 있다. 작가는 오로지 간석지 개간을 위한
동지적인 연구 활동만을 강조하면서 이들의 사랑이 결국 북한의 미래
를 위한 연대가 되어야 한다고 서술하고 있다. 작가가 개인의 사랑보다
는 북한 공동체의 전후 건설 주체로서의 이념적 삶을 더 중요하다고
인식했기 때문이다.

그런데 『대학시절』에서 사랑이 연애로 발전한 것은 오히려 신창수-
최화실 커플의 짧은 연애이다. 최화실에게 첫눈에 반한 신창수가 시골
풍습으로 인해 맞선 형식을 취하긴 했지만, 연애 편지가 오가던 관계였다.

> 신창수의 편지에는 언제나 처녀가 보름달로, 햇님으로 눈부시게 떠올라

있었고, 이 세상 가장 아름다운 꽃송이로 피어 있었고, 별처럼 끝없이 새롱
거리는 사랑의 천사로 방글거리고 있었다.

첫사랑이 가져다준 커다란 행복을 신창수처럼 현란한 낱말들로 표현할
줄 몰랐던 최화실은 몸을 부디 조심하라는 간절한 부탁과 함께 다달이
받는 노임의 전부를 고스란히 보내주는 것으로써 제 마음에 변함이 없음을
전해 주곤 하였다. (pp.272-273)

그러나 이런 연애도 전쟁이 발발하자 이별하는 것으로 끝이 나고
만다. 제대하고 복학한 신창수가 출세욕으로 문부성 유학국장을 아버
지로 둔 차정희에게로 접근해갔기 때문이었다

아이러니하게도 신창수가 출학당하는 데는 최화실에게 보낸 연애편
지가 한몫 작용한다. 미래의 지도자가 되어야 할 대학생의 부도덕한
변절임을 그의 연애 편지가 증명해주었기 때문이다.

결국 작가는 청춘남녀의 달콤한 연애보다는 대학의 이념적 삶을 더
바람직하다고 생각한 것이다.

요약하면 『목마른 계절』에서 진이와 민준식과의 사랑은 연애로 발전
하지 못하고 한순간의 환각으로 묘사되고 있다. 그것은 이데올로기가
사랑보다 더 강하게 민준식에게 작용했기 때문이다. 그들은 비극적 이
별조차 나누지 못하고 남과 북으로 나뉘어지고 만다.

『대학시절』에서도 사랑은 연애로 발전하지 못하는데 전후 건설기의
북한 사회는 대학생 남녀에게 개인적 사랑보다 생산의 주체가 되기를
원하였다. 따라서 한철애와 설명기의 사랑은 심화되지 못하고 전우애
로, 우정으로, 동지적 결합으로 서술되는 우정 담론의 주인공이 되었다.

이처럼 전쟁기는 남북한의 청춘 남녀에게 사랑을 위축시키고 연애를
상실하게 하면서, 현실 논리만을 강요하였다.

7. 마무리

한국전쟁 기간에 대학생을 중심으로 일상의 삶을 서술한 남의 작가 박완서의『목마른 계절』과 북의 작가 허문길의『대학시절』을 중심으로 대학가의 이데올로기 문제와 민중의 일상 생활, 작가 담론에 대해 비교 연구해 보았다. 그 결과를 요약하면 다음과 같다.

첫째 두 텍스트는 모두 체험에 바탕을 둔 소설이지만 6.25 당시에 쓰인 것은 아니다. 6.25 이후 이십 여 년이 지나 집필했기 때문에 전쟁 당시와는 달리 객관적인 서술 태도가 공통점인데, 집필 목적에는 차이가 있다.『목마른 계절』은 전쟁을 겪었던 개인적 고통의 기록에 중점을 두었지만,『대학시절』은 북한의 전후(戰後) 국토 개발을 위하여 수령과 대학인들이 연대하여 일군 이념적 삶에 대한 기록이 목적이었다.

둘째 두 텍스트는 모두 장편소설로서 전지적 작가 시점서술의 서술 방식을 택하고 있다. 그래도 약간의 차이가 있는데,『목마른 계절』은 특정 등장인물에게 서술을 넘기는 부분이 많아 삼인칭 제한적 서술로 볼 수 있는 부분이 대부분이다. 그래서 진이의 시점이 두드러진다. 여기에 비해『대학시절』은 등장 인물이 다양하고 수령 형상화로 인하여 작가의 대리인인 공적 화자가 서술을 맡는 경우가 대부분이어서 전형적인 전지적 시점서술이 된다. 그러므로『목마른 계절』보다는『대학시절』의 공적 화자가 텍스트에 직접 개입하는 비중이 크므로 작가 담론도 더 노골적으로 드러난다.

셋째 두 소설 모두 전쟁기 대학가 풍경을 큰 비중으로 묘사했는데, 작가 담론이 다르기 때문에 그 서술 내용은 대조적이다.

『목마른 계절』에서 인민군이 점령한 서울의 S 대학 캠퍼스는 북한의 전쟁 수행을 돕기 위한 광기의 전진(前進) 기지로 바뀌는데, 진이는 자유 사고를 증오하는 공산주의 체제에 회의를 느끼게 되면서 좌파적 이상은 오히려 쇠퇴하고 만다. 그러나『대학시절』의 북한 캠퍼스는 간석지 개간으로 물질적 풍요를 꾀하려는 수령의 공산주의 이상이 가득한 공간으로 서술되고 있으며, 한림오, 한철애, 설명기 등이 열심히 호응하여 연구하려는 자세를 보여준다.

넷째 전쟁은 젊은 여성이 가장(家長) 의존 상태에서 벗어나 일상생활의 주체가 되게 했다.

『목마른 계절』초반부에서 북한의 전쟁 명분은 남반부 인민의 해방으로 설정되어 있지만, 빈민들조차 북한의 전쟁 수행에 협조하지 않는다. 오빠의 영향으로 좌파 이념에 물들었던 진이도 오빠가 의용군에 강집(强執)되는 것을 계기로, 민중의 고통을 외면하고 죽음을 예사롭게 여기는 전쟁을 거부하는 반(反)공산주의, 반전사상을 지니게 되는 등 주체적 인식을 하게 되었다.

이후 진이는 양식 조달이 전부인 생활의 주체로 거듭 나야만 했는데, 인민군이 민중의 양식난은 외면하면서 예술 선전극을 보여주고, 홀로 남은 노인들을 봉양하던 소년소녀들을 강제 북송하자, 진이는 공산주의 체제의 위선과 냉혹함을 철저히 비판하게 된다.

『대학시절』에서는 한철애 등이 직접 입대하여 전쟁을 적극적으로 수행하는 것으로 여성 주체적인 삶을 보여주고 있다. 또한 대학 복학 후에는 연구 주체가 된다. 차정희는 폭풍우치던 바다에서 쪽배로 생명을 걸고 영웅적인 관측기록을 하는 연구 주체로서의 모습을 여실히 보여준다.

다섯째 두 텍스트에서는 청춘 남녀의 비중이 큰 데 비하여, 이들의 사랑은 전쟁 상황으로 인해 위축되면서 연애로 발전하지 못한다.

『목마른 계절』에서는 전쟁 상황과 이데올로기 문제가 사랑을 밀어낸

다. 그래서 진이와 민준식은 이데올로기 격차를 해소하지 못하고 비극
적 이별 장면도 없이 남과 북으로 헤어진다. 이때 사랑은 환각처럼 스쳐
지나가는 것으로 서술된다.

『대학시절』』에서는 우정 담론이 사랑과 연애를 대신하고 있다. 한철
애와 설명기의 사랑은 전우애로, 혹은 학우의 우정으로 서술되면서 연
애로 발전하지 못한다. 간석지의 감탕 연구에 열정을 바치는 설명기에
게 감동하여 보조 연구를 하겠다는 한철애의 헌신적 사랑은 연애 과정
이 생략된 채 바로 동지적 결합이 되어 버린다. 전후복구기의 북한 상황
이 개인에게 사랑이 아니라 생산의 주체가 되기를 요구했기 때문이다.

텍 스 트

박완서,『목마른 계절』, 수문서관, 1978
------,『그 산이 정말 거기 있었을까 』, 웅진출판사, 1995
허문길, 『대학시절』, 개마고원, 1992

참 고 문 헌

칼 마르크스 / 프리드리히 엥겔스(박재희 역),『독일 이데올로기 I 』,
청년사, 1988
권영민 편, 『북한의 문학』, 을유문화사, 1989
김재용, 「김일성 사후의 북한문학」≪문예중앙≫, 1996, 여름
김현숙, 「북한문학에 나타난 여성인물 형상화의 의미」『여성학 논집』』
        제11집, 1994
리타 펠스키(김영찬, 심진경 공역), 『근대성과 페미니즘』, 거름, 1998

서은선,「소비와 욕망의 변주 -북한소설 읽기」≪여기≫, 2004, 겨울

------,『최인훈 소설의 서사 형식 연구』,국학자료원, 2004

수잔 스나이더 랜서(김형민 역),『시점의 시학』, 좋은날 인문사회총서,
        1998

신용수,『북한 경제론』, 답게, 2000

신형기,『민족 이야기를 넘어서』, 삼인, 2003

양옥순,「북한 문예정책의 변천에 관한 연구 - 소설의 주제 변화를 중심
        으로』(한국교원대 대학원 국민윤리교육 전공, 석사학위 논
        문), 1996

이재인 /이경교 편,『북한문학 강의』, 효진, 1996

임규찬,「분단체제와 박완서 문학」≪작가세계≫, 2000, 겨울

정문길,『소외론 연구』, 문학과 지성사, 1978

최동성,「수령형상문학의 형성과정」『북한문학의 이해』(목원대 국어
        교육과 편), 국학자료원

1956년의 북한소설
-「나비」, 「방임하지 말아야 한다」를 중심으로-

조 명 기

1. 「나비」, 「방임하지 말아야 한다」의 문제성

1967년에 표명된 주체사상은 북한문학의 획일화에 결정적 요인으로 작용하였다. 그러나 많은 남한 연구자들은 1967년 이전인 1950년대 말엽부터 주체사상의 단초가 이미 형성되고 있었다고 본다.[1] 김일성은 1956년의 소위 '8월 반종파투쟁'을 통해 숙적들을 처단함으로써 자신의 입지를 독보적인 것으로 만들고, 천리마 운동이라는 정치화된 대중운동[2]을 통해 자신의 독점적 지위를 자연스러운 것으로 만들어 나가기 시작했다. 이는, 해방 직후부터 김일성 우상화 작업이 다각도로 이루어지고 있었음에도 불구하고, 8월 반종파투쟁 이전의 시기는 정적과의 대립, 갈등, 점진적인 승리의 과정이었음을 증명한다. 다시 말해, 평화

---

[1] 대표적으로 김재용, 박형중의 논의를 들 수 있다. 김재용, 「지상토론」 중에서, 『민족문학사연구』 5호(민족문학사연구소, 1994), 44-45쪽 참조 ; 박형중, 「1950년대 북한 정치와 권력:인전대적 동원체제 형성과 3중의 권력투쟁」, 경남대학교 북한대학원 엮음, 『북한현대사 1』(한울, 2004), 303쪽 참조.

[2] 정영철은 북한의 대중운동을 정치화된 대중운동으로 규정하고 있다. 정영철, 「1970년대 대중운동과 북한 사회:돌파형 대중운동에서 일상형 대중운동으로」, 『현대문학연구』 6권 1호(경남대학교 북한대학원, 2003), 128쪽.

적 민주 건설 시기(1945년~1950년), 전후 복구 건설과 사회주의 기초 건설을 앞당기기 위한 투쟁 시기(1953년~1960년) 등으로 지칭되고 있음에도 불구하고,3) 8월 반종파투쟁 이전의 시기는 국내파, 연안파, 소련파 등과의 정쟁 속에서 김일성이 상대적으로 우월한 지위를 누리고 있던 시기라고 보아야 한다.

1956년의 반종파투쟁은 1958년에 접어들면서 정치투쟁에서 사상 투쟁, 경제건설사업으로 옮아가며,4) 이와 때를 같이 하여 북한의 문학은 다소나마 회복하고 있던 자율성을 상실하기 시작한다.5) 여기서 말하는 다소나마 회복하고 있던 자율성이란 도식주의6)에 대한 비판을 가리킨다. 1953년 스탈린이 사망하면서 소련에서 개인숭배에 대한 비판이 제기되었는데, 이 소식은 북한 정치계뿐만 아니라 문학계에도 직접적인 영향을 주었다. 제3차 조선 노동당대회(1956년 4월)의 결정으로 열린 제2차 작가대회(1956년 10월)는 기존 문학의 도식주의, 교조주의에 대한 반성·비판으로 채워졌다. 무갈등론(좋은 것과 더 좋은 것의 갈등)으로는 문학 특히 소설에서 제대로 된 작품을 기대할 수 없다는 문학인들의 위기감7)이 소련에서 벌어진 논의들에 힘입어 적극적으로 표출된

---

3) 김병진, 「해방 이후 북한 소설사」, 김종회 편, 『북한 문학의 이해 2』(청동거울, 2002), 56쪽 참조.

4) 이종석, 『조선로동당 연구』(역사비평사, 1995), 283쪽 참조.

5) 김재용, 『분단구조와 북한문학』(소명출판, 2000), 53쪽 참조.

6) 북한에서는 도식주의를 현실 생활에 기초하여 그것을 진실하게 묘사하는 대신에 작가 자신의 주관적 견해를 도해하는 태도로 규정한다.(조선작가동맹, 「제2차 조선 작가대회 부고 '전후 조선문학의 현 상태와 전망'에 관한 결정서」, 『제2차 조선작가대회 문헌집』(조선작가동맹출판사, 1956), 311쪽 참조) 그러나, 북한 문학의 도식성은 작가 자신의 주관적 견해에서 발생한 것이 아니라, 외부의 억압기제에 힘입은 바 크다. 그런데도 도식주의를 작가 개인의 문제에서 비롯된 것으로 간주하는 이유는, 당은 절대적으로 신성한 존재이기에 당을 훼손할 수는 없다는 점 때문이다.(신형기·오성호, 『북한문학사』(평민사, 2000), 180쪽 참조)

듯 보인다. 그러나, 8월의 반종파투쟁 즉 김일성의 독점적 지위 구축, 주체화 작업은 도식주의에 대한 반비판이라는 형태로 북한 문학에 영향을 끼친다. 도식주의에 대한 비판은 "낡은 부르죠아 문학의 반동적 영향"[8]으로 재비판받게 되고, "1930년대 항일 무장투쟁시기의 김일성 동지를 비롯한 견실한 공산주의자들의 형상"[9]화에 힘을 기울이면서 북한의 문학은 획일화의 길로 접어든다. 이처럼, 1956년의 8월 반종파투쟁은 당대 북한 문학의 성격뿐만 아니라 미래의 북한 사회를 결정짓는 중요한 사건이었다.

그런데 제2차 작가대회가 8월 반종파투쟁보다 6개월 가량 뒤늦게 개최되었음에도 불구하고, 이 대회에서 북한의 많은 작가들은 북한 문학의 도식성·교조성을 거세게 비판한다. 비록 제2차 작가대회가 1956년 4월의 제3차 당대회의 결정으로 개최된 것이었기에 작가대회의 성격이 다소간 결정된 상태라고 하더라도, 문학가들은 불과 1, 2년 후에 번복해야만 할 주장들을 제2차 작가대회에서는 거침없이 내놓고 있는 것이다. 8월 반종파투쟁과 제2차 작가대회 사이에 놓인 6개월이란 기간은 8월 반종파투쟁의 지향점을 파악하기에 충분한 시간이었을 것이며, 1956년 12월에 공식적으로 제기된 천리마운동 또한 8월 반종파투쟁의 목적을 인지하는데 중요한 단서를 제공하고 있었다. 그럼에도 불구하고, 1958년 10월 김일성이 「작가 예술인들 속에서 낡은 사상잔재를 반대하는 투쟁을 힘있게 벌릴데 대하여」라는 교시를 내릴 때까지 도식주의 논쟁은 지속되고 있다.

문제를 이렇게 요약할 수 있다. 8월 반종파투쟁과 관련된 일련의 사

---

7) 김재용, 위의 책, 50쪽 참조.

8) 한설야, 「공산주의 교양과 우리 문학의 당면 과업」, 이선영·김병민·김재용 편, 『현대문학 비평 자료집』 이북편/1956~1962(태학사, 1993), 11쪽.

9) 한설야, 앞의 글, 34-35쪽 참조.

건들을 통해 북한의 작가들은 김일성의 의지를 분명히 읽을 수 있었을 것임에도 불구하고, 김일성이 분명한 교시를 내리기 전까지 왜 김일성의 의지와는 상반되는 듯한 태도를 취하고 있는가, 그리고 개인의 창작적 자유가 상대적으로 강화된 시기의 작품들은 북한 문학사에서 어떤 위치를 차지하는가가 그것이다. 도식주의 논쟁과 관련된 소설들은 이에 대한 해답을 구하는데 도움을 줄 것으로 생각된다. 따라서 본고는, 도식주의 논쟁에서 중요한 논쟁거리로 등장했던 전재경의 「나비」(『조선문학』 111, 1956.11)와 박태민의 「방임하지 말아야 한다」(『조선문학』, 1956.5)를 살펴봄으로써 1956년의 소설이 북한 소설사에서 어떤 위치를 차지하고 있는지를 알아보고자 한다. 두 소설의 위치를 좀 더 정확하게 이해하기 위해, 전후 복구 건설을 훌륭하게 다루었다고 북한에서 평가받고 있는 변희근의 「빛나는 전망」(『조선문학』, 1954.6)과 천리마 시대의 새로운 인간상을 잘 드러냈다고 평가받은 김병훈의 「길동무들」(『조선문학』 158, 1960.10)도 같이 살펴볼 것이다.

2. 이질적인 사적 욕망

(1) 부정성의 성격과 교정

「나비」와 「방임하지 말아야 한다」는 이상적인 공산주의적 인간형이 아니라 부정적 인물을 다루고 있다는 점에서 공통된다. 「나비」의 고영수와 「방임하지 말아야 한다」의 김영호가 지닌 부정적 성격이란 구체적으로 무엇을 가리키는가.

> 그는 다시 생각하였다. 앞으로 조선이 사회주의로 갈려면 가고, 공산주의로 갈려면 가라. 어차피 그 길로 나가는 수 밖에 없을 테니. 다만 자기는 그 길이 무엇이던간에 그것을 적극 찬성하고, 선봉을 서 나가면서 바싹

달려붙어 제속만 차리면 그만이 아닌가. 협동 조합이 되어도 그것을 관리하
고 운영하는 간부는 있을 것이요 그들은 일반 조합원과 같이 로동은 하지
않을 것이니 간부만 한 자리 벌면 그만이 아닌가.10)

「나비」의 고영수가 보여주는 부정성은 크게 두 가지다. 하나는, 한국
전쟁 기간의 경험을 통해 남한과 미군에 "혐오와 증오를 더욱"(82쪽)
느끼며 "그들(남한과 미군-인용자 주)을 바라보고 있었던 자기를 뉘
우"(82쪽)치지만, 그는 근본적으로 당의 이상이나 북한의 체제에 대해
서는 무관심하다는 점이다. 둘째, 당성이 없음에도 불구하고 그는 사회
체제의 변화에 적극적으로 적응하고 찬성하는데, 그 이유는 자신의 사
적인 욕망을 충족시키기 위해서이다. 고영수의 사적 욕망이란 일생 동
안 노동하지 않고 물질적 풍요를 누리는 것이다. 그가 저지른 많은 불법
과 악행은 사적 욕망 때문이다. 고영수는 당·국가의 체제 혹은 지침에
"적극 찬성하고 선전"(85쪽)하지만, 그것은 당·국가의 이상을 내면화하
고 주체화한 결과가 아니라 자신의 사적 욕망을 충족시키기 위한 방편
일 뿐이다. 고영수의 언행은 내면화된 당·국가의 이상에 의해서가 아니
라 당·국가의 이상과 대립되는 사적 욕망에 의해 추동되고 있다. 표면
적으로 내세워지는 당·국가의 이상은 은밀히 감추어진 사적 욕망에
의해 끊임없이 부정되며 훼손당한다. 그리고, 고영수가 사적 욕망을
충족시키기 위해 당·국가의 이상과 지향을 훼손하는 과정은 소설의
절반을 차지하고 있다. 다시 말해, 「나비」가 북한 독자들의 흥미를 자극
했다면, 그것은 고영수가 저지른 부정의 구체적 위악상을 기술하는데
바쳐진 소설 전반부에 힘입은 바 크다고 할 수 있다.

그러나, 소설은 고영수의 사적 욕망이 감추어진 상태가 아니라 모두
드러난 상태에서 시작한다. 고영수를 제외한 등장인물 모두는 고영수

---

10) 전재경, 「나비」, 『조선문학』 111(1956.11), 85쪽.

가 당·국가의 이상을 훼손함으로써 조합원 자신들의 삶 또한 훼손하고 있다는 사실을 알고 있다. 따라서, 소설의 초점은 조합·당·국가가 고영수의 부정성을 교정할 수 있는가 하는 데 바쳐진다. 소설이 "「그런 불순 분자를 고쳐놔야지요. 조합이란 그래서 좋다는 것이 아니겠어요?」(중략)「세포 위원장이 자꾸 두고 보자구 해서 그렇게 결정은 했지만 그 버릇은 못 고칠거야.」"(78쪽)로 시작하는 이유도, 개인의 위악성에 대한 조합·당·국가의 교정 능력 보유 유무에 소설의 초점을 맞추기 위해서이다. 이에 따라 소설의 후반부는 조합이 고영수를 교정해가는 과정을 기술하고 있다.[11]

「나비」는 개인의 사적 욕망과 조합·당·국가의 이상간의 팽팽한 긴장, 적대적 갈등에서 출발한다. 개인의 위악성이 극대화될수록 긴장은 고조되며 개인의 교정 과정은 극적이고 교훈적인 것이 될 수 있다.

「방임하지 말아야 한다」의 주인공 김영호가 지닌 부정성도 「나비」의 고영수가 지닌 그것과 유사한 면이 있다.

> 「(전략) 나는 그가 반장에서 해임된 이후 겪은 심리적 고통이라든가, 진숙 동무와의 애정 관계에서 받은 정신적 타격이라든가, 더우기 자기가 작성한 보이라 복구 계획안이 신임 반장 것보다 합리적인데도 불구하고 직장장한테서 거부를 당하고는 그걸 다시 기술 협의회에나 당부에 건의하지 못하고 혼자 안고 돌아가다가 결국 그런 부당한 방법을 취하려구까지 이른 경위를 들을 때 동정이 가기보다는 솔직히 말씀드려서 화가 났습니다. 왜 당원으로서 그런 경우에 당부를 찾지 않았겠습니까? 응당 지지를 받을 수 있는데 글쎄….」 / (중략) / 「물론 그 때 당 지도부는 심각한 자기 비판을 했습니다만 당원이 자기의 절박한 문제를 당 위원회까지 제기할 수 없게끔 그렇게 위축 당하게 했다는 사실은 아무리 좋게 평가하드래도 당 단체가 자기 사업을 옳게 했다고 인정할 수 없지요.」 / (중략) / 「일인즉 이렇게

---

11) 김하명, 「풍자 문학과 사회주의적 사실주의-최근에 발표된 풍자 작품을 중심으로-」(『조선문학』, 1958.7), 409쪽 참조.

되였지요. 교양을 해야 할 대신에 교체를 해버렸지요.」[12]

　김영호는 보일라 복구 문제로 인해 직장장과 갈등을 빚는다. 그러나, 둘의 갈등은 그것보다 더 뿌리가 깊어 한국전쟁 시기까지 거슬러 올라간다. 한국전쟁 당시에 직장장은 가족을 소개시키기 위해 공장을 방치했으며, 김영호는 공장을 지키려다가 적의 폭격에 가족을 잃는다. 김영호와 직장장이 각각 지키려고 했던 것은 공적인 것과 사적인 것으로 뚜렷이 대비된다. 그럼에도 불구하고, 직장장은 직공장에서 직장장으로 승격되고, 김영호는 상급자에게 "불손하게 행동했다는"(13쪽) 이유로 비판받는다. 사적인 것을 지향하는 가치관이 공적인 것을 우선시하는 가치관에 승리하는 결과에 이르게 된 셈이다. 그것도 당 회의가 공적 질서 유지를 근거로 삼아 직장장의 승리를 결정하였기에[13] 당의 지향과 자신의 가치관을 일치시켰던 김영호로서는 심각한 심리적 타격을 받게 된다. 이 사건은 전후 보일라 복구 문제에까지 이어진다. 김영호는 복구 기간을 단축하고 보일라를 제대로 복구하기 위해서는 보일라를 복구한 후 보일라실에 들여야 한다고 주장하지만, 직장장은 김영호의 의견을 묵살하고 보일라실에 먼저 들여놓은 후 복구하기로 "강요하다싶이 결정을"(17쪽) 짓는다. 그 후 보일라 복구에 연이어 실패하게 되자 직장장은 김영호를 작업반장에서 파면시키게 되고, 김영호는 "일은 자기가 망쳐 놓고 자기를 강직시켰"(17쪽)다고 생각하면서 직장장을 가

---

12) 박태민, 「방임하지 말아야 한다」, 『조선문학』(1056.5), 34-35쪽.

13) "직장장(당시는 직공장)보다는 영호 동무가 몹시 비판을 받았다"(13쪽)는 것으로 직장장과 김영호 모두 비판의 대상이 된 듯 보인다. 그러나 직장장과 영호가 대립적 관계에 있었다는 점, 직장장이 직공장에서 직장장으로 승격되었다는 점, 소설이 보일라 복구 문제를 둘러싼 둘의 대립·갈등을 중심적이고 전면적으로 다루고 있다는 점으로 미루어 보아, 당 회의는 직장장의 상대적 승리를 선언한 것으로 이해되어야 한다.

증스럽게 여긴다. 보일라 복구 문제는 전후에 파괴된 당과 국가를 재건하는 문제인 동시에 김영호와 직장장간의 사적인 감정의 문제가 된 셈이다.

김영호의 부정성은 보일라 복구 문제를 인식하고 해결하는 방식에 있다. 그는 이 문제를 당·국가의 차원에서 인식·해결하지 않고 사적인 차원에서 인식하고 또 지극히 개인적이고 감정적인 방법으로 해결하려 한다. 보일라 복구 문제를 개인적이고 사적인 차원에서 인식하게 된 원인은 두 가지이다. 하나는, 당·국가에 대한 불신에서 비롯된다. 자신을 낙후분자로 간주하고 있기에 자신의 계획을 당이 받아줄 리가 없으리라는 것, 자신의 계획안이 질투심에서 출발한 것으로 오해받을 수 있다는 것이 그것이다. 이로 인해 김영호는 자신의 계획을 기술협의회나 당부같은 국가 기관에 제기하기를 포기한다. 또 다른 요인은 진숙과의 애정문제이다. 김영호와 진숙은 애정을 쌓아가고 있었지만, 김영호가 작업반장에서 파면당하자 진숙은 그에게 자극을 주기 위해 다른 남성과 교제하는 듯한 태도를 취한다. 김영호는 진숙의 변화로 인해 "질투와 자기 모멸감"(28쪽)에 사로잡힌다. 진숙의 행위는 김영호에 대한 감정의 변화 때문이 아니라 김영호를 "기어코 모범 기능공으로 다시 추켜나가도록"(37쪽) 하기 위해서이다. 다시 말해, 진숙은 김영호가 당·국가에 대한 신뢰·충성심을 회복하기를 요구하고 있는 것이다. 진숙의 의도는 "「동무는 당원이 아니야요. 당원이 왜 자기의 정당한 문제를 당 위원회에 제기하질 않구 비겁하게 행동해요.」 (중략) 「초급 당 위원회를 찾아가시라요. 그러면 당은 동무에게 방조를 줄게야요. 꼭 찾아가야 해요.」"(30-31쪽)라는 말에서도 드러난다. 진숙은 김영호가 문제를 당·국가의 차원에서 인식하고 해결하기를 바라고 있다. 그러나, 진숙이 선택한 방법은 애정과 관련된 사적 감정을 자극하는 방법이

었기에, 당·국가에 대한 신뢰를 상실한 김영호는 진숙의 태도 변화를
애정문제로만 인식한다. 당·국가에 대한 불신과 진숙과의 애정문제는,
보일라 복구와 관련된 공적 성격을 무화시키고 사적인 감정의 문제만
을 극대화시킨다. 결국, 보일라 복구 문제가 당·국가의 재건을 상징하
고 있음에도 불구하고 김영호는 이 문제를 사적인 감정의 차원에서만
인식하고 해결하려 하게 된다.

따라서, 그가 지극히 감정적인 방법으로 문제를 해결하려 한 것은
당연하다. 그는, 직장장의 “무뚝뚝한 표정”(28쪽)을 상징하는 보일라실
의 벽을 “자기의 앞길을 가로 막아선 그 어떤 심술궂은 장애물”(28쪽)
로 간주한다. “직장장한테 대한 걷잡을 수 없는 반항심과 진숙에 대한
원심과 고독감이 그의 온 몸을 불”사르면서, 그는 “발악적 충격”(28쪽)
에 휩싸여 보일라를 손상시키려 한다. 보일라가 손상되면 보일라를 밖
으로 이동시켜야 할 것이고 그러면 자신의 계획안대로 진행될 것으로
생각한 것이다. 이처럼, 김영호의 부정성은 당·국가 재건 문제를 사적
인 차원에서 인식하고 해결하려 한 데서 비롯된다.

김영호의 부정성을 교정하는 방식은, 사적 욕망을 공적 차원의 것으
로 변화시킴으로써 사적 욕망을 당·국가가 제시한 이상에 일치시키는
방식이다. 김영호는, 당 위원장을 찾아가 “모든 것을 솔직히 고백하리
라. 그리고 응당한 처벌을 받으리라”(32쪽) 결심한다. 그는 “숨길 것이
없지”라고 생각하며 “그렇게 행동할 것을 어머니도 바라실”(32쪽) 것
이라고 믿는다. 소설을 이끌어 왔던 김영호의 사적 감정은 순식간에
정화되어 공적인 차원으로 넘어가 버린다. 당·국가의 절대적 우위는
진숙이 김영호를 “무자비”(38쪽)하게 비판하는 당 회의에서 최고조에
이른다. 주의 처분 정도로 충분하다는 대다수의 의견에도 불구하고,
진숙은 당이 김영호에게 엄중 경고라는 중벌을 내려야 한다고 주장한

다. 진숙은 개인적인 사랑과 "당적 양심"(38쪽)을 엄격히 구분하면서, 당적 양심의 절대적 우위에 근거하여 그에 대한 "증오"(38쪽)를 내보이고 있는 것이다. 김영호가 보일라 복구에 성공하고 다시 작업 반장에 복귀할 수 있게 된 이유는, 김영호가 사적 감정을 공적 차원으로 것으로 변화시켰기 때문이며 진숙이 사랑이라는 사적 감정을 철저히 제거하고 오직 당성에 의존해서 문제를 해결하려 했기 때문이다. 자신의 부정성은 "당성 문제"에서 비롯된 것이라는 김영호의 자아 비판에 대해 작가가 "옳게"(27쪽) 내려진 진단이라고 판정하는 이유도 이 때문이다.

「방임하지 말아야 한다」와 「나비」는 사적 감정이 당·국가의 이상, 공적 질서와 충돌하는 상황을 그리고 있다. 두 소설의 전반부는 사적 욕망(감정)이 당·국가의 이상 혹은 기획을 훼손시키는 과정을 집중적으로 거론한다. 반면 후반부는, 당·국가가 사적 감정에 휩싸인 개인을 교정하는 과정 즉 사적 욕망이 공적인 것으로 정화되면서 당·국가의 이상이 개인의 욕망으로 체화하고 내면화되어 개인의 욕망과 당·국가의 이상이 일치되어가는 과정을 그리고 있다. 두 소설은 부정적 인물이 이상적인 공산주의적 인간형이 되어 가는 과정을 다룬 소설이다. 다시 말해 두 소설은, 이상적인 공산주의적 인간형에 미달하는 사람이 현실적으로 존재한다는 것을 인정하면서, 부정적 인간을 바람직한 존재로 교정할 수 있는 유일한 방법은 당·국가의 이상과 당·국가에 대한 절대적 신뢰 즉 당성 회복이란 점을 강조하는 데 초점을 맞춘 것으로 보인다.

(2) 훼손된 당성의 회복 과정

당성 강조라는 표면적 주제에도 불구하고, 「나비」와 「방임하지 말아야 한다」는 사적 욕망의 비중을 무시하지 못한다.

조합에서 축출할 뿐 아니라 법에 의해서 처벌하자는 의견이 나오고 조합원 전부가 이에 한결같이 찬성하는 것을 볼 때, 그는 비로소 당황망조하지 않을 수 없었다. 촌놈들이란-농촌에 살면서도 그는 이렇게 생각하고 그들을 경멸하였다- 웬만한 일에는 결코 남에게 싫은 소리를 하지 않는 법이였다. 속으로 다소의 불만이 있더라도 (중략) 그 결정이 마음에 들지 않아도 집으로 돌아 가서 뒷공론을 할 법이지 회의에서는 입을 딱 봉하고 있는 것이였다. / 그런데 지금 이 군중들의 아우성은 무엇을 말하는가? 그들은 자기를 교화소에라도 보내고야 씨원해할 모양이다. 그만큼 사람들이 달라졌다. 분명 이것은 관리 위원장, 초급당 위원장이 새로 온 후부터였다.14)

비록 「나비」의 결말은 부위원장이 고영수의 부정성을 교정하는 것으로 끝나지만, 고영수의 개변이 당성 확보를 바탕으로 한 것이란 증거는 소설 어디에도 없다. 부위원장은 논에 일하러 나오는 것을 교정의 증거로 여기지만, 고영수 또한 노동 체험을 당성 획득으로 여기고 있음을 확인할 수 있다. 위 인용문은 고영수가 "최초의 자아비판"(94쪽)을 하게 되는 원인을 설명한 부분인데, 오히려 이 부분이 고영수의 개변을 설명하는데 적합할 정도이다. 고영수의 생각에 따르면, 농민은 공적 담론의 장소에서 공적인 발언을 하는데 익숙하지 못한 자들이다. 그런데 관리 위원장과 당 위원장이 교체되면서 농민들은 공적 발언을 하기 시작한다. 농민들이 주장하는 것은 고영수는 "개변될 수 없는 사람"(80쪽)이기에 조합에서 축출하고 법에 의해 처벌하자는 것이다. 이 때 부위원장이 나서 농민들을 설득한다. 설득의 근거는 조선 노동당 3차 대회에서 채택된 당의 지침에 있다. 부위원장이 설득·교화하는 대상은 고영수가 아니라 이미 "의식의 변화"(97쪽)를 일으킨 조합원 농민들이다. 부원원장이 당성에 의거해 고영수를 설득하고 교화하는 장면은 전무한 반면에, 고영수를 교정시켜야 한다고 농민들을 설득·교화하는 장

---

14) 전재경, 앞의 소설, 94쪽.

면이 길게 이어진다. "손목을 잡고 이끌어 나가야 할"(104쪽) 대상은 고영수임에도 불구하고, 부위원장은 고영수를 교정하는 것이 아니라 조합원 농민을 설득·교화한다. 따라서, 고영수의 교정은 전적으로 스스로의 결심에 의존하게 되며, 고영수에 대한 조합원의 의구심은 당에 대한 의구심이 되어 버린다. 고영수의 교정 여부는 당에 대한 신뢰 여부를 결정짓는 잣대가 된다.15) 이제 고영수는 자신을 교정하는 주체가 된 동시에, 당에 대한 조합원들의 신뢰 여부도 결정할 수 있는 주체가 된 셈이다. 「나비」의 후반부는 당이 고영수의 교화해가는 과정을 그리는데 바쳐져 있지만, 당은 교정의 주체가 되지 못하고 오히려 심판의 대상이 되어 버린다.

고영수 자신이 교정의 주체가 되면서, 「나비」의 후반부는 당성 획득의 신성한 과정을 제대로 담지 못하고 오히려 사적 욕망에 의해 훼손당한다. 고영수는 조합의 "처분대로 하겠(97쪽)다."고 말했지만, 노동을 하러 나오기 직전까지 "교활한" 안들을 내놓으며 부위원장을 "속이려"(99쪽) 한다. 개인의 위악성은 당이 주도적 역할을 해야 할 영역에까지 침범해 들어간다. 교화의 과정이 극적이고 교훈적이기 위해서는 위악성의 강도에 비례하는 반전의 계기가 마련되어 있어야 함에도 불구하고, 소설 후반부는 개인의 위악성이 지닌 강도만을 증명할 뿐이다. 소설 후반부는 당성 획득의 신성한 과정이 아니라 사적 욕망의 위악성에 침범당하고 위축된 당의 모습을 보여준다.

---

15) 소설 서두 부분과 결말 부분은 이 같은 사실을 증명한다. 조합이 불순 분자를 교정할 수 있을 것이란 순이의 말에 대해 조합원들은 다음과 같이 반박한다. "「똑 세포 위원장 말하듯 하누나. 백년 가면 고영수가 버릇을 고칠 것 같니. 제버릇 개 주지 못한다!」", "세포 위원장이 자꾸 두구 보자구 해서 그렇게 결정은 했지만 버릇은 못 고칠거야.」"(78쪽) 그리고 마침내 고영수가 노동을 하러 나오자 사람들은 "「초급당 위원장이 제 애비보다 낫다. 사람을 만들어 줬으니까.」"(103쪽) 하고 말한다. 고영수 교정 여부는 당에 대한 신뢰의 척도로 작용하고 있었던 것이다.

결국, 「나비」는 사적 욕망과 조합·당·국가의 팽팽한 긴장관계에 초점을 맞추면서 조합·당·국가가 사적 욕망을 공론화하면서 교정해가는 과정을 보여주고자 하였으나, 개인의 사적 욕망이 지닌 위악성이 지나치게 극대화된 결과를 빚고 있다. 이는, 작가가 사적 욕망에 충실한 개인의 위악성을 구체적으로 재현하면서 이상적인 공산주의적 인간을 만들어가는 과정을 그리려는 의도를 지녔음에도 불구하고, 이 둘을 유기적으로 조직하지 못하여 극대화된 전자를 후자의 당위성으로 짓눌러버린 결과라 할 수 있다.

「방임하지 말아야 한다」의 경우에는 소설의 구성면에서 사적 욕망에 대한 작가의 생각을 간취할 수 있다.

> 「일인즉 이렇게 되었지요. 교양을 해야 할 대신에 교체를 해버렸지요. (중략)」 / 「어떻습니까. 이런 이야기는 독자들에게 흥미가 없잖을가 싶은데… 허기는 이제 흥미 있는 이야기를 들려드리지요.」 (중략) 「그것은 초급당 위원회가 있은 다음날 저녁이라고 기억되는군요. 노크소리가 요란스레 나더니 진숙 동무가 불쑥 나타나지 않겠습니까? 보아허니 이만저만 흥분된 기색이 아니더군요. (하략)」16)

이 소설은 소설가인 '나'가 소설의 취재를 위해 초급당 위원장과 만나는 몇 시간을 시간적 배경으로 한다. 소설의 전반부는 김영호에게서 직접 들었던 이야기를 회상하는 형식이며, 후반부는 초급당 위원장과의 대화 형식으로 김영호에 대한 이야기를 전달한다. 개인의 사적 욕망과 당·국가의 이상, 기획이 혼재하거나 전자가 후자를 훼손하고 침범하는 과정은 '나'의 회상을 통해 전달된다. 사적 욕망을 공적 담론의 차원으로 변화시킨 후 당성에 기초해 문제를 해결해가는 부분은, 초급당

---

16) 박태민, 앞의 소설, 35쪽.

위원장과 '나'의 대화가 맡고 있다. 다시 말해, 초급당 위원장과 '나'의 대화는 철저한 당성에 근거한 공적 담론의 차원에서 김영호를 교정하고 당을 쇄신해가는 과정을 보여준다.17) 그러나, 초급당 위원장과 '나'의 대화 내용은 공적 담론을 통한 당성의 강조만으로 이루어지지 않고, 사적 욕망에 자리를 내어주기도 한다. 위 인용문에서 보듯 초급당 위원장은, 김영호의 교정 과정과 당 쇄신 과정은 독자들의 흥미를 끌 수 없을 것이라고 말한다. 그는 이어서 흥미 있는 이야기를 하겠다고 말하는데, 흥미 있는 이야기란 진숙이 그간 숨기고 있던 사적 욕망을 표출하는 내용으로 이루어져 있다. 진숙이 말하는 것은 두 가지다. 하나는 자신이 김영호를 냉대한 이유는 김영호를 분발시키기 위해서였다는 고백이다. 초급당 위원장은 김영호와 진숙의 관계를 모르고 있었기에 첫 번째 고백은 독자를 향한 것이기도 하다. 진숙의 고백은 김영호와 진숙의 애정문제에 대한 독자의 궁금증을 해소시켜준다. 두 번째는 김영호를 출당시키지 말아달라는 부탁이다. 이 부탁은 진숙이 당 회의에서 엄중 경고를 주장했던 것과는 상이하다. 당 회의에서의 주장이 "당적 양심"에 근거한 것이라면, 출당을 방지하려는 노력은 "당적 양심"과는 무관한 순수한 사적 욕망에 의한 것이다. 김영호에 대한 진숙의 애정과 출당 방지 노력은 당성과는 일정한 거리를 둔 것이라고 할 수밖에 없다. 진숙의 고백과 부탁으로 미루어 볼 때, 결국 진숙이 초급당 위원장을 찾아온 이유는 사적 욕망에 기인한 것이라 할 수 있고, 초급당 위원장은 진숙이 사적 욕망을 은밀히 표출하는 장면을 "흥미 있는 이야기"로 규정하고 있는 셈이다. 독자의 관심은 당의 자아비판이나 이상적인 공산주의적 인간형을 만들지 못한 원인을 분석하는 데 있지 않고,

---

17) 김영호가 초급당 위원장에게 자신의 과오를 실토하는 부분, 당 회의에서 김영호 문제를 다루는 부분 등은 초급당 위원장과 '나'의 대화를 통해 독자에게 전달되고 있다.

주인공 남녀가 사랑을 확인하는 부분에 집중될 것이라고 추측된다.

「방임하지 말아야 한다」의 전반부에서 김영호는 직장장과의 갈등을 공적 대립 혹은 당성에 의한 갈등으로 이해하여 당성에 의거해 문제를 해결할 수 있었다. 그러나 김영호는 직장장과의 갈등을 사적 욕망의 문제로 다룸으로써 당성을 훼손하고 저해하는 잘못을 저지른다. 소설 후반부는, 당성을 철저히 실현하고 증명함으로써 김영호의 잘못을 교정하는 과정을 다루면서도, 김영호에 대한 진숙의 사적 감정에 침범당하고 훼손된다. 따라서, 후반부는 철저한 당성의 구현이라고 보기 어렵게 되어 있다.

3. 당성과 사적 욕망의 이상적 관계

「나비」와 「방임하지 말아야 한다」에 대한 북한 문학계의 평가는 시기에 따라 달라진다.

> 최근 연간에 발표된 이근영의 중편 《첫수확》, 천세봉의 장편 《석개울의 새 봄》, 전재경의 단편 《나비》 등은 그 주제에 있어서 종래의 편협성을 퇴치해 가는 도정을 뵈여 주고 있으며 동시에 좀 더 뚜렷한 개성과 풍모를 가진 생동하는 인간의 면모를 뵈여 주게 되었다.[18]
> 단편 《빛나는 전망》은 현실 생활에서 절실한 문제를 단적으로 포착하여 옳은 사회적 해답을 주는 데 성공한 작품이며 유항림의 《직맹반장》과 박태민의 《방임하지 말아야 한다》는 모두 우리 공업 건설 분야에 조성된 난관과 곤란한 사업 환경을 모순 속에서 대담하게 드러내놓고 그것을 극복하는 주인공의 심각한 투쟁 과정과 그들의 심리 발전을 진실하게 그린데 그 모범들이 있습니다.[19]

---

[18] 김영석, 「우리 산문 문학에 반영된 농촌 생활의 진실」(『조선문학』, 1957.5), 이선영·김병민·김재용 편, 『현대문학 비평 자료집(이북편 / 1956~1958)』(태학사, 1993), 229쪽.

소설 《나비》에 나오는 고영수의 입을 통하여 전재경은 우리 당과 우리 제도에 대한 비방과 중상을 그처럼 퍼붓고 있음에도 불구하고 이에 대한 분노와 경각심보다도 "개성화된 인간 형상을 그려냈다는 것"으로써 도리어 이것을 성과작으로 추켜 세우는 일부 사람들까지 있었습니다. / 따라서 이것만 두고 보더라도 제2차 조선 작가 대회 이후 도식주의를 반대한다는 구실 밑에 일시적으로나마 일부 작가들 속에 어떤 분위기가 조성되었는가를 가히 짐작할 수 있습니다.[20]

박태민의 단편은 작가의 개성적 스찔과 함께 일정하게 문제성을 내포한 작품으로 한때 긍정적인 평가를 주어 온 바이나 나의 견해를 말한다면 이 작품의 영호를 비롯한 노동자들은 이름만 노동자일 뿐이지 그들의 정신 세계는 완전히 소시민의 그것이라고 봅니다. 따라서 우리는 여기에서도 교훈을 얻어야 할 것인바 이 작품이 한때나마 일부 사람들에게 긍정적으로 평가된 것은 그들이 이 작품의 소시민적 세계에 눈을 감았다는 것을 의미합니다.[21]

1957년과 1956년에 각각 발표된 김영석의 「우리 산문 문학에 반영된 농촌 생활의 진실」과 한설야의 「전후 조선 문학의 현 상태와 전망」은 「나비」와 「방임하지 말아야 한다」를 "뚜렷한 개성과 풍모를 가진 생동하는 인간"을 통해 북한 사회의 난관과 모순을 보여주었다고 고평하고 있다. 김영석과 한설야의 평가는, 북한의 유일한 문학론인 고상한 리얼리즘 혹은 사회주의 리얼리즘[22]이 무갈등론만을 인정해 왔다는 것에

---

19) 한설야, 「전후 조선 문학의 현 상태와 전망-제2차 조선 작가 대회에서 한 한 설야 위원장의 보고-」, 『제2차 조선작가대회 문헌집』(조선작가동맹출판사, 1956), 이선영·김병민·김재용 편, 위의 책, 52-53쪽.

20) 한설야, 「공산주의 교양과 우리 문학의 당면 과업-조선 작가 동맹 중앙 위원회 제4차 전원 회의에서 한 보고」, 『공산주의 교양과 문학창작』(조선작가동맹 출판사, 1959), 이선영·김병민·김재용 편, 『현대문학 비평 자료집(이북편 / 1959~1962)』(태학사, 1993), 23-24쪽.

21) 한설야, 위의 논문, 이선영·김병민·김재용 편, 위의 책, 25쪽.

대한 반성에 기초하고 있다. 한설야의 표현대로, 무갈등론은 "현실 긍정의 면"만을 강조하여 "정치적 구호로 도해"23)되는 도식주의적 성격을 띠게 된다. 「나비」와 「방임하지 말아야 한다」에 대한 김영석과 한설야의 고평이 "뚜렷한 개성과 풍모를 가진 생동하는 인간"을 통해 북한 사회의 난관과 모순을 보여주었다는 점을 근거로 하고 있다는 것으로 볼 때, 1956년의 북한 문학가들은 문학이 "현실 긍정의 면"만을 강조하는 현상, "정치적 구호"로 전락한 상황에 대해 자괴감을 갖고 있었던 것으로 보인다. 남한의 연구자들이 1956년을 전후한 북한 문학은 어느 정도의 자율성을 갖고 있었다고 보는 근거도 여기에 있다.

그러나, 1958년 들어 두 소설은 "당과 제도에 대한 비방과 중상", 수정주의로 비난받게 되고 이 작품들을 옹호했던 평론까지도 함께 비판받는다. "뚜렷한 개성과 풍모"는 순식간에 "소시민적 세계", "소부르죠아 사상"24)으로 변질된 것이다.25) 부정적 인간상을 그리는 것 못지않

---

22) 해방 이후, 고상한 리얼리즘이란 용어가 사용되다가 1949년 이후 사회주의 리얼리즘이란 용어로 대체된다.

23) 한설야, 「전후 조선 문학의 현 상태와 전망」, 이선영·김병민·김재용 편, 앞의 책, 58쪽.

24) 한설야, 「공산주의 교양과 우리 문학의 당면 과업」, 이선영·김병민·김재용 편, 위의 책, 25쪽.

25) 이후의 북한 문학은 "당 중앙에 대한 정치 사상적 옹호와 당 정책에 대한 시비나 당 중앙에 반대하는 현상에 대한 투쟁"(김성수, 「1950년대 북한 문학과 사회주의 리얼리즘」, 경남대학교 북한대학원 엮음, 『북한현대사 I』, 335쪽.)만이 가능하게 되는데, 이같은 변화의 중요한 계기는 1956년에 김일성이 내린 「현실 반영한 문학예술작품을 많이 창작하자」라는 교시인 것으로 보인다. 그러나, 북한 문학가들이 김일성의 교시를 우상화된 한 인물의 지침으로 받아들였는가에 대해서는 의문이 남는다. 왜냐하면, 1956년의 8월 반종파투쟁은 김일성의 독보성을 암시하기에 충분한 사건이었음에도 불구하고, 북한 문학가들은 그해 10월에 도식주의·독단주의 비판의 주장을 내세웠기 때문이다. 더구나, 김일성은 8월 반종파투쟁 직후 방문한 소련·중국 대표단 앞에서 8월의 결정(최창익, 박창옥 등의 숙청)이 성

게 도식주의에도 반대한다는 논리는 정치적 요구에 문학적 자율성이 짓눌린 결과라 할 것이다. 특히, 농촌과 개인 상공업의 사회주의적 개조가 완성되었다고 선언되고 천리마 운동에 대한 창작이 강조되면서, 적대적 모순은 존재하지 않고 비적대적 모순만 존재하게 되었다. 이에 따라 문학은 부정적 인간상을 그려서는 안 되게 되었다. 도식주의에 대한 비판 수긍이라는 전제에도 불구하고,[26] 북한의 문학은 도식주의의 길을 걸을 수밖에 없게 된다.

도식주의 논쟁이 본격화되기 이전의 소설과 이후의 소설은 강한 도식성을 띠는데, 본고가 주목하는 부분은 두 시기의 소설들이 지닌 도식들은 어떤 성격을 지니고 있는가에 있다. 이는 1956년의 소설들이 지닌 의의를 살펴보는 데 중요한 기초가 될 것이다. 「빛나는 전망」과 「길동무들」은 도식주의 논쟁 앞뒤 시기의 소설들이 지닌 도식의 성격을 잘

급한 것이었음을 시인하면서, 형식적으로는 최창익, 박창옥을 복직시킨다.(이종석, 앞의 책, 277-280쪽 참조) 또한 그 해 4월 3차 당대회는 당내 개인숭배 문제는 김일성과는 관계가 없고 종파분자인 박헌용의 전유물인 것으로 간주한다. 다시 말해, 조선의 노동당은 공식적으로는 개인 숭배와 독단주의를 거부할 뿐만 아니라 그것들과 맞서 싸우는 당인 셈이다. 김일성은 절대적 영웅이 아니라, 맑스-레닌사상을 구현하고 있는 노동당에서 상대적 우위를 점유한 인물 정도로 받아들여졌을 가능성을 배제할 수 없을 것으로 보인다.

또한, 한설야가 8월 반종파투쟁의 과정에서 「레닌의 초상」, 『설봉산』 등을 통해 김일성에 동의할 수 없다는 생각을 보인 것은 자신의 이데올로기적 신념(강진호, 「해방 후 한설야 소설과 김일성의 형상」, 『민족문학사연구』 25(민족문학사학회, 2004), 298쪽 참조)이라는 주관적 요소 외에, 아직 당의 정치적 구도가 변동의 여지가 많은 상태에 있었기 때문일 수도 있다. 1962년에 한설야가 숙청되는 것으로 보아도 1950년대 말의 '당성'은 주체사상 이후의 '당성'과는 다른 의미를 가진 것으로 보인다.

[26] 1956년 12월 23일에 제출된 김일성의 「현실 반영한 문학예술작품을 많이 창작하자」는 교조주의와 사대주의, 형식주의, 도식주의적 경향, 그리고 주제의 협애성, 장르의 국한성, 현실 소재의 결여 등에 대해 비판하고 있다.(『김일성 저작집』(조선로동당출판사, 1980), 457쪽)

보여준다.

> 혜숙은 자기가 지금 앞길에 열려져 있는 두 개의 문앞에 머물러 망서리고 있다고 생각되였다. 한쪽은 안일과 락후와 무기력과 가치 없는 삶의 나날이 그를 일생 괴롭힐 것이였다. 또 한쪽문은 로동의 영예와 전진과 진실로 행복하고 가치 있는 삶이 그를 마중해줄 것이였다. 그는 바로 이 문으로 달려들어 가려고 하나 남편의 손이 그를 끌어당기여 놓아주지 않는 것이다. (중략) 혜숙은 자기의 고민이 자기 혼자만의 고민이 아니요 자기 문제의 해결은 모든 사람의 문제를 해결하는 길과 련결되여 있다는 것이 새삼스럽게 느껴지는 것이였다.[27]

> 어쩌면 그의 꿈은 나의 생각과 신통히도 같은가! 나도 당의 뜻과 빛을 따라 지난 날은 이 나라에서도 가장 궁벽하고 락후했던 우리 하늘 아래 첫동네 인민들과 더불어 약진하는 조국의 맨 선두에 나서서 공산주의 대문을 열어 제끼고야 말리라고 굳게 속다짐하고 있는 터이였다. 이것이 공산주의자로서의 나의 필생의 념원이며 사업인 것이다. 그렇다면 이 처녀는 얼마나 미더운 나의 길'동무인가!…[28]

「빛나는 전망」은 부부인 혜숙과 윤호의 갈등을 그리고 있다. 이들의 갈등은 전후의 북한 사회에 적합한 인간형을 규정하는 인식의 차이에서 비롯된다. 참전 후 집에 돌아온 윤호는 아내 혜숙이 자신을 따라 청수 공장으로 가서는 전쟁 이전처럼 가정을 지키기를 원하며, 혜숙은 지금의 공장에 계속 다니기 위해 일년 동안 헤어져 있기를 원한다. 윤호는 전후를 전전의 연속으로 이해하고 있기에 아내는 당연히 가정을 지켜야 한다고 생각한다. 윤호의 생각은 보편적이어서 최동무나 영희도 비슷한 생각을 가지고 있다. 그들에게 있어 전후의 삶의 방식은 전전

---

27) 변희근, 「빛나는 전망」, 『조선문학』(1954.6), 31쪽.

28) 김병훈, 「길'동무들」, 『조선문학』(1960.10), 65쪽.

의 삶의 방식과 다를 바 없다. 이에 반해, 혜숙은 전후의 삶은 전전의 삶과 동일할 수 없다고 생각한다. 그녀는 "상처 입은 공장들을 마치 화선에서 적탄에 부상 당하고 드러누은 용감한 전사들 같이 느낀다.29)" 공장의 상처가 낫지 않은 한, 전사들의 상처는 아물지 않은 것이며 국가는 복구되지 않은 것이다. 공장을 하루빨리 치유하는 것은 국가를 신속히 복구하는 것이며 그것은 곧 가정의 회복과 동일시된다. 왜냐하면, 혜숙의 궁극적 목적은 벽에 붙어 있는 그림 즉 "부부인듯한 남녀 로동자가 서로 깍지를 끼고 아득히 바라보며 걸어 가고 있는 광경"(23쪽)이기 때문이다. 혜숙이 바라는 공장 치유는 당·국가 복구라는 문제에만 귀착되는 것이 아니라 부부의 행복이라는 사적 욕망까지도 충족시켜줄 수 있는 방책인 것이다.

혜숙은 둘의 갈등을 그들만의 문제가 아니라 모든 사람들의 문제인 것으로 인식하고 있다. 더구나 윤호와 유사한 의식구조를 가진 영희가 중요한 등장인물로 등장하면서, 윤호와 혜숙의 갈등과 해소 과정은 그들만의 문제가 아닌 것이 된다. 따라서, 혜숙과 윤호의 갈등은 당·국가의 복구라는 공동체적 선30)과 부부의 행복이라는 사적 욕망이 어떻게 연결되어야 하는가에 대한 교훈적 성격을 띤다. 윤호가 마침내 혜숙의 주장에 공감하면서 혼자서 청수 공장으로 가는 것으로 소설이 끝남으로써, 당·국가가 요구하는 이상적인 인물은 당·국가에 대한 복구 의지와 사적 욕망이 일체가 되어 있음을 깨달아 당·국가의 복구에 최선을 다하는 인간임이 드러난다. 결국 「빛나는 전망」은, 전후 사회에 필요한 인물은 공동체적 선과 사적 욕망이 일치된 인물, 공동체적 선을 통해 사적 욕망을 실현하는 인물임을 주장하고 있다.

---

29) 변희근, 앞의 소설, 13쪽.

30) 신형기, 「북한문의 주인공;인격의 정치학」, 목원대학교 국어교육과, 『북한문학의 이해』(국학자료원, 2002), 310쪽 참조.

반면 천리마 기수 형상의 전형인 「길동무들」에는 아무런 갈등이 없다. 군당 위원장인 ‘나’와 명숙은 당의 의지를 내면화·주체화하였기에 완벽한 하나의 인물이 된다. 그들의 꿈과 행복은 그들이 만나기 전부터 이미 하나로 완벽히 결합된 상태이다. 명숙는, 가장 낙후한 산골마을인 고향을 “당의 뜻과 빛을 따라” “락원”(65쪽)으로 만드는 것이 꿈이다. 명숙이 산골마을을 낙원으로 만들기 위해 선택한 방법은 양어이다. 그러나 양어에 성공하기까지는 많은 시련이 뒤따른다. 고기 알을 고향 마을로 운반하기까지의 험난한 과정은 양어 성공 즉 낙원 건설에 이르기까지의 시련을 상징한다. 양어 계획자체부터 관리 위원장의 반대에 부닥치며, 우여곡절 끝에 “우선 한 초롱을 갖다가 키워 보라구 반승락”(66쪽)을 겨우 받은 후 멀고 먼 곳에서 고기 알을 얻어 고향행 기차를 타고자 하나 개찰원은 산 동물이나 생물은 휴대할 수 없다는 규칙을 들어 승차를 제지한다. 기차를 탄 후에도 고기 알이 든 초롱에 계속해서 산소를 공급해 주어야 하며, 두 정거장마다 역 밖으로 나가 찬 물을 떠와서는 초롱 안의 물과 교체해 주어야 한다. 처녀는 이 모든 시련을 “총명하고 열정적이고 억센 붉은”(69쪽) 당성으로 이겨낸다.

그러나 승리는 명숙 혼자의 힘으로 이루어낸 것이 아니라 ‘나’와 손잡았을 때 가능해진다. ‘나’는, 초롱 안의 물에 산소를 공급하고 물을 갈아주는 작업을 돕는다. 그리고 명숙이 물을 갈기 위해 기차에서 내렸다가 미처 돌아오지 못했을 때, ‘나’는 초롱을 들고 다음 역에서 내려 초롱 안의 물을 교체해주고는 그녀를 기다린다. 뿐만 아니라, ‘나’는 군 전체에 양어 계획을 도입하기 위해 “조합에 증어장을 설치”(70쪽)하고 명숙을 그 책임자로 두기로 결심하며, 통조림 공장을 세워 온 공화국에 보낸다는 원대한 꿈을 명숙에게 심어준다. ‘나’는 소설의 등장인물 중 가장 높은 위치에 있기에 명숙에게 있어서는 당의 상징이 된다. 지위가 낮고

나이가 어리지만 뛰어난 당성을 지닌 명숙은 "당의 뜻과 빛"을 실행하고 있는 '나'와 함께 하면서 자신의 꿈을 성취한다. 그러나 명숙은 군당 위원장이라는 '나'의 정체를 알지 못한다. 당은, 그들이 미처 깨닫지 못할지라도 언제 어디서나, 뛰어난 당성을 지닌 인물들과 함께 있으며 그들의 꿈을 실현시켜 준다. 명숙은 자신의 능력으로는 성취할 수 없을 경우 직접 군당 위원장에게 양어 문제를 제기하겠다고 말하는데, 이는 당에 대한 믿음이 확고하지 않고서는 불가능한 발언이다. '나' 또한 문제가 해결되지 않을 경우 군당 위원장을 찾아가라고 말한다. 당은 뛰어난 당성을 지닌 개체와 이미 일체가 된 상태다.

「길동무들」에는 「빛나는 전망」의 윤호, 「나비」의 고영수, 「방임하지 말아야 한다」의 김영호가 지녔던 사적 욕망이 끼어들 여지가 없다. 암시적으로 언급되는 민청 위원장과 명숙의 관계는 '나'와 명숙의 관계를 승계한 것에 불과하다. '나'는, 명숙이 기차에서 내린 후 고향까지 가는 길이 멀다는 것을 알고는 도와주려고 하지만, 명숙은 민청 위원장이 마중나올 것이라면서 부끄러워한다. 명숙의 연인으로 보이는 민청 위원장은 '나'의 대리자이다. 민청 위원장은 '나'를 대신하여 명숙과 힘을 합해 고기 알을 고향으로 운반할 것이다. "민청 위원장 동무 방조도 받구… 그래두 만약 제대루 안 되거든 (중략) 군당 위원장을 직접 찾아"(70쪽) 가라는 '나'의 말은, 민청 위원장은 당의 대리자임을 강하게 암시한다. 「길동무들」에는 당의 뜻과 대치되는 사적 욕망은 없고 오직 당이 "가져다" 준 "락원" 안의 "행복한 우리 생활"(51쪽, 69쪽)만이 있을 뿐이다. 「빛나는 전망」이 공동체적 선과 사적 욕망의 이상적인 관계에 대한 해답을 주려고 했다면, 「길동무들」은 「빛나는 전망」의 혜숙이 동경하는 그림을 직접 실현해 보인 소설이라 할 수 있다. 다시 말해, 「빛나는 전망」은 사적 욕망은 공동체적 선에 완벽히 일치될 때 진정한 것이 된다고 주장하는 소설이다. 그에 반해 「길동무들」은, 사적 욕망이 "당의 뜻과 빛"인 공동체적 선에 의해 발생하고 길러지는 상황을 "투명한 반점 같은" 고기 알이 "이태만 있으면 팔따시 만한 잉어"(54쪽)가 되는 것으로 표현하면서 "아 행복하구나, 행복!"(69쪽)이라고 결론짓는 소설이다. 고기 알이 "팔따시 만한 잉어"가 되기 위해선 두 해를 기다려야 하지만, 그 미래는 이미 현재에 선취된 상태다.[31]

4. 「나비」와 「방임하지 말아야 한다」의 역사적 의의

「나비」와 「방임하지 말아야 한다」가 지니는 의의는 「빛나는 전망」, 「길동무들」과 비교했을 때 분명히 드러난다. 첫째, 두 소설은 이상적인 공산주의적 인간형이 아니라 부정적 인물을 그리고 있다는 점이다. 한설야는 고영수와 김영호가 지닌 부정성을 소시민성으로 규정한다. 소시민성의 구체적인 의미는 「빛나는 전망」, 「길동무들」을 통해 유추할 수 있다. 「빛나는 전망」과 「길동무들」은 오로지 이상적인 공산주의적 인간형만을 다루고 있는데, 혜숙, '나', 명숙이 그들이다. 이들은 당이 요구하고 지향하는 이상을 내면화하고 주체화한 인물들이다. 그들에게 있어 공동체적 선의 내면화·주체화는 "사람으로 태어난 이상 너무나 당연하고 평범한"[32] 것이다. 공동체적 선과 배치되는 사적 욕망이란 있을 수 없으므로, 공동체적 선의 실현은 그들에게 있어 "진실로 행복하고 가치 있는 삶"이 된다. 혜숙과 갈등을 일으키는 윤호는 공동체적 선의 실체를 파악하지 못한 어리석은 인물일 뿐 부정적 인물이 아니다. 윤호의 어리석음은 당·국가가 필요로 하는 것을 부단히 살피지 않은

---

31) 신형기·오성호에 따르면, 이야기로 미래를 선취하는 역사쓰기는 북한문학의 기본 형식이다.(신형기·오성호, 앞의 책, 224쪽 참조)

32) 김병훈, 앞의 소설, 57쪽.

잘못에서 비롯된다. 비록 과거에는 부정적인 것이 아니었다 하더라도 지금 당·국가가 요구하는 것과 일치하지 않는다면 그것은 공익과 당성을 해치는 사적 욕망이 되기 때문이다. 이를 교정하는 방법은 현시점에서 당이 요구하는 것을 부단히 이해하고 받아들이는 것이다. 윤호가 새로운 인식에 도달하는데는 현재의 파괴된 공장을 둘러보는 것만으로 충분하다. 지금 당·국가가 필요로 하는 것을 확인하는 순간 그는 쉽게 교정된다. 「빛나는 전망」이 새로운 것과 낡은 것의 대립을 쉽게 해결할 수 있었던 이유는, 윤호가 전쟁 이전부터 공장(당·국가)에 대해 깊은 애정을 지니고 있었던 데 있다.[33] 「길동무들」은 강한 당성을 지닌 개인과 당이 협력하여 낙원을 만들어내는 모습을 보여준다. 개인은 당으로부터 진정한 욕망(공동체적 선)을 지도받고 당의 원대한 도움으로 욕망을 성취한다. 당의 의지에서 어긋난 사적 욕망이란 애초부터 있을 수 없는 것이다. 「빛나는 전망」에서 「길동무들」에 이르는 과정은, 당의 의지 혹은 공동체적 선을 끊임없이 확인하고 내면화한 후 당의 지도 하에 공동체적 선을 실현하여 완전한 행복을 성취하는, 발전의 과정이다.

반면, 「나비」와 「방임하지 말아야 한다」의 고영수와 김영호는 사적 욕망으로 타인 혹은 자신의 공동체적 선을 훼손하는 인물들이다. 그들은 사적 욕망을 교정하려는 당의 의지에 맞서거나 사적 욕망을 은밀히 성취하고자 한다. 한설야가 의미하는 소시민성이란 사적 욕망을 공동체적 선보다 우위에 두는 혹은 공동체적 선과 대등하게 인식하는 태도를 가리킨다. 공동체적 선으로만 채워져 있는 「빛나는 전망」과 「길동무들」 사이에서 1956년의 두 소설은 은폐되어 있던 사적 욕망을 드러낸 소설들이다.

---

33) 신형기·오성호는 윤호를 부정인물로 규정한다.(신형기·오성호, 앞의 책, 186-187쪽 참조)

둘째, 「나비」와 「방임하지 말아야 한다」는 인물의 부정성을 묘사한 후 이를 교정하는 것으로 끝맺고 있다. 그러나 부정성을 교정하는 부분마저도 사적 욕망에 의해 은밀하고도 지속적으로 훼손되고 있다. 두 소설의 후반부는 사적 욕망이 정화되는 과정을 그려야 함에도 불구하고 당이 교정의 주체가 되지 못하여 사적 욕망이 끊임없이 돌출되는 모습을 보여준다. 이 같은 현상은 우선 작가의 이중적 가치관과 직결되는 것으로 보인다. 즉, 당의 의지를 독자들에게 전달해야 한다는 정치적 입장과 개체들 속에 엄연히 내재해 있는 사적 욕망을 표현하고 싶은 작가 개인의 입장이 교묘히 맞물린 결과라 할 수 있다. 작가는 작가 자신의 당성과 사적 욕망 사이에서 균형 잡힌 자세를 취하지 못하고 있다. 등장인물들의 부정성이 교정되는 과정의 비순수성은 소설가로서의 사적 욕망이 정치적 감각을 꿰뚫고 돌출된 결과라 하겠다. 작가의 이중적 가치관 못지 않게 당의 이중적인 행보가 중대한 영향을 끼친 것으로도 생각해 볼 수 있다. 8월 반종파투쟁과 관련해 당은 이중적인 태도를 취하고 있었다. 당은 소련과 중국 대표단을 맞아 표면적으로는 8월의 반종파투쟁이 성급한 것이었다고 시인하는 한편, 소련과 중국 대표단이 돌아간 후 내부적으로는 정적들에 대한 숙청을 계속 진행하고 있었다. 김일성은 개인숭배 문제와 아무 관련이 없는 듯이 행동하면서 개인숭배를 내밀하고 강력하게 진행하고 있었던 것이다. 당의 전략적인 이중적 태도로 인해 작가들 또한 보여주어야 하는 것과 보여주고 싶은 것 사이에서 당황해하고 있다.

한설야의 글에서도 알 수 있듯, 1958년 이후에도 도식주의는 여전히 극복 대상이다. 「길동무들」은 도식성의 해결 방안을 은밀히 내보이는데, 철저하고 이상적인 당성의 확보가 그것이다. 명숙의 승차를 거부하는 개찰원과 양어 계획을 "닭알 장사"(64쪽)라고 비웃었던 관리 위원장은 각각, "국가적이고 량심적인 견지에서"(68쪽) 보지 못하고 규정만을 "기계적"(51쪽)으로 내세우는 인물로, 그리고 고향에 대한 "절절한" 심정 즉 당성이 "부족"하여 양어 사업의 의의에 대해 잘 모르는 사람으로 비판받는다. 다시 말해, 확고한 당성의 확보가 도식성과 보수성·소극성을 극복하는 방법이라는 것이다. 사고나 문학 작품이 도식적이 되는 유일한 원인은 당이 아니라 당성이 부족한 개체에 있다. 당성이 당의 정책을 정확히 반영하고 당의 노선과 정책에 철저하게 의거하여 시대가 제기하는 사회 정치적인 과제에 올바른 사상적 해답을 제기할 수 있는 것을 뜻한다고 할 때,34) 확고한 당성의 획득은 교조적인 강령의 내면화를 의미하게 된다. 그럼에도 불구하고 당성 확보를 도식성 극복의 유일한 방법으로 규정하는 것은 모순일 수밖에 없다.35) 이 같은 모순을 무릅쓰는 이유는 사적 욕망의 철저한 배격, 공동체적 선의 유일화라는 정치적 목적에 문학이 봉사해야 한다는 관료적 통제 때문이다.

이상으로 본고는 1956년의 「나비」와 「방임하지 말아야 한다」가 지닌 성격과 의의를 중점적으로 살펴보았다. 다음 과제는, 도식주의 비판이 집중적으로 제기된 1956년 전후 시기 소설들이 구체적으로 어떤 도식성을 지니고 있는지, 도식성의 성격은 어떤 양상으로 변화했는지 그리고 도식성의 변화 양상은 정치 현실과 어떻게 연관되어 있는지가 될 것이다.

---

34) 권영민, 「북한의 문예 이론과 문예 정책」, 권영민 편집, 『북한의 문학』(을유문화사, 1989), 70-71쪽 참조.

35) 이종석, 앞의 책, 295쪽 참조.

기본 자료 및 참고 문헌

김병훈, 「길'동무들」, 『조선문학』(1960.10).

박태민, 「방임하지 말아야 한다」, 『조선문학』(1056.5).

변희근, 「빛나는 전망」, 『조선문학』(1954.6).

전재경, 「나비」, 『조선문학』 111(1956.11).

『김일성 저작집』 (조선로동당출판사, 1980).

강진호, 「해방 후 한설야 소설과 김일성의 형상」, 『민족문학사연구』
25(민족문학사학회, 2004).

경남대학교 북한대학원 엮음, 『북한현대사 1』(한울, 2004).

권영민 편집, 『북한의 문학』(을유문화사, 1989).

김재용, 『분단구조와 북한문학』(소명출판, 2000).

김종회 편, 『북한 문학의 이해 2』(청동거울, 2002).

김하명, 「풍자 문학과 사회주의적 사실주의-최근에 발표된 풍자 작품
을 중심으로-」(『조선문학』, 1958.7).

목원대학교 국어교육과, 『북한문학의 이해』(국학자료원, 2002)

신형기·오성호, 『북한문학사』(평민사, 2000).

이선영·김병민·김재용 편, 『현대문학 비평 자료집』 이북편/1956~
1962(태학사, 1993).

이종석, 『조선로동당 연구』(역사비평사, 1995).

정영철, 「1970년대 대중운동과 북한 사회:돌파형 대중운동에서 일상형
대중운동으로」, 『현대문학연구』 6권 1호(경남대학교 북한대
학원, 2003).

조선작가동맹, 「제2차 조선작가대회 부고 '전후 조선문학의 현 상태와

전망'에 관한 결정서」, 『제2차 조선작가대회 문헌집』(조선작
가동맹출판사, 1956).

제3부 북한 예술장르와 영화 들여다보기

북한 문학예술의 장르체계 / 민병욱

북한의 '대가정론'과 여성의 주체 위치 / 박훈하
-영화 「불가사리」를 중심으로-

북한 문학예술의 장르체계

민 병 욱

1. 문제제기

1989년 '북한 바로 알기' 운동[1]이 전개된 이래, 북한 문학에 관한 선행 연구에서 가장 핵심적인, 늘 되풀이되는 쟁점은 그 연구방법론이다. 남북한 문학의 이질성을 극복하고 동질성을 회복하자는 시각[2]에서 제시된 가장 설득력 있는 연구방법론은 이른바 '내재적 접근'이다.

내재적 접근이란 무엇보다도 먼저 남/북의 사회 및 문학에 관한 우/

---

[1] 1989년 '북한 바로 알기' 운동은 1987년 월북작가들의 금서해금조치의 산물이다. 금서 해금조치를 계기로 하여 1989년 각종 문예매체들, 《창작과 비평》, 《문학과 사회》, 《문예 중앙》, 《문학사상》, 《실천문학》 등은 기획 혹은 특집으로 북한문학 바로 알기 운동을 집중적으로 전개한다.

[2] 물론 남북한 문학의 이질성 극복과 동질성 회복은 북한 문학의 선행 연구들에서 공통적으로 제시하는 연구 목적이기도 하다.
'이질성의 극복과 동질성 회복'이라는 목적의 설정에 문제가 없는 것은 아니다. 그 것은 첫째, 문학관과 문학정치학적 이념의 차이에 따라서 이질성과 동질성의 내포가 달라질 수 있고, 둘째, 이질성/동질성을 부정적 가치/긍정적 가치로 위계 질서화하여 동질성만을 당위화 하고 있으며, 셋째, 통일문학이나 민족문학으로서의 동질성 회복을 목표로 하는 태도가 한국문학을 단순화 할 가능성이 있기 때문이다.
김준오, 조선족문학·한국문학·북한문학의 동질성과 이질성, 《한국문학논총·20》(한국문학회, 1997), pp.138~139

열의 관계를 지양하고, 북한의 사회와 문학을 그 자체의 논리에 따라서
바라보자는 것이다. 이것은, 남한의 시각과 방법론을 일단 유보하고
북한 사회의 형성 배경과 원리 속에서 북한 문학을 이해하고자 하는
것이다.

이러한 접근 방법은 분단체제의 극복이라는 정치적 의미에 연관되어
있다. 곧 남북한 사회와 문학의 상대적 독자성을 인정하면서, 현재 분단체
제를 통일을 지향해 가는 과정으로 인식하자는 것이다. 이에 따라서 선행
연구들은 근대 민족문학의 역사적 과정 속에서 북한의 문학에 접근하고 있다.

문학 연구에서의 내재적 접근과는 달리, 북한 연극에 관한 선행 연구
는 아직도 남/북의 사회체제와 문학예술을 우/열 관계로 전제하여 그
흐름을 개괄적으로 소개하는 단계[3])에 있다. 곧,

> 북한의 연극과 희곡에 관한 연구는 문학 분야에 비하면 초보적 단계에
> 있다고 해도 과언이 아니다. 해방 이후부터 현재까지 북한 연극의 변모과정
> 에 대한 파악도 제대로 이루어지지 않는 상태이며, 특정 시기나 작품에
> 대한 연구 역시 연극 외적인 시각에 사로잡혀 객관적 조망에는 이르지
> 못한 감이 있다.[4])

현재 시작 단계에 있는 북한 연극 연구에 있어서도 가장 중요한, 늘 되풀
이되어야 하는 것은 그것을 어떻게 접근하느냐 하는 연구 방법론이다.

---

[3]) 물론 북한 희곡에 관한 선행 연구는, 연극 연구에 비해 상대적으로 더 많은 성과
를 얻고 있기는 하다. 희곡에 관한 선행 연구는 해방기에서 이른바 전후복구기에
집중되어 있는 서너 편뿐이며, 그것들도 대체로 북한 문학이나 희곡의 개괄하는
한 부분으로 쓰여진 것이다.
희곡과 연극에 관한 선행 연구 목록은 이 글의 말미에 있는 "참고문헌"에서 확인
할 수 있다.

[4]) 현재원, 재북 작가 리동춘의 작품세계, 『북한 연극과 희곡문학의 구조와 특성』(한
국극예술 학회 주최 2001년 전국학술발표대회자료집), 20쪽

이에 본고는 내재적 접근법을 방법론으로 하여 북한 연극의 장르체계를 살펴보고자 한다. 그것은 말할 필요도 없이 연극은 북한 문학예술의 혁명적 전통으로 삼는 항일 혁명문학예술에서 가장 중요한 장르이기 때문이다. 아울러 연극의 혁명을 통해서 만들어진 혁명 연극은 '인민의 절대적 지지와 사랑을 받고 있으며, 세계 인민들 속에서도 열렬한 공감을 불러일으키고 있는5)' 가장 대표적인 문학예술 장르이기 때문이다.

아울러 그 대상을 이른바 주체의 시대, 곧 주체문학예술이론으로 한정하고자 한다. 북한 문학예술의 이론체계는, 1967년, 곧 김일성 유일사상체계가 확립되고, 주체시대가 시작된 1967년6)을 기점으로 하여 그 전과 후로 확연히 구별되기 때문이다.

2. 문학예술 장르의 법칙

(1) 문학예술의 본질

북한에서 문학예술의 본질에 근본적인 시각은 유물론적 관점7)에서

---

5) 김정일, 연극예술에 대하여, 《북한의 문화예술 행정제도 연구(문헌자료편)》 (문화체육부, 1995), p.361

6) 북한에서 문학예술의 이론체계를 살펴보기 위해서 반드시 유념해야할 것은 그 대상 시기이다. 북한 문학예술의 이론체계는, 물론 그 역사를 포함하여 1967년를 기점으로 그 이전과 이후로 확연히 구별되기 때문이다. 1967년 5월 당중앙위원회 제4기 15차 전원회의를 기점으로 하여 북한 사회에서 김일성 유일사상체계가 확립되고, 이른바 주체시대가 시작되기 때문이다.
1967년이 북한사회에서 급변의 기점이 되며 그 급변의 내용은 다음 저서에서 상론하고 있다.
이종석, 『조선노동당 연구』(역사비평사, 1995), 285쪽 이하.

7) 북한에서 발간된 문학이론서들은 문학예술의 본질 규정을 유물론적 관점에서 출발하고 있다. 문학예술의 본질에 관한 견해를, 객관적으로 실재하는 현실과는 아무런 관련도 없는 순수 정신적인 것의 반영이나 표현으로 보는 종교관념론적 견해, 둘째 인간에 의한 객관적인 현실의 반영으로 보는 유물론적 견해로 나눈다.

출발한다.

유물론적 관점에서 본다면, 북한에서 문학예술의 본질8)은 다음과
같이 정의된다.

첫째, 문학예술은 현실을 반영한 것이다.

둘째, 문학예술은 현실을 형상적 형식으로 반영한 것이다.

셋째, 문학예술은 사회적 의식의 한 형태이다.

첫째의 정의는 문학예술과 현실 간의 상호관계를 규정한 원칙9)이다.
현실을 1차적인 것으로, 문학예술을 2차적인 것으로 보고 이에 기초하
여 문학예술을 객관적 현실의 반영이라는 것으로 정식화 한 것이다.
이 때 객관적 현실이란 구체적으로 인간과 그 생활로 한정된다.

둘째의 정의는 문학예술과 과학 간의 상호관계를 규정하는 원칙이
다. 문학예술과 과학의 공통점은 인간과 그 생활을 반영하는 것인 반면,
그 차이점은 반영의 형식, 곧 형상적 형식/논리적 형식10)에 있다. 형상
적 형식은 인간과 그 생활을 현실 그대로 구체적이고 생동한 모습으로
보여주는 것이라면, 논리적 형식이 인간과 그 생활을 추리하고 일반화
하여 추상화시키는 것이다. 따라서 과학과의 이러한 차별성을 통하여,

물론 종교관념론적 견해는 제국주의자들과 부르조와지의 비과학적이며 허황된 반
동적 문예이론으로 비판받는다.
정성무, 『시대와 문학예술 형태』 (평양 : 문예출판사, 1988), 8쪽 이하.

8) 정성무, 『시대와 문학예술 형태』 (평양 : 문예출판사, 1988), 12쪽 이하.

9) 북한 문학예술이론에서 사용하는 '원칙' 혹은 '방법론적 원칙' 혹은 '정식'이라는 용
어들은 동의어이다. 그 용어들이 뜻하는 바는, 당에서 규정한 문학예술의 이념이
나 가치체계에 대한 방법론적 회의, 이데올로기적 회의를 결코 용납하지 않는 비
평적 도그마이면서 그것들의 해석을 정치적으로 제한, 한정하는 해석의 정치주의
이다.
G.Graff, Poetic Statement and Critical Dogma, (Northwestern Univ. Press, 197
0), pp.172~179.

10) 리동원, 문학개론 (평양: 김일성종합대학출판사, 1985), 7쪽 이하.

문학예술을 인간과 그 생활을 형상적 형식으로 반영한 것으로 정식화한 것이다.

셋째의 정의는 문학예술이 현실 사회(구조) 속에서의 위치를 규정하는 원칙이다. 현실 사회는 상부구조와 그것의 경제적 토대가 되는 하부구조로 나뉘어져 있다. 상부구조는 관념과 제도로, 관념은 다시 개인 심리와 사회적 의식으로 나뉘어진다. 문학예술은 상부구조의 관념 가운데 사회적 의식에 속한다. 이것은 문학예술을 상부구조적인 현상이면서 사회적 의식의 한 형태로 정식화 것이다.

이러한 정의에서 본다면 북한에서 문학예술은 '인간과 그 생활을 형상적 수단과 형식으로 반영함으로써 사람들의 사상정서적 교양에 이바지하는 사회적 의식의 한 형태11)'이다. 곧 문학예술은 현실 반영 형식에 있어서는 독자성을 가지고 있지만, 현실 사회 속에서는 다른 사회적 의식과 같은 사회적 의식의 한 형태이다.

(2) 장르 혹은 종류와 형태

사회적 의식의 한 형태로서 문학예술만이 가지고 있는 독자성은 현실 반영 형식, 곧 형상적 형식에 의해 현실의 새로운 형상을 창조하는 것에 있다. 문학예술에 있어서의 형상12)이란 인간과 그 생활을 현실

---

11) 『조선말대사전』(사회과학원 언어연구소 편)

12) 형상이 사물의 모양, 모습을 말하듯이, 문학예술에 있어서의 형상이란 '작품에 들어 온 생활 화폭'이다. 말하자면 문학예술에 있어서의 형상이란 문학예술작품에서 창조되어서 담겨진 인간과 그 생활의 새로운 모습을 뜻한다.
문학예술의 독자성을 담보해 주는 이러한 형상의 특성은 진실성, 구체성, 생동성 그리고 개성, 비반복성에 있다.
진실성이란 거짓과 대치하여 사실대로 본질적인 것을 그리는 성질이다.
구체성이란 현실 그대로의 모습대로 구체적으로 그리는 성질이다.
생동성이란 살아 움직이는 것처럼 그리는 성질이다.

그대로의 모습대로 구체적이고 생동하게 그리는 과정, 즉, 진실성, 구체
성, 생동성의 과정이다. 그 과정에서 사용하는 수단, 예를 들면 언어,
선율, 선과 색, 율동 등 형상적 수단에 따라서 문학예술은 여러 가지로
분류된다. 곧 문학예술은 형상적 수단에 의해서 여러 가지로 나뉘어진
다. 이 때 나뉘어진 문학예술의 갈래를 종류와 형태라고 한다. 종류와
형태는 갈래 혹은 장르를 대신하는 용어이다.

　　종류와 형태는 '문학예술작품의 존재방식에 따라 구분되는 문학예술
의 갈래 또는 그 갈래에 속하는 문학예술작품들의 특성을 규정하는
개념13)'이다. 문학예술의 분류 개념으로서 종류와 형태는 서로 다르다.
종류란 문학예술을 1차적으로 분류한 것이며, 형태는 1차적으로 분류
한 종류를 다시 분류한 것이다. 예컨대 예술을 1차적으로 분류하면,
문학, 연극, 영화, 음악, 무용, 교예라는 종류로 나뉘어지며, 다시 그
종류의 하나인 문학을 2차적으로 분류하면 시가문학, 서사문학, 극문학
이라는 형태로 나뉘어진다.

> 　………종류는 언제나 일정한 예술형태들을 자체 속에 포섭하고 종속시
> 키며 형태는 언제나 종류의 형태로서 종류에 의존하고 종속되면서 소여
> 종류에 속하는 예술작품들의 갈래를 특징지어준다.
> 　다시 말하여 종류와 형태는 류 개념과 종 개념간의 관계와 비슷한 관계
> 를 가지고 호상제약하고 의존하면서 문학예술작품들의 존재방식에 따라
> 구분되는 문학예술의 갈래와 그 갈래에 속하는 작품들의 속성을 일정한
> 체계 속에서 특징지어준다.14)

개성이란 유형성, 유사성과 대치하여 독창적인 것으로 그리는 성질이다.
비반복성이란 동일한 것, 유사사한 것을 반복하지 않고 그리는 성질이다.
리동원, 『문학개론』, 86쪽 이하
13) 정성무, 『시대와 문학 예술 형태』, 35쪽 이하
14) 정성무, 『시대와 문학 예술 형태』, 35~36쪽

　인용에서와 같이 1차적 분류로서 종류는 일정한 문학예술 형태를 자체 속에 포섭하고 종속시키고 있는 반면, 2차적 분류로서 형태는 언제나 종류의 형태로서 종류에 의존하고 종속되면서 소속 종류에 속하는 작품들의 갈래를 특징지워진다.

　아울러 종류와 형태는 류 개념과 종개념의 관계에 유사한 것으로 설명되어진다. 사실, 류 개념과 종 개념의 유사성보다는 종류와 형태는 상위 개념과 하위 개념의 관계이다. 종류와 형태의 위계질서는 절대적인 것이 아니라 상대적인 것이다. 종류와 형태의 상대적 독자성이 문학예술 분류의 원칙으로 강조된다. 그 상대적 독자성은, 종류는 언제나 종류로 존재하는 것이 아니며, 형태는 언제나 형태로 존재하는 고정불변의 것이 아니라는 것이다. 종류와 형태는 분류의 시각과 차원 그리고 기준에 따라서 종류가 형태도 될 수 있으며, 형태가 종류도 될 수 있다는 것이다.

　예컨대 예술을 1차적으로 분류하면, 문학, 연극, 영화, 음악, 무용, 미술, 교예라는 '종류'로 나뉘어지며, 다시 그 종류의 하나인 문학을 2차적으로 분류하면 서정문학, 서사문학, 극문학이라는 '형태'로 나뉘어진다. 즉 예술의 1차적 분류로서 문학이라는 종류, 예술의 2차적 분류로서 서정문학, 서사문학, 극문학이라는 형태이다. 마찬가지로 문학을 1차적으로 분류하면 서정문학, 서사문학, 극문학이라는 종류와 나뉘어지고, 그 종류의 하나인 서정문학을 2차적으로 분류하면 서정시, 가사 등이라는 형태로 나뉘어진다.

　이와 같이 서정문학은 분류 차원을 예술로 설정할 때에는 형태에 속하지만, 문학으로 설정할 때에는 종류에 속한다. 말하자면 서정문학은 경우에 따라서 종류와 형태의 속성을 달리 가지고 있다. 즉 서정문학은, 종류 차원에서는 그 형태들인 서정시, 가사 등을 자체 속에 포섭하고 종속시키지만, 형태 차원에서는 문학이라는 종류에 의존하고 종속되면서 문학 종류에 속하는 작품들의 갈래를 특징지워진다. 서정문학은, 종류 차원에서 서정시, 가사 등 형태들이 가지고 있는 특성의 변화를 포괄하고, 형태 차원에서 문학이라는 종류의 변화에 따라서 변화하면서 그 자체의 특성이 스스로 변화하는 것도 문학에 포괄시킨다. 종류와 형태의 이러한 독자적인 상대성은 그것들 자체의 변화뿐만 아니라 서로간의 결합에 의한 새로운 종류와 형태의 생산을 가능하게 한다.

종류와 형태의 개념과 그 관계를 류 개념과 종 개념에 비슷한 것으로 설명하는 것은 문제적이다.

장르이론에서 본다면 류 개념과 종 개념은 이론적 장르와 역사적 장르, 기본 장르와 변종 장르(혹은 지방성 장르)에 상응한다. 장르 개념의 이러한 분류는 장르의 시대적, 지역적 변화를 전제로 한 것이다.15) 종류와 형태를 이러한 개념들에 유사한 것으로 설명한다는 것은 문학, 연극, 영화, 음악, 무용, 미술, 교예를 이론적 장르 혹은 기본 장르로 설정하고 그것들의 시대적 지역적 변화에 따라서 생성되는 장르를 역사적 장르 혹은 변종 장르로 설정하려는 의도인 것 같다. 그 의도는 추측하건대, 첫째, 예술을 문학, 연극, 영화, 음악, 무용, 미술, 교예라는 7 종류의 체계로 절대 불변화 한 것이며, 둘째, 그 종류들 간에 있을 수 있는 혼합 장르를 설정하기 위한 가능성을 열어 놓은 것이다. 그 가능성은 장르 자체가 고정 불변한 것이 아니라 변화하는 것16)이라는 점에서 확인된다. 장르의 변화는 특정한 장르 그 자체뿐만 아니라 서로 다른 장르들 간의 결합에 의해서 탈장르화 되고 혼합 장르화 된다. 장르는 하나의 제도(instuition)로서, 작품은 현존하는 제도 속에서 생산되

---

15) 구인환, 구창환, 『문학개론』(삼지원, 1987), 84쪽 이하.

16) R.Wellek, A.Warren, Theory of Literature, (Penguin Books, 1980), chap.17

기도 하지만, 새로운 제도를 창조하기도 한다. 종류와 형태의 독자적 상대성은 탈장르와 혼합 장르, 곧 특정 장르 자체의 변화와 서로 다른 장르들간의 결합에 의한 변화를 설명할 수 있는 개념이다.

앞에서 살펴 본 바와 같이 예술을 1차적으로 분류하여 문학, 연극, 영화, 음악, 무용, 미술, 교예라는 7 종류가 절대적으로 고정 불변하다는 장르체계는 다분히 도식적이며 정치적이다. 예술 자체의 장르 변화를 고려한다면 예술 장르는 북한 장르체계에서와 같이 반드시 영속적으로 7 종류만 존재하는 것은, 절대 불변하는 것은 더욱 아니다.

더구나 이른바 그 7 종류를 이론적 장르 혹은 기본 장르로 설정하고 그것들의 시대적 지역적 변화에 따라서 생성되는 장르를 역사적 장르 혹은 변종 장르로 설정하려고 한다면 장르체계의 발생과 전파의 중심 지역은 북한이다. 즉 북한의 문학예술장르가 세계문학예술의 원장르17) (archigenre)이며, 북한의 문학예술을 세계문학예술의 중심으로 상정 할 때에만 절대불변의 장르체계가 가능하다. 이것은 달리 표현하자면 조선민족제일주의18)의 문학예술장르적 표현이라고 할 만하다.

---

17) 원장르(archigenre)란 첫째, 일정한 시간이 지난 후 결합, 분리되어간 모든 역사적 장르의 모태 혹은 일정한 기간의 경과 동안 파생된 모든 역사적 장르를 발생시킨 모태가 된 장르, 둘째 위계적으로 일정한 수의 경험적 장르들-그 범위와 수명과 재생산의 능력이 어떠하건 간에 구체적인 역사와 문화의 산물인-을 포괄하는 장르이다.
J.쥬네트, 원텍스트 서설, 『장르의 이론』(김현 편, 문학과 지성사, 1987), 85~86, 106~107쪽

18) 조선민족제일주의사상은 86년 7월 김정일이 '당 중앙위원회 책임 일꾼들 앞에서 한 연설', 곧 「주체사상에서 제기되는 몇 가지 문제에 대하여」에서. 강조한 것이다. 당시 사회주의의 몰락에 대응하여 북한사회체제를 안정시키기 위한 것으로서 제기된 것으로서 조선민족제일주의란 글자 그대로의 뜻이다.
민병욱, 편, 『북한 연극의 이해』(삼영사, 2001), 56쪽

(3) 장르 변화 혹은 종류와 형태의 변화

문학예술의 종류와 형태는 언제나 변화한다. 그 변화는, 여러 가지 경우의 수로 설명할 수 있다. 첫째, 어떤 한 종류가 자체적으로 변화하는 경우, 둘째, 어떤 한 형태가 자체적으로 변화하는 경우, 셋째, 어떤 한 종류와 어떤 한 형태가 결합하여 새로운 종류로 변화하는 경우, 넷째 서로 다른 종류와 종류가 결합하여 변화하는 경우, 다섯째, 서로 다른 형태와 형태가 결합하여 변화하는 경우 등등이 있다. 이론적 장르에서 본다면, 종류와 형태의 변화는 얼마든지 많은 경우의 수로 상정할 수 있다.

문학예술의 본질을 '당의 수중에 장악된 사상교양의 힘있는 무기로서 사람들을 혁명적으로 교양하여 위대한 주체사상으로 무장시켜 온 사회를 김일성주의화 하는데 이바지하는 것[19]'으로 제한할 때, 종류와 형태의 변화도 그러한 제한에서 결코 자유롭지 못하다. 곧 문학예술 형식의 상대적인 자율성은 제거된 채, 그 종류와 형태는 당에서 제시한 '합법칙성' 속에서만 변화 가능하다. 문학예술의 종류와 형태는 개별적인 작가에 의해서, 작품 그 자체에 의해서 결코 변화하지 않으며, 당의 인위적인 통제에 의해서만 변화한다.

> 문학예술의 종류와 형태들은 개별적인 작가, 예술인들의 자의에 의하여 무질서하게 발생 발전하여 풍부화 되는 것이 아니라 사람의 자주성, 창조성, 의식성의 확대 발전에 수응하여 축차적으로 발생하는 합법칙성과 미분화상태로부터 분화의 방식으로 발생하는 합법칙성, 서로 다른 종류와 형태들의 결합으로 새로운 종류와 형태들을 발생시키는 합법칙성에 따라 발생 풍부화 되는 것이다.
> 예술의 종류와 형태 발생에 작용하는 세 가지 합법칙성 가운데서 첫

---

19) 리동원, 『문학개론』(김일성대학출판부, 1985), 27쪽

번째 합법칙성이 예술의 종류와 형태 발생을 규제하는 기본 요인과 그에
의하여 발생된 종류와 형태간의 연관을 밝혀주는 합법칙성이라면 두 번째
합법칙성과 세 번째 합법칙성은 예술의 종류와 형태의 발생 방식의 필연성
을 밝혀주는 합법칙성이다.[20]

인용에서와 같이 장르 변화의 합법칙성은, 첫째 사람의 자주성, 창조
성, 의식성의 확대 발전에 따르며, 둘째 미분화 상태에서 분화 상태로
발전하고, 셋째 서로 다른 종류와 형태들의 결합에 의하여 새로운 종류
와 형태로 발전하는 것에 있다. 둘째와 셋째의 경우는 장르이론에서도
이미 일반화 하고 있는 장르의 발생이론과 탈장르 혹은 혼합 장르이론
이다.

문제는 첫째의 경우인 바, 문학예술의 장르는 '사람의 자주성, 창조
성, 의식성의 산물'이며, '현실에 대한 인간의 예술적 파악 능력과 인식
능력 발전의 결실'이라는 것이다. 장르의 변화를 가능하게 하는 주체로
서 '사람'은 누구인지 문제가 된다. 인용에서와 같이 그 '사람'은 물론
'작가, 예술인들'은 결코 아니라 일반적 의미에서 사람, 곧 북한에서
말하는 인민대중이다. 수령과 당과 대중의 사회정치적 생명체를 하나
의 운명공동체로 규정한다는 근거[21]에서 본다면, 문학예술의 종류와

---

20) 정성무, 『시대와 문학 예술 형태』, 54~55쪽

21) 수령과 당과 대중을 하나의 운명공동체로서의 국체로 받아들이는 것을 전제로 해
   서 사회정치적 생명체라는 개념이 가능해진다. 사회정치적 생명체라는 것은 수령,
   당, 대중을 하나의 통일적 관계로 묶음으로써 수령에 대한 개인 숭배를 제도화
   하고 그 제도화된 사회적 도덕률을 창출하고 있다. 이런 의미에서, 김정일은 그
   의 저서 『주체문학론』에서 「4. 사회정치적 생명체와 문학」의 첫 소항목을 "1)사
   회정치적 생명체는 우리 문학의 형상 원천이다"라고 명제의 설명에 할애하고
   있다.
   사회정치적 생명체에 관한 이론에 의해서 북한 문학예술은 유일 사상의 우상숭
   배에 이바지하는 정치종속적 문학예술이 되고 있다.
   이종석, 『조선노동당연구』(역사비평사, 1995), 101-120쪽

형태는 '수령'의 '교시22)'와 '당'의 문예정책에 의해서 발생, 발전한다.
아울러 첫째의 경우가 종류와 형태의 발생 발전을 규제하는 합법칙성
이므로, 문학예술의 종류와 형태는 당의 '규제'에 의하여 발생하고 발전
한다.

따라서 문학예술의 종류와 형태는 언제나 당의 인위적인 통제에 의
해서 변화한다. 곧 북한에서 문학예술의 종류와 형태는, 주체사실주
의23)에 의해서 인위적으로 통제되고 변화되는 과정을 거친다. 문학예

---

22) 참고로 『조선말대사전』(사회과학원 언어연구소 편)에서 "교시"를 찾아보면 다음
과 같이 풀이하고 있다.
교시 [명]
① 《내가 늘 말하는 바와 같이 수령님의 교시는 곧 법이며 따라서 그 집행에서
는 무조건의 원칙을 철저히 지켜야 합니다.》 (김정일)
《혁명의 위대한 수령 김일성동지께서 밝혀주신 혁명과 건설에서 강령적인 지침
으로 되는 가르침》을 이르는 말. 우리의 모든 당원들과 근로자들은 (………)
② 지침으로 삼는 가르침. ③ 가르쳐 보이는 것.

23) 주체사실주의는 물론 문학예술에 대한 유물론적 관점인 사회주의적 사실주의
에서 발전한 것이다. 김정일의 『주체문학론』(조선노동당출판사, 1992)에서 상론하
고 있는 바, 사회주의적 사실주의와 주체사실주의는 다음과 같이 정의된다.
사회주의적 사실주의와 주체사실주의는 공통적으로 혁명투쟁의 과정을 반영하면
서 그 혁명의 완성을 목적으로 하고 있다.
그 차이점은 주체사실주의가 사회주의적 사실주의의 한계를 극복하여 조선현실
에 맞게 발전시킨 것이라는 것이다.
시대적 과제에 있어서, 사회주의적 사실주의가 자본주의와 제국주의의 예속에서
근로대중을 해방하는 것을 과제로 한다면, 주체사실주의는 인민대중이 역사의 주
체로 등장하여 그 자주성을 완전히 실현하는 것을 과제로 한다.
세계관에 있어서, 사회주의적 사실주의가 유물변증법적 세계관에 기초하고 있다
면, 주체사실주의는 주체의 세계관, 사람 중심의 세계관에 기초하고 있다.
창작의 목적에 있어서, 사회주의적 사실주의가 계급투쟁과 사회주의 혁명의 완성
에 있다면, 주체사실주의는 반제·반미 투쟁과 주체적 사회주의의 성립에 있다.
전형 창조에 있어서, 사회주의적 사실주의가 노동계급의식이 투철한 해방운동가
에 있다면, 주체사실주의는 주체사상과 김일성 유일체제를 내면화 한 자주적 인
간형에 있다.

술의 종류와 형태가 발전해 가야 하는 궁극적인 형식이 혁명 문학예술
이라면, 현재 형식은 낡은 문학예술로서 혁명 문학예술을 향하여 개조,
변혁되어 가는 과정24)에 있다. 낡은 예술에서 혁명 예술로 개조, 변혁되
어 가는 과정에서 지켜할 할 원칙25)은 주체의 원칙, 당성·노동계급

<hr>

이러한 차이점을 근거로 하여 주체사실주의는, 사회주의적 사실주의가 혁명 투쟁
에서 사람의 역할보다는 사회역사적 환경 및 조건과 혁명적 현실에 초점을 둔다
고 비판한다. 이에 주체사실주의는 혁명 투쟁에서 사람에 초점을 둔다.

주체사실주의에서와 같이 현실이 아니라 그 현실 속에서 살아가는 인간을 초점
에 둔다면, 현실의 사실성과 진실성은 인간을 위하여 축소, 변형되거나 왜곡되어
신화화 됨은 물론이다.

24) 이 과정에서 없애 버려야 할 예술의 낡은 형식과 요소를, 첫째, 퇴폐적이며 형식
주의적인 예술 형식과 그 요소, 둘째, 흥미본위적으로 만들어진 예술 형식, 셋째,
봉건사회에서 만들어진 봉건적인 예술 형식으로 들고 있다.

반면 비판적으로 계승 발전시켜야 할 것으로는 오랜 역사적 과정에서 이루어진
진보적이며 인민적인 예술 형식을 들고 있다.

장르 전이 과정에서의 이러한 원칙은 기본적으로 사회주의적 관점 속에 있다.

정성무, 『시대와 문학 예술 형태』, 118-120쪽

25) 북한 문학예술의 기본 특성이나 성격으로 설명되고 있는 약호들은 대체로 주체,
당성, 노동계급성, 인민성, 민족적 특성, 현대성 등이 있다. 이를 보다 정확하게
표현하자면 다음과 같다.

첫째, 낡은 예술에서 혁명 예술로 개조 변혁하는 과정에서 지켜야 할 원칙들은
주체의 원칙, 당성·노동계급성·인민성의 원칙 그리고 현대성의 원칙이다.

둘째, 문학 일반론에서 북한 문학의 사회적 성격이나 특성을 드러내는 것은 당
성·노동계급성·인민성·민족적 특성·현대성이다.

셋째, 주체적인 사회주의 문학예술의 본성을 드러내는 것은 당성·노동계급성·
인민성이다.

북한에서 문학의 성격이나 특성은, 물론 김일성주의에 이바지하는 것으로 요약되
지만, 문학 일반론이나 장르론에 따라서 설명되는 약호의 차이가 있는 것은 지나
칠 수 없다.

첫째의 경우는 정성무의 『시대와 문학 예술 형태』, 둘째의 경우는 이동원의 『문
학개론』, 셋째의 경우는 사회과학원문학연구소의 『주체사상에 기초한 문예이론』
(인동출판사 本)이 그 대표적인 경우이다.

성·인민성의 원칙 그리고 현대성의 원칙이다.

주체의 원칙은 예술 개조에서 일관되게 견지하고 있는 기본 원칙이다. 주체의 원칙은 문학예술에 있어서 주체를 세우는 것, 곧 문학예술의 혁명과 건설에 대하여 창조적 입장과 자주적 입장으로 주인다운 태도를 가진다는 것이다. 창조적 입장과 자주적 입장은 문학예술을 자기 나라의 구체적인 실정과 자기 인민들의 이익 및 요구에 맞게 창조적으로 자주적으로 생산하는 원칙을 가리킨다. 주체의 원칙은 기본적으로 "자기 나라 혁명을 중심에 놓고 대하며 자기 나라의 구체적인 실정에 맞게 자기 힘으로 풀어 나가는 관점과 태도"26)이다.

당성의 원칙은 당의 계급적 이해를 반영하는 문학으로서, 당의 수중에 장악된 문학에만 있게 되는 계급적 성격이다. 당성의 원칙은 문학예술 사업과 창작의 전 과정에서 주체사상과 당의 노선과 정책을 옹호, 관철하는 것을 원칙으로 한다.

노동계급성의 원칙은 문학이 노동계급의 혁명 정신을 표현해야 한다는 것이다. 문학예술은 계급적 성격을 가지고 있으며 일정한 계급에게 봉사하고 있으므로, 노동계급성은 노동계급의 사상 감정과 이해 관계를 반영하고 노동계급의 혁명 정신에 이바지하는 문학의 계급적 성격이다.

인민성의 원칙은 문학예술이 인민대중의 감정 정서와 취향에 이바지해야 한다는 것이다. 인민성의 원칙은 문학예술이 인민대중들이 쉽게 이해할 수 있는 통속적인 형식과 내용으로 창작되어야 하며, 인민대중들을 혁명 정신으로 무장시키고 실천하는 것에서 이루어진다.

현대성의 원칙은 문학예술이 오늘의 시대적 요구와 미감에 맞게 개

____

아울러 시대의 변화에 따라서 문학의 성격을 나타내는 약호들의 의미도 변화한다. 이것은 곧 당의 문예 노선과 정책에 관련된 것임은 분명하다.

26) 김정일, 『주체문학론』(조선노동당출판사, 1992), 32쪽

조 변혁되어야한다는 것이다.

낡은 문학예술에서 혁명 문학예술로 개조 변혁하는 과정에서 지켜야 할 원칙들은 궁극적으로 주체 문학예술의 건설이다. 주체 문학예술의 건설은, 문학예술의 종류와 형태가 발전해야 할 최고 목표이다. 문학예술 장르의 변화는 곧 주체문학예술에 이르는 역사적 과정이다.

이와 같이 북한에서 문학예술 장르의 변화는, 장르와 형식의 상대적 자율성이 제거된 채, 주제사실주의라는 특정 이데올로기에 의해서 제시된 혁명 문학예술에 이르는 역사적 과정이다. 그 과정에서 문학예술은 언제나 통제의 대상이며 인위적인 개조와 변혁의 대상으로 존재할 뿐이다.

북한의 '대가정론' 과 여성의 주체 위치
- 영화 〈불가사리〉를 중심으로 -

박 훈 하

1. 80년대 북한의 사회적 변화와 영화 〈불가사리〉의 문제성

북한은 사회주의국가 건설 이후 지금까지 영화 장르의 형식적 우월성과 그 기능적 효율성을 지속적으로 강조해 왔다.[1] 사실상 영화장르가 서사를 표현하는 방식에서 문학과 근본적 차이를 갖는다는 사실은 익히 주지해온 바이다. 말하자면 근대 자본주의사회의 병폐를 민감하게 자각했던 프루스트(M. Froust)나 조이스(J. Joyce)가 개인과 집단, 과거와 현재성, 객관적 현실과 내면적 체험들간의 본질적 간극을 매우 복잡한 서사과정을 거침으로써만 비로소 표현 가능했던 지점에, 시공간의 내적 결합이라는 표현적 자질들(예컨대 '클로즈업'이나 '플래시백', 혹은 '몽타주'와 같은 편집기술 등)을 활용해 보다 쉽게 도달할 수

---

[1] 1950년대 사회주의 기초건설시기에 제시된 김일성의 「영화는 호소성이 높아야 하며 현실보다 앞서가야 한다」(56. 1. 17)와 천리마 시기의 「깊이 있고 풍부한 영화를 더 많이 생산하자」(66. 2. 4), 그리고 김정일의 『영화예술론』이 발표된 1973년 이후의 여러 문건들에서 이 점은 거듭 강조되어 왔다.

있음을 증명해 보임으로써2) 영화는 문학보다 훨씬 대중적인 방식으로
새로운 세상을 꿈꿀 수 있게 해주었다. 영화문법이 수립되고 정착되던
영화발달사의 초창기에 지대한 공헌을 했던 에이젠슈쩨인(S. Eisenstein)
이나 쿨레쇼프(L. V. Kuleshov) 등이 몽타주이론에 천착하고 스스로 그
이론을 계속 개변해 갈 수 있었던 과정에도 그들의 바로 이런 사회주의
건설기의 낭만적 열정이 깊이 개입해 있었음은 널리 알려져 온 사실이
다. 그들이 영화를 통해 꿈꾸었던 것은 계급성에 기반한 인민주의적
문법의 확립이었다.3) 자본주의적 생산관계가 절연시켜놓은 대화적 관
계를 회복하는 것이야말로 그들이 영화장르에 매달린 가장 큰 이유였
고, 영화의 문법은 그것을 가능하게 해줄 방법적 원천이었다. 그러므로
그들의 궁극적인 관심은 특정 서사문법을 규범화하는 데 있었던 것이
아니라 문학 언어가 서사를 형성할 때 피하기 어려운 계급적 재현력을
돌파하기 위해 언어 자체를 새롭게 재배치하는 것이었다. 그렇게 함으
로써 그들은 영화를 통해 인민대중들을 건설기의 사회주의가 요구하는
적합한 인간형으로 수렴할 수 있다고 믿었다. 그들의 믿음이 역사적으
로 주효했는지의 여부는 논외로 한다 해도, 적어도 영화가 당시 인민들
의 절대적 다수를 차지하고 있던 문맹자들을 배제하지 않고도 사회주

---

2) A. 하우저(Hauser)는 이를 '시공간의 통합'이라 표현하여 영화가 여타 예술장르와
   차별화되는 가장 주된 특질로 파악하고 있으며, 이로써 영화가 동시대성을 재현
   하는 탁월한 장르가 될 수 있음을 주장하고 있다(아르놀트 하우저, 백낙청·염무
   웅 옮김, 『문학과 예술의 사회사4』, 창작과비평사, 1999, pp. 302~305). 하우저의
   이러한 주장은, 그러나 영화를 예술사회학적 차원에서 주목해왔던 기왕의 많은
   논자들에게서도 지속적으로 논의되어 왔던 바이기도 하다. 영화와 예술장르간의
   상호텍스트성에 대해서는 졸고, 「소설과 영화에서의 주체형식」(『문화의 풍경, 이
   론의 자리』, 비온후, 2003)을 참조하고, 영화가 역사에 개입해 온 과정에 대해서는
   마르크 페로의 『역사와 영화』(주경철 옮김, 까치, 1999), 특히 제2부를 참조하라.

3) Ronald Bergan, Eisenstein: A Life in Conflict, The Overlook Press, 1999, pp. 4
   5~47.

의 계몽적 서사를 인민들 모두가 공유할 수 있도록 해주었을 뿐 아니라 그렇게 형성된 계몽적 서사를 통해 인민들 개개인을 사회주의적 주체로 호명하는 적절한 이데올로기 기제로 활용할 수 있었음은 의문의 여지가 없다.

북한 사회가 영화를 중요한 문예장르 중의 하나로 힘껏 강조해왔던 것도 이러한 맥락에서 크게 벗어나지 않는다. 북한의 영화이론을 가장 명료하게 집약하고 있는 한 이론서에 의할 때 '조선민족제일주의 교양을 강화하는 데 영화가 적극 기여해야 함'이 새삼 강조되고 있고, 이것이 곧 '대중교양의 힘있는 수단인 영화가 여타 문예장르에 비해 당성·노동계급성·인민성을 구현하는 데 탁월한 재현적 특징을 갖고 있음'을 전제하고 있는 것으로 보아서도 충분히 짐작이 된다.4) 그러므로 자본주의 체제로부터 영화를 사유해왔던 남한의 연구자들이 북한영화를 단순히 '정치적 도구'로 폄하하거나 '예술성보다 사상성을 우선시'하는 문예장르로 일축하려는 태도는 다소 지나친 측면이 없잖아 있다.5) 사상성과 대비된 예술성이 일종의 예술적 형식을 뜻하는 것이라면, 사회주의리얼리즘이 이미 탈계급사회를 전제하고 있는 마당에 완전해야 할 공적 서사가 균열을 일으켜, 그것이 자본주의사회에서처럼 개인을 근간으로 하는 예술적 형식으로 전화될 가능성을 상상한다든지 혹은 사상성과 예술성을 분리하여 사고하는 것은 적절하지 않기 때문이다. 물론 이런 공적 서사만이 전일적으로 존재하는 사회가 바람직한가 하는 문제는 또 다른 질문들이 요구되는 별개의 문제일 것이며, 나아가 이 문제를 북한 영화의 장르적 고유성으로 환원해서도 곤란할 것이다.6)

---

4) 리현순, 『사회주의 영화예술건설』, 평양, 문예출판사, 1998, pp. 45~46.

5) 전영선, 『북한문학과 예술』, 역락, 2004, p. 305.

북한 영화는 모든 북한의 문예장르가 그러하듯이 민족적 과제를 수행할 도덕적 주체를 생산해 내는 데 주력해 왔다. 그리고 이 과정에서 인민대중 개개인들을 도덕적으로 감화시키는 숭고한 대상으로서의 영웅적 인물의 제시는 또한 필수적인 것이었다. 영화 <피바다>(1969)와 <꽃파는 처녀>(1972)에서 시작하여 비교적 최근에 제작된 다부작 영화 <민족과 운명>(1997~)에 이르기까지의 주인공들은 이를 충실히 수행하고 있다. 그러나 '안팎의 적을 물리쳐 인민 해방의 길을 여는 수령의 영도사(領導史)와, 정신의 힘으로 갖가지 난관을 헤치고 영웅적 위훈을 세우는 근로 인민 및 전사들의 성장기'라는 단순하리만치 일원적인 북한의 서사 문법7)에도 전혀 변화가 없었다고는 보기 어렵다.

---

6) 북한의 문예물들을 검토하는 자리에서 그것이 소비되고 생산되는 역사적 맥락에 대한 엄밀한 고려 없이 특정 장르를 규범화하고, 이를 토대로 우리와의 차이를 가치의 문제로 환원하거나 타자화하는 경향은 우리의 연구가 북한문예물을 다룰 때 항용 범하는 가장 일반적인 오류 중의 하나일 것이다. 문학을 제외하고는 지금까지 아주 간략한 소개에 머물고 있는 여타 예술장르들에 대한 개관 성격의 글들은 대체로 자본주의체제 내부에서 형성되어 온 우리 식의 편향적인 예술인식에 그들의 문예물들을 종속시켜 왔던 것이 사실이다(지금까지 여타 예술장르에 비해 북한 문학연구 영역에서만은 이 문제를 지속적으로 반성해 온 바 있다. 한 예로, 김재용의 『북한 문학의 역사적 이해』 중 특히 「북한 문예학의 전개 과정과 과학적 문학사의 과제」(문학과지성사, 1994) 부분을 보라). 이러한 경향은 특정 예술장르를 역사적 특수성을 통해 사유하기보다는 연구자가 속한 집단의 정치적 무의식을 통해 재단하려 하기 때문에 발생한다.

7) 신형기는 북한이 사회주의국가를 건설한 이후 지금까지 모든 서사를 민족을 대변하는 상상적 형상으로 제시된 인격을 중심으로 집약시켜 왔다고 말한다. 이러한 상상의 반복을 통해 가상의 인격은 집단적 표상으로 고정되었으며, 이 과정에서 북한사회 구성원 모두의 존재가 몰수되는 일자화의 사회가 구축될 수 있었다고 주장한다. 그의 주장처럼 국가 기획 아래 진행된 이러한 상상적 세계의 구축에 가장 결정적 역할을 수행한 것이 민족'이야기'라면, 이러한 서사를 가장 잘 구현할 수 있는 형식은 '영웅서사'일 것이 분명하다. 신형기, 『민족이야기를 넘어서』, 삼인, 2003, pp. 47~49 참조.

1985년에 제작된 <불가사리>는 이 변화를 매우 징후적으로 보여주고 있어 관심을 끈다.

　14세기 고려 시대를 배경으로 쇠를 먹고사는 불가사리 설화를 혁명의 신화로 극화하고 있는 이 작품은 지금까지 아주 도식적으로 고수되어 왔던 영웅서사 위에 특이하게도 형식적 잉여를 드러내고 있다. 즉 지배계급으로부터 수탈 당해오던 민중들이 불가사리의 도움으로 기존 체제를 전복하고 새로운 인민들의 세상을 연다는 줄거리를 가지고 있는 이 작품은, 그러나 혁명이 완성되는 그 엄숙한 순간에서조차 서사적 종결을 취하지 못하고 계속 지연되고 있음을 볼 수 있으며, 그에 덧붙여 여주인공 '아미'의 영웅적 희생이 또 한번 부가되는 형태를 취하고 있는 것이다. 이는 종전의 영웅서사가 개인의 희생을 예술적으로 수렴해왔던 서사문법과는 여러모로 차이가 있다. 다시 말해 개인의 영웅적 희생이라는 소재야 지극히 익숙한 것이지만 그것이 수렴되는 방식에서 드러나는 이 명백한 형식상의 차이는, 민족의 혁명적 과업이 완결되는 순간 민족적 공동선(共同善) 속에서 온전히 보상되어야 할 개인의 희생이 더 이상 사회적으로 기대되기 어려운 당시의 현실을 반영하고 있거나, 나아가 그러한 현실을 돌파할 하나의 방법으로서 특정한 개인에게 또 한번의 희생을 강요하는 이데올로기적 조작이 형식적으로 관철된 결과일 가능성이 아주 농후한 것이다.

　실제로 <불가사리>가 제작된 1985년을 전후한 시기는 그때까지 북한 사회가 자신들의 체제 고수를 위해 구사회주의권과의 동질성과 연대를 과시해오던 태도를 버리고 '우리식 사회주의'라는 일정한 체제 변용과정을 치르지 않을 수 없었던, 국내외적으로 힘겨운 고투를 경험한 시절이었다.[8] 이는 곧 종전까지의 주체사상에 어떤 변화가 초래될

---

8) 김석향, 「북한사회의 시대적 특성 다각도로 읽어내기」, 1998년도 상반기 한국사회학회 발표논문, 1998.

수도 있음을 짐작하게 한다. 일별하면 '사회주의적 생명체론'[9]이 보여주듯 변화보다 기왕의 주체사상을 강화하는 데 집중하는 듯 보이지만, 그 근간에는 주변정세의 급변과 국내 경제상황의 악화가 가져올 주체사상의 위기 해소를 위해 지금까지 주체사상의 구체적인 내용을 추상화하고, 경직된 부분을 현실에 맞게 부분적으로 수정하는 등 보다 본질적인 변화가 나타나고 있음을 볼 수 있다.[10] 이 대목에서 우리가 눈여겨봐야 할 것은 1980년대의 주체사상의 변화가 문예이론에 반영되어 나타난 '숨은 영웅론'과 '개성론'이다.[11] 이 시기에 들어 '숨은 영웅'이 공산주의적 인간의 전형으로 간주되기 시작했고, 그 방법으로서 '개성론'이 주장되어 강한 개성이 형상을 풍부하게 하고 예술적 공감을 확대시킬 것으로 기대되었다. 이러한 주장들은, 물론 종전의 주체이론이 가져온 형상화의 도식성을 불식하기 위한 방편으로 제기된 것이지만, 그럼에도 불구하고 이러한 공식적인 태도 변화는 창작소재가 확대되거나 예술작품들로 하여금 일상성에 보다 깊은 관심을 갖게 하는 등 작품의 내용과 형식상의 변화를 불러온 것 또한 사실이다.[12]

<불가사리>는 이런 변화의 와중에 제작되어 나왔다. 그러나 본고의

---

9) 기왕의 주체사상에서 설정되었던 '수령―당―대중'의 유기체적 관계의 토대 위에서 주창되어 나온 '사회정치적 생명체론'은 세계적 변화의 물결 속에서 지도부와 대중의 관계를 강화하기 위한 포석으로 이해될 만하다. 서재진,『또 하나의 북한사회: 사회구조와 사회의식의 이중성 연구』, 나남출판, 1995, pp. 402~418 참조.

10) 이종석,「1999년 북한정치 전망」,『통일전략포럼 보고서―1999년 남북한 관계: 북한 변화의 폭, 속도 그리고 방향』, 경남대학교 극동문제연구소, 1999, pp. 8~11.

11) '숨은 영웅론'은 1980년 6월 당대회에서 표나지 않게 자신의 일을 다하는 인물을 드러내는 것이 문학적 과제로 주어지면서 나타났고, '개성론'은 80년 이후 기왕의 문예작품들에 대한 대중적 호응이 약화되어 가는 것을 극복하기 위해 등장했다가 1992년 김정일의『주체문학론』에서 공식화되었다.

12) 신형기·오성호,『북한문학사』, 평민사, 2000, p. 365.

주된 내용은 이 영화가 보여주는 형식상의 특징이 당 문예정책의 이러한 변화를 단지 수동적으로 반영한 결과임을 주장하려는 것이 아니라 오히려 당대 북한사회의 정치 경제적 조건이 직간접적으로 작품 속에 개입하고 있다는 사실과, 그리고 그 정도와 방식이 어떠한가를 추론하고자 하는 것이며, 특히 수령과 당 그리고 인민을 유기적으로 결합하기 위해 공포(1975)되고 이후 주체사상의 강화정책으로 확대되었던 '대가정론'이 80년대의 변화를 반영함으로써 이런 국가적 이데올로기가 어떻게 새로운 억압적 요소로 작용할 수 있는가를 이 작품을 통해 규명해보고자 하는 것이다. 사실상 '대가정'은 주체 시대에 들어 민족(국가)이라는 도덕적 공동체를 김일성을 어버이로 하고 인민들이 그에 효성을 다하는 것으로 상상된 일종의 유비적 세계인식 모형이고 북한 문예의 서사들이 철저히 이 모형을 내면화하고 있음은 주지하는 바이지만, <불가사리>의 독특한 구성이 보여주듯 은정을 베푸는 어버이와 충정을 바치는 인민들의 관계가 도덕적으로 채 합일되지 못하고 상대적으로 가혹한 희생이 가족 내 여성에게 요구되고 있다는 사실은, 80년대 접어들어 대가정으로 대표되는 북한사회의 동의체계가 근본적으로 흔들리고 있음을 의미한다.

2. 설화와 주체사상의 형식적 등질성

신상옥 감독이 납북(1978) 후 빈을 거쳐 남한으로 돌아오기(1986)까지의 약 8년여 체류기간 중 거의 마지막으로 제작된 <불가사리>는 비교적 정치적 강요 없이 제작된 것으로 알려져 왔다.13) 그러나 이 영화

---

13) 신상옥 감독의 진술에 의하면, 자신이 제작한 작품의 소재는 정치적 간섭 없이 감독 자신이 선택한 것이고, 영화제작환경 또한 과분할 정도였다고 한다. 사실상 흥행에 대한 부담 없이 영화를 제작할 수 있다는 것과, 신상옥 감독을 위해 당시

를 신상옥 감독 개인의 작품이라고 보는 데는 무리가 따른다.14) 신문지
상에 알려진 바로는 이 작품의 후반작업이 채 끝나기 전에 그는 탈북했
고(이후의 마무리 작업은 북한의 정진호 감독이 맡았다),15) 이 문제를
논외로 친다 해도 영화문학(우리 식으로는 시나리오, 이 작품의 경우는
김세륜)의 독립성이 매우 강하게 유지되는 북한의 영화제작 관습상
서사의 근본이 감독 개인의 재량으로 변형되었을 가능성은 매우 희박
할 뿐만 아니라 신상옥 감독의 5년여 감금기간('감금'이란 표현은 감독
자신의 것임)이 부과한 자신의 내부검열까지 고려한다면, 이 영화를
북한 문예사적 흐름 속에서 살핀다 해도 큰 무리는 없을 것으로 판단된
다.

이 작품을 분석하기에 앞서 독자의 이해를 돕기 위해 서사단위
(sequences)의 분절이 필요할 것인데, 'SF 역사물'이라 할 수 있을 이
작품은 대략 18개 정도의 서사단위로 구성되어 있다.

(a) 고려말, 지배계급으로부터 수탈 당하면서도 성실하게 노동하고 있는
    대장간의 일꾼들. 대장장이 '인대'는 산 속에서 혁명세력으로 커가고

로서는 동양최대의 영화촬영시설을 갖춘 '신필름영화촬영소'까지 설립해 줄 정도
였다고 하니 영화제작 환경으로서는 최고였다는 그의 진술이 수긍이 간다(그러나
이 촬영소는 신상옥 감독의 탈북 후 완공되었기 때문에 정작 그는 사용하지 못했
다). 그는 북한 체제기간 중 7편을 직접 연출하고 13편의 제작을 지도한 것으로
술회하고 있으며, 이 중 <소금>은 모스크바영화제에서 여우주연상을 수상했고,
<돌아오지 않는 밀사>는 체코 카를로비 바리 영화제에서 심사위원특별감독상을
수상하기도 했다. 최척호, 『북한영화사』, 집문당, 2000, pp. 157~160 참조.

14) 2000년 6월 이 영화가 국내에서 상영되기 전 신상옥 감독은 작품의 저작권을 주
    장하며 저작권침해금지 가처분신청서를 제출했지만, 기각된 바 있다. 「신상옥 감
    독 영화 방영금지 가처분 기각」, 《중앙일보》, 1999. 4. 6 참조.

15) 「북한영화 첫 상영」, 《한국일보》, 2000. 5. 24.

있는 저항군들을 위해 무기를 만드는 한편 무술연마에 열중.

(b) 산중의 반란세력을 막기 위해 관가에서는 농가의 농기구와 식기를 약탈해 대장간으로 가져와서는 으뜸 대장장이 '덕세'에게 무기를 만들라고 지시하지만, 덕세는 야밤을 이용해 농민들에게 모두 돌려줌.

(c) 관가에 잡혀온 덕세. 태형을 당하고 옥에 갇혀 굶주림 속에서 죽음을 기다리다가 딸 '아미'가 창문 너머로 던져준 밥덩이로 목숨을 건지는 대신 곱게 빚어 불가사리 입상을 만들고 죽게 된다.

(d) 아버지를 잃고 고아가 된 '아미'와 '인세' 남매가 늦은 밤 바느질하는 풍경. 아미가 실수하여 바늘로 자신의 손가락을 찌르고 흘러내린 피가 불가사리 상에 떨어짐. 다음 날 아침, 동생 인세가 살아 움직이며 집안의 쇠붙이를 먹어치우고 있는 불가사리를 봄.

(e) 관가에 붙잡힌 인대가 교수형을 당하는 순간 불가사리가 출현하여 혁명세력과 합세하여 인대를 구출함.

(f) 농기구를 포함한 동네의 모든 쇠붙이를 먹어치우는 바람에 사람들이 불가사리를 쫓아냄.

(g) 산에서 훈련을 끝마친 혁명세력이 인대의 지휘 아래 관가를 야습.

(h) 혁명세력을 물리치기 위해 궁성의 왕은 군사를 규합해 맞서지만 대패.

(i) 다시 군사를 모아 혁명세력을 산으로 몰아넣고 고립작전을 펴 혁명세력을 진압하는 듯하지만 아미의 요청으로 다시 나타난 불가사리에 의해 관군 패배해 도주.

(j) 불가사리는 점점 커져가고, 그 사이 몇 차례 전투에서 계속해서 승전.

(k) 불가사리를 조종하는 것이 아미라고 판단한 관군이 그녀를 볼모로 잡고는 그물과 불을 설치해 불가사리를 유인하여 죽음에 이르게 하지만 불가사리는 다시 부활하여 관군을 물리치고 아미를 구함.

(l) 불가사리를 앞세워 쳐들어가는 혁명군과 저항하는 관군의 격돌. 이때 왕은 불가사리를 없앨 새로운 계책을 마련함.

(m) 깊은 함정이 마련되고 무당들을 불러 불가사리의 혼을 빼앗는 굿판을 벌임. 혼이 나간 불가사리가 함정에 빠지고 이후 혁명군은 대패하며, 인대는 붙잡혀 참수 당함.

(n) 관군이 승리의 잔치를 벌이고 있는 사이 기생으로 위장한 아미가 땅속에 묻힌 불가사리에게 자신의 손목을 잘라 피를 흘려줌으로써 다시

불가사리가 부활함.

  (o) 관군은 신병기(사자포와 장수포)를 제조하여 혁명군에 맞서지만 불가사리의 위력 앞에 대패하고, 혁명군은 궁궐을 부수고 왕을 죽여 혁명을 완수함.

  (p) 그러나, 혁명은 완수되었지만 나라 안의 모든 쇠붙이를 먹어치우는 불가사리 때문에 온 나라가 다시 시름에 잠김.

  (q) 안타까워하던 아미가 자신을 희생함으로써 불가사리를 없애기로 마음먹고 거의 유일하게 남은 쇠붙이인 사찰의 종 안으로 들어가 타종하여 불가사리를 유인함.

  (r) 불가사리가 종을 먹어치우고, 아미가 흘린 피에 의해 불가사리는 사라지게 됨.

이 영화가 설정숏으로 제시한 대장간은 완전히 하나의 자족적인 공간이고 완전한 가족을 표방하고 있다. 비록 여주인공 '아미'의 어머니는 부재하지만 부재의 흔적은 보이지 않고 모든 일꾼들은 대장장이 '덕세'를 아버지로 부르고 있다. 만일 이 자족적인 공간에 문제가 있다면, 그건 바로 '쇠'일 것이다. 대장장이에게 고상한 사회적 인격을 부여하는 것도 '쇠'이고(a) 대장장이라는 구체적 존재를 소멸시키고 사회적 대주체로 승화시킬 수 있는 것도 '쇠'이다(c). 뿐만 아니라 (a)와 (b)에서처럼 서사구조상 서로 상반된 의미를 띠고 있는 노동과 전쟁이 각각의 의미 자질을 부여받기 위해서도 쇠의 존재는 필수적이다. 그만큼 이 작품에서 쇠는 문제적인 대상으로 제시된다. 그러나 쇠가 순수히 가치중립적인 대상이지만은 않다. (o)에서처럼 '거대한 쇠'는 무서운 병기(사자포와 장수포)가 되어주기도 하지만 쇠가 이렇게 순수히 대상화되는 것과 달리 밥알이 쇠가 되고 거기에 영혼이 부여되기만 한다면((c)와 (d)), 그것은 순식간에 혁명적 동력으로 화하는, 다시 말해 하나의 물질적 대상이 정신의 문제로 전화되는 이야기가 바로 <불가사리>의 서사적 세계인 것이다. (e)와 (m)의 서사내용이 특히 그것을 분명히 표방하고 있다. 물질적 대상이 인간의 피와 섞여 생명을 얻고, 그 생명을 빼앗기 위해 또한 ㎥에서처럼 주술(呪術)이 강력한 힘으로 서사에 개입함으로써 이 작품은 설화적 세계를 매우 근대적인 방식으로 선취하게 된다. 이 경우 '근대적인 방식'이란 주술이 분명한 목적성을 띠고 자연인으로서가 아니라 집단 속의 개인에게, 혹은 개인들의 사회적 관계에 전면적인 영향을 행사하는 것을 의미한다.

<불가사리>에서 초자연적인 힘의 목적성은 이처럼 아주 분명하게 제시된다. 모든 서사단위에서 행위의 주된 동력은 쇠를 둘러싸고 벌어지는 자연법으로서의 '선(善)함'이고, 이 '선함'이 다시 '혁명'이란 목적으로 귀결됨으로써 이 작품은 비록 설화라는 전근대적인 서사내용을 차용하고는 있지만 현재의 북한문예물들이 보여주고 있는, 주체사상에 입각한 영웅서사문법의 전형을 그대로 재연하고 있다. 아니 어떤 면에서는 재연하는 것을 뛰어넘어 현대적 사건을 소재로 한 어떤 사실적인 작품들보다 주체사상의 본질에 더욱 가깝게 육박해 간 것이라고도 말할 수 있다. 그것은 『주체의 창작리론 연구』가 요구하는 바처럼, 이 작품 속의 인물들이 '주체사상을 유일한 신념으로 삼고 있으며 당과 수령에게 끝없이 충실한 새 시대의 참다운 인간의 본보기로서 인민대중 속에서 나온 공산주의적 인간, 주체형의 혁명가'[16]로서 전혀 부족함이 없기 때문이다. 다시 말해 오로지 역사적 생산관계 속의 계급적 인식으로서만 혁명 발전의 본질을 깨달을 수 있기 위해서는 자연인으로서의 개인의 욕망은 모두 제거되어야 할 필요가 있으며, 그럴 경우에만 주체사상은 '유일한' 신념으로 작품의 구성을 견인할 수 있는 것이다. '역사적 사실과 예술적 진실'이 분리될 수 없다는 주장은 이러한 논리 위에서 근거를 획득하게 되며, 이로 인해 역사적 사실 자체는 결코 반성

---

16) 류만·김정웅, 『주체의 창작리론 연구』, 사회과학출판사, 1983, p. 54.

의 대상으로 주어질 수 없게 되는 것이다.[17] <불가사리>에서 주인공 '아미'와 '인대'가 역사적 진실(혁명의 필연성)에 대해서는 전혀 갈등하지 않는 인물로 형상화되고 오로지 그 진실을 따라 갈등을 해소하고자 매진하는 인물로만 그려지는 건 바로 이런 맥락에서 이해되어야 할 것이다.

그러므로 이 작품이 설화를 차용하고 있다고 말할 때, 그 차용의 범위는 단순히 '불가사리 설화'의 줄거리 내용에 한정되는 것은 아니며 설화를 다른 서사체와 구별하게 하는 가장 뚜렷한 특질인 초자연적인 능력이나 그것에 대한 민중들의 무매개적 신념에까지 이어져 있다. 한 연구자가 북한문학의 가장 분명한 특징으로 '화자의 소거'를 들고 있는 건 이런 차원에서 매우 적절한 것이라 할 수 있다.[18] '언제나 한치의 착오도 없이 시대의 본질과 역사의 합법칙성을 꿰어 읽는'[19] 인물로서의 수령이 형상화의 전범으로 제시되어야 할 때 작품 속 인물이 특정한 화자로부터 중개될 수는 없는 것이며, 오로지 선험적 좌표를 따라 나아가는 것만으로도 작품은 충만함 속에서 스스로 진실을 말할 수 있는 것이기 때문이다.[20] 그런 의미에서 <불가사리>는 설화의 무매개적 세계인식 원리와 인물들의 혁명적 실천을 하나로 묶음으로써 주체사상의 영웅적 서사를 그 어떤 작품들보다 더 현대적이고 더욱 분명한 방식으로 그려 보여주고 있다고 할 수 있을 것인데, 이는 내용적 차원에서가

---

17) 류만·김정웅, 앞의 책, pp. 103~106 참조.

18) 신형기, 앞의 책, pp. 218~222 참조.

19) 신형기, 위의 책, p. 219.

20) 화자의 소거가 북한문학을 특징짓는 보다 분명한 요소라고 말할 수 있다면, 서사를 거의 기계적으로 화자 없이 구축할 수 있는 영화장르가 오히려 이러한 조건에 더 부합한다고 말할 수 있다. 이 사실은 지금까지 북한의 융성한 영화정책을 김정일의 개인적 취향과 연결지어 설명해 왔던 우리 사회의 담론적 수준을 반추하게 만드는 대목이기도 하다.

아니라 설화의 서사형식과 주체사상의 내면적 형식이 일종의 등질적 구조를 띠고 있기 때문에 가능한 것이다.

3. <불가사리>의 형식적 일탈과 대가정론과의 상관성

<불가사리>가 혁명적 영웅서사로 읽힌다는 것은 누구에게나 자연스럽다. 그러나 이 이야기가 기왕의 영웅서사 문법의 정형적 틀을 다소 벗어나 있다는 사실 또한 약간의 주의만으로도 쉽게 포착된다. 앞 장에 제시된 서사단위를 참조할 때, (a)에서 (o)에 이르는 15개 서사단위는 영웅서사문법을 비교적 충실히 따른다고 할 수 있는데, 그것은 긍정적 인물로서의 덕세와 인대, 그리고 아미가 혈육의 정으로 호상관계를 깊게 맺고 이 관계를 훼손시키는 존재에 대한 감정선이 매우 분명하게 나타나고 있을 뿐만 아니라 그것이 구성적으로 (o)에 와서 아주 뚜렷하게 완결되고 있음을 확인할 수 있기 때문이다.21)

문제는 (p)에서 (r)에 이르는 세 개의 서사단위가 (o) 이후 새롭게 보족되어 있다는 것이고, 또한 이렇게 서사내용이 보족된 원인이, (a)에서 (o)에 이르는 영웅서사에 갈등을 제공했던 그 근원적 모순(계급모순)과는 무관하다는 사실에 있다. 오히려 부가된 결말 부분의 갈등은 계급모순에 대항하도록 했던 혁명적 동력 바로 그 내부에서 자라난 것이다. 이를 구체적으로 살펴보면, 긍정적 인물들의 혈연적 관계를 훼손한 근본 원인이 지배계급의 악랄하고도 부도덕한 수탈이라는 단 하나의 이유에 모이고, 이 이유에 맞서 싸움으로써 이 작품이 인민들의 새로운

---

21) 『주체의 창작리론 연구』에 의하면, "긍정인물들의 호상관계를 혈육의 정으로 깊이 맺어주는 것은 문학예술작품에서 인간관계설정의 필수적 요구이며 예술적 형상창조의 중요한 조건"(p. 153)이라고 명기하고 있는데, 이는 도덕적 감응의 대상인 수령이라는 대주체에 작중인물들을 일자화하기 위해 가족이라는 표상적 이미지를 끌어들이는 대표적인 예라고 할 수 있다.

세상과 혈연적 관계를 회복한 것이라 할 때, 서사의 종결은 분명 (o)에서 이루어졌어야 마땅한 것이다. 그래야만 주체사상이 허여한 구성원칙, 혹은 그러한 구성원리가 포용하고 있는 수령의 도덕적 심미화의 과정이 마침내 완성되는 것이기 때문이다. 그럼에도 불구하고 영웅서사는 끝을 맺지 못하고 주저하고 있다. 그것은 혁명 내부에서 생성된 새로운 모순을 해결할 방도를 영웅서사 안에서는 찾아낼 수 없었기 때문이다.

혁명이 완성되고도 수령의 충만한 품에서 쉴 수 없게 되어버린 <불가사리>의 이러한 구성적 균열은 이제 우리로 하여금 새로운 해석을 요구하고 있다. 이를 해석할 수 있는 하나의 방식은 1980년대 중반, 구소련과 중국, 동유럽의 사회주의권이 변화하는 과정에서 제기된 '조선민족제일주의'라는 개념을 재확인해 보는 일이다. 1956년의 종파투쟁 이후 북한사회가 사회주의권과 일정한 거리를 유지하며 자력갱생의 방법을 모색해 왔음은 주지하는 바이지만, 이에 한 걸음 더 나아가 '강성대국론'을 주장하며 '우리 식대로'의 삶의 방식이 이 시기에 들어 더욱 강하게 주창되었다는 것은, 그렇게 강화된 주체사상으로 말미암아 오히려 인민들의 희생이 새롭게 요구될 수도 있다는 것을 의미한다.22) <불가사리>의 구성적 특징으로부터 빗대어 표현해 보자면, 사회주의 국가의 완성은 자본주의 세계와의 대립과 모순을 극복하는 것만으로는 부족하며 사회주의국가들 내부에서 새롭게 생성된 모순까지 제거해야 함을 뜻하는 것일 때, 그 과업은 순전히 수령의 은덕 '바깥에서' 인민들의 숭고한 희생으로부터 이루어져야 한다는 것을 뜻하고 있는 것이다. 이는 마치 혁명을 완성할 수 있게 해주었던 불가사리가 자신의 내부에 이미 근원적으로 모순을 배태하고 있음으로써 궁극적으로 부인되어야 할 존재로 변하며, 이것이 곧 아미의 희생이 구성적 완결성 내부가 아니

---

22) 이종석, 앞의 글, pp. 8~11.

라 그 외부에서 홀로 치루어져야 하는 이유가 된 것이다.23)

이를 대가정론의 그 숭고한 이데올로기에 견주어 살펴보는 것은 북한 문예가 현재 당면해 있는 일단의 어려움과 과제를 추론할 여지를 마련해 주는 것이어서 대단히 흥미롭다. 북한의 가족법과 사회보장제도의 근간을 이루고 있는 이데올로기로서의 대가정론은 아버지로서의 수령, 어머니로서의 당, 자녀로서의 인민대중이 사회 정치적인 혈연관계에 의해 하나의 대가정을 이룬다는 것을 의미한다.24) 이는 또한 주체사상이 공식적으로 발효된 이후 문예미학의 가장 중심적 근간을 이루는 내용이기도 하다. 말하자면 인물 형상화의 원리와 구성적 원칙이 보여주듯 자녀로서의 인민대중이 일상생활에서 겪게 되는 모든 고충을 아버지 수령의 영도 아래 해결하는 것이고, 그 자애로운 품안에서 일상의 짐을 벗고 세계의 낙관적인 전망을 획득하는 것이다. 이 경우 추상적일 수밖에 없는 아버지 수령이 일상의 진부하고도 쇄말적인 일들 속에서조차 하나의 구체적이고도 뚜렷한 표상으로 제공되기 위해서는 개인을 세계와 접합시키는 독특한 심리적 기제가 있지 않고서는 가능한 일이 아니다. 신형기는 이를 민족이야기에 의해 생산되는 '정치적 도덕화와 심미화'에서 찾고 있다. 즉 북한의 모든 서사는 두려운 '밖'을 생산함으로써 '안'을 상상하게 만들고, 그 안을 다시 도덕적 공동체로 일원화함으로써 인민들을 포섭과 배제로 분할하는 데 복무해 왔다는 것이

---

23) 북한의 문예이론은 마감장면이 "오직 하나의 감정, 긍정의 승리를 형상적으로 뚜렷이 확인하는 감정으로 조직하여 작품의 주제사상을 정서적으로 깊이있게 밝혀야 한다"(류만·김정웅, 앞의 책, p. 267)고 밝히고 있지만, <불가사리>의 마감장면은 이와 달리 긍정적 승리의 정서 하나로 응집되지만은 않는다. 아마도 그 이유는 불가사리의 죽음 때문일 것인데, 즉 아미의 희생은 충분히 납득할 만하다 하더라도, 불가사리의 죽임이 갖는 윤리적 모호함이 새로운 의심의 시선을 불러와 작중인물과 관객간의 완전한 극적 동일시가 허용되지 않기 때문일 것이다.

24) 박현선, 『현대 북한사회와 가족』, 한울, 2003, p. 138.

며, 민족이야기가 이를 반복할 때 도덕적 일원성은 궁극적으로 미적 판단의 척도로서 고형화된다는 것이다.[25]

이야기를 단순히 정치로 환원하지 않고 도덕과 미적 판단이라는 심층적 기제로 북한문학을 설명하는 이런 방식은 지금까지의 북한문학 연구의 행보로서는 대단히 앞서간 것이라 할 만하다. 하지만 이러한 설명방식은 민족이야기가 어떻게 북한 인민들의 일상을 제어하고 있는지를 살피는 데는 유용하겠지만, 그 역으로 인민들의 일상이 그러한 민족이야기와 어떻게 접합하고 또는 탈구될 수 있는지 그 양상과 가능성을 살피는 데는 도움이 되지 못하며, 그런 이유 때문에 오히려 국가권력에 대한 북한사회의 미시적인 저항의 가능성을 읽는 작업 자체를 봉쇄할 소지 또한 분명히 있다. 이에 대한 가장 분명한 예는, '대가정이라는 유비적 상상이 도덕적 감응을 통해 집단적 일자화를 수행한다'[26]는 그의 진술이 북한의 가정(우리 식으로는 가족)을 균열 없는 이상적인 실체로 전제하고 있다는 데서 찾아볼 수 있다. 북한사회가 대가정론뿐 아니라 사회제도적인 차원에서 가부장제를 지속적으로 조장해 온 건 분명하지만,[27] 현실과 부단히 부딪히는 역사적 구성물로서의 가정이 다만 그런 환상 위에서만 작동한다고는 믿기 어렵기 때문이다. 실제로 북한의 가정 역시 다양한 분열상을 드러내고 있고 다수의 문학작품들이 그것을 증명해 보여주고 있는 것도 사실이다.[28] 그러므로 가정은

---

25) 신형기, 앞의 책, 특히 「가상의 인격, 도덕의 광기」 부분 참조.

26) 신형기, 앞의 책, p. 53.

27) 박현선, 앞의 책, pp. 134~141 참조.

28) 김재용은 90년대 이후의 여성문학이 종전과는 다른 양상을 보이고 있다고 주장하는데, 그에 의하면, 90년대 초반부터 문학에 반영된 일상 속의 여성들은 더 이상 자신들의 사회적 활동을 민족이나 국가로 환원하지 않는다는 것이다. 김재용, 앞의 책, p. 259.

연구의 출발점이자 귀착점으로 작용해야지 추상화함으로써 규범화될 수 있는 대상은 아니다. 민족이야기 역시 바로 이 가정(家庭)에서 생산되고 전파되며 변형될 것이기 때문이다.

가정이란 사회적 모순을 그대로 축약하고 있음으로써, 일시적으로 이데올로기에 봉합될 수는 있어도 분열은 상시적이며 그래서 매우 역동적인 공간이다. 다만 북한사회와 같은 동원체제하에서 이 역동성은 감추어지기 쉽고, 특히 문예작품은 그 정도가 더욱 심할 뿐이다. <불가사리>의 구성적 특징이 주목되어야 하는 이유는 여기에 있다. 작품의 전체 서사는 과장되게 여성의 역할을 미화하고 있다. 그러나 작품의 구성적 특징으로부터 유추해 볼 때 전술된 세 개의 보족적 서사는 여성의 역할이 이렇게 미화되어 있음에도 불구하고 북한사회의 가부장제가 명백히 성적 불평등 구조 위에 기반해 있으며, 이러한 불평등 구조가 기존의 작품들에 비해 상대적으로 확대되고 있는 것임을 확인시켜준다. 이는 여주인공 아미가 혈연적 호상관계를 맺고 있던 두 명의 남성과 비교해 보면 보다 확연히 드러난다. 아버지 덕세와 애인 인대의 죽음이 혁명 내부에서 이루어져 죽음으로써 완전한 대주체로의 부활을 약속받고 있는 것이라면, 여성으로서의 아미는 죽음조차 그 외부에서 발생함으로써 혁명을 다만 보충하는 데 머무르도록 강요받고 있는 것이다. 이는 마치 이 영화가 불가사리와 아미를 '분리된 한 몸'이라는 매우 불완전한 존재로 형상화하는 순간부터 이미 예견된 것이기도 하다.[29]

---

[29] 작품 속에서 주인공 남성들은 혁명이란 이름으로 완전히 수렴되는, 그 자체로 자족적인 존재들로 형상화되는 반면, 여성은 무엇인가에 매개되지 않고서는 혁명적 주체가 될 수 없는 불완전한 존재로 그려진다. 이 사실이 매우 뚜렷이 표상되고 있는 부분이 바로 불가사리와 아미를 피로서 결합하는 부분이다. 이 순간 불가사리의 존재조건은 곧장 아미의 그것으로 전이되며 아미는 그 조건을 자기화함으로써 완전해질 수 있는 것이다. 크리스테바가 여성을 비체(abject)로서 설명하고 그것을 나르시시즘을 통한 주체오인과정으로 전개하는 것도 이와 유사한 방식이라

아미의 피를 통해서만 탄생해야 하고((d)) 그 재생과 죽음조차 아미의 피로서 완성되어야 한다((n), (r))는 구성은 불가사리가 내부적 모순으로 인해 사멸이 필연적일 때 아미의 죽음 또한 이와 함께 예비되지 않을 수 없는 것이다. 이는 남성중심적 가부장제가 부여하는 여성의 모호한 위치를 그대로 반영하는 것이라고 말할 수 있다.

4. 북한연구에서 가족이라는 문제설정이 갖는 의미

결과적으로 <불가사리>는 대가정론이라는 이데올로기를 통해 가부장제의 불평등을 내용적으로 봉합하려 하고 있지만, 그것이 매우 불완전한 것임을 형식과의 불일치를 통해 노정하고 있다. 하지만 이러한 사실이 곧 북한사회가 매우 여성억압적인 사회임을 증명하는 구실이 되는 것은 아니며, 본 연구 역시 그 점을 규명할 의도를 갖고 있지는 않다. 본고는 다만 <불가사리>에서 드러나는 내용과 형식의 불일치를 통해 북한의 가부장제가 사회적 동의체계를 벗어나고 있다는 것과, 이 경우 그 사회적 희생이 가부장제 내 여성에게 매우 과중하게 전담되는 모순이 발생하고 있다는 것을 밝히고자 한 것이다.

어쩌면 북한사회의 변화는 이러한 불일치를 징후적으로 읽어낼 때만 접근이 가능한 것일지도 모른다. 특히 북한문예 연구의 경우 서사를 내용으로만 파악하는 것은 늘 무리가 따른다. 즉 특정한 내용적 요소(예를 들면 남녀간 애정의 표현강도 같은)가 변화해 가는 양상을 매우 섬세하게 살피고 있는 일련의 연구들은 북한의 문예창작물들이 얼마나 우리와 다른 방식으로 생산되고 있는지를 자주 잊고 있다. 이 말은 예술창작에 대한 북한의 삼엄한 통제제도의 강도를 강조하려는 것이 아니라(통제는 어느 체제에서나 존재한다. 우리는 국가권력이 개입하는 직

하겠다. 줄리아 크리스테바, 김영 옮김, 『사랑의 역사』, 민음사, 1995. pp. 70~72.

접성은 덜할지라도 자본의 그 느슨하고 유연한 통제 속에 얼마나 심각하게 종속되어 있는가를 생각하라) 북한사회가 예술이라는 장을 얼마나 우리와 다르게 활용하고 있는가 하는 배치의 차이를 그들이 자주 몰각한다는 사실을 지적하고 싶은 것이다. 신상옥 감독의 술회처럼 '흥행을 고려하지 않고 영화를 제작할 수 있는' 사회가 바로 북한사회이기도 한 것이다. 다만 북한의 예술창작인들은 도덕화된 민족서사에 복무해야 할 의무를 갖는다. 그러므로 개인성('personality'가 아니라 'individuality'에 가까운)에 기반한 우리의 창작물과 혼동함으로써 작품의 내용적 요소에만 집착하는 것은 당 문예정책을 다시 한번 확인하는 것이거나 그것을 도리어 기계적으로 재생산하는 작업일 수밖에 없는 것이다.

그럼에도 불구하고 북한의 문예창작물들에도 문예정책과 그 내용 사이에 균열이 존재하는 건 분명하다. 다만 그 균열은 매우 무의식적으로 발생하며 발화된 내용 너머에 위치해 있다. 그리고 어쩌면 이 위치만이 북한의 변화를 가장 '정직하게' 바라볼 수 있는 유일한 지점일지도 모른다. 이 경우 '정직하다'는 건 '무심하다'는 것과 동일한 표현일 수 있다. 적어도 북한연구가 남한의 국가권력에 복무할 의도를 갖고 있지 않는 한, 연구자의 '사심없는'(disinterested), 혹은 '무심한' 태도만이 두 체제간의 본질적 차이를 동일자에 기초한 차별로 오인하는 오류로부터 자유롭게 해 줄 것이다. 박현선의 연구(『현대 북한사회와 가족』)는 이런 점에서 시사하는 바 크다. 박현선은 국내외적 악조건으로 말미암아 국가의 물적 조건이 사실상 와해된 상황에서도 북한이 자신의 체제를 유지할 수 있는 이유를 가족공동체로부터 찾고 있다. 이러한 접근방식은 북한사회를 이데올로기에 일자화된 통제사회라는 전제로부터 출발하는 우리의 많은 연구들에 반성의 여지를 제공한다. 박현선

의 표현처럼 인민의 동의가 없는 한 상상조작이라는 이데올로기의 힘
만으로 체제안정은 상상할 수도 없으며, 또한 "가족은 구조에 의해 규
정되는 수동적인 존재는 아"닌 것이다.[30] 그러므로 바로 이 가족이 내
포하고 있는 문제설정으로부터 북한사회를 다시 바라보는 일이란, 이
미 근대화과정 속에서 개인을 집단 속에 정초시켜 줄 고유한 공동체를
대부분 망실해버린 우리의 현실에 반성의 형식을 확보한다는 차원에서
도 매우 의미심장한 일이다.

참고문헌

김석향, 「북한사회의 시대적 특성 다각도로 읽어내기」, 1998년도 상반
　　　기 한국사회학회 발표논문, 1998
김재용, 『북한 문학의 역사적 이해』, 문학과지성사, 1994
류만·김정웅, 『주체의 창작리론 연구』, 사회과학출판사, 1983
리현순, 『사회주의 영화예술건설』, 평양, 문예출판사, 1998
마르크 페로, 주경철 옮김, 『역사와 영화』, 까치, 1999
박현선, 『현대 북한사회와 가족』, 한울, 2003
서재진, 『또 하나의 북한사회: 사회구조와 사회의식의 이중성 연구』,
　　　나남출판, 1995
신형기, 『민족이야기를 넘어서』, 삼인, 2003
신형기·오성호, 『북한문학사』, 평민사, 2000
아르놀트 하우저, 백낙청·염무웅 옮김, 『문학과 예술의 사회사4』, 창
　　　작과비평사, 1999
이종석, 「1999년 북한정치 전망」, 『통일전략포럼 보고서—1999년 남북

---

30) 박현선, 앞의 책, p. 24.

한 관계: 북한 변화의 폭, 속도 그리고 방향』, 경남대학교 극동
　　문제연구소, 1999
전영선, 『북한문학과 예술』, 역락, 2004
줄리아 크리스테바, 김영 옮김, 『사랑의 역사』, 민음사, 1995
최척호, 『북한영화사』, 집문당, 2000
Ronald Bergan, *Eisenstein: A Life in Conflict*, The Overlook Press,
　　1999

필자 소개

김중하

현 부산대 국문과 명예교수
서울대 문리대 국문과 졸업, 부산대 대학원 석사과정 수료, 경북대 대학원 박사과정 수료(문학박사)
논문으로 〈빙허의 단편소설 연구〉, 〈개화소설의 문학사회학적 연구〉, 〈패턴(pattern) 분석에 의한 한국소설의 연구〉 등

고현철

현 부산대 국문과 교수
부산대학교 대학원 석·박사과정 수료(문학박사)
논문으로는 「탈식민주의 문화전략과 패러디의 상관성 연구」, 「용사시학과 패러디시학의 비교 연구」, 「서술시의 소통구조 연구」 등
저서로는 『현대시의 패러디와 장르 이론』, 『비평의 줏대와 잣대』, 『구체성의 비평』, 『현대시의 쟁점과 시각』 등

김강호

현 창신대학 문예창작과 교수
부산대학교 대학원 석·박사과정 수료(문학박사)
논문으로는 「1930년대 한국 통속소설 연구」, 「한국근대 대중소설론의 발생과 전개」, 「김동인의 〈젊은 그들〉론」 등
저서로는 『한국현대작가작품론』(공저)

남송우

현 부경대학교 국어국문학과 교수
부산대학교 대학원 석 · 박사과정 수료(문학박사)
논문으로는 「1930년대 전환기 비평의 해석학적 연구」, 「1950년대 고
석규 비평의 해석학적 연구」, 「N. 프라이 비평이 한국문예비평에 미
친 영향」 등
저서로는 『전환기의 삶과 비평』, 『다원적 세상보기』, 『생명과 정신의
시학』, 『대화적 비평론』, 역서 『두 시선』 등

민병욱

현 부산대학교 사범대학 국어교육과 교수
부산대학교 대학원 국어국문학과 석 · 박사 과정을 수료(문학박사)
논문으로는, 「1920년대 한국 희곡문학의 연극기호학적 연구」, 「북한
극문학의 갈래 변화 연구」, 「村山知義 연출 《춘향전》의 공연사회학
적 연구」 등
저서로는 『북한연극의 이해』, 『북한경희극』을 편저하고, 『북한영화
의 역사적 이해』를 준비하고 있다.

박훈하

현 경성대학교 국어국문학과 교수
부산대학교 대학원 국어국문학과 석 · 박사과정을 수료(문학박사)
논문으로는, 「1950년대 소설담론과 주체형식」, 「비동시성의 동시성
과 김유정의 소설미학」, 「소설과 영화에서의 주체형식」 등
저서로는 『근대문학 담론의 확산과 변형』, 『소설담론의 주체 형식』,
『문화의 풍경, 이론의 자리』(공저) 등

서은선

현 부산대, 부경대에 출강
부산대학교 대학원 석 · 박사과정 수료(문학박사)
논문으로는 「최인훈 소설의 서사구조 연구」, 「영화 [올드 보이]의 주
체 소멸에 관한 서사론적 연구」, 「최인훈 소설과 로브그리예 소설의
비교 연구」, 「이효석 소설 [산협]에 대한 기호학적 연구」, 「이태준의
장편소설 연구」 등
저서로는 『최인훈 소설의 서사 형식 연구』

이재봉

현재 부산대학교 국어국문학과 교수
부산대학교 대학원 석·박사과정 수료(문학박사)
논문으로는「한국 근대소설의 형성과정 연구」,「근대적 욕망의 추구
와 서사화 방식」,「바보의 신화화-김석범 소설의 바보형 인물」,「근
대적 시간관념과 문학의 존재방식」등.

조명기

현 부산대학교 국어국문학과 강사
부산대학교 대학원 석·박사과정을 수료(문학박사)
논문으로는「한국 현대 대중소설 연구」,「이효석 소설의 변화 양상
연구」,「지식인의 위상과 현실 대응 전략」,「1930년대 말 지식인의
현실 적응 양상 연구」등

하상일

현 부산대, 부경대, 경성대 강사
부산대학교 대학원 석·박사과정을 수료(문학박사)
논문으로는「1950년대 고석규 문학의 근대성 연구」,「1960년대 현실
주의 문학비평 연구」등
저서로는『타락한 중심을 향한 반역』,『주례사 비평을 넘어서』(공
저),『한국문학권력의 계보』(공저) 등

북한문학 연구의 현황과 과제

인쇄일 초판 1쇄   2005년 05월 03일
          3쇄   2015년 03월 20일
발행일 초판 1쇄   2005년 05월 10일
          3쇄   2015년 03월 23일

지은이 김중하 편
발행인 정찬용
발행처 국학자료원
등록일 1987.12.21, 제17-270호

서울시 강동구 성내동 447-11 현영빌딩 2층
Tel : 442-4623~4 Fax : 442-4625
www. kookhak.co.kr
E- mail : kookhak2001@hanmail.net
ISBN 978-89-541-0297-1 *93810
가 격 16,000원

*저자와의 협의 하에 인지는 생략합니다.